1492
Les aventures de Juan Cabezón de Castille

Ce récit commence l'été 1391 avec le siège du quartier juif de Séville et s'achève avec le voyage de Christophe Colomb aux Indes en août 1492. Récit historique, fable, intrigue picaresque et fiction tissent la tapisserie serrée et haute en couleur du XVe siècle espagnol.

Juan Cabezón, descendant de Juifs convertis est le héros de cette histoire, qui est aussi une quête de son amour éperdu pour Isabel de la Vega. Celle-ci est condamnée à être brûlée vive par l'Inquisition. Nous racontant la persécution dont Cabezón est victime, le narrateur nous immerge dans la vie quotidienne de l'époque tout en nous conduisant dans un parcours inoubliable à travers les diverses villes moyenâgeuses de Madrid à Saragosse, en passant par Tolède et Avila. L'année décisive est 1492, quand les Rois Catholiques gagnent la guerre de Grenade et signent l'expulsion des Juifs de toute l'Espagne, et que Christophe Colomb découvre le Nouveau Monde.

La richesse des détails historiques, alliée à l'imagination poétique d'Homero Aridjis font de ce livre une mosaïque de l'Espagne des trois religions, où se mêlent amour, autodafés, processions et pénitences, joies secrètes et terreurs publiques dans une fresque qui atteint les proportions de tout un exode.

Né dans le Michoacan, au Mexique, en 1940. Poète et romancier, il a enseigné dans plusieurs universités d'Amérique du Nord, et a été ambassadeur du Mexique en Europe. Son œuvre, traduite dans de nombreuses langues, est une enquête sur les racines les plus profondes du Mexique.

Du même auteur

Perséfone
Gallimard, 1970

1492
Mémoires du Nouveau Monde
Seuil, 1992

M. Roy
SEPT: 93'

Homero Aridjis

1492
Les aventures de Juan Cabezón de Castille

roman

TRADUIT DE L'ESPAGNOL (MEXIQUE)
PAR JEAN-CLAUDE MASSON

Éditions du Seuil

TEXTE INTÉGRAL

EN COUVERTURE : Pedro Berruguete
Saint Dominique et les Albigeois, détail.
Musée du Prado
© G. Dagli Orti

Titre original : *1492, vida y tiempos de Juan Cabezón de Castilla*
Éditeur original : Siglo XXI editores, Mexique
ISBN original 968-23-1340-6

ISBN 2-02-013691-0
(ISBN 2-02-012095-X, 1re publication)

A Betty, Cloe et Eva Sofía

Les exilés de Jérusalem qui sont à Sepharad possèderont les villes du Midi.

Abdias, 20.

Depuis le jour où nous avons quitté notre pays pour l'exil, la persécution n'a jamais cessé, depuis notre jeunesse c'est elle qui nous a élevés comme un père, c'est elle qui nous a guidés depuis le sein maternel.

Moïse Maimonide, *Épître sur la persécution* ou *Traité de la sanctification du Nom* (d'après Job, 31,18).

Dans les années lointaines du monde viendra certain temps où la mer Océane relâchera les attaches de toutes choses — et une grande terre s'ouvrira ; et un nouveau marin, comme celui qui guida Jason et avait pour nom Tiphi, découvrira un nouveau monde, et alors l'île de Thulé ne sera plus la dernière terre.

Christophe Colomb, *Livre des prophéties* (d'après Sénèque, *Médée*).

Il baise les mains d'un homme qu'il voudrait voir coupées.

Proverbe espagnol du XVe siècle.

Remerciements

Avant tout, je souhaite faire part de mon immense dette envers les auteurs qui, par leurs esquisses biographiques, leurs chroniques, leurs Mémoires, leurs livres d'histoire, leurs annales, leurs relations, leurs dictionnaires et leurs publications de documents divers, ont permis l'élaboration de ce livre. Je citerai d'abord les anciens : Fernán Pérez de Guzmán, Fernando del Pulgar, Andrés Bernáldez, Alonso Fernández de Palencia, Diego de Valera, Gerónimo de Zurita, Alonso Fernández de Madrid, Selomó Ibn Verga, Antonio de Nebrija, Sebastián de Covarrubias, les biographes de San Vicente Ferrer, les voyageurs Léon de Rosmithal, Tetzel, Jérôme Münzer; parmi les modernes, je citerai tout particulièrement José Amador de los Ríos, Fidel Fita, Henry Charles Lea, Yitzhak Baer, Manuel Serrano y Sanz, Agustín Millares Carlo, Juan de Mata Carriazo, Francisco Cantera Burgos, Pilar León Tello, Luis Suárez Fernández et Heim Beinart, sans oublier tant d'autres que je ne peux mentionner, mais qui, par leurs études sur divers aspects de l'Espagne des trois religions, publiées dans le *Bulletin* de la Real Academia de Historia, le *Bulletin* de la Real Academia de la Lengua, les *Mémoires* de la Real Academia de Historia, ainsi que dans la *Revue hispanique* et dans *Sefarad,* m'ont offert une mine de détails. Enfin, à tous ceux qui, d'une manière ou d'une autre, m'ont servi de guides aussi précis que précieux à travers les arcanes de l'histoire, je tiens à exprimer ma plus vive reconnaissance.

Mon grand-père naquit à Séville le 6 juin de l'an de grâce 1391, le jour même où l'archidiacre d'Écija, Ferrán Martínez, à la tête de la plèbe chrétienne, brûlait les portes du quartier juif, ne laissant derrière lui que des flammes et du sang, le saccage et la mort. Alors que ma bisaïeule Sancha était saisie des douleurs de l'accouchement, Ferrán Martínez et ses hordes décapitaient femmes et enfants, réduisaient en cendres les synagogues et laissaient raides morts quatre mille innocents. Par une fenêtre sans vitrage, le père de mon grand-père observait ma bisaïeule couchée et les chrétiens rapaces qui pillaient livres et tuiles, cuirs et draps, lampes et parfums, meubles et bijoux, briques et vaisselle. Plus d'une fois, en se précipitant dans une maison où une femme adossée au mur défendait de son corps sa petite fille, Ferrán Martínez, l' « homme de peu de lettres et de louable vie », se regarda dans un miroir ébréché, découvrit son image ivre de mort dans les morceaux sanglants et leva « le poignard de la foi » pour le clouer dans une enfant, au milieu des cris de la mère qui demandait les eaux du baptême pour la sauver. Entourant l'archidiacre, la populace fouillait, violait, frappait comme une bête aux mille mains parmi les meubles fracturés, les vêtements déchirés, les murs et le sol maculés. Les menaces et les gémissements, les mots envolés et les murmures troublaient l'air et les oreilles de la femme en couches, qui se contractait au moindre bruit, se croyant possédée par la furie qui détruisait le quartier. La demeure de la bisaïeule était adossée à une maison juive et aucun désastre ne pouvait secouer l'une sans se répercuter sur l'autre. Aussi la porte étroite qui les reliait en secret par-derrière fut-elle ensuite murée avec de la terre et des pierres.

Ma bisaïeule accoucha dans de grands tourments et donna le jour à mon grand-père en hurlant, comme si le féroce archidiacre lui avait perforé le ventre de son épée, ou comme si un des nombreux morts gisant dans les rues de la juiverie était entré dans le corps du nouveau-né, se condamnant ainsi à revivre en ce monde. Le fait est que mon bisaïeul, avec une énorme tristesse, prit son fils dans les bras, le contempla sous la lumière sanglante et le montra à sa belle-mère et à sa belle-sœur en leur disant gravement qu'il donnerait à cet enfant le nom de Justo Afán (Juste Effort) parce qu'il était né avec des désirs de justice. Ensuite, voyant par la fenêtre les corps des agonisants qui se traînaient parmi les foyers mal éteints et les ombres fugitives des coupables chargés des lourds objets de leur crime, il se tourna vers les femmes et leur dit : « Je n'aurai de ma vie d'autre fils car, sur cette terre où Caïn promène librement sa mâchoire d'âne, qui donc voudrait mettre d'autres Abels sur son chemin ? J'ai compris bien tard, mais j'ai compris que, tout comme les graines se propagent dans les champs pour donner de bons fruits, le mal parcourt les villages, les villes et les royaumes pour abattre les murs des justes. » Cela dit, il mit Justo Afán dans les bras de sa mère, la fixa dans les yeux comme si, à l'avenir, il ne porterait plus son amour conjugal que dans le regard, dans le monde surnaturel et dans les rêves, et, sans se retourner, sans autre bagage que les vêtements qu'il portait, sans autres vivres que ce qu'il avait dans le ventre, il ferma la porte de sa maison pour toujours.

Mon père naquit vingt ans plus tard, sans que mon grand-père ait eu le temps de le connaître. En effet, il avait été victime de la peste : une tumeur comme un pignon lui était apparue à l'aine et, entre nausées et vomissements de bile jaune, il avait succombé quatre jours après la découverte du mal. On a dit qu'il avait eu une mort infamante, parce qu'il avait entretenu trop de commerce avec des femmes et parce que le docteur Mosén Sánchez, de la juiverie de Séville, avait trouvé, en le dépeçant, qu'il avait la vésicule grosse comme une poire et remplie de bile verte. Au vu de l'infidélité qui avait causé la mort de son époux, ma grand-mère ne s'affligea point, expliquant à ses parents et amies que, puisque son conjoint ne lui avait pas appartenu avant de naître et qu'il ne devait pas être sien après la mort, il n'y avait aucune raison de souhaiter autre chose pendant la vie. Le bruit courut qu'il avait été empoisonné par une mort vêtue en religieuse qui avait craché une flamme bleue en forme de boule par la fenêtre de sa chambre ; mais on dit aussi qu'une religieuse déguisée en prostituée l'avait contaminé dans les parages malodorants du dépotoir de la ville. De toute manière, ma grand-mère n'eut guère le temps de le pleurer : il fut brûlé la nuit et en toute hâte pour éviter la curiosité des voisins alors que, bien sûr, tout le monde était déjà au courant. Apparemment, ma grand-mère ne le pleura jamais plus ; avec une rigueur impénétrable, elle le chassa de sa vie et de ses propos, à telle enseigne que, quand on mentionnait son nom devant elle, elle avait peine à se rappeler de qui il s'agissait. Peut-être faisait-elle semblant, mais qui saura la vérité, sinon elle ? Elle, Blanca de Santángel, la mère de mon père Ricardo Cabezón.

En ce temps-là, frère Vicente Ferrer — l'Ange de l'Apocalypse, ainsi qu'il se faisait nommer lui-même —, saisi d'une intense ferveur prosélytique, parcourait les juiveries d'Aragon, de Castille et de Catalogne pour convertir les Juifs au christianisme. Crucifix en main, il prêchait dans les églises et sur les places, entrait abruptement dans les synagogues pour les consacrer au culte catholique. Né vers l'année 1350, originaire de Valence, fils d'un greffier qui vivait rue de la Mer, on raconte qu'avant sa venue au monde sa mère disait que la grossesse ne lui causait aucune lourdeur et, comme elle entendait parfois des aboiements de chien dans son ventre, l'évêque de la ville en avait conclu qu'elle allait enfanter un fils « qui serait comme un insigne mâtin pour garder le troupeau du peuple chrétien, l'éveillant par ses aboiements du rêve des péchés et mettant en fuite les loups infernaux ». Ainsi, dès l'âge de six ans, il ne cherchait pas à jouer avec les autres enfants, mais, comme un vieux sage, les appelait auprès de lui et prêchait du haut d'une colline. Il acquit également dès l'enfance l'habitude de jeûner deux fois par semaine, de passer les vendredis au pain et à l'eau, et d'écouter tous les prédicateurs qu'il trouvait sur son chemin, même les plus grossiers et ignares. A dix-huit ans, il entra au monastère de Saint-Dominique et prit l'habit de l'ordre des prédicateurs. La vie de saint Dominique fut son exemple, il lut les livres que celui-ci avait lus, imita sa démarche et ses gestes. Trois ans après, il fut envoyé à Barcelone, au couvent de Sainte-Catherine-Martyre, puis à Lérida où il se livra à l'étude de la théologie et pratiqua les règles du *Traité de la vie spirituelle,* en écartant souvent les yeux de sa lecture pour méditer sur les plaies de Jésus-Christ, à qui il consacrait tout ce qu'il lisait et apprenait. De retour à Valence, alors qu'il priait devant l'autel de la Vierge ou devant un crucifix, le diable lui apparut plus d'une fois sous la forme de saint Antoine ou d'un nègre des plus laids, lui enjoignant avec force menaces de renoncer à la vie monastique. Une nuit, alors qu'il lisait dans sa cellule le livre de saint Jérôme sur la virginité perpétuelle de Notre-Dame et qu'il demandait à Marie d'intercéder pour lui auprès du Christ, afin de mourir chaste, il entendit une voix qui disait : « Dieu n'accorde pas à tous la grâce de la virginité ; toi non plus, tu ne la conserveras pas ; au contraire, tu vas bientôt la perdre. » Mais la mère de Jésus lui apparut ensuite dans une grande splendeur et le consola en lui disant qu'il s'agissait d'un piège du démon et qu'Elle ne l'abandonnerait jamais. Pourtant, le démon prit possession d'une femme appelée Inés Hernández qui, se prétendant malade, manda frère Vicente afin de se réconcilier avec Dieu et de faire pénitence pour ses péchés. Dès qu'il fut en sa présence, elle se dévêtit dans l'intention de forniquer. Frère Vicente s'enfuit épouvanté et la femme, voulant crier, resta muette, sous l'emprise du diable. Les Pères firent alors venir des exorcistes afin de chasser le démon de son corps, mais il refusa de sortir, disant qu'il ne le ferait qu'en présence de celui qui, au milieu des flammes, ne s'était pas brûlé. Frère Vicente revint et à peine avait-il franchi la porte que la femme fut libérée du démon. Une autre fois, en rentrant dans sa cellule, il trouva une prostituée qui tenta de le séduire, l'assurant qu'il ne devait pas craindre de voir le diable en elle, car elle était vraiment une femme ; mais lui, plein de colère, la tança durement et lui rappela les peines éternelles de l'enfer réservées à ceux qui s'abandonnent au délit répugnant de la chair. Tant et si bien que la femme se repentit et renonça pour toujours à la vie de plaisirs. Pendant ce temps, en Avignon, on avait élu pape l'Aragonais Pedro de Luna, « le fils du diable », sous le nom de Benoît XIII. Il appela frère Vicente à sa cour, pour en faire son confesseur et chapelain. Et frère Vicente demeura auprès de lui jusqu'au jour où, sur le point de mourir, il eut une vision : Jésus-Christ lui apparut, accompagné de saint Dominique et de saint François, et lui annonça qu'il serait bientôt quitte de sa maladie, que le schisme de l'Église se réglerait peu à peu et qu'en attendant il devait sillonner le monde en apôtre, prêchant contre les vices qui se répandaient de plus en plus. « Préviens-les, dit-il, du danger qu'ils encourent, et qu'ils s'amendent car le Jugement dernier est très proche. » Il le toucha sur la joue, puis ajouta : « Lève-toi, mon Vicente. » Et cet attouchement fut tellement efficace que, par la suite, quand il prêchait le Jugement dernier, la marque de la main de Jésus-Christ apparaissait sur son visage, comme un cachet ou une signature par laquelle Dieu authentifiait sa prédication. C'est ainsi que le tonsuré frère Vicente, déjà proche de la soixantaine et accablé de fièvre quarte, quitta la cour d'Avignon pour parcourir, en de sanglantes processions pénitentielles, non pas tant les chemins poussiéreux du monde que les mondes souillés par les péchés de l'homme.

Sous le soleil, le vent, la pluie, la froidure, il s'en alla, d'abord à pied, souffrant d'une jambe, le bâton à la main, puis monté sur un âne qu'il avait fait châtrer pour que la vue de son membre n'offensât personne. Il portait une longue tunique, un scapulaire, une cape qui lui servait de manteau et une bible dont il tirait ses sermons. Il ne parlait presque pas avec ceux qui l'accompagnaient, hormis de sujets relatifs à sa doctrine. Avant d'entrer dans un village, il s'agenouillait et, les yeux tournés vers le ciel, il demandait à Dieu de le libérer de l'orgueil comme de la vaine gloire. Ensuite, ceux qui venaient avec lui entraient deux par deux, suivis d'un homme appelé Milán qui, couvert d'un long vêtement et crucifix en main, chantait une litanie que les autres reprenaient en chœur. C'est alors qu'entrait frère Vicente, comme envoyé de Jésus, son âne protégé par de longues pièces de bois pour que les fidèles ne s'approchent pas trop. La populace crédule le suivait, multitudinaire, en procession solennelle, chantant des hymnes religieux et pénitentiels, portant étendards et bannières, bustes de saints, croix et reliques jalousement accumulées à travers les siècles. Doctes et incultes, nobles et vilains, clercs et commerçants, hommes et femmes dûment séparés par de longs cordons de chasteté lui offraient du pain, du vin, des fruits et d'autres nourritures, lui pressaient les mains, tentaient d'arracher des morceaux de sa tunique ou des poils de son âne pour les conserver comme reliques. Lui, répondait par des bénédictions, saluait la tête basse, les sens mortifiés, les yeux fixés au sol. Pour confesser la foule fervente, il disposait d'une légion de clercs de diverses nations à qui l'antipape Pedro de Luna avait accordé le pouvoir d'absolution. Il y avait des greffiers pour formaliser les réconciliations entre ceux qui se haïssaient à mort, les repentirs publics de pécheurs notoires et le pardon des offensés pour des outrages commis longtemps auparavant, comme le meurtre de leur père, de leur frère ou le dépouillement de leurs biens terrestres. Frère Vicente emmenait avec lui de petites orgues afin que, dans les églises qui en étaient dépourvues, les fidèles puissent ressentir toute la majesté de la messe. Un jeune clerc l'accompagnait, dont la fonction spécifique était d'apprendre aux jeunes gens de la localité des chants et des hymnes religieux qui seraient chantés dans les rues pendant la nuit, au lieu des chansons populaires qui couraient alors sur toutes les bouches. Une fois installé dans le couvent où dans l'église, quand les membres de sa compagnie étaient répartis parmi les gens du village qui les accueillaient, il consacrait quelques heures à recevoir ceux qui venaient lui demander des faveurs et des conseils ou lui exposer leurs maux et leurs tracas. Il passait le reste du temps dans une cellule, se recommandant à Dieu, contemplant les choses de la vie céleste et méditant sur les révélations de la Sainte Écriture. Il ne mangeait pas de viande, mais du poisson qu'il recevait « avec grande satisfaction quand on le lui donnait assaisonné avec simplicité. Il ne mangeait que d'un seul plat, ne buvait que deux fois, trois fois si la soif le tourmentait, mais le vin était bien coupé d'eau ». Il était vierge et avait passé trente ans de sa vie sans voir d'autre partie de son corps que les mains ; nul ne l'avait jamais vu dévêtu, même pas lui puisque, quand il changeait de vêtement, il le faisait dans une pièce obscure, afin que ses yeux ne se scandalisent pas au spectacle de sa propre nudité. Il dormait tout habillé, avec les mêmes vêtements que pendant la journée. Il s'étendait, ou s'écroulait, cinq heures à peine, sur quelques poignées de sarment, une paillasse, sur des planches ou à même le sol, avec une pierre ou la Bible pour oreiller, suivant l'exemple de saint Dominique, qui dormait au pied d'un autel ou sur des brancards utilisés pour transporter les défunts. Chaque soir, il s'infligeait la discipline et, s'il n'en avait pas la force, il demandait à ses compagnons prêtres de le fouetter avec des cordes, au nom de Jésus-Christ, en les priant de frapper sans pitié. Ceux qui le flagellaient étaient au nombre de cinq : Pedro de Muya, Juan del Prado Hermoso, Rafael Cardona, Jofre Blanes et Pedro Cerdán. Les jours de prédication, il se levait de très bonne heure, se confessait et disait la grand-messe, du haut de la même chaire que pour les sermons. Et si l'église ne pouvait contenir tous les fidèles, il officiait sur la place ou dans un champ. Alors, on dressait l'autel sur une estrade, afin qu'il pût être vu par tous, car il était de petite taille. Après la messe, il troquait les vêtements sacerdotaux contre la cape de l'ordre de Saint-Dominique. On dit qu'il savait le latin et l'hébreu, mais il ne prêchait qu'en valencien, ce qui ne l'empêchait pas d'être compris des fidèles qui ne parlaient pas cette langue « par la grâce que Dieu lui avait accordée ». Certains voyaient des anges de forme humaine au-dessus de sa tête. La prédication avait souvent lieu à la nuit tombante, quand les gens avaient terminé leurs tâches et que les paysans étaient rentrés des champs. On allumait de grands feux de joie sur la place, et les Juifs, par ordre du roi, étaient obligés de l'écouter prêcher. Pendant le sermon, il se tournait vers eux et, s'appuyant sur des citations de l'Ancien Testament, il tentait de leur prouver que le Messie était déjà venu et qu'il reviendrait seulement pour le Jugement dernier. « Juifs et Juives de douze à quatorze ans venaient devant, et ils s'assoyaient près la chaire, afin de n'être molestés par quiconque. Quand l'homme béni de Dieu citait certain texte de l'Écriture, il se tournait de leur côté et usait de leur parler. » « Avant la prédication, on le voyait faible et maladif, mais à mesure qu'il entrait en matière, son corps s'affermissait et son visage s'animait. Ses paroles, comme ses mouvements, brûlaient ainsi que des torches, et ceux qui étaient éloignés l'entendaient aussi bien que ceux qui se trouvaient près la chaire. » Il pleurait souvent et, tout en parlant, versait des flots de larmes ; quand il décrivait les horreurs du Jugement dernier, il parlait si fort que les auditeurs étaient frappés de terreur, qu'ils s'écroulaient épouvantés, se voyant déjà sortis de leurs sépultures pour comparaître devant le juge suprême. « Montagnes, roulez sur nous et couvrez-nous de la grande colère de l'Agneau Divin », criait-il avec fureur, et les pécheurs se prosternaient devant lui en signe de repentance, et les brelandiers promettaient de se détourner du jeu, les brigands du vol, les clercs de la gourmandise et de la convoitise, les prostituées de la luxure et les assassins du crime. Du sein de la foule s'élevaient des voix qui pardonnaient ou demandaient pardon, des hommes habités par le démon hurlaient, sautaient, riaient, pleuraient ou chantaient, ce qui l'obligeait à interrompre le sermon et à s'adresser au diable : « Satan, au nom du Christ, je t'ordonne de nous laisser en paix. » Il avait le don de voir ce qui est caché comme ce qui est lointain : ainsi, à Lérida, il déclara que le corps de son maître, frère Tomás Carnicer, enseveli depuis quarante ans, était demeuré intact ; à Saragosse, il eut la révélation immédiate de la mort de sa mère à Valence ; à Tortosa, il dit : « Mes frères, sur l'autre rive du fleuve, on a allumé un feu dans les paillers. Allez le circonscrire et mater, sur votre vie ! » Plusieurs volontaires s'élancèrent aussitôt pour éteindre le feu, mais, à sa place, ils trouvèrent un homme ayant commerce avec une femme. Ainsi, les fidèles comprirent ce que frère Vicente désignait par le feu. A l'issue du sermon, il avait coutume de chasser le démon du corps des possédés, que les familles conduisaient devant lui pour les exorciser, et il soignait les gens souffrant de tous les maux par des signes de croix accompagnés de ces paroles : *Signa ante eum eos qui credirunt haec sequentur, super segros manus imponent, et bene habebunt. Iesus Mariae Filius, mundi salus, et Dominus, qui te traxit ad fidem Catholicam, te in ea conservet, et beatum faciat, et ab hac infirmitate liberare dignetur.* Après les vêpres, c'était l'heure de la procession pénitentielle des hommes, des femmes et des enfants. Près de trois cents flagellants s'avançaient dans les rues comme un immense crocodile sanglant, mortifiant leur chair en souvenir des coups de fouet soufferts par le Christ. Ils croyaient que, si la mortification avait lieu dans les conditions requises, Dieu donnerait valeur et mérite au sang des pénitents en le mêlant au sien. Mais il était précisé que ceux qui agissaient sans être mus par la foi ou se flagellaient par vanité étaient d'abominables suppôts de Baal.

Après s'être confessés et avoir communié, enveloppés dans l'obscurité de la nuit pour ne pas être reconnus, la tête couverte d'une cagoule blanche, déchaussés, le dos et les épaules dénudés, ils se rassemblaient au couvent de l'ordre ou à l'église. Et la procession commençait, derrière une croix et une bannière où étaient peints les souvenirs de la Passion, mêlant riches et pauvres, clercs et séculiers, nobles et vilains, mais les hommes séparés des femmes. Des garçons de quatre ans, et d'autres qui pouvaient à peine marcher, précédaient les hommes et portaient des crucifix ; des fillettes du même âge précédaient les femmes, avec des images de Marie et de son Enfant mort dans les bras. Pendant tout le parcours du chemin de la croix, les pénitents se flagellaient avec des disciplines de cordelettes de chanvre tressées, des fouets de fer, des branches et des sortes de chardons à pointes métalliques. Certains se frappaient avec une telle fureur qu'en voyant la grande quantité de sang qui coulait de leurs blessures larges d'un pouce, il fallait leur arracher les disciplines car ils auraient pu se tuer sous les coups. D'autres avaient des morceaux de chair collés à leurs vêtements ou accrochés à leurs fers. D'autres encore, pour imiter le Christ, s'infligeaient de tels châtiments qu'ils tombaient et se redressaient comme écrasés sous le poids d'une croix imaginaire, jusqu'à s'évanouir de douleur. Ceux que la soif torturait buvaient à genoux, en signe d'humilité, l'eau que leur offraient les miséricordieux. Partout, les pénitents récitaient les épisodes de la Passion, chantaient les oraisons que frère Vicente avait composées spécialement à cette occasion, clamaient en valencien « Senyor Déu, Iesu Christ », ou en castillan : « En souvenir de la Passion de Notre-Seigneur Jésus-Christ et pour la rémission de nos péchés ! » Le peuple les suivait et les entourait en entonnant des hymnes religieux et en portant des croix, des crucifix, des statues de la Vierge et des bustes de saints, des étendards et des cierges. Les cloches sonnaient, rythmant les pas de la foule qui serpentait dans sa misère et son agonie. « L'usage de ces pénitences était si répandu que, partout où passait le maître Vicente, les orfèvres et autres artisans préparaient des étalages de disciplines, comme pour une foire aux fouets », écrivit saint Antonin.

C'est ainsi que le tonsuré frère Vicente parcourut les hameaux et les villes des royaumes d'Espagne, pour haranguer, le crucifix dans la main gauche, les chrétiens, les Juifs et les Maures. Le 19 janvier 1411, il entra dans Murcie, proscrivant les jeux de dés dans la ville et les territoires communaux, et appliquant de sévères ordonnances contre les Juifs et les Maures qui ne s'étaient pas convertis. Après un mois de séjour, un mercredi des Cendres, il prêcha à Librilla, à Alhama et à Lorca, puis revint à Murcie. Il prit la direction de la Castille le 14 avril, s'arrêta à Ciudad Real le 14 mai et entra dans Tolède le 30 du même mois. Il y prêcha tous les jours, spécialement devant les Juifs qu'il tâcha d'instruire dans la foi chrétienne. Mais quand il vit qu'ils demeuraient inébranlables, un jour, plein de colère, il descendit de la chaire, sortit de l'église suivi d'une grande foule et se dirigea vers la juiverie, le crucifix haut levé. Il entra dans la vieille synagogue pour chasser ceux qui respectaient la parole et la loi de Dieu et, sous le patronage de sainte Marie la Blanche, il consacra les lieux au culte catholique. De Tolède, il partit pour Yepes, Ocaña, Borox, Illescas, Simancas et Tordesillas, où il fut tourmenté par la fièvre quarte. A Valladolid, il ne se voua pas seulement à la prédication, mais il demanda aux autorités de la ville que l'on interdît aux Juifs de sortir de leur quartier. En septembre, il se rendit à Ayllón pour s'entretenir avec l'infant Ferdinand et la reine Catherine, tuteurs de l'enfant royal Jean II. Il incita Catherine de Lancastre, qui souffrait de paralysie et n'était pas plus agile d'esprit que de corps, à publier la cruelle *Pragmatique* sur l'isolement des Juifs qui devait être proclamée en sa présence à Valladolid, en hiver 1411. Puis il partit pour Salamanque où, la croix en main, il fit irruption dans la grande synagogue pour prêcher aux Juifs qui s'y trouvaient. Des croix blanches apparurent sur leurs vêtements et leurs coiffes, de sorte que beaucoup d'entre eux se convertirent, abandonnant leur nom hébreu pour celui de Vicente. Quant à la synagogue, elle fut baptisée Vera Cruz (la Vraie Croix).

Le roi Ferdinand d'Aragon suivit de très près les conversions de trente-cinq mille Juifs et de huit mille Maures dues à frère Vicente, ainsi que les sermons où celui-ci insistait sur le fait que Jésus et Marie étaient juifs et que rien ne déplaisait davantage à Dieu que les baptêmes forcés, puisque « Les apôtres qui ont conquis le monde ne portaient ni lance ni couteau ! Les chrétiens ne doivent pas tuer les Juifs à coups de poignard, mais de raisonnements ! ». Et pourtant, son passage entraînait des marées de terreur dans les quartiers juifs. En effet, exaltés par ses prédications, de nombreux chrétiens commettaient des forfaits et complotaient contre les Juifs, refusant même de leur vendre des victuailles, comme dans la ville d'Alcañiz. En outre, frère Vicente avait supplié les souverains « d'ordonner l'isolement des Juifs dans toutes les cités et villes de leurs royaumes, car leur conversation avec les chrétiens occasionnait de grands dommages, surtout chez les nouveaux convertis à notre Sainte Foy ». Parallèlement aux légendes sur les conversions des Juifs, il circulait beaucoup d'histoires sur les miracles qu'il multipliait parmi les chrétiens. Dans tous les royaumes d'Espagne, on disait que frère Vicente avait ressuscité des morts, donné la voix aux muets, la lumière aux aveugles et l'entendement aux sourds, qu'il avait rendu fertiles des femmes inféconds, restitué le jugement à des fous et des écervelés, guéri des blessures de poignard, étanché des plaies à la tête, soigné des épileptiques, des goitreux et des cardiaques, redressé des mâchoires et soulagé des douleurs aux cuisses, au ventre, au dos et à la poitrine ; qu'il avait guéri de la gravelle et fait uriner une femme qui avait souffert de rétention pendant quinze ans, qu'il avait sauvé des lépreux et des pestiférés, fait respirer les asphyxiés et marcher les hernieux, qu'il avait protégé des marins contre vents et tempêtes, réduit des famines, maté des incendies, conjuré des orages et dissipé des tourmentes par la simple mention de son nom.

Plus joyeuse que les saints et plus débonnaire que les rois, ma grand-mère avait coutume de chanter :

Pleurent les arbres privés de pluie
et les montagnes sans air généreux ;
pleurent aussi mes yeux
pour toi, mon amante chérie.
Et je me dis de moi qu'adviendra-t-il
en terres lointaines m'en vais mourir,

quand la mort l'emporta un dimanche après-midi, le dernier jour du mois d'octobre de l'an de grâce 1434, veille de la Toussaint. Elle mourut de la fièvre, à Séville, où elle avait passé toute sa vie, seule et insigne, comme une veuve juive dont le destin avait voulu qu'elle promenât ses os et son ombre en la cité sise dans une plaine, l'antique Hispalis. La fièvre quarte l'avait saisie dans les premiers jours de janvier, ce mal dont souffrait aussi le roi Jean II, « affaibli par des humeurs malignes, esclave de la sensualité et livré quotidiennement aux caresses d'une jeune et belle épouse » ou d'un connétable, également séducteur. A ceci près que ma grand-mère Blanca n'avait connu durant sa vie d'autres excès que ceux de la faim et de la solitude. Ce fut un dimanche matin qu'elle commença à manifester sa volonté de quitter ce bas monde, alors qu'elle apprenait à mon père le Premier Psaume qui venait d'être traduit de l'hébreu en castillan par le rabbin Mosé Arragel, de Guadalajara :

Bienheureux l'homme
qui n'a pas suivi le conseil des méchants
ni marché sur la voie des pécheurs
ni pris place à la table des railleurs.

Tout à coup, elle interrompait la lecture des versets pour lui faire de mystérieuses recommandations : par exemple, si mon père arrivait un jour à Tarazona, il devait chercher dans la juiverie un de ses oncles nommé Acach, afin de lui demander un sac d'étoffes, d'une valeur de cent florins d'or frappés au coin d'Aragon, que son père lui avait confié pendant la persécution des Juifs en 1391, dans une boutique de ladite ville ; de la même façon, si ses pas le conduisaient à Barcelone, il devait chercher un certain Abraham Isaac Ardit, qui lui enseignerait le métier de tisseur de voiles pendant six ans ; il serait nourri et blanchi et recevrait en outre un florin d'or d'Aragon par mois. Ensuite, en lui passant la main sur le front, elle lui avait dit avec un regard insondable : « Je t'absous depuis l'origine du monde jusqu'à ce jour. »

Puis elle expira, blottie dans la cuisine. A l'heure de la première prière, sans aucun juge pour mesurer sa terreur, sans actes ni chroniques de personne, toute seule avec l'immensité de la mort qui a les mêmes dimensions pour tous. Presque aussitôt les pluies commencèrent à tomber sur Séville, d'heure en heure. Le fleuve Guadalquivir entra dans la rue de la Vannerie comme un visiteur imposant, se dressa fièrement, s'éleva de tous ses bras liquides, bomba le torse et se précipita sur tout ce qui l'entourait avec ses innombrables langues déliées.

Mon père, tout seul avec la mort de ma grand-mère, fabriqua de ses mains une caisse aux dimensions du corps et partit à la campagne avec elle, au lieu de l'emmener à la fosse commune. Sous la pluie et dans des bourbiers qui lui arrivaient aux genoux, il se fraya un passage et arriva à l'orée d'une pinède qu'il connaissait bien. Là, trempé jusqu'à la moelle, il creusa péniblement une fosse, chassant et rechassant la terre loin de lui, car les crues impétueuses la ramenaient aussitôt, à tel point qu'il avait l'impression que le cadavre allait se noyer dans la caisse et que celle-ci allait se sauver en voguant.

L'enterrement terminé, il s'agenouilla dans la mare anonyme qui était la tombe de sa mère, il la combla avec des herbes et des branches, et chercha dans ses souvenirs le visage de celle qu'il aimait le plus au monde, afin de repartir avec lui.

Mais il ne sentit pas l'eau qui l'envahissait de toutes parts ; il était comme un fantôme inhumant un mort, et c'était comme si sa tête fondait en pluie, comme si ses pieds coulaient dans les ruisseaux et débouchaient dans le fleuve qui est celui de tous et qui n'est à personne.

Après avoir jeté les dernières mottes de terre, il s'aperçut qu'un paysan le regardait du seuil de sa maison. C'était un vieux aux vêtements élimés, troués et effilochés, au visage blême et osseux, aux grands yeux noirs. Près de lui un chien aboyait, terrorisé, sans oser l'approcher. Mon père comprit pourquoi : le paysan avait les mains décharnées, les joues écorchées, pas le moindre regard ; c'était la mort.

Il feignit de ne pas l'avoir remarquée et ne se retourna plus. Il l'avait bien vue — et pour toujours. Cela lui suffisait. Il s'éloigna rapidement comme s'il essayait de s'échapper du chemin où il marchait, comme s'il tentait de laisser derrière lui les jambes mêmes qui le soutenaient, habité par l'étrange sensation d'avoir laissé sous terre, parmi les pins, quelque chose d'irrécupérable. Des années plus tard, il se rappellerait que cet après-midi lui était apparu comme un rêve, qu'il avait cru marcher sous la pluie, qu'il s'était vu enterrer sa mère et avait aperçu la mort et un chien épouvanté.

A Séville, le vendredi 1er janvier 1435, il plut toute la journée. Il plut le samedi ; pendant la nuit, des rafales de vent fouettèrent les rues et, à l'aube, le sol fut saisi d'un tremblement. Il continua de pleuvoir le lundi, le fleuve atteignit la muraille de la barbacane, depuis la porte de Golles jusqu'au pied de la côte de Castilleja et jusqu'aux toits du quartier de Triana. Les cloches sonnèrent toute la nuit, l'eau entra dans la ville par les égouts et les vannes du fleuve durent être calfatées. Jour après jour, il plut à torrents, le fleuve se gonfla comme un serpent brunâtre, escalada les portiques de marbre jusqu'au premier étage, pénétra dans les arsenaux des galères du roi et emporta les huit cents arbres qui s'y trouvaient, s'empara des cargaisons de bois de plusieurs marchands galiciens et entra par la grande porte de fer qui donne accès à la tour de l'Or. Le Guadalquivir et le Buerva parvinrent à se réunir, Triana fut encerclé par les eaux, les chemins disparurent brusquement sous des lacs et le Tagarete fit irruption par la porte de la fosse commune, charriant des cadavres et des ossements, des pierres tombales et des fleurs. Bientôt, le pain et la viande vinrent à manquer, il y eut pénurie de bois, les frères d'un monastère coupèrent les peupliers pour cuire leurs aliments, les murs d'innombrables maisons se ramollirent, l'eau vint lécher le château de Triana, à une demi-brasse de l'image de la Vierge Marie, et les nuits blanchirent sous les éclairs. Une rumeur se mit à circuler parmi les habitants : on disait que ces tourmentes étaient envoyées par Dieu qui voulait détruire Séville. Les gens se réfugièrent dans les églises et dans les lieux les plus élevés de la ville, alors que les cloches de Sainte-Marie sonnaient le glas. Dans tous les temples, on priait Notre-Seigneur de sauver la ville du danger qui la menaçait.

Un mercredi, à huit heures du matin, la terre s'obscurcit, hommes et femmes coururent vers les églises pour se confesser et communier, toutes les cloches bourdonnèrent et l'on célébra partout des messes. L'eau atteignit la rue qui conduisait à Saint-Clément, les bateaux descendirent les avenues, les chiens, les chats et les poules grimpèrent sur les toits des maisons inondées. Les habitants de la rue de la Vannerie et du faubourg de Cantillana emportèrent tous leurs biens et se concentrèrent sur le grand dépotoir de la porte de Golles, au milieu des ordures et du fumier, où ils dressèrent des tentes avec des couvertures et des voiles. Le pain disparut du marché, les gens étaient disposés à payer n'importe quel prix pour acheter de la farine et faire moudre le blé, ils allaient de maison en maison dans l'espoir de partager un quignon. Une nuit où l'on voyait la lune et où les étoiles brillaient, mon père sortit pour acheter une mule, mais il ne put l'acquérir car on lui en demandait cinquante-huit sous de Jaca. Les habitants d'Alcalá de Guadaira et d'autres lieux envoyèrent du pain à Séville et, au milieu de la foule anxieuse qui cherchait à tromper sa faim, il acheta quelques morceaux.

On organisa des processions avec croix et chandelles, on promena dans les rues la châsse contenant les dépouilles de saint Servais, de saint Germain et de saint Florent, ainsi que la tête de saint Laurien. Un jour, mon père décida de quitter Séville : il ferma sa maison pour toujours, sans autre famille en ce monde que le sang qui circulait dans son corps et sans autres amis que la race omniprésente de Caïn. Il partit à pied, avec pour tous vêtements ce qu'il avait sur le dos, pour toutes provisions ce qu'il avait avalé.

Le vendredi 7 janvier, malgré de petites averses et des vents violents, il parcourut plusieurs lieues, comme s'il avait hâte de quitter Séville et de se quitter lui-même, d'être loin de ses pas comme de ceux des autres. Il marcha sans arrêt, sillonnant des chemins d'eau sous un ciel mouillé, avec la sensation de tomber de fatigue, de fouler aux pieds son propre corps, tant ses souliers déchirés étaient lestés d'eau. Il croyait que personne ne le voyait traverser les champs inondés, les sous-bois argentés, les montagnes sous l'arc-en-ciel, le soleil sous la pluie, la terre brune, les pierres lavées. Jusqu'au jour où il s'aperçut que la mort le suivait pas à pas, le guettait par monts et par vaux, parmi les vignes et les arbres fruitiers, sur la berge des ruisseaux, de l'autre côté des ponts et dans les fossés bordant le chemin. Cette même mort métayère qu'il avait vue entre les pins quand il enterrait sa mère ; celle qui, à coup sûr, attendait de le voir tomber à son tour, incapable de se relever, pour l'emmener avec elle. Mais il ne tomba pas, il ne s'arrêta pas ; il ne pouvait pas s'arrêter. Douter, se reposer un instant, c'était s'effondrer, pas tellement devant elle qu'à ses propres yeux. Les chemins liquides venaient à sa rencontre comme des fleuves, les sentiers se noyaient sous de soudaines lagunes et les arbres étaient comme percés de flèches par des milliers de semences blanches, fugitives et froides.

Le deuxième jour, il découvrit une mule agonisante, dont le chargement de bois était tombé au fond d'un ravin. Le muletier l'avait abandonnée avec les pattes cassées, sans oser l'égorger. Il était parti, la laissant dans une flaque boueuse qui reflétait un ciel tourmenté.

Le troisième jour, il frappa à la porte d'une maison, où un

homme et sa compagne ne lui offrirent pas du pain, mais des châtaignes, des raisins secs, du blé concassé et de l'eau, tout en lui relatant les prodiges qu'ils avaient vus pendant la tourmente : un effroyable tourbillon avait emporté une paire de bœufs sous le joug et précipité dans les airs la cloche de l'église qui pesait vingt arrobes ; il avait éventré les égouts d'un village, mis en pièces les murs d'une maison et déraciné de nombreux orangers. Deux vieux, qui vivaient tout près, comme à un jet de pierre, leur avaient raconté qu'à l'heure du crépuscule ils avaient aperçu au ponant des gens armés qui se battaient dans un terrible vacarme et qui, blessés, se sont élancés à travers le ciel en traînant de longs fils de lumière sanglante.

Un autre jour, de bon matin, au bord du chemin, il trouva un âne qui avait succombé sous une charge trop lourde : un lit de bois, qui pesait facilement une quinzaine d'arrobes, deux coffres fermés qui devaient peser chacun huit arrobes environ, un sac de vêtements, quatre paquets de corde et deux couvertures. Vers midi, il rencontra plusieurs charretiers, manœuvres, muletiers et guides qui conduisaient l'équipage d'un riche propriétaire. Ils allaient à travers champs car ils semblaient avoir fait fausse route. Douze mules et sept charrettes transportaient le mobilier d'une chambre et d'une antichambre, des fanègues de fèves sèches, de blé, d'orge, de cire et de sel. Dans deux autres charrettes qui fermaient le train, on voyait une cage remplie de petits oiseaux, trois lévriers, quatre lavandières et un boulanger.

Le cinquième jour, en s'approchant de plusieurs barils, très ventrus, près d'une clôture avec un point d'eau, il tomba sur un cultivateur qui lui dit s'appeler Pedro del Campo, car il était de la campagne, un homme simple, quasi anonyme. Quatre de ses filles l'accompagnaient, de bonne allure, le visage souriant. Elles gardaient cinq agneaux châtrés, plus d'une douzaine de brebis, des chèvres et leurs petits. La femme du paysan, mère d'année en année, offrit à mon père de quoi manger et toute la paille de l'étable pour y dormir. Et mon père la remercia beaucoup de son hospitalité, car il avait passé les autres nuits sous le toit nuageux de la belle étoile, dans des grottes humides, sous des ponts de bois ou de pierre et, une nuit, dans une auberge si pauvre que le sol était plus terreux que le chemin. Depuis des jours, il n'avait eu pour oreiller que des souches, des blocs de pierre, des touffes d'herbe ou ses propres bras.

Le lendemain, sixième jour, après le coucher du soleil, il croisa une litière portée par des mules rapides et crottées, où voyageait une jeune femme, coiffée d'un bonnet de Hollande bleu, vieux et dépenaillé. Arrivée à sa hauteur, pâle et distante, elle l'avait fixé de ses yeux bleus intenses qui semblaient encore briller après son passage. Mais elle avançait si vite que mon père avait eu l'impression qu'elle formait un seul corps avec la litière et les mules et qu'elle ne quittait jamais leur compagnie. En un clin d'œil, il avait pu voir les brancards de satin cramoisi, tout élimés, les boucles détachées, les sangles usées de cuir de vache et la solitude quasi extérieure de la femme. Laquelle n'avait ni porteurs, ni écuyers, ni cavaliers pour veiller sur elle. Elle allait seule, avec ces animaux hybrides, stériles, qui l'entraînaient au fond de la nuit qu'elle semblait connaître depuis très longtemps. Le profil des ombres, les arbres, la brume se voyaient à travers la litière et les mules, comme si celles-ci, à mesure qu'elles s'éloignaient, devenaient transparentes. Apparurent enfin deux piétons, des serviteurs retardataires ; ils étaient si légers dans la bruine qu'ils semblaient voler sur le chemin, le regard fixé sur le couchant orangé, comme s'ils avaient pour mission de rattraper le soleil qui toujours les devançait.

Lassé de ses faims et de ses fatigues, des nuages et de la pluie, se voyant déjà grand marcheur devant l'Éternel, lui qui parcourait trois étapes en une journée, au bout de plusieurs semaines mon père arriva à Madrid, un bâton à la main, les vêtements en loques et la peau desséchée de poussière et de soleil. Il avait laissé derrière lui El Pedroso, Cazalla, Guadalcanal, Fuente del Arco, Llerena, Valencia de la Torre, Campillo, Zalamea, Quintana de la Serena, Campanario, Acedera, Caserío del Rincón, Guadalupe, Venta de los Palacios, le port d'Arrebatacapas, Puente del Arzobispo, Calera, Talavera, Cebolla, Burajón, Tolède, délivré de la douleur du deuil de sa mère, de cette peine qu'il avait assimilée à ses pas et à son ombre ou qu'il portait comme un vide au fond de ses yeux.

Moi, Juan Cabezón, je naquis à Madrid, la ville des mottes de feu, dans la rue du Vent, un jeudi, quand ma mère, enceinte de huit mois, trébucha en allant au marché et donna le jour à un enfant mâle.

Pendant les premières années de ma vie, on me surnomma l'enfant du faux pas, le fils de la ruelle ou du coup de vent. En regardant le vol des moineaux, certains augurèrent que je deviendrais paveur de rues, chauleur de murs, que je souillerais des terres étrangères ou mon propre lignage, mais à vrai dire, jusqu'à l'heure où mon sort s'améliora, je ne fus rien d'autre que trotte-chemins et bâfreur de bouillons.

De cette enfance, je ne conserve que le souvenir de mes faims. Pour moi, jours de viande et jours de poisson furent tous des jours maigres : c'était carême toute l'année. La nuit, mon ventre vide peuplait mes rêves de personnages grêles et de figures émaciées dévorant des créatures fades et d'amers animaux.

Mes matinées furent faméliques, quand j'imaginais ma mère revenant de l'abattoir du faubourg avec les meilleures viandes de Joan de Madrid, après s'être rendue sur la place du Saint-Sauveur, pour choisir des sardines et du poisson dans ces auges perforées que l'on disposait là-bas suivant une très ancienne coutume.

Tandis que les parents des enfants gavés allaient s'approvisionner de vivres et de victuailles, mon père, lui, pêchait des proverbes : « La meilleure sauce est l'appétit », « Double jeûne, double morceau », « Faute de grives, on mange des merles » et autres belles paroles qui traitaient du manger et du non-manger, à quoi je répondais à part moi : « Famille veut dire famine ; bref, je crève de faim. »

Il était barbier et possédait un bassin de métal, mince et profond, où résonnaient tous les coups du monde. Un jour qu'il m'apprenait à lire et à écrire, survint un apothicaire, au corps lourd, à la démarche lente, qui voulait se faire tailler les cheveux et la barbe. L'auteur de mes diètes s'appliqua aussitôt à la tâche ; il lui passa la tondeuse sur les poils de la nuque et du cou, jusqu'à ce que le sang commençât à jaillir de la gorge de son client, lequel, se voyant plus râpé que rasé, tomba sur le sol tapissé de poils et s'exclama : « Merde alors ! O mes vases d'argile vernie, mes onguents et mes condiments, mes pots de conserve aux prunes, aux poires et aux pêches, à qui vais-je vous confier maintenant, puisque je me meurs ? »

A la suite de cette mort accidentelle, ou intentionnelle, un alguazil vint arrêter mon père, qui me dit adieu sur un ton pitoyable et en me suppliant : « Mon fils, cherche un autre barbier qui t'adopte, mais éloigne-toi des couteaux et des gorges aussi longtemps que tu vivras. »

Je fus saisi d'une tristesse infinie en voyant cet argousin emmener mon père, comme un des nombreux voleurs, homicides, sacrilèges et violeurs de vierges, de nonnes, de femmes mariées et de grand-mères qui, en ce temps-là, infestaient les chemins, les campagnes et les cités du royaume de Castille. Aussi, pendant des jours et des jours, je passai tout mon temps à épier par le rideau déchiré qui séparait mon lit de celui de ma mère, ou à coller mon œil aux trous du mur et de la porte qui donnaient sur la cuisine et la rue, dans l'espoir de voir mon père rentrer à la maison ou dans la boutique du barbier, les poches pleines de proverbes et de bonnes blagues, en lieu et place de victuailles. Mais je ne vis venir que Fernando l'aiguilletier, Alonso le chandelier, Perancho le charpentier, Gonzalo Núñez le rubanier, le chirurgien Maestre Zulema, le marchand d'outres Simón García, le cordonnier Pedro de Chinchón et tant d'autres dont le nom et le métier n'ont rien à faire ici, mais qui étaient tous amoureux de ma mère.

Elle, jeune et belle, était bien loin de se donner à d'autres hommes, contrairement à mes craintes les plus abominables. Les prétendants accouraient chaque jour pour se présenter : « Je suis Alonso, le teinturier », « Je suis Joan, le drapier », « Je m'appelle Joan Malpensado », « Mon nom est Joan Rebecco », mais ma mère n'en voulait aucun. Moi seul avais le droit de me coucher près d'elle, et nous dormions dans les bras l'un de l'autre pour nous protéger du froid du corps et de l'âme.

Avec le peu que nous avions à la maison, elle faisait des miracles. Elle me régalait de petits pains et de pâtes feuilletées, de friandises et de conserves de fruits qu'elle préparait avec du sucre et du miel. Elle fortifiait mon estomac sans relâche, tout en me laissant sortir dépenaillé, avec des chaussures mille fois rapiécées. Pour les voisins, j'étais l'orphelin, le pauvre petit Juan, le fils du barbier qui avait fini écartelé.

Au bout de quelques mois, qui me parurent des siècles, ma mère, pour se consoler de la peine d'avoir perdu mon père, ou pour se guérir d'une maladie que je n'ai jamais connue et que les voisins de mauvaise langue appelaient concupiscence, se mit sous la protection d'un gros meunier, aux pas lourds, aux chairs molles, au visage boursouflé. Elle me le présenta comme mon futur père et, quelques semaines plus tard, nous allâmes vivre chez lui « pour jouir du gîte et du couvert ».

Pendant de nombreux mois, j'ai dormi paisiblement dans leur chambre, parfois entre eux. Jusqu'au jour où le meunier s'est ingénié à m'extraire du plus profond sommeil — en me soufflant dans les oreilles et en me chatouillant les flancs et la pointe des pieds — pour me dire : « Juan, Juan, j'ai entendu du bruit sur le toit ; va voir ce qui se passe et, si tu tombes sur quelqu'un, frappe-le avec ce poignard. » Et moi, en plein sommeil, chatouilleux et surpris, je lançais des coups en l'air, je repoussais les ombres de la nuit et je me tournais vers ma mère pour voir ce qu'elle allait dire. Mais, au bout de quelques moments de silence et de doute, pendant lesquels elle a scruté le visage du meunier et le mien, elle a dit tout simplement : « Je n'entends rien, j'ai un gros rhume. »

Depuis lors, emmitouflé dans les vêtements amples et chauds du meunier, je suis sorti à contrecœur dans l'obscurité pour inspecter les toits et flairer le vent, cherchant quelque lutin dissimulé parmi les tuiles, mais les heures passaient sans voir âme qui vive, ni forme vivante ni fantôme impalpable, et j'étais là, assis par tous les temps, dans l'espoir de surprendre l'homme ou le défunt que j'aurais terrassé à coups de couteau ou de signes de croix.

Mais ce que j'entendais clairement, dans le silence de l'aube, c'était leurs câlineries qui, traversant les murs et le toit, confirmaient mes pires soupçons. En effet, profitant de mon absence, ils ne lésinaient pas sur les caresses et s'en donnaient à cœur joie.

Au petit matin, ils m'ouvraient la porte, quand le meunier se levait pour aller jeter le blé dans la trémie. « Ne t'en fais pas, Juan, la douceur de l'air te fera du bien », me disait alors ma mère, en me voyant baigné de rosée. « Amour de père, tout le reste est de l'air », rétorquais-je, pour rappeler un refrain favori de l'auteur de mes jours. « Couvre-toi, tu transpires », me disait-elle, et elle me conduisait à son lit et me serrait dans ses bras. Mais je la repoussais, car elle sentait l'odeur forte du meunier mêlée à sa sueur.

Grand et chauve, le corps épais et les yeux petits, présomptueux et autoritaire, plus enclin à la malice qu'à la douceur, impatient et rusé, le meunier devenait enragé si la moindre chose lui déplaisait et distribuait des coups dès qu'il entrait en colère. L'après-midi, après le dessert, bien éméché, la langue pâteuse, il se mettait souvent à nous raconter que les puces se nourrissaient de la poussière et de l'humidité, qu'il y avait, en France, des pommes qui duraient toute l'année et qu'on appelait *capendu* parce que, flétries, elles avaient l'air de têtes de pendus ; les paupières mi-closes, il nous révélait que les cerfs mordus par une araignée venimeuse guérissaient en mangeant des crabes, que les tortues soignaient les morsures de couleuvre avec de la ciguë, que la cigogne se soignait à l'origan et le sanglier avec du lierre, que l'éléphant survivait au venin du caméléon grâce aux feuilles d'olivier, que les ours mangeaient des fourmis pour ne pas mourir de la mandragore, et que les pigeons se purgeaient avec des feuilles de laurier. Tout en me parlant d'autre chose, ma mère ne me quittait pas de ses yeux noircis au khôl, jusqu'au moment où le meunier, constatant que nous ne l'écoutions plus, se levait pour fermer la porte en poussant la targette. C'était l'heure de la sieste et nous allions dormir, lui avec sa cuite, ma mère avec ses rêves et moi avec ma tristesse.

Souvent, au coucher du soleil, les amis du meunier venaient lui rendre visite : Pero Pérez, expert en augures et calamités, le converti cordouan Acach de Montoro et le vieux moine tolédan Francisco Manrique, qui avait passé une grande partie de sa vie à Rome. Assis autour de la table avec mon parâtre, buvant du vin à la clarté des chandelles, ils se disputaient le crachoir jusque tard dans la nuit. D'un banc fixé au mur, invisibles et muets, ma mère et moi nous les entendions de très loin, comme si nous n'étions pas dans la même pièce.

— Sous le règne de Henri IV, on a assisté à de nombreux prodiges, disait Pero Pérez, les yeux exorbités comme si ses regards allaient déborder. A Séville, une rafale de vent mêlé de pluie détruisit l'aile de l'Alcazar où demeurait le roi, arracha les arbres du jardin et les fendit comme une épée. Un bel oranger, très grand, fut déraciné et transporté dans les airs jusqu'aux murs de la ville ; il tomba dans une orangeraie où la plèbe se précipita sur ses fruits et le mit en pièces. Une statue de marbre, portant un diadème doré, disparut en fumée ; les murailles des tours de la ville s'effondrèrent, les temples perdirent leur toit, l'aqueduc de brique tomba sans aucun bruit sur des pierres, les sépulcres s'ouvrirent et plus de cinq cents maisons s'écroulèrent. Seules restèrent debout les ruines d'une vieille demeure. A Ségovie, dans le palais du roi, on entendit en pleine nuit des hurlements et des lamentations ; des fantômes terrifiants apparurent, toutes les têtes se hérissèrent, y compris celle de Sa Majesté, qui jusque-là ne se troublait guère et ne s'effrayait de rien, plaisantant et riant en public des craintes qu'on lui avait confiées en secret. A l'aube, les habitants crurent d'abord qu'ils avaient été victimes d'une hallucination, mais ils découvrirent une crevasse qui coupait l'édifice en deux et se perdait dans les abîmes de la terre. A Séville, une fille naquit avec un membre viril au bout de la langue, les dents toutes formées et les lèvres velues comme une barbe.

— On dit, mais l'enfant ne doit pas écouter, ni l'honnête dame ici présente, que lorsqu'on maria le roi, âgé de seize ans, avec l'infante Blanche de Navarre, au milieu des tournois, des spectacles et des jeux, qui entraînèrent des morts, des chansons et des couplets où les courtisans raillaient l'impuissance notoire de Sa Majesté, le bruit courut que son membre était mince à la racine, large à l'extrémité, et qu'il ne pouvait avoir d'érection, urinant accroupi comme une dame, dit Francisco Manrique, en regardant de mon côté pour voir si je dormais ou si j'étais distrait.

— On dit que, lors de la nuit de noces, il n'y eut pas d'union charnelle et qu'il laissa la reine comme elle était née, ce qui importuna tout le monde, à commencer par les témoins qui attendaient à la porte pour montrer les draps tachés à la cour, conformément à une vieille loi de Castille qui exige que la consommation du mariage royal ait lieu devant témoins et en présence d'un notaire, dit Acach de Montoro.

— J'ai ouï dire, ajouta Pero Pérez, qu'au début du mariage, le roi tenta d'attirer un autre homme dans le lit conjugal, pour accomplir l'acte vénérien à sa place et lui donner un successeur au trône. Mais la reine refusa de se plier à cette mystification. C'est ainsi qu'il commença à l'abhorrer et, tout en cherchant à divorcer, il lui imposa une retraite indigne jusqu'à l'obtention de la licence papale. Alors, il la rendit intacte à la Navarre.

— On dit, et j'espère que l'enfant dort toujours et que l'honnête dame est sourde, continua Francisco Manrique, que le roi, pour fêter son célibat, s'employa à pourchasser des animaux au plus profond des bois et à se livrer à l'amour des damoiseaux, parmi lesquels figurait son favori, Juan Pacheco, que lui avait choisi comme page Álvaro de Luna, ministre de son père.

— Ce même Juan Pacheco chez qui le roi avait coutume d'aller chanter et jouer du luth à l'aube, quand son mignon était malade, ajouta Pero Pérez.

— Pas de doute, la fin du monde est proche, dit le meunier. C'était les premiers mots qu'il prononçait depuis le début de la soirée.

— Et si ce n'est pas la fin du monde pour tous, c'est en tout cas la fin du nôtre, précisa aussitôt Francisco Manrique.

— Il n'y a que les aveugles pour ne pas voir et les sourds pour ne pas entendre, s'exclama le meunier, sur le ton grave de quelqu'un qui profère une phrase pleine de présages.

— Le Messie va venir et avec Lui le Jugement dernier, révéla le converti.

— Et maintenant, allons nous coucher, car je dois me lever à l'heure des matines pour dire la première messe, dit Francisco Manrique, en se dirigeant vers la porte.

Quatre ans passèrent ainsi, et je ne savais qui je devais accuser comme principal artisan de mes peines, entre ce rustre de meunier et ses colères, ma mère et ses tracas, ou moi et ma propre misère. Mais le fait est que le jour où l'on tua mon parâtre, je ne ressentis aucune affliction ; au contraire, j'éprouvai un énorme soulagement, comme si on m'avait débarrassé d'une chape qui pesait sur mes jours, d'une muraille entre ma mère et moi. Pourtant, le départ du meunier signifiait aussi le retour de la faim et, dans ce monde, sans pain et sans toit, il n'y a ni plaisir ni joie sans partage.

Le meunier avait pris le chemin de Ségovie pour négocier une affaire et il avait été assailli par des malfaiteurs qui, non contents de le dépouiller du contenu de ses poches et de ce qu'il avait cousu dans les doublures, lui avaient ouvert le ventre pour voir s'il n'était pas bourré d'or.

Il agonisait au milieu des broussailles quand un paysan l'avait découvert ; ayant réussi à comprendre qu'il venait de Madrid, il l'avait jeté en travers de sa bourrique et l'avait reconduit chez lui, après avoir cherché où il demeurait en ville.

Le quadrupède pliant sous le fardeau nous le ramena à la nuit tombante. Les yeux du meunier étaient encore ouverts, comme s'il avait regardé la poussière du chemin. Il avait le visage livide, les cheveux crispés, le ventre tailladé ; ses mains et jusqu'à son dos étaient râpés par les pierres ; ses manches lui recouvraient les poings ; il était pieds nus.

— Celui-ci ne pourra pas dire : « On m'a coupé les mains, mais j'ai encore le bras long », dit le paysan, en demandant un peu d'eau, avant de faire payer ses services et de retourner sur ses pas.

La veille du décès, c'était nuit de carnaval. Ma mère et moi, nous étions allés sur une place. On avait allumé des feux de bois dans plusieurs endroits de la ville et il y avait eu des processions, des danses et des carillons. On avait lancé des capsules remplies d'eau parfumée, à la plus grande joie de la foule massée dans les rues et aux fenêtres pour célébrer la fête qui précédait le mercredi des Cendres.

Des femmes de la maison de tolérance étaient sorties pour danser au son des tambours de basque, accompagnées d'une ânesse habillée en dame de qualité, à laquelle deux servantes donnaient à manger. Trois autres prostituées les suivaient, engoncées dans une même jupe, les mains et les pieds dépassant par six trous. En tête du cortège, il y avait un nain à deux faces, quatre bras et quatre pieds, que soulevait et abaissait une géante peinturlurée qui se disait sa femme.

Apparut ensuite une troupe de fous, portant des boucassins noirs, rouges et incarnats, longs et difformes, engommés et raides. Ils faisaient la manche, un pot de chambre à la main, importunant toute personne qui se trouvait sur leur chemin. Dans une charrette, on traînait un fou pomponné comme un pape, avec des cardinaux et des moines cinglés portant cierges et sceptres. Un autre fou, habillé en roi, couvert de soieries, d'or et d'une couronne de guingois, était encadré par des chevaliers en tenue blanche ou cramoisie et des musiciens en livrée qui jouaient de leurs instruments à bouche.

Le groupe suivant célébrait une noce paysanne : on voyait des gentilshommes montés sur des ânes et les fiancés rustauds accompagnés d'un curé, d'un argousin, du maire, des témoins et d'un tambourineur. Le passage du groupe était annoncé sur la peau d'un bouc. L'ensemble était suivi à quelques mètres par des manants en culotte bouffante et en chemise, bas-de-chausses et souliers troués, et par des femmes à pied, enceintes, en relevailles ou avec des enfants. Une servante venait avec des pommes piquées sur des bâtons, une vieille portait une marmite et un crochet avec lequel elle sortait des tripes et des membres d'homme, et un greffier arborait l'hymen d'une jeune fille dans un drap saignant.

Sur leurs talons, s'avançait une procession de moines inquisiteurs, à cheval, accompagnés de joueurs de flûte, de trompette, de tambourin. La bannière du Saint-Office était portée par un moine au teint olivâtre, vêtu d'une casaque de velours blanc et d'un pourpoint cramoisi. Sa cagoule, ses chausses et ses souliers étaient ornés d'or, d'argent et de pierres précieuses. Il était entouré de bourreaux, de chevaliers et d'autres hommes richement parés, avec de gros cierges à la main.

D'autres moines prirent le chemin du gibet ; ils escortaient un condamné qui portait les vêtements et le chaperon rouge de ceux qui vont être pendus. Derrière eux, venait un chevalier décapité, la tête dans les mains, ne sachant à qui la rendre ni quelle direction suivre.

A la fin, ce fut le tour de sept aveugles représentant les péchés capitaux. Le premier portait un étendard noir parsemé d'yeux blancs ; ses compagnons, couverts de haillons, un bâton à la main, trébuchaient les uns contre les autres.

Dans une large rue, le maître d'œuvre des tribunes avait suspendu une tenture carrée, qui arborait les armes de son seigneur, et aménagé une estrade munie de quatre gradins et garnie de tapis colorés. Au pied d'une tour, à la lumière des cierges, un groupe de musiciens se mirent à jouer du chalumeau. Un arbalétrier, vêtu de noir, accourut à cheval, la lance en arrêt, et tenta de l'introduire dans un anneau pendu à un ruban. Mais il échoua deux fois et brisa sa lance contre un mur.

Un autre arbalétrier, en habit écarlate, réussit par trois fois. Le juge et le témoin installé à une fenêtre étaient des mannequins de paille. Les prix du concours étaient des miroirs, des bijoux, des gants, des brodequins rouges et des chapons vivants ou grillés.

Les principaux notables de la ville, accompagnés de leurs dames, descendirent d'une tour. Les chalumeaux, les trompettes et les flûtes les précédaient, et de grands chandeliers éclairaient leur marche vers l'estrade. Des bandes de bouffons se mirent à danser, vêtus de peaux d'agneau. Feignant d'être bossus, ils regardaient d'un mauvais œil tous les badauds qu'ils s'étonnaient d'avoir heurtés, et leur disaient leur fait et les raillaient très librement.

Entre complies et matines, les seigneurs et leurs dames s'en allèrent, fatigués de danser sur l'estrade. D'une sombre rue, surgit un bouffon déguisé en coq, avec barbillons et crête rouge, des oreilles comme des membranes blanches et de longues plumes autour du cou. Il les secouait et les hérissait tout en marchant et luttant avec son ombre, projetée sur le sol et sur le mur par la lumière des torchères. Ses ergots ressemblaient plus à des éperons qu'à des ongles. Tout près de nous, il leva la tête au ciel pour voir s'il allait pleuvoir. Puis, les plumes de sa queue s'écartèrent ; perfide et lubrique, il se précipita sur les femmes, en lançant des cris et en chantant comme si c'était le point du jour.

— Il entendit le coq chanter, mais sans savoir sur quel fumier, lui dit une vieille édentée, en lui tiraillant les plumes.

— Savoure ta saucisse, car voici le mercredi des Cendres, lui souffla une autre.

— Aujourd'hui c'est carnaval, nuit de ripaille et de fête, mais d'abstinence et de décence pour les chairs copulantes. C'est l'heure de châtrer les coqs lascifs comme toi et de surveiller femmes et poules, qui se perdent facilement en marchant, lui dit un homme à la mâchoire chevaline.

Ensuite, on enterra un coq jusqu'au cou et un bouffon, les yeux bandés, parcourut à tâtons une certaine distance avant de le frapper de son épée, et lui trancha la tête.

C'est en ce temps-là que mourut le roi Henri IV, à l'Alcazar de Madrid, âgé de cinquante ans, les entrailles dilacérées, selon certains ; d'une douleur aiguë au côté, selon d'autres ; empoisonné à Séville lors des rencontres et des réjouissances avec sa sœur, de l'avis des siens. Affaibli par d'intenses flux sanguins, il était parti en deux jours, difforme, les cuisses en l'air, couvert d'une tunique en lambeaux et chaussé de guêtres morisques.

Alors qu'il tournait les yeux vers ses intimes, en de languissants regards d'adieu, le prieur de Sainte-Marie l'adjurait de mourir en chrétien, devant l'autel. Mais il ne daigna même pas murmurer une parole de contrition pour son règne licencieux. Ses membres s'agitèrent, sa bouche se tordit et il expira dans la deuxième heure de la nuit du dimanche 11 décembre 1474.

Son inhumation fut encore plus misérable que sa mort : sans l'avoir lavé ni embaumé, on enveloppa son corps dans un drap déchiré, on le coucha pieds nus sur de vieilles planches et il fut porté sur les épaules d'hommes de peine embauchés pour la circonstance, sans aucune cérémonie, vers le monastère de Sainte-Marie. Ma mère et moi nous nous arrêtâmes dans la rue pour le voir passer, parmi les gens peu nombreux qui s'étaient attroupés par curiosité. Acach de Montoro, Pero Pérez et Francisco Manrique faisaient partie des badauds.

— Nous le regrettons beaucoup, dit Acach de Montoro, en se référant au meunier.

— Il n'aimait pas les insignes ni les cérémonies royales, dit Pero Pérez, faisant allusion au roi défunt. D'habitude, il se couvrait la tête d'un fez rouge et il portait des casaques, des manteaux et des capes de grosse laine foncée. Ses longues jambes étaient couvertes de guêtres grossières et il chaussait des brodequins tellement usés qu'ils tombaient en morceaux.

— On dit que, dans la couleur même de ses yeux bleu clair, filtraient la violence, le soupçon et l'envie, et que « là où il posait les yeux, son regard durait longtemps », commenta Francisco Manrique, qui l'avait soi-disant croisé. Un homme mal tourné, au corps épais et de grande taille, aux membres forts, aux grandes mains et qui évitait par tous les moyens qu'on les embrassât, non par humilité ou manque de courtoisie, mais pour une « raison moins pure ».

— Il avait le front et les pommettes larges, les sourcils hauts, les tempes enfoncées, la mâchoire longue, les dents mal implantées, le nez obtus, écrasé. Ses amis disaient de sa tête grande et ronde qu'elle était celle d'un lion, mais ses ennemis le comparaient à un singe, ajouta Pero Pérez.

— Il était malodorant, et j'ai ouï dire qu'il appréciait les suaves parfums de la corruption et de la pestilence. On précise même qu'il était tout particulièrement excité par la puanteur des têtes de chevaux coupées et du cuir brûlé, dit Acach de Montoro.

— Il est de notoriété publique que, au moment où les serviteurs de Pedro Arias tentèrent de s'emparer de lui, il s'échappa en chemise, abandonnant dans son lit un certain Alonso Herrera, qui fut pris pour le roi. On sait aussi qu'il confia le prieuré de l'ordre de Saint-Jean au jeune débauché Juan Valenzuela, qui aimait à sortir fardé de blanc comme une catin et qui, lors des mascarades et des spectacles de bouffons, s'habillait en courtisane et montait une mule, flanqué de deux amis, l'un singeant un ruffian et l'autre un ivrogne. Et quand on se moquait d'eux en rue, ils répondaient par des obscénités et des blagues du plus mauvais goût, dit Francisco Manrique.

— Le roi adorait écouter le récit des forfaits qu'avait perpétrés en son temps Alonzo Pérez, alias *l'Horrible,* qui lui confiait, bouffi d'orgueil, dans les lieux où ils se promenaient : « Ici, nous avons attaqué un passant, nous lui avons dérobé tout son avoir et, craignant d'être dénoncés, nous l'avons mis à mort. Ensuite, pour éviter qu'il fût reconnu et pour ne laisser aucun indice, de nos épées nous lui avons arraché toute la peau du visage », dit Pero Pérez.

— Quand il a épousé Jeanne, la fille du roi du Portugal, devant le peuple friand de fêtes et de cérémonies, il est apparu avec un visage sans joie, sans allégresse au cœur, le front couvert d'un bonnet et en gardant son manteau, dit Francisco Manrique.

— Il voulut bientôt la livrer à un autre homme, afin d'assurer la succession de la couronne. Cet homme était Beltrán de la Cueva ; sa fille, Jeanne *la Beltraneja,* dit Acach de Montoro.

— Il se dissimulait et se divertissait au plus profond des ombreuses forêts, en contemplant les animaux sauvages qu'il avait rassemblés à l'occasion de ses nombreuses incursions. Dans un bois entouré de murailles, il avait fait construire un pavillon où il se livrait, avec ses amis, à des pratiques si abominables que je ne peux, en présence de cet enfant, en dire davantage, raconta Pero Pérez.

— Son intimité était préservée par un nain éthiopien féroce et par des hommes violents et cruels qui sillonnaient en armes les chemins pour refouler les personnes de haut lignage ou de grand talent qui auraient pu perturber le roi dans sa retraite, dit Acach de Montoro.

— Lassés de ses abus et de son existence crapuleuse, les Grands du royaume décidèrent de le renverser, dit Francisco Manrique. Certains suggérèrent de l'accuser d'hérésie : n'avait-il pas incité le marquis de Villena et le grand maître de Calatrava à embrasser la religion musulmane ? D'autres proposèrent de le déclarer tyrannique, licencieux, apathique. Mais si tous ne s'accordaient pas sur les charges à retenir contre lui, le principe du découronnement fut acquis à l'unanimité. Dans un champ près des murs d'Avila, on dressa une estrade découverte de tous côtés, pour que la foule pût voir le spectacle, et on y installa un mannequin à l'image du roi, avec le trône, le sceptre et la couronne. Les seigneurs montèrent sur l'estrade et un crieur public lut toutes les requêtes que les opprimés avaient adressées vainement au roi, la liste des multiples taxes qu'il avait imposées au peuple, plus les nombreux forfaits, abominations et corruptions sans fin dont il s'était rendu coupable. Alors, la sentence fut prononcée, l'archevêque de Tolède découronna le mannequin, un marquis lui arracha le sceptre de la main droite, le comte de Plasencia lui retira l'épée, le grand maître d'Alcantara, les comtes de Benavente et de Paredes lui arrachèrent les insignes royaux. Là-dessus, le saisissant par les pieds, ils le jetèrent en bas de l'estrade, au grand étonnement du peuple, qui semblait déplorer cette mort symbolique du roi. On fit monter sur le trône son frère Alphonse, âgé de onze ans ; au son des clairons, il fut proclamé roi de Castille et le peuple lui manifesta son allégeance aux cris de « Vive Alphonse, notre roi ». Le nouveau souverain mourut peu après, à quinze ans, dans la cité de Cardesoña, victime de la peste, selon certains, empoisonné par des herbes vénéneuses qu'on lui avait servies dans une truite, selon d'autres.

Au bout de neuf jours, quand le corps du roi Henri IV se fut décomposé et que le temps prescrit pour le deuil se fut écoulé, on dressa une autre estrade ouverte de tous côtés sur la place de Ségovie et l'on y vit monter, richement vêtue, parée de bijoux d'or et de pierres précieuses, au son des tambours, des clairons et des trompettes, une jeune fille de taille moyenne, à la peau blanche, aux cheveux blonds, aux yeux bleu-vert, au regard chaste et gracieux, au visage aimable et jovial, aux mouvements mesurés. Les bannières royales se levèrent sur son passage et, devant les chevaliers, les échevins et le clergé de la ville, les hérauts acclamèrent en grande pompe la princesse doña Isabelle, nouvelle reine de Castille et de Léon. Tous les dignitaires se prosternèrent, la reconnurent pour reine et lui jurèrent fidélité, la main posée sur les Évangiles. Le majordome de son frère Henri lui remit les clefs de l'Alcazar de la ville, les bâtons des officiers de justice et le trésor des rois. Elle les prit en main puis les restitua à son frère, en lui demandant d'y veiller et d'administrer les biens en son nom. Ensuite, le cortège se dirigea vers l'église Saint-Michel ; la reine montait un cheval au harnais somptueux, elle était précédée par la noblesse et suivie d'une foule innombrable.

Dans notre petit monde, après l'enterrement du meunier, ma mère demeura très affligée. L'avenir n'était guère souriant et nos réserves de vivres diminuaient. Pourtant, fils unique et pubère, je ne voyais pas d'un mauvais œil le fait de me trouver à nouveau au centre des préoccupations de celle qui m'avait mis au jour. Mais ma joie fit long feu car, belle encore, elle s'abibocha bientôt avec un boulanger boiteux, au grand nez et aux traits brouillés, au long visage olivâtre, à la taille étroite, aux cheveux bouclés et aux yeux pénétrants. A ma grande surprise et à mon plus grand déplaisir, ce quinquagénaire se mit à m'appeler « mon fils ».

Cet homme, qui en savait plus long qu'il ne disait, qui connaissait le latin et avait lu quelques poètes, soignait sa tenue comme ses manières, sa conversation comme ses raisonnements. Au début, il ne venait chez nous qu'à l'aube, sous prétexte d'apporter le pain au sortir du four, mais, comme il s'était levé dès matines, il était exténué et s'installait dans le lit de ma mère jusqu'à midi. Au bout de quelque temps, il changea ses habitudes : il arrivait les mains vides, entre vêpres et complies, et se levait au premier chant du coq pour aller cuire le pain. A minuit, quand il disparaissait dans l'obscurité froide, je voyais en lui la promesse du pain que je mangerais tôt ou tard. Serait-il de blé, d'orge, de seigle ou de gruau ? En imagination, je palpais déjà son poids, sa forme et son odeur.

Ma mère me tira un jour de ma rêverie en me confiant que j'aurais bientôt du pain bénit, ce qui laissait entendre qu'on allait célébrer des noces. J'en fus malade de jalousie, car je la soupçonnais d'avoir reporté son affection sur le boulanger et de vouloir la lui donner pour toujours. Le mariage n'eut jamais lieu, mais je cessai de faire grise mine à mon nouveau parâtre et d'entrer subitement dans la chambre de ma mère, en essayant de les surprendre dans un commerce impudique.

Assis sous l'auvent, le boulanger ne m'apprit pas seulement à bien écrire, mais il m'ouvrit la porte de ses livres : il m'y conduisit par la main et me montra les propriétés de certains animaux, des végétaux et des minéraux. Et comme il souhaitait m'apprendre son métier, il m'éveillait à l'aube pour chauffer le four ; ce dont je m'acquittais, après avoir jeté des brindilles pour l'allumer.

— Attention, le pain c'est comme l'amour : il doit se cuire en une seule fournée, me disait-il, en me voyant mettre les galettes au four, qui avait une forme de voûte munie d'une grande bouche d'aération.

Parfois, nous allions voir le boucher, qui exposait sur une table les peaux et les têtes de bœufs ; il nous expliquait qu'il ne faisait pas gonfler artificiellement la chair, qu'il ne vendait que de la viande fraîchement abattue, jamais des animaux crevés, tout en respectant les tarifs établis par la municipalité. Ou bien nous allions chez le forgeron, qui nous parlait des nombreux chevaux qu'il avait ferrés, en utilisant de bons fers et de bons clous. D'autres fois, nous rendions visite au cordonnier, qui n'employait que des cuirs de qualité pour fabriquer ses chaussures, jamais de la peau d'âne ou de cheval ; ou encore au drapier, qui avait tissé des douzaines de bures, au prix d'un maravédis la vare.

Le boulanger était un homme sérieux : généralement, il écoutait plus qu'il ne parlait et il savait lire dans les yeux de ses interlocuteurs. Je finis par le prendre en affection. Je l'aidais dans l'exécution de petites tâches pour lesquelles il ne m'avait rien demandé et n'attendait rien de moi. Ainsi, je m'employais à chasser les mouches qui infestaient ses gâteaux, les couvrant de salissures, comme si, d'un commun accord, elles étaient venues du dépotoir de la ville pour vrombir et bourdonner chez nous.

— Tu as l'air de Domitien, me disait-il, qui s'amusait à tuer les mouches.

En effet, si j'en trucidais le plus grand nombre avec un blutoir, quand je les attrapais vivantes, j'arrachais leurs six pattes et je coupais leurs corps en quatre ; ou bien je détachais les ailes membraneuses, en observant à contre-jour les veinules en forme de feuille et les petits poils bruns qui les couvraient.

— Nous supportons, presque tous, les éléphants, mais nous faisons la guerre aux moustiques, ajoutait-il en riant.

Vers la même époque, ma mère fit la connaissance d'un marchand flamand, qui avait apporté par voie de terre des malles bourrées de gros drap de Bruges, de fines draperies de Malines, de toiles écarlates de Gand, de laines en fil d'étaim d'Ostende et de draps de lit de Hollande. Un mercredi de bonne heure, elle m'emmena le voir à l'auberge d'Alfonso où il avait pris pension. Là, dans une chambre obscure dont il n'ouvrait la fenêtre que pour compter les sous, je le vis offrir à ma mère un jupon de Malines et des escarpins de Valence en pur chevreau, des semelles en cuir de bœuf et des socques à semelle de liège, flambant neuves. Ces cadeaux firent rougir ma mère, qui se demanda tout haut — et me demanda tout bas — ce que le boulanger allait en penser.

Il y avait cinq malles dans la chambre du marchand et le prix du drap, en maravédis, figurait au-dessus de chacune. L'homme était grand et mince ; il avait un visage honnête, un long nez et des cheveux aplatis, et il mentionnait sa ville natale à tout bout de champ, en commençant les phrases par ces termes :

— A Anvers, il y a des toiles écrues dans les prés : on les suspend à des pieux et on les arrose d'heure en heure jusqu'à ce qu'elles deviennent toutes blanches... A Anvers, il y a des pains d'abeille aussi blancs que des meules de moulin... A Anvers, il y a des vendeurs de puces : ils les mettent dans des petites boîtes qu'ils suspendent à leur cou par des chaînettes d'or et d'argent... A Anvers, les cheminées sont faites de petites briques... A Anvers, on dit que les enfants sont des hirondelles qui ne migrent jamais, que les jeunes sont des paons, les adultes des lions, et les vieux, des médecins qui s'occupent de rester en vie... En Flandres, on trouve une herbe aux fleurs jaunes ; quand les vaches sont stériles, on les conduit paître cette herbe et elles deviennent pleines, et les femmes flamandes font de cette herbe une eau distillée pour être fécondées...

Après cette visite, vers le neuvième mois, quand règne le Sagittaire, le ventre de ma mère commença à enfler. Le boulanger craignait le pire : il pensait qu'elle souffrait d'hydropisie, car il avait appris qu'elle avait eu, dans sa famille, trois avaricieux dont la soif jamais ne s'étanchait. Il lui administra une série de remèdes, mais, par une nuit glacée, au milieu de grandes souffrances et en perdant beaucoup de sang, ma mère lui donna un fils et j'héritai d'un frère. L'enfant était pâle et blond — alors que le boulanger avait des cheveux comme le jais et que, vêtu de blanc, il avait l'air d'une mouche dans un bol de lait —, mais ma mère expliqua qu'elle avait employé du papier de verre et procédé à des fumigations pour teindre la peau et la chevelure du nouveau-né.

— Te souviens-tu de ce marchand flamand qui nous a raconté que les femmes de son pays utilisent l'eau distillée d'une plante aux fleurs jaunes pour être fécondées ? me demanda-t-elle un jour en m'appelant au chevet du lit où elle se reposait avec le nourrisson. J'ai bu de cette eau, dans un petit broc que m'a offert mon ami d'Anvers pour assouvir ma soif. Puis, j'ai brisé le broc et caché les débris dans la cour, car on dit là-bas que, si une femme goûte cette eau cordiale avec un étranger, beaucoup de maris sont aussi jaloux que si la lune éclairait le four et entrent dans une telle fureur qu'ils en deviennent fous.

Des ragots ne tardèrent pas à circuler dans Madrid. On disait que ma mère avait entretenu des amours secrètes avec un marchand flamand, mais ni ces médisances ni la physionomie de l'enfant n'affectèrent le boulanger dans l'énorme dévotion qu'il avait pour son fils. Il ne le quittait pour ainsi dire jamais et, s'il tentait de s'absenter quelques instants pour aller pétrir la pâte, le rejeton de ma mère le réclamait en braillant si fort que notre homme faisait aussitôt demi-tour, comme si les cris lui fendaient le cœur.

L'illusion fondit au printemps suivant, quand le marchand d'Anvers revint en ville et fit appeler ma mère à l'auberge d'Alfonso. Il voulait lui montrer les draps flamands et brabançons qu'il avait apportés, car ses étoffes « jamais n'avaient été aussi fines », proclamait-il. Dans un coffre doublé de cuir, il avait serré des souliers noirs de Cordoue, ou de maroquin vert et blanc, ainsi que des escarpins de velours bleu ou écarlate, avec des broderies en feuille de myrte et des lacets d'argent, « aux talons hauts comme les femmes qui les portent, de vingt-quatre mesures de liège, ou plus discrets, de quatre mesures, pour rehausser gracieusement la taille des jeunes filles ou des petites dames ».

Des voisins s'empressèrent de mettre le boulanger au courant de cette visite, comme des précédentes, si bien qu'un soir, rongé de jalousie, il attendit ma mère derrière la porte, dissimulé dans l'ombre de la nuit tombante. Et comme jalousie est sœur de pugilat, il la baigna de sang à coups de poignard, tout en lui disant dans sa fureur :

— Le marchand t'a enfilé des chaussures, le marchand t'a offert des mules vermeilles, il t'a fait cadeau des draps les plus chers de Flandres..., mais moi je te mettrai en terre.

Ensanglanté, la bouche tordue, les doigts tout écartés comme s'il cherchait le Flamand dans le vide pour l'étrangler, il allait d'une pièce à l'autre en répétant :

— Par jalousie, certains condamnent les portes et murent les fenêtres de leur maison ; d'autres brisent les jambes de la femme qu'ils aiment et la cloîtrent... Moi, tranquille et confiant, j'allais faire le pain de chaque jour.

Sur ces mots, il emmena l'enfant et le laissa à l'entrée d'une église, comme s'il l'avait trouvé. Quand il revint, il était à moitié fou et m'enferma dans une chambre, car il pensait que je voulais le dénoncer.

Derrière le mur, je l'entendais pleurer, gémir, maudire, casser la vaisselle et donner des coups de tête sur une surface dure. A voix basse, il parlait à ma mère et au marchand, comme s'ils étaient devant lui, et il envoyait des coups de poing en l'air, clouait des couteaux dans le sol, dans la porte, dans le lit, dans les murs, comme si les deux autres se moquaient de lui en changeant de place continuellement. Et je crois qu'il aurait fini par se tailler lui-même en pièces si un alguazil n'était survenu pour l'arrêter.

Le lendemain matin, la scène se transporta au cimetière. Je m'y rendis avec le Flamand et quelques voisins curieux pour enterrer ma mère. La résurrection de la chair, la rémission des péchés et la vie éternelle : voilà tout ce qu'un moine promit à son corps inerte.

Le marchand avait les cheveux, la moustache et les sourcils chenus — alors qu'ils étaient blonds quelques mois plus tôt — et il me parut terriblement maigre, comme si sa douleur, en voyant ma mère assassinée et moi-même orphelin, l'avait rendu semblable à ces hommes qu'on a enterrés vivants dans le sable et qui ont la chair complètement desséchée, sans une trace d'humidité.

Ma mère demeura seule dans son repos éternel et, contrairement à mon attente, le marchand ne me donna ni victuailles ni le moindre maravédis. Il ne s'offrit pas davantage à me prendre sous sa protection. Il se contenta de me caresser la tête, de me souhaiter bonne chance dans la vie et de me dire ces paroles de réconfort :

— Mourir, c'est dormir ; ta mère est en train de rêver au paradis. Tu la reverras un jour, quand, toi aussi, tu t'en iras pour te reposer des fatigues de ce monde, là où richesse et pauvreté n'ont aucune importance.

Je me souviens de son regard fixe quand il me parlait, de sa voix qui lui faisait comme un nœud dans la gorge, de la pâleur extrême de son visage, de son menton qui tremblait. Je crus que ses jarrets allaient flancher, qu'il allait tomber dans la fosse, étreindre le cadavre de ma mère, mais il me dit simplement, d'une voix sentencieuse :

Aveuglément, fou après fou,
ainsi allons-nous cherchant fortune :
plus nous possédons et moins avons-nous
comme dans le rêve et l'ombre de la lune.

Il acheta des mules chez le premier marchand venu et partit aussitôt que possible, non sans avoir rempli ses malles de laines de Castille, de cumin, d'amandes et de raisins secs. En rentrant chez moi, j'eus l'impression que, pendant toute cette journée, comme la veille et les autres jours de ma vie, je n'avais jamais cessé de rêver.

La chambre où je dormais me parut soudain vide et exiguë, pareille à une tombe. Et c'était comme si le toit, le sol et les murs étaient éclaboussés de sang, de taches que je ne pourrais jamais effacer.

Pendant des heures et des heures, ma bouche eut un goût de cendre. Étranger à moi-même, je touchais les objets et je regardais toute chose comme si je palpais des nuages, traversais des murs ou soulevais du vent. Entouré de silence et d'obscurité, je couchai mon corps dans l'abîme, je l'étendis dans la mélancolie sans limites.

Tout seul avec ma destinée, je me sentis différent, devant un autre qui était moi, les cheveux secs, les joues flétries, et comme si mes deux mains s'ignoraient. Mon regard avait vieilli ; il errait dans la nuit de la chambre, qui semblait se poursuivre au-delà du toit, par-delà l'espace, dans le néant sans fin du monde... et dans la cour fétide où bêlait une seule et unique brebis.

En m'éveillant, vers minuit, je vis ma mère. Elle était de taille moyenne et ses membres étaient bien proportionnés ; elle avait le visage gracieux et joyeux, les yeux verts. Je me souvins d'elle au temps de son veuvage, paisible, honnête, habitée par une peine où il n'entrait ni plainte, ni désespoir, ni colère. Sous les sourcils arqués, ses yeux étaient noircis au khôl, ses joues fardées ; elle m'appelait, figée dans son absence, pour me donner le pot-au-feu et les pois chiches, les croquettes de viande et la soupe de poisson que j'aimais tant et qu'elle préparait si bien.

Pendant des jours et des jours, des semaines peut-être, je regardai fixement le soleil sur le mur. Ma seule occupation était d'aller écouter le crieur public, sur la place de l'église Saint-Sauveur, quand il proclamait, devant la foule assemblée, les nouvelles importantes pour les citoyens de la ville. Je trouvais ma subsistance dans le fumoir de la cuisine : il y avait encore des saucisses et du boudin que le boulanger avait suspendus pour les faire sécher. Puis, je bus de l'eau du puits et mangeai ce que le sommeil voulut bien m'accorder. Et le sommeil commença à confondre mes yeux, des ombres menaçantes se détachèrent du sol pour me parler. Épouvanté, je vis des vêtements jetés par terre se mettre à ramper comme des serpents, des mouches de la taille de ma main poursuivre sur le mur des araignées velues. Une table changea subitement de place et une femme ensanglantée apparut en pleurant derrière chaque porte. La plus petite fissure me remplissait d'angoisse, une muraille en ruine me semblait une créature effondrée, tout bois vermoulu était pour moi une face rongée, tout orifice une sépulture, tout animal me donnait l'impression d'avoir les jarrets coupés ; je le voyais étripé, abandonné aux chiens. La grande ennemie universelle, qui abusa Ève, notre mère, voulut entrer dans mon corps par la bouche, tournoya au-dessus de moi avec ses ailes immenses, enfonça ses griffes dans mes épaules et tenta de faire son nid dans mon sein. Terrorisé, je quittai le repaire de mes cauchemars. Je me réfugiai dehors. Je m'assis sur le seuil pour y passer le reste de l'année. Mais un jour, mû par une étrange inspiration, je retournai dans la cuisine, dans les chambres, et je me mis à fouiller les coffres, les vêtements et les vases, car le destin voulait me faire découvrir, sous le lit de ma mère, une marmite remplie de pièces d'or.

Un par un, les rayons de l'aube arrivèrent, la lumière souleva le firmament à bout de bras, dissipa l'humidité, fraya des chemins brun clair, dora les pierres, les toits et le corps des passants levés de bon matin, qui allaient travailler en ville ou dans les champs. L'horloge de la porte de Guadalajara sonna l'heure à trois lieues à la ronde. Assis sur le seuil de la maison, je regardais les cimes hérissées de la Sierra de Guadarrama, les murailles de silex blessées par les chaînons du soleil, qui renvoyaient au ciel des étincelles dorées, comme si un magicien avait suspendu dans l'espace la musique de l'éphémère, le dialogue de la pierre et de la lumière.

Sur le chemin, je vis s'avancer un aveugle très laid, au gros visage rougi, au nez cassé, aux cheveux roux, à la barbe en bataille et aux oreilles pointues, tout desséché. Il piquait l'air et la terre de son bâton, étreignait les murs, embrassait les portes et s'étendait sur les marches pour se reposer. J'étais à la distance d'un jet de pierre quand il demanda en l'air :

— Qui vive ? Dites-le-moi, pour l'amour de Dieu et de la Très Sainte Vierge Marie, qui nous engendra et nous fit tous égaux ou presque... Je demande la charité à l'entrée de l'église Saint-François. C'est au couvent de Saint-François que s'est retirée la malheureuse reine Jeanne, dans une chambre qui donne sur la vieille conciergerie, avec deux grilles qui la séparent de l'église et une fenêtre d'où elle voit la chapelle de Saint-Onuphre, pour être plus précis... J'ai été rendu aveugle par le calife de Cordoue, Muhammad ben Abd al-Rahman, père de quarante fils, pour ne rien dire des femmes, qui a vaincu le renégat Omar ben Hafson, ainsi que Ixen, qu'il a fait crucifier entre un chien et un porc... Mais, à qui ai-je l'honneur ? Y a-t-il quelqu'un ?

Comme s'il m'avait aperçu du coin de l'œil, il s'approcha de moi, me toucha le genou de son bâton et se mit à me questionner :

— Quelle forme as-tu donc ? Es-tu mâle ou femelle ? Maure, juif, chrétien, portugais, tolédan ? Es-tu en guerre avec Madrid ou avec moi ? Que glanes-tu par ici ? Parle, si tu n'es pas une bête.

— Je suis assis, ici, sur les lieux du crime, répondis-je.

— Tes parents ont-ils été victimes des malfaiteurs qui, la nuit, se cachent sous la porte de la Couleuvre pour commettre meurtres et larcins ? me demanda-t-il en approchant son rude visage du mien.

— Mon père était barbier ; il a égorgé un apothicaire, et un alguazil l'a emmené pour le faire condamner à mort... Ma mère a été tuée par un boulanger parce qu'elle avait eu un fils d'un autre homme.

— Je ne comprends rien à tous tes morts... Tu dis qu'un apothicaire a égorgé un barbier parce qu'il lui avait donné un fils de boulanger ?

— Vous confondez tout, commentai-je.

— Je n'ai rien compris, dit-il, en s'asseyant à mes côtés, sur une pierre. Raconte-moi ça plus lentement.

— Le souvenir de tant de crimes afflige mon âme et pèse sur mon estomac, lui dis-je.

— Je commence à comprendre, dit-il, un boulanger a égorgé un apothicaire parce qu'un barbier lui avait donné un fils.

— Taisez-vous, pour l'amour du ciel, suppliai-je.

— Bon, tu me le raconteras une autre fois, quand le ciel sera moins couvert, dit-il. Que sais-tu faire ? Tes parents t'ont-ils appris quelque chose d'utile ? T'ont-ils inculqué le discernement ? Ou es-tu juste bon à amasser les années et à trépasser ?

— Mon père m'a appris des proverbes et mon parâtre m'a aidé à me promener dans quelques livres, répondis-je.

— Je suis ravi que tu ne sois pas un baudet, mais dis-moi vite, que vois-tu en ce moment ?

— Une lumière telle que si vous pouviez la voir, elle vous guérirait de la cécité.

— Pour voir cette lumière, je conduirais une procession d'oies sauvages dans les rues de Madrid. Ou même une armée de bouffons à travers l'enfer, dit-il.

— A présent, je vois une créature dressée sur deux jambes, avec deux bras, deux yeux et une bouche rouge, dis-je.

— Cette personne a-t-elle un poignard ou un fourreau ? Est-ce un chevalier ou une dame ?

— Je crois, monsieur, que cette personne porte un poignard de Tolède et, de tout ce que j'ai vu dernièrement, c'est ce qui ressemble le plus à un homme.

— Est-ce un mulet qui passe ? demanda-t-il ensuite, en tendant l'oreille pour distinguer les pas.

— C'est un notaire avec une jambe de bois, dis-je.

— Partons maintenant, car je dois me rendre sur la place de l'église où je travaille. Une grande compagnie nous y attend... Ensuite, je te ferai prendre quelques bains, car tu pues comme la puanteur incarnée.

— Qu'est-ce à dire ?

— Beaucoup d'odeurs à la fois.

— C'est que je ne me lave plus depuis la mort de ma mère.

— Je m'en doutais, car je t'ai perçu de loin à l'odeur. Vois-tu, je perçois les gens par le nez : certains sentent le chien crevé, d'autres la bouse, les égouts, la sueur et le chemin... Ramasse tes hardes, nous sommes pressés.

— Je ne porte pas de haillons, lui dis-je, piqué au vif.

— Pardonne-moi, mais ton odeur m'a fait penser à une chose foulée et piétinée, à une personne dont on voit la peau par mille trous, va-nu-pieds et fesses-au-vent. Ce n'est pas le cas ?

— Pas le moins du monde.

— En quoi peux-tu m'être utile ?

— J'ai le regard assez frais : je peux voir le soleil pendant le jour et les étoiles durant la nuit ; je peux regarder les canards, les cochons, les chiens, les murs, les mares, les pentes, les portes et les habitants de cette ville, dis-je.

— Le soleil m'est obscur, la lune ténébreuse, dit-il.

Il resta près de moi, le regard perdu dans le lointain, comme s'il pouvait la voir.

— Tu as mangé ? demanda-t-il après un long silence.

— Non.

— Tu as dormi ?

— Comme un mort.

— Tu as commis des délits ?

— Pas encore.

— Quand tu t'y mettras, ne t'approche pas trop de ma bourse ; dans ce petit sac de laine, j'ai cent pièces qui ont été gravées par Jean II et qui représentent l'*Agnus Dei*.

— Je n'ai jamais volé personne, répondis-je.

— Je me suis déjà retrouvé sans un sou en me laissant palper par une fille qui disait de même.

— Vous pouvez avoir confiance en moi.

— C'était ce qu'elle affirmait.

— Si vous ne me croyez pas, adieu.

— N'es-tu pas seul au monde, comme moi ?

— Si.

— Eh bien, désormais tu as un père, un frère et un ami. Tu verras comme on s'amuse dans ces rues aveugles.

— Aveugles ?

— Puisque je ne peux les voir.

— La fortune aussi est aveugle.

— Ne te fie pas trop à ces proverbes.

— Mon père en savait beaucoup.

— Et c'est ainsi qu'il a tué un barbier.

— Non, c'est mon père qui faisait ce métier. Il a tué un apothicaire.

— Qu'est-ce que ça change ? Ramasse tes affaires et ne traînons plus.

— Je ne possède que ce que j'ai sur le dos, lui dis-je.

— Tu n'as rien à manger chez toi ? Ces personnes que la justice a condamnées n'avaient donc pas l'habitude de faire bonne chère ? Ils n'ont même pas laissé un peu de boudin ?

— J'ai mangé ce qui restait.

— Tout seul ?

— Avec mon âme.

— Il n'y a même plus d'eau ? J'ai soif.

— Pas une goutte, le puits est à sec, lui dis-je, pour plaisanter.

— Il y a de l'eau partout à Madrid : dans les fontaines, à fleur de terre, dans les murs. Nul besoin d'un seau et d'une corde : il suffit de glisser la main dans un trou pour en trouver. Et tu me dis que tu n'en as pas ?

— Je vous dis que le puits est à sec.

— Tant pis, nous remplirons la gourde dès que nous trouverons une fontaine. Dépêchons-nous, je dois régler, avant les vêpres, une affaire qui me brûle les doigts, dit-il, en me prenant par le bras.

— Comment savez-vous quelle heure il est ?

— A l'aveuglette, ou plutôt par déduction : je palpe la chaleur et le froid de l'air, le trille des oiseaux m'éveille, le halètement des mules me prévient à la nuit tombante... Maintenant, en avant.

— A gauche ou à droite ? Par la rue des Teinturiers ou celle du Miroir ?

— Par où tu voudras, mais allons-y ; j'ai hâte d'arriver n'importe où.

Pourtant, comme s'il doutait encore de ma compagnie, il s'arrêta au bout de quelques pas.

— Comment t'appelles-tu ?

— Juan.

— Mais encore !

— Cabezón.

— Quel était le nom de ton père ?

— Ricardo Cabezón.

— Et de ta mère ?

— Juana Morales.

— Tu es marié ?

— Célibataire.

— Impubère ?

— Pubère.

— Chrétien, juif ou converti ?

— Descendant de Juifs convertis.

— Ta famille compte des hérétiques ?

— Aucun.

— Comment ton père est-il mort ?

— Les voisins ont dit à ma mère qu'on l'avait exécuté pour meurtre sur la personne de l'apothicaire. Mais je ne l'ai jamais cherché après son arrestation.

— Tu as bien fait, dit-il en levant la tête au ciel, comme s'il parlait à quelqu'un juché je ne sais où.

— Quel est votre nom ? lui demandai-je.

— Pero Meñique, né à Jaén en l'an de grâce 1438... J'ai appris à marcher tout seul, j'ai joué sur les places de la Madeleine et de Saint-Ildefonse, j'ai couru les rues des Treilles, du Seigneur et de la Falaise ; j'ai bu à la fontaine du Pilier et je me suis agenouillé devant la croix de jaspe, de cristal de roche, à Sainte-Marie. Dans ma ferveur religieuse, j'ai voulu suivre les pas de frère Vicente Ferrer, prêcher la doctrine évangélique et la crainte du Jugement dernier, mais, pour le malheur éternel de mon âme, j'ai connu la concubine d'un clerc qui se distinguait par une agrafe de vermeil, large de trois pouces, ornant sa coiffe... Bientôt déçu par cette maîtresse qui m'a fait cadeau d'un fils naturel de l'ardent abbé, je me suis épris d'une sœur converse de Notre-Dame de la Conception que j'avais rencontrée, vêtue d'une tunique blanche et d'un manteau de bure, non loin de l'église Saint-Pierre-le-Vieux, juste avant la messe du samedi.

— Et puis, que s'est-il passé ?

— Il s'est passé que Jean II, le père de Henri IV *l'Humble,* a fait décapiter son cher Álvaro de Luna. Celui-ci, tirant parti des amours sacrilèges qu'il entretenait avec Jean II, avait plus de pouvoir en Castille que le roi lui-même et répartissait les villes et les possessions entre ses parents et amis.

— Et c'était votre ami, votre protecteur, votre père ?

— Pas du tout, mais sa fin tragique a bouleversé la vie de ma mère qui, touchée par la grâce divine, s'est retirée du siècle, haïssant les biens temporels et fuyant tous les vices. Elle passait le plus clair de son temps à jeûner, à veiller et à prier. Puis elle a décidé de porter des vêtements misérables et de mener une vie d'une extrême pauvreté, comme dans l'ordre des humiliés, ainsi qu'on l'appelait jadis. Du jour au lendemain, douze pauvres diables et d'autres infortunés sont venus mendier quotidiennement chez nous. Elle les recevait sur le seuil et s'ôtait le pain de la bouche pour les nourrir. Un jour, alors qu'elle se rendait à l'église, il s'est trouvé un miséreux pour lui demander l'aumône et, comme elle n'avait rien à lui offrir, elle lui a laissé ses gants et le livre qu'elle tenait en main. Mais un autre indigent, que la vie avait beaucoup maltraité, a également imploré son aide. Alors, elle s'est dépouillée de son manteau. Elle arrivait sur la place quand une femme, qui avait manqué sa vie, lui a demandé de vieux vêtements pour couvrir son corps à moitié nu. Ma mère a demandé la permission d'entrer dans une maison et s'est défaite d'une pièce de toilette intime pour cacher la nature de la mendiante. Puis elle a commencé à visiter les hôpitaux, s'approchant des malades les plus atteints pour les réconforter, prendre leur pouls, examiner leur langue et arranger leur lit. Elle veillait tout particulièrement à ce que rien ne manquât à leur portée. Ma mère s'adonnait tellement au vice, ou à la vertu, de la charité, qu'elle voulait distribuer aux déshérités tout ce qui était en sa possession. Un jour, nous avons touché le fond : mon père était parti en voyage pour Séville et ma mère n'avait pas tardé à dépenser l'argent et les provisions dont nous disposions. Alors, elle a pris la décision de vendre tous nos biens aux enchères. Nous n'avons gardé que la table et les lits, grâce au crieur public qui, pris de pitié, a refusé de mettre en vente les derniers meubles qui nous appartenaient, car il avait même vendu la mule que nous utilisions pour sortir de la ville et pour transporter les plus lourdes charges. Mais autant elle pouvait aimer les pauvres, autant elle détestait les vagabonds en bonne santé qui, méprisant le travail, allaient mendier de porte en porte, privant ainsi de pain les véritables nécessiteux. « Cette force de la nature, il faut la forcer à travailler », disait-elle quand elle tombait sur un rôdeur, jeune et sain.

» Elle était tout spécialement affectée par le sort des aveugles, qui ne pouvaient gagner honnêtement leur vie du simple fait qu'ils étaient incapables de se déplacer tout seuls. Aussi a-t-elle imaginé de les faire embaucher pour manier le soufflet chez les forgerons, une tâche qui ne demande pas d'avoir bon œil, mais de bons bras. Et chaque fois qu'elle rencontrait un aveugle, elle demandait qu'on le conduisît chez un maréchal-ferrant de ses amis, afin de lui donner du travail. Ensuite, elle s'est inquiétée de la perdition des femmes dévoyées. La nuit, elle entrait dans les maisons closes et elle dépensait des trésors de patience et de douceur pour persuader les prostituées de quitter les lieux et de l'accompagner à la maison. Là, il y avait une chambre à leur disposition, avec une image de Notre-Dame-de-l'Aurore, pour leur permettre de prier et de méditer quand elles le souhaitaient. Chaque matin, un chapelain venait leur parler de l'horreur du vice et de la beauté de l'âme, de la fugacité de la vie et du châtiment éternel réservé à tous ceux qui se vautrent dans la luxure.

— Votre mère vit encore ? lui demandai-je.

— Non seulement elle parcourait les villes et les routes du royaume, pour secourir les lépreux qu'elle reconnaissait aux clochettes et aux crécelles qu'ils doivent agiter — car, en criant, ils contamineraient l'air —, mais elle se préoccupait de ceux qui souffrent d'une maladie plus atroce encore : outre qu'elle ronge la peau et les chairs, cette variété de lèpre contracte les nerfs des mains et des pieds, de sorte que les doigts des infirmes semblent des griffes et qu'ils sont exclus de tout rapport avec leurs semblables. Un dimanche, un prêtre a dit la messe *pro infirmis* à l'intention de ma mère, puis il l'a aspergée d'eau bénite à la sortie de l'église et on l'a conduite en procession loin de la ville, dans une chaumière entourée d'une clôture. On a couvert ses pieds de cendres venant du cimetière et on lui a interdit de répondre à toute question, pour ne pas infecter l'air de son haleine. Elle pouvait seulement toucher les choses avec un bâton. « Tu es morte pour le monde, lui a déclaré le prêtre, mais tu vivras éternellement dans le royaume de Dieu. » Elle a succombé parmi les lépreux. Ses vêtements ont été brûlés le jour de l'inhumation et les gens ont recueilli ses cheveux, ses ongles, la cire qui avait coulé des cierges et la terre de sa sépulture pour les conserver comme reliques. On dit qu'elle a fait de nombreux miracles, sauf pour mon père et pour moi.

A grands pas, nous arrivâmes à l'église Saint-Sauveur, dont le clocher est surnommé le beffroi de la ville. Le Conseil municipal de Madrid y siégeait, dans la petite salle capitulaire au-dessus du portique. Nous vîmes arriver un groupe de citoyens : Rodrigo de Cidillo, monté sur un cheval châtain clair, Juan de Alcalá, sur un cheval châtain foncé, Rodrigo del Campo, sur un cheval gris clair, Pero de Pinto, avec un cheval qui n'était pas à lui, et Pero González Cebollón, sans cheval puisqu'il l'avait laissé dans l'enclos. Ils allaient rendre visite au procureur Ximón González, qui les avait convoqués. Puis vint un homme avec une charrette qui transportait des matériaux provenant de la démolition d'une porte de la ville. Nous entrâmes derrière lui sur la place qui venait d'être agrandie suivant la volonté du roi Henri IV. En effet, il avait ordonné de raser un pâté de maisons pour que le grand marché, qui se tenait jusque-là dans un faubourg, eût lieu désormais sur la place, chaque jeudi. Un emplacement précis était réservé aux pêcheurs, aux boulangers, aux maraîchers, aux cordonniers et aux marchands de fruits. La voix du crieur Diego, entouré d'hommes et de femmes, retentit :

— A Madrid, ce lundi 24 novembre 1477, le Conseil municipal s'est réuni au son des cloches, en présence de l'honoré Juan de Bovadilla, maire de ladite ville, et du docteur de las Risas, échevin, dans l'église Saint-Sauveur en la ville susdite, et il a adjugé, définitivement et à tout jamais, à Alonso Ximón, habitant de cette ville, un terrain à bâtir, sis près les sources dites les Petites, jouxtant la cour et la maison de doña Antonia, et ayant pour limites, d'une part, lesdites cour et maison, et, d'autre part, le ruisseau et la rue qui passe par la tour du Piège-à-loups...

— Qui se trouve dans l'assistance ? me demanda Pero Meñique.

— Diego de Yllescas, marchand de soie, Pero González, orfèvre, Diego Sánchez, gantier, le docteur de las Risas et son serviteur Gonzalo Mexía, Juan de Sevilla, Juan del Campo et beaucoup d'autres personnes dont j'ignore le nom, dis-je.

— Le docteur m'a-t-il vu ? demanda-t-il. C'est un grand ami.

— Oui, il est en train de vous saluer jusqu'à terre, lui dis-je, tandis que le grand docteur s'inclinait dans notre direction, avec un large sourire sur sa face de grenouille qui laissait voir toutes ses dents.

— Allons-nous-en, je dois régler une affaire urgente dans un autre quartier tant qu'il fait encore jour, dit-il en faisant de si grands pas qu'il semblait marcher à plat ventre sur son ombre.

— Es-tu un aveugle vertueux ou pécheur ? lui demanda un moine qu'il venait de heurter au coin d'une rue et qui l'avait saisi par la barbe.

— Il n'y a que deux sortes d'aveugles : les polissons et les pathétiques, répondit Pero Meñique. Je suis un mélange des deux.

— Les hommes n'ont que deux sortes de fils : les buveurs de lait et les mangeurs de viande. A quelle catégorie appartiens-tu ? me demanda le moine en m'empoignant par le col.

— Je suis chétif, batteur de pavé, coureur de jupons et dans la poisse, répondis-je précipitamment.

— Et toi, es-tu vraiment aveugle ou fais-tu semblant ?

— Les gens disent que je le suis et, en vérité, je commence à le croire, dit Pero Meñique. Mais toi, qui donc es-tu ?

— Je serais un serpent si je n'étais un pourceau, murmura l'autre.

— Je le pense bien, dit Pero Meñique en riant.

— Tu es vraiment laid, il n'y a pas de quoi rire, dit le moine en s'éloignant.

— Il fut un temps où, quand on avait les yeux blancs, nul ne se moquait de vous ; un temps où l'on pouvait traverser les murs et où personne ne s'en étonnait, dit Pero Meñique, après avoir ruminé l'affront de l'ecclésiastique.

— Ne vous chagrinez pas pour si peu, il est des choses bien pires que d'être aveugle. Être mort, par exemple, lui dis-je.

— Le pire, quand on est aveugle, c'est de retomber dans le même trou et de trébucher toujours sur la même personne, dit-il. Parfois, je voudrais être plus qu'un aveugle sillonnant les rues de Madrid... Être un Cid Campeador, un marquis de Santillane ou doña Urraca.

— Vous connaissez bien cette ville, ses multiples secrets et ses nombreux marais, ses multiples odeurs et ses nombreux temples, ses multiples pierres et ses nombreux fumiers, dis-je.

— Je marche dans un Madrid singulier, fait de pure nuit, dit-il. Je suis une créature perdue dans une rue, et il y a des jours où tous les corps butent contre moi, où tous les bustes sont durs... Pour être aveugle, cher Cabezón, il faut avoir la main légère et le front de pierre.

— Vous ne m'avez pas encore dit comment vous étiez devenu aveugle. A la suite d'une maladie ? Avez-vous perdu la vue par malheur ou par châtiment ?

Mes paroles semblèrent le pourfendre, le figer dans sa marche, lui couper le souffle. Il avait l'air de me regarder par une fente minuscule de ses yeux, quand il approcha son visage du mien et me dit :

— Voici une dizaine d'années, j'ai été expulsé du monastère de l'ordre des frères prêcheurs et j'ai erré dans tout le royaume, de ville en ville, m'abandonnant aux vices. Je me suis livré à l'amour charnel avec la fille d'un Maure extrêmement vindicatif qui m'a jeté à la tête qu'elle s'était accouplée avec des légions de jeunes chrétiens. Une nuit, caché dans l'embrasure d'une porte, le père m'a surpris à demi nu avec elle, et, fou de rage, il m'a poursuivi dans les rues du quartier maure, comme s'il voyait dans un seul homme toutes les offenses à son honneur. La fureur lui donnait des ailes et il n'a pas mis longtemps à me rattraper, devant la maison de doña Fátima. Il m'a crevé les yeux avec son cimeterre. Et j'ai eu de la chance, car il m'aurait coupé la langue et châtré si, par miracle, un alguazil ne nous avait entendus... Mais ne te moque pas de moi car, comme le disait Catulle, il n'est rien de plus sot qu'un rire imbécile.

— Je ne ris pas de vous, je cherche seulement à contourner les obstacles du chemin pour vous éviter de tomber, lui dis-je.

— Si nous n'étions pas loin du grand dépotoir, je croirais que tu me conduis hors des murs de la ville, là où l'on jette le fumier et les ordures, car tu dégages les odeurs d'un fossé d'où montent des fumets de vases de nuit, dit-il en me donnant des coups de pique avec son bâton, tandis que nous laissions derrière nous l'église Sainte-Marie qui fut une mosquée avant d'être purifiée et sanctifiée par le roi Alphonse VII.

Nous passâmes devant la porte de la Plaine, très étroite et dont la partie supérieure dissimule une énorme masse de fer pour écraser les éventuels assaillants. Nous suivîmes ensuite la rue de la Petite-Fenêtre et celle de Ségovie, avant de faire une pause devant la Monnaie et de traverser l'esplanade du Point-de-Vue. Paroisses, vieux murs, grandes bâtisses, coteaux escarpés du fleuve : le mur d'enceinte de la ville, avec ses tours de guet et ses échauguettes, surgit à mes yeux et disparut. Nous gravîmes la côte des Vieux-Égouts, puis celle des Aveugles, et nous marchâmes au long du ruisseau, qui semblait nous escorter avec ses rumeurs d'eau et de boue.

— Juan, cette rue est bien raide ; est-ce la côte de Raymond ? me demanda Pero Meñique, à bout de souffle et comme s'il allait défaillir.

— Nous grimpons la côte des Aveugles, répondis-je.

— Je m'en doutais, voilà pourquoi l'ascension est si pénible, dit-il, en s'arrêtant pour souffler.

En face de nous, je vis descendre plusieurs habitants de Madrid qui s'appelaient tous Juan, ou Joan, à la façon catalane : Juan Calvete, gantier, Joan Catalán, drapier, Joan de Yllescas *le gars du fossé,* Joan Toro, Joan Laredo, Joan Béjar, Joan Remo, Joan Malpensado, Joan González, Joan Madrid, Joan Rebeco et Juan *le tisseur de bures.*

— J'entends respirer bruyamment, dit Pero Meñique.

— Ce sont les Juan qui descendent la côte des Aveugles, dis-je.

— Je connais beaucoup d'entre eux. S'ils me saluent de la tête ou de la main, dis-le-moi aussitôt, pour que je leur rende la politesse.

— Ils sont déjà passés, lui dis-je, alors que le dernier lui faisait une grande révérence.

— Je perçois une odeur de jeune fille à cheval, à la peau fine, aux lèvres vermeilles, au long cou de héron. Est-ce exact ? me demanda-t-il, soudain très animé. Décris-moi son corps en détail, j'aime entendre parler des belles filles.

— Ce n'est pas une belle fille, c'est le docteur de las Risas qui descend la côte à grands pas, sans cesser de rire ni de vous faire des salamalecs.

— Où est-il ? Tourne-moi vers lui pour que je sois prêt à le saluer, dit Pero Meñique, le nez contre le mur.

— Trop tard, il est parti.

— Qu'il s'en aille... Maintenant, j'entends des pas de femme... Dis-moi si elle porte une coiffe blanche, si ses hanches sont larges et si son visage est gracieux, ou si elle a la bouche de travers et de mauvaises dents.

— C'est une vieille édentée, poilue et moustachue, encore enlaidie par des blessures fraîches. Elle a des yeux jaunes de harpie, des jambes filandreuses et des tumeurs aux aisselles, dis-je, pour l'induire en erreur.

— Et celle qui suit, n'a-t-elle pas un joli minois, une ligne harmonieuse ?

— Elle a le cou large et velu d'une manante, l'arrogance de quatorze ans et les seins fleuris de dix-huit. A sa façon de marcher, je crois qu'elle loge au lupanar, bien qu'elle porte le deuil comme une veuve. C'est peut-être une nonette encore vierge, dis-je, alors qu'il n'y avait pas la moindre fille à la ronde.

— Quand elle sera plus près, dis-lui des choses qui lui fassent plaisir, dit-il.

— J'ai honte de lui parler.

— Menteur ! Ce n'est pas une fille qui va passer, mais un homme répugnant, je le sens, dit-il, irrité.

— Non, elle a tourné dans la rue du Percepteur, je n'ai pu l'aborder.

— Cette rue est loin derrière nous ; j'ai toute la ville en tête et je la parcours mieux dans mes souvenirs que toi en la voyant, dit-il. Tu te ris de moi parce que je suis aveugle, mais fais bien attention en regardant le ciel : si une hirondelle te lâche sa fiente dans les yeux, tu ne verras plus jamais.

— Quand on parle du loup... En voici une qui passe, dis-je.

— Allons donc ! Ne sommes-nous pas en mai ? dit-il, incrédule.

— Où êtes-vous ? lui demandai-je, après un moment de silence.

— Une mule vient-elle vers nous, un porc a-t-il grogné, une poule a-t-elle gloussé, un chevreau va-t-il nous couper le chemin, pour que tu me déranges ainsi ? me demanda-t-il à son tour, de très méchante humeur.

— Non, mais je connais un aveugle qui va trébucher sur une pierre.

— J'aveugle, tu m'aveugles, ils s'aveuglent tous, dit-il, plein de colère. Depuis quand parles-tu pour m'aveugler ?

— C'est qu'on m'a vite appris à jeter de la poudre aux yeux, lui répliquai-je, et mon maître n'est pas loin.

— Il vaut mieux ne rien voir que de voir à ta façon, dit-il, refusant mon aide, comme si les tâtonnements de son bâton et l'enchaînement des odeurs lui suffisaient pour arriver à bon port.

En effet, il emprunta sans hésiter le passage de l'église Saint-André et, un peu plus tard, nous étions sur la petite place de la Paille.

— Voilà l'aveugle, dit un homme grand et fort, au visage grêlé, affublé comme un roi en guenilles.

Il n'avait pas de chemise, mais portait des chausses vermeilles, un pourpoint de brocart et une cape doublée de cendal.

— Puisque je vous entends, je suppose que vous êtes là, rétorqua Pero Meñique.

— Où avez-vous déniché ce novice ? demanda un borgne, en clignant malicieusement de son œil sain.

— Je l'ai dégoté dans son nid, répondit Pero Meñique.

— Tu as les joues rouges d'un bonhomme qui vient de banqueter, lui dit une femme assise par terre, au visage glouton.

Et elle continuait à tendre la main comme si une personne invisible allait passer pour lui faire l'aumône.

— D'où venez-vous ? lui demanda l'homme accoutré comme un roi, en faisant les cent pas d'une cadence mesurée et avec des gestes brusques.

— Je viens du Calvaire, où je me suis agenouillé devant la croix portant l'image de Notre Rédempteur, écrasé sous le fardeau de mes fautes et le poids de mes pensées. Car, du seul fait de penser, l'homme s'afflige et se fatigue, répondit Pero Meñique.

— Je crois plutôt qu'il vient de reluquer les lavandières au bord du fleuve, remuant leur corps et frottant leur linge, dit le Borgne.

— Vous avez l'air d'un pélican, un oiseau mieux connu de réputation que de vue, lui dit une femme à la mine réjouie, au corps bien proportionné et au ventre gonflé.

Elle avait maquillé ses yeux et teint ses cheveux au khôl.

— Toi aussi, tu as la vue basse ? me demanda la vieille goulue, en approchant son visage fétide.

— La vue peut-être, mais pas le vit, dit la femme au visage badin, ne vois-tu pas qu'il est bien vert ?

— Avec moi, ne joue pas les aveugles, je ne supporte pas

ceux qui n'ont pas les yeux en face des trous, me dit sur un ton agressif l'espèce de roi loqueteux.

— Quand il avait la vue basse, je me rappelle que les zélateurs de Dionysos tombaient les uns sur les autres, en feignant d'être aveugles, dit Pero Meñique.

Un homme passa devant la vieille bâfreuse sans rien lui mettre dans la main.

— Tristes temps que les nôtres, où le bedeau est la créature la plus généreuse au monde, dit-elle en le regardant s'éloigner.

— Ne t'en fais pas, dit le Borgne, un riche, même rapiat, donnerait plus que ce miteux.

— Avec qui sommes-nous ? demandai-je à Pero Meñique.

— Le gaillard violent et furieux, c'est le Roi Bamba, un vaillant larron qui prétend descendre d'une famille de monarques, s'habille comme un découronné et marche pieds nus ; le Borgne, aux chausses noires et au ceinturon de cuir, se prend pour le maître de Madrid, mais il ne possède, en fait, que les fosses et les fumiers extra-muros. La vieille gargamelle, trônant dans la poussière, aux cheveux teints et aux dents postiches, coiffe en lambeaux et souliers percés, c'est la Tour de Babel, native de Séville ; on dit qu'elle était si belle dans sa jeunesse que même l'ours de Madrid se levait pour la voir passer. La femme au bonnet couleur de safran, aux cheveux courts, aux yeux profonds, au cou large et poilu, au nez long comme un jour sans pain, au teint brun sous le fard, aux bras nus et au corsage si décolleté qu'on lui voit les tétons quand elle se penche, c'est la Trotteuse. Elle danse la passacaille comme une diablesse et sait pousser la chansonnette, elle court les rues et les venelles et connaît les églises et les marchés comme personne en ville. On dit que là où les affaires marchent, et au trot, on trouve la Trotteuse. L'autre, qui n'a encore rien dit, mais je pense qu'il est de la famille, avec ses cheveux taillés en rond et sa longue barbe, qui porte un ruban jaune autour du bras droit et un manteau gris tacheté, cachant mal sa chair lascive, c'est le Maure. Il dit que ses ancêtres étaient les architectes musulmans qui ont construit le clocher de l'église Saint-Pierre, l'Alcazar et la porte de Guadalajara.

— Mon Alcazar n'est pas fait de briques ni de pierres ; ses

portes sont d'eau, ses étages de terre, ses murs d'air et son toit de lumière ; c'est l'architecte Temps qui l'a bâti et ses matins se partagent équitablement la splendeur, dit-il après avoir entendu Pero Meñique.

Et il approcha de lui son visage plein d'ecchymoses, avec un œil pâle, proéminent, qui regardait ailleurs, et un front couvert de rides, de sueur, de sang et de crasse.

— Tu n'as rien d'autre à dire ? lui demanda Pero.

— Je suis né sur les terres de Zafayana, à quatre lieues de Grenade, et j'ai convolé dans Almería, la Miroitante, avec une gamine aux yeux bleu clair de Belmar, une fille de richard que j'ai répudiée pour les quatre raisons de divorce dans notre religion : sottise, adultère, ivresse et mauvaise haleine. J'ai été blessé au visage par une lance chrétienne, quand j'étais muezzin à l'Alhambra et que je proclamais chaque jour, du haut du minaret, deux heures avant le lever du soleil, à midi et le soir : « Allah est grand, il n'est point d'autre Dieu qu'Allah ! » Nul ne pouvait le crier aussi fort que moi. Maintenant, humble et contrit, je ne demande que des portions de chien pour vivre dans le quartier maure.

— Tu chantais sûrement bien, tu es un vrai maître chanteur, dit le Borgne. Où a-t-on mis le vin ?

— Pas de vin aujourd'hui, dit le Roi Bamba, nous allons veiller très tard et nous aurons besoin de tous nos esprits. J'ai entendu dire qu'on allait célébrer des noces solennelles dans la ville et que le cortège passerait par ici. Pourvu qu'on trouve un bon filon...

— Combien de pièces as-tu récoltées ? demanda la Trotteuse au Borgne.

— Trente-quatre, répondit-il.

— Fruit de la fauche, je suppose ?

— Non, de la pure et simple aumône, dit-il, moqueur.

— D'où te vient cette balafre au visage ?

— D'un coup de couteau.

— Quand l'as-tu reçu ?

— Hier soir, quand je jouais le monte-en-l'air. Un peu plus et on me crevait le quinquet qui me reste.

— Tu travaillais sans guetteur ?

— Non, avec un as du fric-frac, un voleur de grand chemin. Je croyais qu'il était très futé, mais il est resté dans le coup, pour toujours.

— Sans même se défendre un peu ?

— Il n'a pas eu le temps : il a pris un coup de dague alors qu'il grimpait au mur.

— Tu finiras à la potence, avec un crieur public pour acolyte, conclut la Trotteuse.

— Je ne serai jamais pendu, affirma le Borgne, rouge de colère.

— Celle-là, c'est un oiseau de malheur ; je vois déjà venir l'argousin, dit le Maure.

— Tu commences à trop jacter, dit le Borgne.

— Fais gaffe, tu me flanques la migraine, je commence à perdre la boule et à sortir de mes gonds, comme si des trompettes tonnaient dans ma tête.

— Viens, approche donc, et je te mets la figure en bouillie, avant de te caresser les côtes, renégat, dit le Borgne.

— On va voir ! cria le Maure, en essayant de tirer un poignard de son tabard. A partir de ce jour, tu marcheras sans jarrets.

Le Borgne le saisit par le cou et, d'une pirouette, le fit rouler par terre comme un sac de pois chiches. Il frotta son soulier rapiécé sur le visage du Maure, lui enfonça la semelle crottée en bouche et lui dit :

— A genoux, fils d'Allah ! Ce n'est pas ton Mahomet qui pourra te faire sortir de la mare immonde où tu barbotes. Baise-moi les mains.

— « Il baise les mains d'un homme qu'il voudrait voir coupées », commenta Pero Meñique.

— Tords-lui les bras comme des boyaux de porc, demanda la Tour de Babel.

— N'oubliez pas que je suis un chef respecté, dit le Maure entre ses dents, aplati comme une crêpe. Mes espions et mes gardes ne sont pas loin, ils vont venir t'apprendre mon catéchisme... Non, pitié, j'ai soif, je suis déshonoré, aussi misérable qu'un manant qui va mourir.

— Silence, dit le Roi Bamba, j'entends trotter des argousins.

Le Borgne donna un coup de pied au Maure, il le prit par la tête, le serra vigoureusement entre ses paumes et lui dit :

— J'en ai marre de ta morgue ; je vais te rabattre le caquet.

— Pourquoi le traites-tu ainsi ? demanda la Tour de Babel.

— Pour qu'il sache à qui il a affaire et qu'il cesse de la ramener.

— Je te sens de loin, dit le Maure, ce n'est pas la peine de m'asphyxier avec ta puanteur.

— Les pinces d'une accoucheuse manquée ont fait que mon père est né la bouche de travers ; toi, ce sont tes méfaits et ta langue de vipère qui t'ont rendu borgne. Un de ces jours, je te casserai la tête, dit le Roi Bamba, en empoignant le Borgne et en le secouant violemment.

— Lâche-moi, je resterai tranquille, supplia l'autre.

— Lâche-le, dit la Tour de Babel. Je sais que sa tête ne vous revient pas parce qu'il n'a qu'un seul quinquet, mais moi je l'aime ; pour lui, je donnerais ma chemise, je me vendrais s'il le fallait.

— Tu es de celles qui ôtent leur chemise en rue, bien avant d'entrer dans la chambre, dit le Roi Bamba.

— Dans ma jeunesse, j'étais une grue experte. Le pinard et la bagatelle me rendaient folle.

— Fais-moi voir ta petite bouille, laisse-moi admirer tes mirettes ; je me sens plein de nuit et je t'offrirai la nuée, a dit le Borgne, en s'approchant pour l'embrasser.

— En temps voulu, je baisserai mes chausses, je te montrerai mes gambettes, et le chemin de la butte, quand j'aurai payé mes mensualités, a-t-elle dit.

— Pour arriver jusqu'à toi, j'entrerai par les vanternes et je t'ôterai le superflu, a dit le Borgne.

— Ne touche pas à mes rondeurs, je porte la bourse sur mon ventre et je m'y connais en vol à la tire, a-t-elle dit en repoussant sa main.

— Jamais ruade de jument ne fit peur à l'étalon, a dit le Borgne.

— Te voilà sur tes ergots, et fier comme Artaban, a commenté Pero Meñique, qui entendait chaque propos comme chaque bruit.

— Qui fatigue ses yeux chez le voisin est aveugle en sa demeure, lui a dit le Borgne.

— Tu m'as bien eu : il n'y a que la vérité qui blesse, a dit Pero Meñique.

— Ne t'en fais pas trop ; quand tu auras quitté ce monde, tu pourras voir l'autre, a dit la Trotteuse pour le consoler.

— Certes, le retour ne peut être pire que les matines, a répliqué Pero Meñique.

— Pourquoi trembles-tu comme une feuille ? a demandé la Tour de Babel à la Trotteuse.

— Ce tremblement est tout ce que m'a laissé ma mère, qui est morte phtisique, a répondu celle-ci.

— Moi, tout ce dont j'ai hérité de la mienne, ce sont des souliers rapiécés et des hardes raccommodées à coups de courants d'air, grâce à quoi je suis maître de tous les chemins, a dit le Borgne.

— Je donnerais ma vie pour toi, a dit le Maure à la Trotteuse, je te donnerais un fin corsage de couleur et un jupon léger, pour que tu sois toujours sans gêne, quasi en chemise…

— Ne l'écoute pas, c'est un sauvage : il bouffe comme une bête, par terre, sans table ni chaise, des lentilles et des fèves, a dit le Borgne.

— Du pain de millet et d'autres céréales dont tu n'as même pas idée, avec des raisins secs, des figues et du miel, a répondu le Maure.

— Ne l'écoute pas, il dort comme un animal, à même le sol, ou sur les bancs de la cuisine, a dit le Borgne.

Sur ces entrefaites, nous avons vu s'approcher, à petits pas mais très rapides, un homme haut comme trois pommes, aux jambes et aux bras arqués, à la gibbosité pointue et avec un cache-sexe qui ne dissimulait pas seulement les parties honteuses, mais tout le ventre.

— Notre séraphin en chair et en os est arrivé à Madrid, le glorieux père don Rodrigo Rodríguez, a dit Pero Meñique, en le saluant.

— Mon ami Pero exagère un peu, a répondu le petit homme, visiblement gêné et avec un grand sourire qui a courbé sa moustache.

— Tu nous apportes une bonne carambouille, de la belle resquille, une jolie carotte ou un chourave du tonnerre ? a demandé la Tour de Babel.

— Rien de tout cela.

— Alors, pourquoi viens-tu ?

— Pour oublier le cauchemar de son anatomie, car la nature a fait de lui une marionnette pour amuser les enfants ; elle a vomi un abrégé d'homme, avec juste la tête dans les bonnes proportions, a dit la Trotteuse.

— On dit que Pline baptisait cette abréviation du nom de malheur, au temps où les Romains employaient des nains dans les jeux gladiatoires, a dit Pero Meñique.

— Qui est ce petit décati ? a demandé le Roi Bamba, offusqué par sa présence.

— Moi, Monseigneur, je suis don Rodrigo Rodríguez, natif de Tolède ; j'ai étudié la grammaire, les arts et la théologie à l'université d'Alcalá de Henares.

— Voleur ou mendiant ?

— Mendiant, grâce à Dieu ; mais si votre bon vouloir en décide autrement, demain je serai voleur.

— Comment es-tu arrivé jusqu'à nous ?

— En cherchant mon ami Pero Meñique.

— Dans quel but es-tu venu à Madrid ?

— Je suivais une femme appelée doña Flor Domínguez, originaire de Ségovie, dont j'étais alors très entiché et qui est venue ici avec un père dominicain.

— Sais-tu forcer les verrous au rossignol ? a demandé le Borgne à son tour.

— Non, a répondu le gnome, en souriant timidement.

— Et te perdre dans la foule ? a poursuivi le Borgne.

— Pour moi, c'est un jeu d'enfant.

— Alors, tu seras mon guetteur, demi-portion, a dit le Borgne.

— Je vous en prie, appelez-moi don Rodrigo, car mon père

était un vaillant chevalier, un homme de cœur, bon cavalier, fine lame et ami fidèle de don Álvaro de Luna.

— Ami de don Álvaro de Luna, dont le roi Jean II a fait couper la tête pour trahison ? a demandé la Tour de Babel.

— Oui, le connétable de Castille, dont l'exécution fut annoncée par les crieurs publics.

— Mon père était le plus mauvais pourpointier du monde, a dit la Trotteuse, tout ce qu'il a appris de bon dans sa vie, c'était la devinette du pourpoint, qui dit ceci :

Sans têtes, ni pieds, ni mains,
corps et bras nous avons,
et bouches, mais jamais ne mangeons,
et des yeux qui sont très sains,
mais maudit soit ce que nous voyons.

— Mon père, par contre, a compté plus de mille hommes à son service, pour tondre les moutons et barboter les bourses ; c'était un homme riche et respecté, et non un pauvre bougre comme celui qui engendra cette femme, a dit la Tour de Babel.

— Le mien était un voleur de renom, a dit le Borgne, à tel point que le marquis de Villahonda avait offert une récompense de mille maravédis pour l'arrêter, et quand il a été vendu par un capon, mon père a confessé qu'il avait occis quinze hommes. Le jour de son exécution, on l'a trimballé dans une charrette, attaché au bois de justice avec une forte chaîne, traînant la moitié du corps dans la boue, et dans une rue, des forgerons sont sortis avec des tenailles rougies au feu et lui ont arraché les oreilles qu'ils ont fichées à la pointe du pieu. Sur la place publique, on lui a coupé la tête, puis on l'a écartelé.

— A coup sûr, voilà une mort exemplaire, a dit le Roi Bamba. Mon père était un homme si fort et si agile que, lorsqu'on jouait à faire venir un cheval sur la place du marché et qu'un homme se dressait sur la selle les bras tendus, et qu'un autre homme grimpait sur les épaules d'icelui, il parvenait encore à sauter par-dessus leurs têtes et à retomber debout sur la selle. Quand il est parti à la guerre, il s'est montré si dur et si vigoureux dans les estocades qu'il distribuait à l'ennemi que ses adversaires mouraient toujours avant d'avoir pu compter jusqu'à sept. Un jour, à l'aube, dans un affrontement avec les Maures, comme il voulait sauver un ami traqué par de multiples lances, ils l'ont criblé de flèches dans le dos et il a succombé sous ses blessures. Mon grand-père, si pauvre que, pour survivre, il devait jeter du fumier dans les champs d'autrui ou acheter des mules à bas prix qu'il maquillait et revendait, m'a recueilli et emmené avec lui, quand l'idée lui est venue de jouer les prédicateurs ambulants, accompagné d'une concubine travestie en nonnain. Pendant de longues années, à pied ou à dos de mule, nous sommes allés de bourg en bourg et de ville en ville, attachant l'animal près de l'église où mon aïeul faisait son sermon, tandis que la fausse béguine, des insignes pendus au cou, vendait les bulles apostoliques en forme de cœur, avec des noms de saints inscrits à l'intérieur et que les gens portaient sur la poitrine comme remède à l'envie, à la fièvre quarte et à la goutte, ou tout simplement pour ne pas oublier qu'ils étaient poussière et devaient mourir un jour. Avec ces reliques plein les poches, nous battions les campagnes, courions les collines et foulions le pavé des cités, dans la poussière et sous la pluie, épuisés ou affamés ; car, pour dire la vérité, nous avions plus souvent une faim de loup que l'estomac garni. A telle enseigne que, parfois, au milieu de la place d'un hameau miséreux, mon grand-père devait conjurer l'anneau qu'il portait pour qu'on nous donne un quignon de pain et qu'on nous prête une paillasse. Cette vie errante aurait pu durer toute mon existence si un scélérat de moine qui convoitait la maîtresse de mon grand-père ne l'avait fait appréhender pour imposture et livrer aux révérends dominicains sous l'inculpation d'hérésie. C'est ainsi que je me suis retrouvé dans la rue, seul, au milieu d'une bourgade inconnue, en habits d'enfant de chœur et le ventre vide, sans savoir s'il valait mieux manger des pierres ou des racines, me vêtir de peaux de bêtes ou me revêtir d'ombres, jusqu'au jour où je me suis converti en Roi Bamba pour devenir celui que vous voyez.

— Puisque nous parlons de clercs malicieux, a dit le nain, on m'a raconté qu'un frère franciscain, dans le confessionnal d'une église de ma ville, a demandé un soir à une belle pucelle si elle avait coupé ses ongles ; à quoi la jouvencelle a répondu qu'il n'était pas nécessaire de se les couper pour aller à confesse. Mais le clerc a prétendu le contraire, et qu'il portait sous la soutane des ciseaux à cet effet. La jeunette avait à peine étendu la main qu'elle l'a retirée en s'exclamant : « Oh, mon père. — Tu t'es déjà coupé les ongles ? », s'est enquis celui-ci. Et comme elle riait, il a déclaré en s'esclaffant : « Loué soit saint François ! »

— J'ai ouï dire que, dans la rue du Bourg, à Palencia, la concubine d'un tonsuré a donné le jour à une femelle monstrueuse, au crâne lisse et chauve ; en guise de nez, elle a un œil de poisson sans paupières et, à la place de la bouche, un petit museau de lièvre, comme un trou rond avec des dents ; ses oreilles lui descendent jusqu'au milieu du cou et, quant au reste, son corps est comme celui de toutes les femmes, avec des tétons, un connin et un cul, a dit le Borgne.

— A Tolède, une religieuse a engendré une créature abominable, dont la tête, le poil, la figure et les oreilles sont ceux d'un lion, avec des ailes de chauve-souris au lieu de bras, une corne sur le front et des lèvres dentées sous le mamelon gauche. Sur son nombril, un toupet de cheveux pousse en manière de moustache et ses parties génitales sont à la fois d'un mâle et d'une femelle ; d'un mâle comme chez les chiens et d'une femelle comme la conque marine. Sa jambe droite est celle d'un homme et la gauche est couverte d'écailles, si bien qu'elle peut courir les champs ou vivre dans les eaux, selon sa fantaisie, a dit don Rodrigo Rodríguez.

— Sans vouloir offenser mon ami don Rodrigo Rodríguez, a déclaré Pero Meñique, je voudrais vous relater l'histoire suivante : il y a quelques années, les Portugais ont amené dans ces parages un nain barbu, âgé de trente ans, si petit qu'il ne mesurait pas plus de trois empans, en comptant la tête et les pieds. Deux hommes le transportaient tranquillement dans une cage qu'ils chargeaient sur leurs épaules et promenaient à travers les rues des villages, en gagnant beaucoup d'argent car les paysans se pressaient pour le voir. Le nabot avait tous ses esprits, à tel point qu'il pleurait comme un enfant quand le public se moquait de lui et qu'il jouait avec ceux qui le caressaient à travers les petits barreaux. Mais à cause du malheur qui avait frappé son corps, ou parce que la nature même ne l'avait pas doté pour vivre longuement, il est mort prématurément, au grand dam des Portugais rapaces, lors d'une foire dominicale, devant la multitude qu'il amusait avec ses bons mots.

— Je n'ai aucune pitié pour ton corps contrefait, et ton petit format n'a rien pour m'étonner, a dit le Maure à don Rodrigo Rodríguez. Mais si tu as besoin de quelqu'un pour te nettoyer… T'as des radis ?

— Je suis parfaitement fauché, a dit le nain.

— Quoi, ton gentilhomme de père ne t'a rien laissé ? a demandé la Tour de Babel.

— Si, toutes les libertés des villes et les paysages à la campagne, a-t-il répondu.

— Il est bien fagoté, a observé le Borgne.

— J'ai hérité ce pourpoint de mon grand-père ; c'était un de ceux qu'il portait quand il était enfant.

— Pour ce qui est de gagner sa croûte, avec le corps qu'il a il pourra toujours servir de tirelire, a commenté la Tour de Babel.

— Ou de monte-en-l'air, qui pourra se glisser dans les crevasses des briques, ou par les fenêtres comme un mouchard, a dit le Roi Bamba.

— Moi, j'aimerais qu'il porte des rubans comme une femme ou qu'il s'habille en gamine pour faire le guet, caché dans un trou ou assis sur quelque pierre, a dit la Tour de Babel.

— Il a de bons quinquets et les paluches fines, je propose qu'on en fasse un portier de boxon ou un écornifleur, a dit la Trotteuse.

— Je ferai ce que vous m'ordonnerez et même ce que vous ne m'aurez pas demandé, a déclaré don Rodrigo Rodríguez en piquant un fard. Je vous remercie du fond du cœur d'avoir exprimé tant d'aimables propos sur mon humble personne, mais je me connais : je suis si maladroit au jeu, si cocu en amour et si évasif en matière de bagarres et de batailles rangées, outre le fait que les foules me foulent aux pieds dans les rues, que je crains bien de ne pouvoir assumer les responsabilités mirifiques que vous voulez me confier... Au lieu de grimper sur les toits, de me glisser par les fenêtres et de détrousser les voyageurs, j'aime passer la journée au plumard en regardant les figures que ma fantaisie dessine sur le mur, ou recompter mes doigts à plusieurs reprises, au cas où j'en aurais perdu un pendant la nuit.

— Je m'en doutais : il est juste fort en gueule — et de ceux qui se mettent à table dès qu'on les chatouille, a dit le Borgne.

Un centenaire a traversé la place, vêtu de vert couleur chenille, une main posée sur la tête d'une fillette. Il s'est arrêté devant nous, il a ouvert la bouche pour avaler l'air ou pour exhaler son dernier soupir, et il a regardé à terre, en proie aux affres de la vieillesse et de la mort. J'ai cru qu'il allait pester mais, comme s'il s'était poussé lui-même dans le dos en rassemblant tout son courage, un instant plus tard il était de nouveau en mouvement, cherchant une penture où s'appuyer.

Puis sont passées deux Mauresques, de sang pur et bien peignées, avec de larges chausses de lin aux plissages fixés sous le nombril, de longues chemises, également de lin, et une tunique de laine par-dessus. Parées de grands anneaux et de colliers à grains noirs, elles avaient les seins bien dressés sous la tunique verte. Elles sont entrées dans une rue du quartier maure, la face voilée par une pièce de toile blanche, et je n'ai donc vu que leurs yeux. Derrière elles venait une femme mariée, avec une coiffe de bigote et des ongles de chatte, suivie d'un Maure déchaussé, les cheveux séparés en deux et la barbe taillée. Puis ce fut le tour d'un religieux, en capuchon pointu et tunique boutonnée, canne d'or et manteau de peau de lapin.

— Un jour, on servit à la reine Isabelle une gousse d'ail enveloppée de persil qu'elle cracha aussitôt en disant : « Ô le vilain de vert vêtu », a dit Pero Meñique, qui ne savait rien du trafic sur la place.

— On dit que le roi de Macédoine avait des serviteurs qui lui rappelaient quotidiennement son humaine condition, et on raconte que notre reine Isabelle, chaque fois qu'elle assiste à des fêtes et à des solennités, est accompagnée d'une dame qui lui murmure à l'oreille : « Rappelez-vous que vous devez mourir », a enchaîné don Rodrigo Rodríguez.

— Moi, j'aime déjeuner simplement, à la manière des montagnards ; je me contente de pain de seigle, de vin coupé d'eau et de fromage cuit, a dit la Trotteuse.

— Une nourriture sans apprêts vaut beaucoup mieux que le banquet des funérailles, a dit le Borgne.

— Saint Jérôme recommandait aux pauvres de s'abstenir des mets qu'ils ne pouvaient digérer et de ne pas envier ceux qui n'étaient pas à leur portée. Il affirmait qu'il est sage de se nourrir de potages et de légumes, et que faire maigre préserve l'homme des maladies, a dit don Rodrigo Rodríguez.

— Il est des aliments qui nuisent à l'âme comme à l'estomac ; ainsi des aubergines, qui entraînent des accès de mélancolie, ou des fèves, qui gâtent la mémoire, ou des champignons, qui contiennent un poison mortifère... Il est très préjudiciable à l'homme de porter une bouchée à ses lèvres avant d'avoir avalé la précédente et de trop se pencher sur l'écuelle quand la faim tenaille férocement, a dit Pero Meñique.

— Tu en sais long sur le bourrage et la vidange des corps, a dit la Trotteuse ; m'est avis que, parmi tes ancêtres, il y a eu quelque médicastre juif, dans le genre Acach ou Yucé.

— Quand le roi mange, on lui apporte des moutons, des perdrix, des poissons et du pain de froment ; la table est servie dans une pièce du palais tapissée de brocart d'or, des hommes procèdent à la prégustation pour s'assurer que les mets ne recèlent aucun poison, le souverain a près de lui un bassin pour jeter les os et les reliefs, ainsi que des aiguières et des rince-doigts parfumés à la menthe et à la verveine, et toutes sortes de couteaux, des couverts tridentés de Venise et des cuillers ornementées ; moi, je mange en vitesse et avec les mains, du gros lard et du pain mal pétri, assis sur une pierre ou à l'air libre, sous le toit bleuâtre de la nuit, a dit le Roi Bamba.

— La faim est une sale garce, a dit le Borgne.

— Ouvre donc les yeux, t'as vraiment la vue basse, m'a dit le Maure avec brusquerie, en me pressant les mâchoires d'une main rugueuse. Quand tu écoutes, tu clignes des quinquets comme si la lumière te blessait ou comme si on allait te frapper.

— Tu dois savoir que la cécité frappe aussi bien les poules mouillées... que les fins matois, a dit la Tour de Babel.

— Oui, et que d'autres souffrent de nanisme du cœur ou de l'esprit, a dit don Rodrigo Rodríguez.

— Comme vide-gousset de gentilshommes et de chevaliers, on te pendra à un bout de bois, en haut d'une butte, a dit la Trotteuse au Maure.

— Et pourquoi devrait-on le pendre ? (Le Roi Bamba a interpellé durement la femme.) Si les gentilshommes et les chevaliers vivent des vols et des prises qu'ils effectuent sur leurs terres, s'il est dit que, une fois entré dans leurs fiefs, il n'est plus question de mettre un pied dehors sans devoir s'en mordre les poings à cause de ces receveurs d'impôts et de taxes postés à chaque frontière, durs, avares et sans pitié, qui dépouillent les voyageurs, leur enlevant jusqu'à leur chemise pour voir s'ils cachent de l'argent, ne tenant même pas compte du fait que, s'il reste quelques sous à leurs victimes, c'est juste pour payer le voyage de retour...

— Nous vivons parmi déjections et urines, c'est pourquoi saint Isidore de Séville décida que les moines devaient réciter leurs prières à voix haute quand ils visitaient les cabinets, a dit don Rodrigo Rodríguez, fourré dans les jupes de la Trotteuse.

— En se baissant, il a vu tout ton saint-frusquin, a dit à celle-ci la Tour de Babel.

— Peu importe, la loi dit que les bossus n'ont accès ni au titre de gentilhomme ni au sacrement du mariage. Il peut donc voir tout ce qu'il voudra, a répondu la Trotteuse.

— Voici une femme de ma race en habit de fête, a dit le Maure.

— Et une fille cheveux au vent, aux souliers serrés, aux chausses bon marché, aux vêtements trop étroits, a dit don Rodrigo Rodríguez.

— Maintenant, c'est doña Toda qui s'approche, la femme de Íñigo Arista, de Gutiérrez Díaz, de Diego López et de va-t-en savoir qui dans les ténèbres du futur, a dit le Roi Bamba.

— Pourquoi citer tant de noms si le premier mari seul sera

encore son seigneur et maître en enfer ? a dit la Tour de Babel.

Une autre femme est apparue, de grande taille et aux larges hanches, une toque surmontant ses longs cheveux. En passant, elle a cloué ses yeux couleur de noisette mûre dans ceux du Roi Bamba ; il en est resté comme ensorcelé et il a suivi pendant longtemps l'ombre de son corps fuyant dans la rue déserte.

— As-tu vu cet éclat si pudique dans ses yeux en noisette ? a-t-il demandé à Pero Meñique, qui se trouvait à ses côtés.

— J'ai vu une ombre passer d'un bout à l'autre de ma tête, mais je n'ai entrevu aucune lueur, a répondu l'aveugle.

— Voici une noble dame très riche, aux vêtements de brocart d'une grande finesse, a annoncé le Borgne.

Le Maure a commencé à déclamer :

— Par sainte Casilde, qui fut si compatissante envers les chrétiens captifs qui mouraient de faim et de soif dans les cachots de son père Aldemón, roi de Tolède, la charité, pour l'amour de Dieu.

De son côté, la Tour de Babel s'est mise à vociférer :

— Par saint Isidore le Laboureur, qui naquit dans cette ville de parents besogneux quoique de sang pur, et accomplit maints miracles, rendant la vue à un enfant aveugle qu'il appela Domingo, ayez pitié d'une pauvre vieille affamée.

Et le Maure est revenu à la charge :

— Si tu ne fais l'aumône et t'en vas par la porte Balnadú, qui signifie porte du démon..., et si tu pousses plus avant vers les terres lointaines et parviens à Xérez, sache bien que c'est contrée de malheurs... Et si plus tard tu reviens à Madrid, sache que marcheras sur des mottes de feu.

— Tais-toi, maudit Maure sulfureux, tes hurlements font fuir le beau monde, a dit le Roi Bamba, en l'empoignant par le tabard.

Entre-temps, la noble dame, sans se retourner et apparemment sans les entendre, est passée en face d'eux. Un grand concert d'instruments la suivait : trompettes bâtardes, chalumeaux, timbales et tambourins, accompagnés de bouffons et de masques, de boiteux, de bossus et de manchots, de massiers vêtus de pourpoints en velours bleu, d'habits verts et de chausses jaunes. Derrière eux se tenait le fiancé, en chapeau noir bordé de riches gemmes, au pourpoint couvert d'un placage d'or, à l'habit cramoisi avec une garniture dorée sur les épaules. Il montait un cheval couleur d'œuf à la crinière bien peignée et à la queue rase. Huit gentilshommes et quatre pages encapuchonnés l'escortaient ; ils avaient revêtu des pourpoints de brocart, de courtes vestes de drap vert et des traînes si longues qu'ils les avaient ramenées sur les épaules.

La fiancée venait ensuite, très jeune, très gracieuse, les yeux rivés au sol. Elle portait un précieux bliaut de fin brocart vert, couvert de placage d'or, par-dessus un habit de damas noir. Elle avait un chapeau noir d'un tout nouveau modèle et un collier de perles de grand prix. Elle montait une jument blanche, au coussin passementé et à l'encolure rehaussée de velours noir.

Une vieille et un groupe de jeunes femmes marchaient derrière elle, de diverses qualités et de classes différentes. Puis un homme, tenant un cheval par la bride et un estoc à l'épaule, vêtu de fin brocart. Et encore un page en capuchon.

La nuit tomba. La place perdit ses couleurs et ses angles. Mendiants, voleurs et bourgeois furent enveloppés par la même obscurité. Tout devint tranquille, vague, désolé, comme si les figures imprécises étaient sur le point d'aller vivre, d'un moment à l'autre, dans quelque rêve.

Soudain parut un couple de retardataires qui cherchaient la direction empruntée par les autres. Richement vêtu, l'homme portait une casaque d'équitation en drap jaune sur un pourpoint cramoisi, une cape bleue et un capuchon de même couleur ; et autour du cou, découverte, une chaîne d'or aux nombreuses rangées. La femme portait un bliaut de brocart bleu, un habit doré par-dessus et une coiffure de très aimable façon.

Ils traversèrent la place comme s'ils foulaient la terre d'un domaine ancestral, hérité à perpétuité, non seulement ici-bas mais au-delà de la mort.

Voyant qu'ils étaient de haut rang, le Roi Bamba fit signe au Maure et au Borgne.

— Allons-nous trimer ? a demandé le Maure.

— Que rapportera le turbin ? a demandé le Borgne.

— Du blé, des nippes et des bijoux, a répondu le Roi Bamba.

— Comment y allons-nous ? a demandé le Maure.

— Pedibus et rapidos, a répondu le Roi.

— Mollo avec la mort, a conseillé la Trotteuse.

— Je ne crains pas la Camarde, a dit le Roi Bamba, en s'éloignant à grands pas, collé aux murailles, tapi dans les ombres.

Le Maure et le Borgne le suivaient à un jet de pierre.

Pero Meñique traversa lentement la place. A droite et à gauche, en haut comme en bas, il toucha le vide, le sol, les murs, comme si, de la pointe du bâton, il percevait le dur et le mou, le proche et le lointain.

Nous laissâmes derrière nous les tours fantomatiques de la porte des Maures, les petites maisons scellées du quartier juif, les rues des Plâtriers, des Célibataires, du Taureau, et bien d'autres venelles tortueuses, accidentées, en pente raide.

Sous les torches fumantes et les lampes à huile, portes et fenêtres ouvertes laissaient voir les enseignes et les outils des forgerons et des fabricants de socques, des tailleurs et des drapiers, des ciriers, des charpentiers et autres corporations.

Çà et là, Pero Meñique tâtait la forme de la pierre, la longueur du mur, l'humidité de la terre, la faille subite, toujours attentif à éviter le contenu pestilentiel des pots de chambre qu'on vidait du haut des fenêtres. Je ne pensais pas qu'un aveugle pût être aussi rapide : il marchait à longues foulées comme le font parfois ceux qui ont faim et qui savent où le repas les attend ; il manquait souvent de tomber, beaucoup plus à cause de son impatience que des pierres et autres obstacles qui jonchaient le chemin.

— Il fait nuit noire, a-t-il dit. En bavardant avec nos amis de choses bien peu réconfortantes pour l'âme éternelle, nous n'avons pas entendu les cloches de la porte de Guadalajara sonner les vêpres et il est grand temps d'aller nous divertir dans une auberge de ma connaissance où l'on trouve des souris qui se livrent à la débauche. Tu sauras que nous en approchons quand tu apercevras des clercs et des nonnettes entrer furtivement dans de sombres demeures et en sortir à la sauvette. Devant une porte se tient un homme appelé *le Babillard,* qui renseigne les hôtes de la maison close sur toutes les allées et venues, en se balançant sur ses béquilles. Quand tu le devineras dans l'ombre, tu me diras : « Cette canne est aussi miraculeuse que celle de saint Émilien de la Cagoule. »

Pourtant, nous avons encore suivi un long moment des ruelles et des escaliers où seuls se voyaient nos visages et résonnaient nos pas, tournant souvent en rond sans plus savoir où nous étions.

— Je vois l'homme au sobriquet de *Babillard,* ai-je dit, quand je l'ai aperçu se balançant en face de la maison.

Pero Meñique a brandi son bâton et frappé à la porte ; à une fenêtre dissimulée dans le mur obscur est apparue une petite tête de femme portant une toque safranée.

— Qui êtes-vous et que cherchez-vous à cette heure de la nuit malhonnête ? a-t-elle demandé sur le ton de quelqu'un qui a laissé tomber un objet par terre et tâche de le repérer dans les ténèbres.

— Je suis Pero Meñique, a-t-il murmuré, comme si la rue était remplie de corps invisibles et intéressés par sa présence devant le lupanar.

— Qui ? a répété la femme.

— Pero Meñique, l'aveugle, a-t-il répété en parlant plus fort.

— Je déteste les aveugles, a-t-elle répliqué.

— Baissez la voix, les oreilles de la justice pourraient nous entendre et donner l'ordre de nous fouetter ou de nous attacher tout nus au pilori, a-t-il dit d'une voix suppliante.

— Allez-vous-en.

— Je cherche Francisca Hernández.

— Celle qui n'a pas de truffe ?

— Oh que si, et une fameuse.

— Assurément, elle se cache le jour et grandit la nuit, comme les parties naturelles de l'homme, a dit la femme.

— Allons, ouvrez-moi, a-t-il de nouveau imploré.

— Dites-moi, qui est votre compagnon ?

— Un garçon que j'ai trouvé sur mon chemin.

— On peut s'y fier ?

— J'en mets la main au feu.

— Elle risque de roussir illico.

— Ainsi soit-il.

La porte s'est ouverte et refermée si rapidement que c'est à peine si nous avons eu le temps de nous faufiler. Nous nous trouvions dans un couloir caverneux, humide et froid, au plafond bas, aux murs exigus et au sol pentu.

— Cette porte semble aussi ingénieuse que celle qu'avait conçue un Espagnol dans les Flandres : on pouvait la franchir, mais on ne la voyait jamais ouverte, a dit Pero en mettant le pied dans un bassin destiné à laver les pieds de quelqu'un d'autre.

— Un aveugle dans ces lieux, c'est comme un nègre dans un tunnel, ai-je commenté, de bonne humeur.

A quelques pas de nous, une voix de femme a demandé dans l'obscurité :

— Que nous apporte Pero l'aveugle ?

— Un garçon que j'ai rencontré sur ma route.

— Un petit enfant abandonné ?

— Non, il est pubère.

— Qu'avez-vous dans votre sac ?

— Qui ? Juan Cabezón ou Pero Meñique ?

— Toi, Pero Meñique.

— Des victuailles.

— Tu n'as pas des castillans d'or, de ceux qu'on vient de battre ?

— Si, en imagination.

— Des pistoles ?

— Hélas, non.

— Des réaux ?

— Dans tous mes rêves.

— As-tu au moins de ces maravédis qui sortent bel et bien des hôtels de la monnaie royale ? a encore demandé la voix féminine.

— Je ne me fie qu'à ceux qu'on fabrique à l'air pur.

— Montre-les-moi.

— Non, tu vas me les prendre.

— Alors, vous ne passerez pas. Bon vent !

— Je te les laisserai voir dans mon sac, a dit Pero Meñique.

— Non, sors les pièces, on n'y voit goutte.

— Je crains que l'une d'entre elles ne te colle à la main.

— Je n'y toucherai pas.

— Où diable es-tu ?

— Ici.

Une femme, plus vieille que sa voix ne laissait le présumer, est apparue assise sur un banc de bois, éclairée par une chandelle. A la place de son nez, il y avait un trou noir, et des arcs noircis au lieu de sourcils ; elle n'avait plus une dent et sa langue entrait et sortait entre les lèvres arrondies. Elle portait une chemise safranée et déchirée, qui laissait voir ses chairs desséchées portant des traces de coups. Et comme Pero Meñique ne lui avait pas encore montré l'argent, elle a commencé à l'insulter d'une voix qui résonnait mais qu'on n'entendait pas vraiment, comme si elle suçait les mots dans sa bouche. Quand elle parlait, sa paupière droite tombait et lui bouchait l'œil, tandis que l'autre restait grande ouverte, fixée sur nous.

— Tu as trouvé une nouvelle manière de parler toute seule ? lui a demandé Pero.

— Attends, tu n'as encore rien entendu, a dit la vieille.

— Allons, Juan, mets vite la main dans le sac et cherche une pièce de deux maravédis, une pièce carrée avec un F surmonté d'une couronne d'un côté et un I orné de la même façon au revers, m'a-t-il dit.

J'ai fouillé dans le sac pour trouver ce qu'il demandait, mais comme j'extrayais une autre pièce, il m'a dit d'un ton irrité :

— Comment est-elle ?

— L'avers porte les armes royales et le côté pile le joug et le faisceau de flèches, emblèmes des souverains ; des deux côtés, on lit en bordure : *Fernandus et Elisabeth Rex et Reginae Castellae et Legionis et Aragonum et Siciliae...*, ai-je dit.

— C'est un réal d'argent, range ça tout de suite.

J'ai tiré une pièce d'or décorée par une bande oblique dont les extrémités entraient dans une gueule de dragon.

— C'est une pistole, a-t-il déclaré, cette femme l'a-t-elle vue ?

— Non.

— Je vais chercher moi-même, a-t-il ajouté en trouvant aussitôt ce qu'il voulait.

— Qu'est-ce que vous trafiquez ? a demandé rudement la vieille, pensant que nous nous moquions d'elle.

— Si je ne m'abuse, la pièce que je glisse dans ta main vaut un quart de pistole, m'a dit Pero ; vérifie bien que l'avers porte les visages des souverains face à face, avec la sentence *Quos Deus conjunxit homo non separet* et que les armes royales figurent au revers... Si c'est le cas, montre la pièce à cette femme sans lui donner et remets-la tout de suite dans le sac.

— Entrez, a dit la vieille d'une voix rauque. Elle ne semblait pas tout à fait sûre d'avoir vu la pièce que je lui avais montrée en un clin d'œil.

— Ne reste pas là debout comme un chien qui hurle à la lune, a dit une virago à Pero Meñique en nous ouvrant une seconde porte.

— Le corps de cet aveugle ne me déplaît pas, ce sont ses yeux qui me gênent : ils regardent avec une telle fixité blanche, a dit une autre femme, cachée derrière son énorme consœur.

— Qui a amené ce crève-la-faim, cet aveugle paillard, ce misérable gibier de potence ? a demandé une autre pensionnaire, dans une pièce contiguë.

— Je me suis amené moi-même, a déclaré Pero en tournant la tête dans la direction d'où venait la voix.

— Prenez garde à cet homme, c'est un vrai chien envers ceux qu'il n'aime point, a dit une femme de grande taille et d'un poids appréciable, la tête pleine de rubans colorés et qui semblait avoir guetté jusque-là derrière une porte.

— Francisca Hernández ? a demandé Pero Meñique.

— Oui, la grosse qui n'en aime aucun, a-t-elle répondu.

— Francisca ! s'est-il exclamé.

— Cette femme est trop grande pour toi, elle va t'asphyxier entre ses bras, ai-je dit.

— Je n'en ai pas peur, a-t-il répondu, je juge les femelles à leur corpulence, je sonde leur volume et je sais leur faire violence pour qu'elles ne jouent pas les anguilles.

— Ne t'en fais pas pour celui-là, il passe sa vie vautré dans le stupre, m'a-t-elle dit, je parie que s'il avait l'occasion de voir deux lunes dans le ciel, il les prendrait pour des mamelles et tendrait les mains pour les attraper.

— Si la moitié du corps de la lune est éclairée par le soleil, pourquoi n'irais-je pas tout près pour m'y réchauffer ? a répliqué Pero.

— Décidément, un vieux four est plus facile à chauffer qu'un neuf, a-t-elle dit.

— Allons, montre-moi le précieux croissant.

— D'abord, enlève cet habit noir, tu as l'air d'un corbeau imitant la voix humaine.

— Mes vêtements sont à l'image de ma nuit, car je pleure un trépassé, s'est lamenté Pero.

— Tiens donc ! Depuis quand as-tu perdu quelqu'un ?

— Je dis que je pleure un défunt en moi qui n'a pu voir la lumière du jour, que celui qui est privé des merveilles du soleil est comme mort, a-t-il dit.

— S'il te plaît, ne sois pas lugubre.

— Alors, laisse-moi tâter le terrain.

— Attends que nous soyons dans l'autre pièce.

— Comme dit le proverbe, il y a trois choses qui perdent l'homme : les dés, les dessous et les longs discours, a dit Pero.

— Qui es-tu ? a demandé à nouveau une voix dans l'obscurité.

— Le premier homme qui a ri en naissant.

— Tu mens, a dit la voix.

— Et toi-même, qui es-tu ? a questionné à son tour Pero Meñique.

— Une honnête femme, avec un penchant pour le tapin, une régulière qui rêve de devenir mère et grand-mère, a répondu la voix.

— Mieux vaut convoler que se consumer, a dit Pero en suivant Francisca Hernández.

— Offre-moi du bon savon de Naples pour adoucir mes blanches mains, donne-moi de cette moelle de vache, de mouton et de cerf que les épiciers de la ville ont rapportée de Saragosse, a demandé Francisca Hernández.

— Ne serait-ce pas l'aveugle qui chante sous le parvis de Saint-André ? a demandé une femme de haute taille, au costume gris-brun de paysanne, aux yeux châtain foncé de bois sec et à la courte chevelure couverte d'un fichu safrané.

— Ce n'est pas le même, ce chanteur aveugle est boiteux et sa bouche sent les entrailles de la terre et du corps, surtout celles du corps, a rétorqué aussitôt Pero.

— Don Pero Meñique s'y connaît en médecines diverses et en précautions pour les filles publiques, a précisé avec orgueil Francisca Hernández, comme si elle parlait d'un fils qu'elle aurait eu.

— Aveugle de naissance ? a demandé l'autre.

— Victime du poignard d'une mâle main, a dit Pero.

— Es-tu un homme ou un monstrueux cyclope ? a demandé de nouveau l'autre.

— Le meilleur monstre du monde est l'homme, a dit Pero.

— Pourquoi me regardes-tu avec cet air bête ? m'a dit alors la même femme, en voyant que je n'arrêtais pas de la guigner. Serais-tu un croisement de cheval et d'ânesse ?

— Ce serait plutôt l'agneau pascal, a dit Francisca Hernández.

— A d'autres ! On ne me la fait pas ! a déclaré la première.

— Ta démarche pue la concupiscence, lui a dit Francisca.

— Je sens comme une petite odeur de jupon, a dit Pero en s'approchant avidement de la femme au fichu safrané.

— Tu la flaires à peine que tu veux la frayer, lui a reproché Francisca.

— Je suis comme le roi don Ferdinand, qui aime son épouse, mais ne se refuse pas à d'autres femmes, a dit Pero.

— Aimes-tu vraiment cet homme, avec tous ces cheveux blancs et toutes ces rides, bossu et les yeux chassieux ? a demandé à Francisca la femme au fichu safrané.

— L'amour est aveugle, comme la haine et la fortune ; une putain dans ton genre devrait le savoir, toi qui fricotes avec un moine à la barbe de bouc, celui qui a condamné au bûcher des Juives et d'autres pauvres femmes.

— Il ne fait aucun doute que pour besogner dans ton lit de

fange, tu ne fais pas de différence entre Pierre et Paul, a rétorqué l'autre.

— J'en connais une qui le sait mieux que moi, pour avoir frotté ses reins dans tous les bordels d'Andalousie, a dit Francisca.

— J'étais fille de chevriers, la puînée, sœur de quatre garçons, la plus fêtée par mes cousins les vachers ; élevée dans le sein de notre sainte mère l'Église, jusqu'à ma nuit de noces où, alors que j'étais en chemise dans le lit conjugal pour célébrer la communion de la chair avec mon mari le berger du patelin, un archevêque m'a fait arrêter et m'a tenue dans ses bras jusqu'au lendemain, a dit la femme au fichu safrané.

— *Ius prima noctis*, a commenté Pero. Et que s'est-il passé ensuite ? Ne nous dis pas que le prélat a tendu les draps sanglants aux témoins pour qu'ils les montrent au crieur public ?

— Mon mari le berger m'a répudiée et j'ai passé la nuit suivante dans un monastère, avec deux vieux moines qui se sont couchés en costume d'Adam et m'ont demandé de leur chauffer le lit.

— Est-ce ainsi que de chevrière tu es devenue chabraque ? lui a demandé Pero Meñique.

— Non, des cavaliers maures, qui faisaient partie de la garde de don Henri IV et qui passaient leur temps à séduire puceaux et pucelles à travers les villes et les campagnes du royaume, m'ont enlevée et, après m'avoir corrompue pendant plusieurs jours, ils m'ont donnée en cadeau à un nain éthiopien, lui aussi garde du roi. Puis je me suis échappée et j'ai continué ma route avec un écuyer que j'avais trouvé au bord du chemin. Mais cet homme abject m'a abandonnée dans la première auberge où nous avons passé la nuit et je suis venue à Madrid comme j'ai pu, a dit la femme au fichu safrané.

— En tout cas, les Maures ne t'ont pas fait de mal : le sirop d'Arabie est bon pour la toux, a dit Pero.

— Qui t'a demandé ton avis, vieux ténébreux? a dit la femme.

— L'aveugle tâte le monde de la main parce qu'il n'y voit rien, mais ce n'est pas un miraud pour la cause, a dit Pero. La seule vue de ton visage suffirait à me dissuader d'avancer d'un pouce vers le reste.

— Tu ferais beaucoup mieux d'aller prier à l'église Sainte-Lucie, afin qu'elle te donne des yeux pour progresser sur les rudes chemins de ce royaume, au lieu de t'adonner à la fornication, a dit la femme.

— Si j'allais me promener de ton côté, au lieu de trouver la lumière, je me retrouverais au trou ! a dit Pero.

— À-Dieu-vat ! mon fils. Tu connais la maison, tu sais où sont les latrines, tu n'as plus qu'à les suivre jusqu'au ruisseau, lui a dit la femme.

— Cesse de mâcher du venin et allons au réduit, a dit Francisca à Pero.

— Tu as raison, cette garce m'a vanné, a-t-il dit, la tête basse comme si les paroles de l'autre femme lui étaient tombées dessus comme des pierres du plafond.

— Viens dans mon galetas, a dit Francisca.

— On peut se la faire ensemble, m'a dit Pero dans le creux de la nuque, en croyant que c'était mon oreille. Comme son corps est vaste, je te laisse le bas de la ceinture et je me réserve le haut.

— Vous allez vous casser les reins ; quand cette femme réclame le veau, on dirait une vache avec des ailes, a dit la paysanne derrière nous.

— N'aie crainte ; quand j'aime, je n'oublie pas que je suis aveugle et je planerai cramponné à son corps, a dit Pero.

— Suivez-moi et prenez garde : quelqu'un a soufflé les bougies et le couloir est très sombre, a dit Francisca.

— C'est moi qui vous guiderai, je m'y connais en matière de ténèbres, a dit Pero.

— Le sol est en terre battue, avec quelques carrés de mosaïque sur lesquels on peut trébucher, a dit Francisca en prenant Pero par la main et en me clouant les doigts de son autre paluche dans le cou.

— La barbiche mouillée ne séchera pas cette nuit, a dit une vieille édentée dans une chambre sans porte.

— Bonsoir, doña Urraca, a salué Francisca. Comment vous portez-vous ?

— Aussi mal qu'une catin pendant le carême, a répondu la vieille.

— Et peut-on savoir pourquoi ?

— Parce qu'on n'apprend plus à un vieux singe à faire des grimaces.

— Eh oui, ma bonne dame, la vérité finit toujours par triompher, a dit Pero.

— Tous les hommes ne lèvent pas la patte contre le mur, a dit la vieille, courroucée.

— Celle-là sort tout droit de l'ossuaire et voudrait tous nous y voir, a répliqué Pero.

— Je suis déjà morte et j'ai bien vu qui m'a pleurée, a dit la vieille.

— Putains ou borgnes, on retourne tous à l'envoyeur, a dit une femme accoudée à une fenêtre avec une lanterne à la main. Elle la balançait sous son menton et on aurait dit que la fumée s'échappait de sa poitrine.

— Quand on parle du loup, on en voit la queue, a dit la vieille.

— Il n'y a que l'âne pour traiter le mulet de grandes oreilles, a dit la femme à la fenêtre.

— Quand il n'y a pas de foin au râtelier les chevaux se battent, a déclaré une autre.

— Le diable n'est pas un pourceau, mais il grogne quand même, a dit la femme à la fenêtre.

Par l'ouverture d'une porte à moitié défoncée, une femme à barbe m'a saisi par le bras et m'a dit :

— Par ici, beau damoiseau.

— Fiche la paix à mon fils, vieille velue. Tu es comme les biques : on devine ton âge rien qu'à voir les nœuds, a dit Pero Meñique.

— Quand on est malade de la vie, rien de tel que la fontaine de Jouvence, a dit la femme.

— Si tu cherches l'amour pour ton fils, je lui donnerai ma fleur de lys, tendre et parfumée, a dit la femme à la fenêtre, derrière nous.

— Viens raboter, a dit la vieille édentée.

— Tu t'es mis tant de fards qu'ils t'ont dévoré l'éclat du visage, ravagé les dents, ridé la peau et collé une mauvaise haleine, lui a dit la barbue.

— Moi j'astique, moi j'astique, a grogné la vieille.

— Les maquillages dont tu t'es barbouillé les joues et les tétons pour les faire rougir t'ont donné une couleur noire et cendrée, a poursuivi la barbue.

— Je ne vois pas pourquoi tu parles ainsi à doña Urraca, alors que tu ne portes toi-même que simulacres de couleurs, lui a dit la femme à la fenêtre. Sans parler de cette barbe qui t'arrive aux testicules.

— Je suis née ainsi, avec poils et roubignoles, a dit l'autre. Quand j'étais petite, mes burettes étaient si lourdes que je pouvais à peine marcher. Jeunette, j'ai joué à tous les jeux de mains, de passe-passe, de quilles et de passe-boules. A cause de ma voix rauque et de mes poings, aucun garçon ne se risquait à m'embrasser. Pour dompter les hommes — et mon appétit —, une fois grande je suis entrée ici. Et je me suis surpassée. Tu veux venir avec moi ?

— Il ne veut pas d'une virago, a répondu la femme à la fenêtre.

— Si j'avais des doublons pour le payer, c'est avec moi qu'il viendrait, a dit la barbue.

— Même si on te jetait dans la rue bourrée aux as, il n'y en a pas un qui voudrait te lever, a dit l'autre.

Dans une autre pièce est apparue une Maure, de sang pur et bien peignée, avec de grands pendants d'oreilles et une chemise de lin rouge.

— La Figue fraie avec force salamalecs, a dit la barbue en voyant que nous nous arrêtions devant la Sarrasine.

— Cette femme dit qu'elle est devineresse et qu'elle voit sous la terre, derrière les murs et à l'intérieur des coffres, nous a murmuré Francisca ; elle affirme qu'elle distingue des objets qui se trouvent très loin, en pleine nuit, et qu'elle peut voir à travers les vêtements. Quand elle sort dans la rue, elle prétend savoir où se cachent les sources et ce que pensent les gens qui la croisent. Son vrai nom est Zaïda, qui signifie l'aigrette, et elle est comme cet oiseau. Son père l'a donnée en mariage quand elle avait onze ans et son mari l'a répudiée parce qu'elle était bréhaigne. Chassée de son foyer, elle a erré seule à travers l'Andalousie puis elle a rencontré un chrétien avec lequel elle a entretenu un commerce charnel et qui l'a conduite ici.

— Dis-moi, ma sœur, alors que je t'ai rendu tant de bons services, comment peux-tu me mortifier ainsi, en divulguant mon secret ? a dit la Figue, en disparaissant de notre vue.

— Je n'aurais pas dû vous parler, car elle entend tout et sait toutes choses, même si l'on parle à voix basse à l'autre bout de la ville, a dit Francisca. J'irai lui demander pardon.

— Pour l'heure, avançons, a dit Pero Meñique, il sera bientôt minuit.

Nous sommes entrés dans la chambre de Francisca. Près d'un lit de bois, il y avait, d'un côté un tapis de Turquie, de l'autre un vase de nuit ; un banc de bois était fixé au mur, avec un dossier en tapisserie rongée des mites et un grand coffre cassé. Au milieu d'une petite table, à laquelle on pouvait s'asseoir sur un tabouret, il y avait des sabliers, des petits pots, des préparations aqueuses pour maquillages, des vernis à ongles, des produits pour blanchir les dents, des ciseaux, un vase à khôl, un peigne, un miroir et un savon. La fenêtre n'avait pas de carreaux et la porte des latrines était hors de ses gonds. La pièce était éclairée par un candélabre de cuivre avec trois bougies tremblantes.

Francisca a posé un pichet de vin sur la table et m'a tendu une autre chandelle pour que je l'allume pendant qu'elle mettait bas la chemise. La voix chevrotante de l'aveugle semblait traverser son corps épais quand il s'est mis à fredonner :

Les amours à vingt ans, pain rance et vin le reste.

Comme si elle était seule dans la chambre, sans la moindre vergogne, Francisca s'est entièrement dévêtue : elle était tout tétons, cuisses et fesses. Et comme si elle n'était pas encore satisfaite de sa nudité, elle a enlevé les pendants d'oreilles et les boucles assorties, les anneaux de métal qui ornaient ses poignets, le grand peigne séparant les cheveux et les faux ongles comme des dents de bois. Et pourtant, elle gardait je ne sais quel air habillé, avec tout ce fard à joues, la civette sur les sourcils, la gomme d'amandier dans les cheveux et les huiles et parfums divers dont elle avait enduit son corps.

— Tu es bien le seul homme que je connaisse avec qui il n'est pas nécessaire de souffler les chandelles pour me sentir à l'aise dans cette chambre, a-t-elle dit à Pero.

— Sur mon âme, je regrette de ne pouvoir contempler ton opulence charnue, a-t-il dit.

— J'ai la pelade au dos, n'y touche pas avec tes mains râpeuses, lui a demandé Francisca.

— J'avais un frère très épris du beau sexe, mais comme il avait la bouche pelée, les filles de Jaén n'aimaient pas l'embrasser, a-t-il dit.

— Tu as l'air d'un cerf écorné, ta virilité ressemble à un os déboîté : te serais-tu administré la discipline ? Aurais-tu fait pénitence et t'aurait-on flagellé les reins ? Ou était-ce les fouets de la déesse Vénus ? lui a-t-elle demandé en découvrant toute son anatomie.

— Au seul souvenir de la vie monacale, je sens mes cheveux se dresser et mes poils se hérisser de terreur. Je maigrissais et dépérissais, mais le jeûne n'était jamais suffisant : pour me sentir vraiment vertueux, il aurait fallu que mon corps disparaisse de la surface de la terre, a dit gravement Pero Meñique. Il y avait un Père supérieur qui prenait grand plaisir à me fouetter avec des pointes métalliques, à tel point que le sang gerbait des blessures. Plus il me voyait tremblant et dolent, plus il redoublait de coups, éclaboussant les murs de la cellule comme si on y avait tué le mouton. Je le vois encore derrière moi, la bouche écumante et la cagoule comme un capuchon de faucon qui lui cachait les yeux, véhément et assidu, châtiant mes chairs avec la sainte discipline, sans jamais interposer la moindre trêve entre sa fureur et ma douleur. Les dents serrées, j'aurais voulu prier ou pleurer, tant ce fils de pute me cinglait sans pitié et frappait d'autant plus frénétiquement qu'il me voyait livide et défaillant.

— Il t'a sérieusement amoché avec ses pénitences, encore un peu et tu devenais un martyr de l'Espagne sacrée, a dit Francisca.

— Je rends grâce au ciel que, dans sa ferveur, ce salaud ne

m'ait pas mis en pièces, car j'ai su par la suite qu'avant d'être moine il avait été archer de la Sainte-Hermandad, de ceux qui vous démantibulent les mâchoires pour percer les secrets et qui vous coupent le poing en récompense du vol. Comparé à cela, c'est tout juste si l'on m'a épousseté. Pour ma bonne fortune, cet homme n'a jamais imaginé que son disciple qu'il mortifiait pendant le jour était le jouet de tentations nocturnes et palpait des concubines imaginaires sur le mur de la cellule. Finalement, pour me sauver, j'ai simulé la maladie ; épuisé par une telle perte de sang, il ne m'a pas été difficile d'entrer en agonie sous son nez. Mais c'est au prix de beaucoup de difficultés que ce moine de proie a fini par me lâcher pour me laisser partir à l'hôpital.

— Tu m'éblouis avec cette bougie, béjaune ! m'a dit Francisca en me la retirant de la main pour la poser sur une table boiteuse. Rien que d'entendre parler du moine, tu attrapes la tremblote.

— Il ressemble à Garci Sánchez Trémulo, le fils de don Sanche et de doña Urraca, qui tremblait avant d'entrer dans la bataille, mais luttait comme un lion dans la mêlée, a dit Pero.

— Montre-moi tes mirontaines, a-t-elle dit en me déshabillant, voyons si elles tremblent comme tes mains.

— Il est encore un peu timide, il faudra lui apprendre le grand plongeon, a-t-il dit.

— Je crois que j'ai déniché l'épis de maïs, a-t-elle dit, plus pêcheuse que fouineuse.

— Tes seins ont la forme de lettres grecques, a-t-il dit, montre-les à ce garçon pour qu'il apprenne le langage d'Héraclite l'obscur.

— Il n'a pas besoin de mes seins, il est déjà sevré, a-t-elle rétorqué, mais il ne s'est encore abiboché avec personne.

— On sonne déjà les matines, a-t-il dit dans un long soupir.

— Ma parole, tes mains sont des tenailles, a-t-elle protesté.

— Imagine-toi étendue sur une dalle du parvis, livrée à la prière, a-t-il dit en la poussant vers le lit.

— Je suis venue pour des démonstrations d'amour, pas pour entendre des blasphèmes, a-t-elle répondu.

— Hi hi hi ! le novice a déjà planté ses griffes dans ma croupe, a-t-elle dit de moi. A l'odeur de la chair chaude, il est accouru avec l'étonnement de celui qui découvre que la forge est fendue et met la main là où les chemins se séparent.

— Peins-la-moi tout entière, m'a-t-il demandé instamment ; a-t-elle la rose noire entre les jambes ? a-t-elle le ventre accueillant et moelleux ? a-t-elle les tétines bien rondes et laiteuses ?

— Elle a tout ce qu'il faut où il faut, et en abondance, mais la langue de Castille ne saurait me suffire pour décrire toutes ses rondeurs, ai-je répondu.

— M'aimeras-tu autant quand mes seins seront flasques, quand je n'aurai plus ni dents ni cheveux, quand il y aura des taies sur mes yeux et que deux noix pourront tenir au creux de mes orbites ? lui a demandé Francisca.

— Je t'aimerai un peu moins qu'aujourd'hui, mais plus qu'hier, a-t-il prudemment répliqué.

— Alors, viens, a dit la femme.

— Allons-y ensemble, m'a dit Pero, mais fais bien attention : pénétrer cette femme, c'est comme entrer dans une pièce humide, on en ressort enrhumé.

— Montrez-moi, lui ai-je dit.

— Il convient de prendre la femme tout entière, au ras de la chair, comme si c'était un arbre qui se couche sous ton corps ; enlace-la fermement, possède-la et qu'elle te possède, ajuste-toi à sa peau et mords à belles dents, mais jouis d'elle lentement, m'a-t-il conseillé.

— Tu apprends vite, m'a-t-elle dit, mais ne dépasse pas la limite entre les meules et éloigne cette chandelle de mon visage.

— Notre chair est tendre, notre union parfaite, a dit Pero.

— C'est juste, a-t-elle dit, mais tu ressembles au carabin d'Orgaz, qui prenait le pouls dans le dos ; ce que tu cherches est devant.

— En as-tu assez ? m'a-t-il demandé.

— J'ai eu ce qui serait beaucoup pour d'autres, mais qui est peu pour moi, ai-je répondu.

— Avant que tu ne la mordes à nouveau, t'es-tu lavé les dents ?

— Oui, et les mains, ai-je dit.

— Très bien. Ensuite, les choses seront très simples : deux contre un, il ne restera que Pero, a-t-il dit.

— A votre tour : je vous laisse toute la vache, lui ai-je dit.

— J'adore les vaches, a-t-il répondu en se retournant vers elle.

— Prends garde à ne pas tomber pendant nos ébats, a-t-elle déclaré.

— On tombe toujours dans la fosse que l'on creuse, a-t-il dit sentencieusement.

— Aujourd'hui est jour de grâce, mais bien moins que demain, a-t-elle dit.

— Par cette barbe que personne n'a osé tirer jusqu'ici, que les cardeurs de Castille n'ont jamais effilochée, je voudrais t'aimer au grand jour, en me figurant qu'à l'instar des noces d'Isabelle et de Ferdinand, il y aura un témoin pour montrer le drap divulgateur, teinté de sang, parmi tambours et trompettes, en pleine lumière, a dit Pero.

— Comment es-tu arrivée dans cette maison ? ai-je demandé à Francisca.

— Je suis fille naturelle. Mon père était un gentilhomme, mais il s'est acoquiné avec une manante ; j'ai grandi dans la condition de serf et me suis faite trotte-chemins, a-t-elle dit. L'homme qui m'a amenée ici était brelandier, de ceux dont on coupait le pouce quand on les surprenait dans les tripots. Tout ce que j'ai gardé de lui, ce sont quelques cartes du nouveau jeu que l'on pratique de nos jours et qu'il m'a données quand la justice a publié un ban contre lui pour brigandage. Je ne l'ai jamais revu ; la veille de son départ, il avait joué tout son avoir et s'était retrouvé sans le sou ; il aurait parié sa mère s'il l'avait pu.

Le visage dépassant entre les jambes de Francisca, comme la tête d'un condamné exposée dans une cage de fer, Pero Meñique s'est mis à chanter :

De trois Mauresques m'énamourai à Jaén :
Axa, Fátima et Marién.

— Chaque coq chante sur son fumier, a-t-elle dit en se détachant de lui.

Pero a tenté aussitôt de l'attraper, en battant l'air des mains, mais il n'a trouvé que la table, le mur, le vide.

— Je n'ai entendu ni bruit de porte, ni pas qui s'éloignent, a-t-il dit, en foulant les vêtements entassés par terre, où donc est-elle passée ?

— Volent des mains affamées sans trouver leur bouchée, a dit Francisca, à l'autre bout de la pièce.

— Où es-tu, ma douce amie ? Serais-tu versée dans ces arts magiques grâce auxquels don Enrique de Villena se rendait invisible aux yeux du corps ?

— Tu peux tâter tant que tu voudras, tu ne me trouveras pas, a-t-elle répondu.

— J'ai peine à tâtonner avec cette forme vague que j'ai pour corps, mais je t'attraperai, tu peux en être sûre.

— Palpe l'air plus lentement, peut-être auras-tu plus de chance, a-t-elle dit.

— Reste donc là où j'entends ta voix, a dit Pero Meñique.

— Marche le long du mur, je suis beaucoup plus loin.

— Approche-toi, tu te moques de Pero et pour lui le vide a goût de fiel, a-t-il supplié.

— L'amour avec la haine empire et se fortifie, a-t-elle dit.

— Il est cruel de jouer ainsi avec un aveugle. Mais peut-être m'éloignes-tu pour mieux batifoler avec ce garçon que j'ai trouvé sur mon chemin ?

— Pouah ! vieux débris, plus hernieux que jaloux ! Non, je ne m'esbaudis pas avec l'agneau pascal, je suis tout simplement dans les bras d'un gaillard chevelu, pattu, lippu, bourru et bien membru, qui vient de s'introduire.

— Le deuxième coq vient de chanter et nous devons bientôt partir, a dit Pero en geignant.

— Réponds à cette devinette et je serai toute à toi, a dit Francisca en se frottant la poitrine contre Pero pour attiser son envie de déchiffrer l'énigme :

Madame, je veux vous conter
paroles pour vous consoler :
un trousseau vous avez,
quand vous le rangez ou sortez
c'est chose de grand plaisir ;
de sa vue et de son toucher
sans cesse vous vois très comblée,
et pour l'introduire
en main le saisissez.

— Ce n'est pas l'heure de jouer ni de résoudre des énigmes ; d'ailleurs, c'est toujours la solution contraire qui est la bonne. Je donne ma langue au chat, a-t-il dit en tendant prestement la main vers l'endroit d'où venait la voix, mais il n'a touché que le mur.

— La réponse était l'anneau, a gloussé Francisca en le poussant dans un coin.

Et il l'a prise ainsi, debout, comme suspendu dans le temps.

— Es-tu satisfait maintenant ? lui a-t-elle demandé.

— Tout à fait, a-t-il répondu.

On a frappé à la porte.

— Qui est-ce ? a crié Francisca.

— Moi, a répondu une voix familière, don Rodrigo Rodríguez.

— Je ne connais personne de ce nom, a répliqué Francisca.

— C'est mon ami monsieur le nain don Rodrigo Rodríguez, a dit Pero Meñique.

— Me voici comme les âmes en peine qui ne se promènent que la nuit, a-t-il dit quand j'ai ouvert la porte.

— D'où sors-tu à cette heure ? lui a demandé Pero.

— Je n'avais pas remarqué que les autres avaient quitté la place et j'ai erré la moitié de la nuit à leur recherche, a dit le nain. La seule chose qui m'attriste, c'est qu'il y ait plus de corps que de lits dans cette chambre, à ce qu'il semble. Mais ne vous en faites pas pour moi, car je peux dormir contre le mur ou sur la table.

— A l'heure qu'il est, tout ce que vous pourrez trouver, c'est un lit de ronces, de briques, de chiffons ou de pierres, a dit Francisca. Choisissez comme bon vous semble, mais dehors et tout de suite.

— Je suis une humble créature qui ne se soucie guère d'avoir pour lit la terre battue, pour oreiller la rude pierre et pour toit la voûte céleste, a dit don Rodrigo Rodríguez.

Sans l'écouter davantage, Francisca a éloigné ses pieds nus, aux plantes râpeuses et aux ongles mal taillés. Elle s'est couchée et j'ai observé ses cuisses sans petits poils follets, arrachés avec de fines pinces, j'ai senti la civette qu'elle avait utilisée pour s'astiquer et j'ai touché la pulpe blanchâtre de sa peau. Pero Meñique s'est interposé entre elle et moi, et il a posé la tête sur son ventre comme pour s'endormir ou se faire caresser.

— Si la Maure qui somnole dans l'alcôve voisine voulait m'éplucher moi aussi, je ne m'y opposerais pas, a dit le nain, tourné contre le mur.

— La Figue fait son jeûne mensuel et vous ne pourrez rien lui soutirer tant qu'elle n'aura pas fini la vidange, a déclaré Francisca.

— Si elle pouvait s'empresser de soulager son ventre, elle pourrait gésir et déjeuner avec moi, a dit le gnome.

— Quand la Maure grimpe au cocotier, elle hait positivement les hommes, a rétorqué Francisca.

— Même sanguinaire, elle ferait mon affaire, a dit don Rodrigo Rodríguez, car dans ma courte vie je n'ai encore trouvé personne à aimer et il y a des nuits où je me sens si seul que je crois vivre là où il n'y a pas un chat et ne pas me trouver là où je me tiens.

— Je ne vous comprends pas bien, mais je crois que vous avez raison car vos paroles témoignent d'une grande sincérité, a dit Francisca.

— Ne vous moquez pas de moi ; si j'avais été l'auteur de mes jours, je me serais arrangé tout autrement : quelques centimètres de plus au bout des jambes et les épaules un peu plus fines, les bras moins longs et le torse moins volumineux, les yeux plus discrets et la bouche plus petite et rieuse… Mais comme j'ai été fait par un autre, j'oublie souvent qui je suis, quel corps est le mien, et je me trompe dans ce que je devrais dire, en me prenant pour le Cid Campeador, pour Bernardo del Carpio et même pour doña Sancha.

— Si j'en juge à vos dimensions, je peux conclure que votre mère était une poule... une poule en toute honnêteté, a dit Francisca.

— Sapristi ! Je n'y avais jamais pensé, a dit Pero Meñique, approche-toi donc, compère, que je te palpe, des fois que tu aurais quelque chose du chapon.

— Baissez-vous un peu et je vous aimerai avec grand plaisir, car je suis un vagabond et je meurs d'envie de naître corps et âme dans cette forme éphémère qui déambule sur la terre, a dit don Rodrigo Rodríguez à Francisca.

— Si tu crois que tu vas partager la couche de Francisca Hernández aujourd'hui, tu te trompes carrément, a dit Pero Meñique.

— Assez jacté pour cette nuit, il est temps d'aller au lit, a-t-elle déclaré, laisse donc cette moitié d'homme garder la porte et donne-moi ton petit frère comme si c'était le mien.

— Ainsi soit-il, a dit Pero Meñique en se ruant sur elle comme s'il s'agissait d'un mets succulent qu'il allait porter des deux mains à sa bouche.

— Gratte-moi d'abord, a dit Francisca, ses yeux noircis au khôl remplis d'un feu dévorant, mon ventre et mon siège rivalisent en démangeaisons.

— Comble-la, mon hochequeue, s'est dit à part soi Pero Meñique, en pressant son visage contre les fesses de Francisca et en lui pétrissant les seins.

— Tout doux, tout doux, tu m'écorches, tu frappes à l'aveuglette et tu donnes des coups bas, a dit Francisca.

— Où est la petite araignée rouge, où est ta bouche si profonde ? a gémi Pero en s'acharnant à la pénétrer par un bout de chair où il n'y avait pas d'orifice.

— J'aime tâter le postérieur de l'homme quand il couvre la femelle, a dit don Rodrigo Rodríguez, en lui palpant le séant et en haletant derrière lui. Je suis hongre, ma mère m'a tellement serré les berlingots quand j'étais petit qu'elle en a fait de la cire molle. Mais elle ne m'a pas châtré par vice, contrairement à ce roi de Lydie qui rendait ses femmes impropres à la génération afin d'en user davantage ; elle l'a fait par vertu, car nous les castrats, nous pouvons fréquenter les femmes à poil sans courir le moindre risque.

— Reste donc près du mur, ton cœur bat la chamade comme celui d'un homme engagé sur le champ de bataille de Vénus, et tu me perturbes considérablement, a dit Pero Meñique, avec un étrange sourire.

— Ma condition naturelle fait que je n'ai connu l'amour ni avec le mâle ni avec la femelle, et je ne peux trouver satisfaction qu'avec mes yeux et les mirages de ma fantaisie, a révélé le nain.

— Je te comprends très bien, mais je te prie d'aller te coucher ; tu entraves le flux de mes désirs et la marée de ma passion, a dit Pero Meñique.

— Aime-la sans te soucier de ma présence, fais comme si je n'étais pas là, a dit don Rodrigo Rodríguez.

— Non, va te mettre plus loin, près du mur ou à côté de la porte. Ici, tu pourrais ramasser une beigne ou un coup de pied : plus les amours s'échauffent, plus on risque l'échauffourée, l'a enjoint Pero Meñique.

— Au lieu de venir dans ce genre de maison pour chercher des filles publiques, qui ont le cœur un peu dur pour soigner les bonbons en compote, je vous conseille d'aller au couvent fondé par les enfants de saint Dominique, passé la porte Balnadú, près des fausses braies de la ville ; on y trouve un puits qu'a fait creuser le saint et dont l'eau pure, bue avec dévotion, est un excellent remède contre les fièvres et autres maux du corps, a dit Francisca.

— Mets-toi face au mur et imite la position des grenouilles, ton imagination pourra en tirer un grand enseignement, a dit Pero à don Rodrigo Rodríguez.

— Éteignez les chandelles et la lampe à huile, puis soufflez sur votre présence, a-t-elle ajouté en serrant la tête de l'aveugle entre ses seins, comme si elle voulait l'y ensevelir tout entier.

— Quand les cloches sonneront les laudes, éveille-moi, même si je dors d'un sommeil de plomb. Je suis très connu dans cette ville, il faut que nous partions avant le point du jour, m'a dit Pero.

Couché à l'autre bout du lit, j'observais à ma guise la femme étendue ; j'ai caressé ses bras et ses cuisses, je l'ai même embrassée dans le cou. Profitant de l'infirmité de l'aveugle, le nain pervers n'a pas éteint les lumières ; il a suivi de très près toutes les phases de l'étreinte, en esquivant les ruades. Il s'est mis à pleuvoir, l'aube a été fouettée par un vent impétueux qui giflait les toits et sifflait dans les rues. Dans mon rêve, la terre s'est assombrie, arrosée par le ciel, et des millions de graines blanches m'ont bercé.

Quand je me suis éveillé, une lumière bleuâtre filtrait par les fentes de la porte et inondait la chambre. Pero Meñique était assis sur le lit, un chapelet d'oignons autour du cou ; il détachait les bulbes de la glane et les mâchait avec autant d'application que d'appétit, comme si une personne invisible pouvait à tout moment lui ôter le pain de la bouche. Francisca dormait, ouverte et découverte, mouillée en dedans et humide au-dehors. Sa chair blanchâtre avait quelque chose de blessé et de fané, sa figure peinturlurée était à la fois pâle et tachée de noir. L'ivresse de la veille me semblait bien loin.

— Ces oignons vont vous faire du mal, ai-je dit à Pero.

— C'est elle qui m'a dit d'en manger, car ils fortifient la virilité et accroissent le sperme.

— Les cloches ont déjà sonné la prime et nous dormions tous, a dit don Rodrigo Rodríguez, qu'on apercevait à peine dans un coin.

— Nous devons partir sur-le-champ, on me connaît trop bien à Madrid, a dit Pero en se levant d'un bond.

C'est ainsi que nous avons quitté la maison endormie, sans que personne, apparemment, ne nous entende. Les lueurs du petit matin blanc nous ont vus prendre congé de don Rodrigo Rodríguez et gravir un raidillon plein de flaques qui reflétaient une longue muraille et des lambeaux de ciel.

— Aurait-on dénivelé la ville ? m'a demandé Pero Meñique, ivre encore d'amour et de sommeil.

— C'est le fait de votre imagination, ai-je répondu.

— Quelle humiliation pour un aveugle que de croire marcher à sec quand il patauge dans les flaques, ou d'imaginer le chemin sûr quand il va droit sur un ravin ! a-t-il dit, les souliers pleins d'eau, barbotant dans la boue.

C'est là que nous nous sommes séparés, en promettant de nous revoir.

L'horloge de la porte de Guadalajara venait de sonner la neuvième heure quand Pero Meñique est venu me chercher. Sans souffler mot, avec l'air d'un paon aveugle, ses cheveux blancs ébouriffés, déployés au soleil comme s'il faisait la roue, il m'a fait signe et s'est remis en marche. Il tendait son bâton comme s'il maniait une épée, car pour lui, marcher dans les rues c'était comme affronter une escarmouche : chaque mur pouvait dissimuler un ennemi, le sol était plein de chausse-trappes et il y avait des bornes traîtresses à chaque coin de rue.

— Flairer c'est vivre, a-t-il dit, en pleine ivresse olfactive et en multipliant des gestes et des grimaces adressés aux passants invisibles qui le saluaient, pensait-il, quand il a buté contre la forme vague d'une femme sans visage, tellement enveloppée dans ses vêtements gris qu'on ne voyait que le bout de son nez et les nœuds de ses doigts.

Elle tenait un long chapelet de bois à la hauteur de la taille.

— Maudit aveugle maladroit, a dit la femme.

— Je sens comme une odeur de jolie vierge, a dit Pero.

— Vierge, peut-être, ai-je commenté, jolie, c'est beaucoup moins sûr. On ne sait si elle est jeune ou vieille, fille ou fantôme, car elle s'est coupée de la vie et soustraite aux regards du monde, enfermant son corps dans une cellule de toile. Avec la chaleur qu'il fait, nous suons tous à grosses gouttes et je ne comprends pas comment elle peut porter de si lourdes hardes sur lesquelles le soleil tombe à plomb. J'ai l'impression que, depuis sa naissance, personne au monde ne l'a jamais vue dévêtue, même pas elle... Sa mère peut-être, en sortant de gésine.

— Beaucoup de ces filles qui ont l'air cloîtrées dans la rue passent la nuit les fesses à l'air dans les couvents, acoquinées avec des clercs concupiscents, a dit Pero en faisant halte, car il venait d'entendre le tintement d'une clochette qu'un jeune voleur portait au bout d'une chaîne à son cou pour annoncer son passage.

Le petit filou malicieux a scruté l'aveugle avec des yeux exorbités de convoitise, comme s'il allait lui sauter dessus ; mais en voyant que Pero était sur ses gardes, il s'est éloigné en boitant, avec la mine de quelqu'un qu'on a chassé comme un chien.

— Intra-muros, près des Écuries Royales se trouve l'hôpital du Champ du Roi, dédié à Notre-Dame de la Conception. Ses douze lits sont destinés à des femmes dotées. Mais le roi don Jean et la reine doña Jeanne y ont aussi fondé une confrérie pour enterrer les morts qui gisent dans les rues et dans les campagnes, les condamnés à mort dont personne n'a réclamé le corps et ceux qui tombent victimes d'un mal répugnant, a dit Pero Meñique quand le bruit de la clochette s'est estompé, cloîtré dans son monde intérieur.

— La présence de ce jeune voleur m'a fort affligé, car j'ai imaginé en le voyant comment je regarderais un autre garçon pareil à moi, qui traverserait la vie tout joyeux, alors que je dois errer de par le monde, traînant mon infortune et ma faim de loup, lui ai-je dit.

— L'un comme l'autre peuvent être des fantômes passant dans la rue, a répliqué Pero Meñique, aussi étrangers à la terre qu'ils foulent qu'un navigateur débarquant dans un port lointain.

Nous avons longé les peupliers du fleuve et nous sommes descendus, extra-muros, par le pont de Ségovie vers l'hôpital Saint-Lazare, puis nous sommes remontés en suivant les murailles par les sentes du Point-de-Vue et de la tour de l'Anneau, pour arriver à l'église Sainte-Marie, près des égouts du Poirier, puis à la tour qui porte le nom de Gaona. Dans un ravin, une femme qui avait retroussé sa chemise laissait voir sa nature entre les branches, croyant n'être vue de personne alors qu'elle était un spectacle pour chacun.

— Cette petite église au flanc de l'Alcazar, c'est Saint-Michel, une des plus anciennes de la ville avec celle de Sainte-Marie, qu'on a appelée Sagra quand on a bâti l'autre, celle de Saint-Michel-des-Pins, a dit Pero, comme si nous marchions dans ces parages.

— Vous ne devinez donc pas que nous empruntons la côte des Vieux-Égouts ? Vous ne sentez pas combien le chemin est accidenté, la progression malaisée, la respiration difficile ? lui ai-je demandé, en lisant sur son visage qu'il nous croyait ailleurs.

— Tout ce qui est dans les murs de cette ville comme au-dehors est une extension de ma personne, a-t-il déclaré ; ses quartiers sont les membres de mon corps, et si nous sommes dans une rue et que je parle d'une autre, ce n'est pas que je me trompe, crois-moi, car celle où je vais absent est présente en mon cœur, sa destinée hante ma fantaisie, j'ouvre ses portes et me penche à ses fenêtres passées et futures, et je crois voir la rue où je rêve que je marche.

— Futur ou passé, rêve ou réalité, je ne sais quelle est notre destination, ai-je répondu.

— Une odeur de sainteté monte à mes narines, j'en conclus que nous suivons le ruisseau de Saint-Genès, a-t-il dit. Ces eaux coulent ici depuis très longtemps, je reconnais leur odeur entre toutes et je prête l'oreille à leur rumeur d'autrefois. Jadis, hormis la porte de Guadalajara, il n'y avait ici que le quartier Saint-Genès, où vivaient les chrétiens mozarabes, et le quartier Saint-Martin.

Sur ce, est apparu un vieillard décharné, portant le tabard et la marque vermeille distinguant les Juifs ; sa barbe et ses cheveux blancs, qu'il ne pouvait couper à cause de l'interdit pesant sur tous ceux de sa race, étaient hirsutes et d'une longueur inégale. Il marchait avec une résignation millénaire, non pas comme un homme qui se rend d'un lieu à l'autre de la ville, mais comme s'il parcourait à la fois l'espace et le temps. Couvert de cette grande casaque de drap grossier, longue et large, aux manches très amples, semblable à celle des paysans, on aurait dit que son corps était emprisonné, outragé, affligé. Il parlait tout seul, en remuant les lèvres de façon inaudible, et donnait l'impression d'un homme qui poursuit un dialogue immémorial, ininterrompu, avec lui-même et avec Dieu. C'était un médecin, autorisé de ce fait à sortir de la juiverie et à franchir le seuil des maisons chrétiennes pour soigner les enfants malades. Il avait le type castillan aussi marqué que tant d'autres habitants du royaume, et rien ne l'aurait distingué du commun s'il n'avait porté l'insigne. Quand il est passé près de moi, j'ai cru entendre sa voix dans mon propre corps, disant avec le timbre doux, archaïque, du poète de Tudela : « Tous mes os proclament : Adonaï. Qui pourrait T'égaler ? »

Entre-temps, Pero Meñique, qui ignorait la présence du médecin, avait saisi des deux mains le tronc d'un chêne vigoureux, appréciant de ses doigts l'écorce et les feuilles, comme si, ce faisant, il augmentait sa connaissance de lui-même. Quelque chose dans la dureté de ce rouvre fascinait l'aveugle, tel un arbre lui aussi, avec ses pieds enracinés et ses cheveux comme des branches tendues vers le ciel.

— Ces feuilles que je ne puis contempler sont d'autres joyaux de l'invention de la sagesse divine. A ce qu'on m'a dit, il n'y a pas au monde un seul arbre identique à un autre, que ce soit dans les dimensions, la forme ou la couleur ; car si les pousses d'une même branche se différencient déjà par d'infimes détails, tout varie d'autant plus d'un arbre à l'autre, d'une rouvraie à l'autre, a-t-il dit, en suivant du bout de l'index la nervure d'une feuille.

Et il a longtemps marché, perdu dans ses réflexions émerveillées, sans trop se soucier des embûches du chemin ; souvent, le bâton sous le bras et le pas négligent, il serait tombé dans un trou ou son front aurait heurté un mur si je ne l'avais rattrapé par la peau du dos ou si je n'avais interposé ma main entre les briques et son nez. Mais il n'avait pas conscience du danger et ne me remerciait pas davantage. Finalement, à l'angle d'une rue, il a trébuché sur un homme mort, à moitié nu, qu'il croyait peut-être endormi.

— Que votre grâce me pardonne, a-t-il dit à la forme raide, qui avait le visage verdâtre, le poil clairsemé, le ventre défoncé et la poitrine aplatie comme si une énorme pierre lui était dégringolée dessus.

Derrière un mur en ruine, un couple forniquait à la façon des chiens ; elle, les yeux noircis au khôl et les cuisses fardées en blanc, ressemblait à une de ces femmes que le vulgaire appelle putains de basse fosse, parce qu'elles fréquentent les fossés pour remplir leur office ; lui, c'était un manant barbu, prenant souvent l'air libre pour demeure, le ruisseau pour literie, l'arbre pour porte et pour table la terre battue.

— Quand les rufians veulent épargner les frais d'hôtel, la justice les expose tout nus au pilori et, s'ils récidivent, ils sont chargés de chaînes pendant un an, a dit Pero, en entendant leurs gémissements.

Plus loin, deux oies sauvages sont sorties d'une maison en poussant des cris furieux, pourchassant un vagabond aux hardes tellement rapiécées qu'elles semblaient cousues à son corps.

— Pauvre de lui ! Il n'est de pire appeau que les fesses ! s'est exclamé Pero Meñique en méditant sur le sort probable du malheureux poursuivi par les oies.

Mais les oies sauvages retenaient moins mon attention que les cimes de la sierra de Guadarrama — qui, à cette heure, était ombragée par un nuage pourpre —, ainsi que les sombres chênes plantés de part et d'autre d'un chemin dont je ne savais ni d'où il venait ni où il conduisait.

Rasant les murs des hautes bâtisses, aux toits gondolés comme de vieux chapeaux, mon ami l'aveugle donnait l'impression de porter toute la ville en tête, de connaître les rues par cœur et de traverser les places et les cours comme par ouï-dire ; il ne se trompait quasi jamais en décrivant par le menu les maisons et les boutiques, ou quand il s'orientait grâce aux bruits et aux odeurs qui émanaient des ateliers d'artisans finissant leur tâche de chaque jour. Bien entendu, il arrivait parfois que les rues ne correspondent pas au nom qu'il leur donnait — ou qu'il bute contre un mulet auprès duquel il s'empressait de s'excuser.

— Je pardonne bien volontiers à votre grâce, bien qu'elle m'ait blessé une patte et laissé une oreille mal en point, lui répondait le muletier, prêtant sa voix à l'animal.

— Ne perdez pas votre temps à demander pardon, la personne offensée est un quadrupède, un croisement d'étalon et d'ânesse, ou de jument et de bourricot, lui disais-je, car, plein de sollicitude, il insistait pour se disculper ; la bête est montée à l'envers par un gros muletier qui tient la queue en guise de laisse et qui se paie votre tête.

En se voyant ainsi raillé, il est devenu songeur et m'a posé des tas de questions qui trahissaient son malaise et sa peine ; il voulait savoir si les aveugles étaient laids à voir, par exemple, ou si son allure était grotesque, si les gens que nous croisions se gaussaient de lui, s'il lui arrivait souvent d'être en butte aux lazzi sans en avoir conscience, si sa barbe et ses cheveux faisaient peur aux enfants, si en ouvrant la bouche il exhalait une odeur nauséeuse, s'il se méprenait fréquemment dans des situations ou devant des personnes qui n'étaient pas ce qu'il croyait, et bien d'autres choses de ce genre. Et moi, je m'ingéniais à chercher des faux-fuyants, en répondant par des exemples tirés des fables, des propos énigmatiques ou des balbutiements.

Mais il n'était pas satisfait de mes réponses et, croyant que je le daubais à mon tour, il s'est mis à me tancer, à me frapper à l'aveuglette et à brailler comme un enfant ou comme un porcelet. Jusqu'à ce qu'il entende les pas de trois mendiants qui venaient vers nous la main tendue. Couverts de loques et de plaies péniblement rapiécées, ils portaient des chaussures si fines que les plantes de leurs pieds touchaient le sol et que poussière et pierraille y demeuraient collées. Leurs pourpoints déchirés avaient tant d'yeux, de bouches et d'oreilles qu'on voyait la chair nue et crapoteuse de leurs corps desséchés et squameux. Ils n'avaient ni braies ni chemises et c'est à peine si quelque morceau de toile anciennement blanche couvrait leurs parties honteuses plus semblables à des chancres, à des écornures, à des figues sucées ou à des peaux de raisin qu'à des natures d'hommes. Leurs chausses bigarrées étaient sans doute l'œuvre du meilleur tricoteur du royaume de Castille, car ils avaient assemblé, vaille que vaille, des morceaux d'étoffe bleus, jaunes, verts et rouges qu'ils avaient dégoté dans les lavoirs, dans les cours de fermes et dans les dépotoirs des villes. Leurs têtes tiraient sur le noir, leurs cheveux étaient coupés à ras comme des souches et couverts de suie comme des bois incendiés, et les poux nidifiaient derrière leurs oreilles. Celui qui venait devant était estropié, il avait le regard furieux et le visage malsain ; ramassé sur lui-même, il avançait cahin-caha, en donnant à chaque instant l'impression qu'il allait s'effondrer. Il était suivi d'un homme aux oreilles coupées, qui soufflait comme un bœuf, conservant à grand-peine son équilibre. Sourd comme un pot, il avait l'air d'un marin qui vient de mettre pied à terre après de longues semaines sur une mer capricieuse ; un coup de couteau ou un jet de pierre lui avait coupé en deux la lèvre supérieure et fendu l'aile droite du nez. Puis venait un grand flandrin maigre comme un clou, aux vêtements beaucoup trop courts pour ses jambes et ses bras bien trop longs ; il s'appuyait sur une béquille tremblante, dont la traverse était cassée, d'un bras rigide comme une bûche. Sans âge précis, il semblait avoir la poitrine pleine de bourre, ou d'une chose vaine et inconsistante. Il regardait autour de lui d'un œil blanc, comme si en lieu et place de pupilles il avait de la glaire. Cet homme privé de ciel — car on ne peut décrire autrement sa disgrâce — n'avait aucun trait sur son visage qui donnât envie de s'y attarder et de le contempler, comme si tout son faciès avait éludé les canons de la beauté humaine. De surcroît, comme son compagnon l'estropié, il allait de par le monde en fulminant sans cesse contre tout et contre tous, et en cherchant sur son chemin des victimes pour assouvir sa colère et décharger sa rate. Et comme il n'y voyait goutte, parfois il s'arrêtait pour parler à l'homme sans oreilles, pensant que c'était l'estropié ; alors, n'obtenant point de réponse, il jurait entre ses dents, faisait des crocs-en-jambe et distribuait force taloches, comme si le monde entier risquait de se dérober sous ses pieds pour échapper à ses coups vengeurs.

Ils n'étaient pas beaux de loin ; les voir de près fut une épreuve plus cruelle encore. Ils avaient tout l'air de passer des jours entiers sans porter un vieux quignon à leur bouche, n'ayant même pas droit à une pitance de chien. On aurait dit qu'ils dormaient dans la poussière, parmi les ronces et les pierres, et les manants leur avaient assené tant de coups de gaule, les garçons de ferme les avaient tellement arrosés de cailloux, pour les chasser par crainte de la contagion ou du vol, que chaque parcelle de leurs corps semblait rudoyée, cinglée, battue comme plâtre.

— Maudite monture que cette mule avachie ! a dit le boiteux.

— Que cette créature qui s'annonce de loin par des bouffées putrides ne s'approche pas trop de nous, car c'est un bouquet de fiente et de déjections, a dit Pero Meñique en écartant de la main l'estropié, car il redoutait la puanteur de cette bouche que l'autre gardait toujours ouverte comme s'il prenait invariablement le mors aux dents.

— Ne vous moquez pas de mon infirmité. Je sillonne le monde en m'empêtrant dans ce corps qu'on dirait freiné par des liens invisibles qui m'entravent des pieds jusqu'à la tête, a dit l'estropié, qui semblait n'avoir pas remarqué la cécité de Pero.

— Savez-vous qu'il existe des eaux assez miraculeuses qui redressent les muscles et les nerfs des infirmes ? Il suffit de les trouver et de s'y baigner quelque temps, a dit Pero Meñique en tournant le dos à l'estropié qui s'éloignait.

— Votre grâce sait-elle où coulent ces eaux providentielles ? a dit celui-ci en se retournant brusquement.

— Je l'ai su quand j'étais enfant, puis je l'ai oublié car je n'en avais cure.

— Si vous recouvrez un jour la mémoire, cherchez-moi sur les routes de Castille et je vous indiquerai un lieu où l'on trouve certaines poudres qui, frottées sur les yeux, rendent la vue instantanément, a marmotté l'estropié, avant de se perdre à tout jamais.

— Ce pauvre hère se croit peut-être plus chanceux que ses compagnons de voyage, mais en réalité c'est le plus infortuné, car il constate sa misère à chaque instant en observant la splendeur du monde, a dit Pero Meñique, passablement offensé, en inclinant un peu la tête pour recevoir les rayons du couchant et reprendre sa route.

Indifférent à la querelle, l'aveugle boiteux était resté quelques pas en arrière ; soudain, il s'est mis à aboyer au milieu de la rue, comme si la voix lui sortait des entrailles :

Aujourd'hui plus ne vous souciez de passer en Flandres
demeurez ici tranquilles et pourrez entreprendre
la boutique de ma vérole et de mes glandes.

Impressionné par l'agressivité de l'aveugle vagabond, qui semblait la dérision incarnée, un méprisable simulacre de lui-même, Pero Meñique a voulu établir aussitôt une distinction entre tous les malvoyants de la terre et ce maudit galeux, en affirmant que les autres étaient des compagnons de misère, non des suppôts de Satan. Et pour souligner la différence entre l'impudence du quidam et sa propre personne, il s'est rappelé avec grand plaisir la brillance des feuillages baignés de lumière par les claires matinées de printemps, quand les arbres des collines sereines participent avec leur éclat de la splendeur du ciel.

— Aujourd'hui, à l'heure du crépuscule, tu me diras si le silex de la muraille blessé par le soleil fait des étincelles dorées, et si tu as la sensation qu'un rayon pâle environne la ville à la tombée de la nuit. Je me souviens comme dans un rêve du feu qui, en fin d'après-midi, brûle en silence sur chaque pierre de la cité, de la bataille muette que livrent les ombres fugitives et les longs éclairs sur les murs d'enceinte. On dit que, à l'instar du fleuve Guadarrama qui s'éloigne entre les grands jardins silencieux et les coteaux gris de la nuit, le rempart de Madrid s'enfonce en brasillant dans les ténèbres comme un serpent de flammes, a dit Pero Meñique.

Son visage a commencé à se dorer, sa barbe et ses cheveux se sont remplis de brillants, ses pieds foulaient la lumière et ses mains palpaient la transparence. Et tandis qu'il s'efforçait avec ses mots, avec toutes les ressources du langage, de cerner en pensée le corps insaisissable de la tombée du jour, tandis qu'il cherchait à comprendre la nature éthérée de ce rouge digne de Mars à l'heure des deux crépuscules, il aurait voulu rester et s'en aller à la fois, comme le fleuve avec ses eaux, ses peupliers et ses saules fantomatiques. C'est ainsi que nous sommes arrivés sur la place Saint-Sauveur, juste à temps pour écouter le crieur public :

— En la ville de Madrid, ce lundi 22 janvier 1481. Au jour d'aujourd'hui, le Conseil municipal de ladite ville s'étant réuni au son des cloches en l'église du Saint-Sauveur, ainsi qu'il en a l'usage et la coutume, à la demande du commandeur Joan Zapata et du docteur de las Risas, lesdits seigneurs du Conseil ont décidé et ordonné que, de tous les Juifs de Madrid et des alentours, excepté Rabí Jacob, médecin de la cité, nul ne sera autorisé à paraître publiquement sans porter la marque distinctive, et dans ladite ville et sur les terres qui en dépendent, sous peine de payer cent maravédis la première fois que n'importe quel d'entre eux serait surpris sans l'insigne susnommé, et pour la deuxième fois, deux cents maravédis, et pour la troisième de perdre l'habit qu'il porterait, ce décret prenant cours après l'office du crieur public, dans la ville susdite et dans ses faubourgs. Avant l'expiration de ce délai, aucun d'entre eux ne devra encourir la moindre peine, et quant à l'habit dont il a été dit ci-dessus qu'il serait confisqué à la troisième fois, il s'agit de la soutane ou tabard ou manteau à capuchon, mais non des autres vêtements qui seraient portés ; et si quelque Juif venait de l'extérieur de la ville, il ne devrait lui être fait nul dommage, avant qu'il n'ait demeuré trois jours en ladite ville et pris connaissance du décret. Cela ne s'étend pas davantage aux enfants, lesquels ne doivent pas porter la marque. Par ailleurs, le lieu où doivent demeurer Juifs et Maures de la ville de Madrid, a été désigné : pour les Juifs, l'endroit où ils tiennent leur synagogue et, pour les Maures, celui où ils tiennent leur mosquée. Par le crieur Pero Buentalante.

— Qui a écouté cette ordonnance ? a demandé Pero Meñique.

— Dans la multitude réunie sur la place, j'aperçois l'alguazil Rodrigo de Sant Estevan, le meunier Pablo, les paysans Joan et Pedro Palomino, le maître maçon Juan Sánchez, celui qui est très vieux et très dur de la feuille, le grand maître Pedro, ce forgeron qui a reçu licence pour faire un ouvrage en bois, et Juancho le peintre, qui peint toutes choses nécessaires pour le Corpus Christi, plus une infinité de gens que je ne reconnais pas.

— Nous venons d'entendre de mauvaises nouvelles pour les Juifs, mais nous en apprendrons de pires demain, a dit Pero Meñique en reprenant sa route.

Assise par terre, la Tour de Babel a commencé à recompter les sous qu'elle extrayait de ses nippes comme si elles étaient pleines de poches secrètes et comme si elle avait longtemps enterré son magot.

Ensuite, elle a empoigné l'argent de la main gauche, à la manière dont on prend un poulet par le cou, et elle l'a caché contre sa poitrine, après l'avoir glissé en tapinois dans une bourse.

Les paupières baissées, elle avait mis les pièces dûment recomptées dans la tirelire de ses yeux et à l'abri de son corps, avec cette expression qu'ont les gens qui pensent qu'on leur vole de l'or rien qu'en le regardant.

— Serais-tu souffrante ? lui a demandé la Trotteuse.

— Non, a répondu l'autre, tout juste envieuse.

Près de la Tour de Babel, un gros bonhomme à la face de grenouille, aux cheveux plus courts que les sourcils et à la moustache plus clairsemée que ceux-ci, portait une bure dont les énormes taches de graisse sur les manches et sur la poitrine évoquaient des pattes et des groins de porcs. Il était en train d'allumer un feu sur le carrelage, en brandissant dans sa dextre un boudin qui rappelait davantage un membre viril que des tripes farcies de sang. C'était le frère de la Tour de Babel, Agustín Delfín, qui avait quitté Séville sur un bard acheminé par des porteurs mais, à cause de son grand poids, ceux-ci avaient défailli à Cazalla et il avait dû poursuivre son voyage sur une jeune mule qui, à son tour, avait cédé sous la charge à Fuente del Arco ; ensuite de quoi, le moine avait continué sa route sur une vieille litière couverte de drap vert qui avait appartenu à une infante. C'est ainsi qu'il était arrivé au port d'Arrebatacapas sur une chaise pliante, courte sur pieds et munie de grosses courroies pour appuyer le dos et les bras, plus un oreiller pour reposer la tête, assis comme une femme, les vêtements retroussés bien au-dessus du genou, laissant voir ses cuisses et jusqu'à son nombril. Mais, comme la litière s'était cassée à Cebolla, il était finalement entré dans Madrid monté sur un âne, au milieu de la nuit, un peu moins affamé que sa monture.

Maintenant, penché sur le feu qu'il avait enfin réussi à allumer après de nombreux essais infructueux, Agustín Delfín montrait ses fesses couleur blanc d'œuf et traînait par terre une ribambelle d'oiselets suspendue à sa ceinture comme un long chapelet.

— Don Enrique de Villena avait coutume de dire que la chair humaine est indiquée pour soigner les hernies, celle du chien pour raffermir les dents déchaussées, celle du vieux blaireau pour purger le cœur de la peur et de la terreur, celle du milan pour la gale, celle de la huppe pour aiguiser l'entendement, celle du cheval pour rendre l'homme vaillant, celle du lion pour inspirer la crainte, celle des grenouilles pour rafraîchir le foie, celle des couleuvres pour l'épilepsie, celle des cigales pour étancher la soif et celle des grillons contre la strangurie, a-t-il dit, comme s'il parlait tout seul, récitait une prière ou bavardait avec sa sœur en lui tournant le dos.

Sur le carrelage, le feu qu'il entretenait avait quelque chose d'une larve qui brûle et de la mort qui crépite et scintille, tandis qu'il rôtissait les oiselets l'un après l'autre, les déplumant et les dépeçant dès qu'ils changeaient de couleur sous son œil vigilant.

— Enlever les plumes sans ôter la queue, quand c'est pour griller ; trancher la poitrine sans enlever les pattes, afin que de la petitesse du corps il reste malgré tout quelque chose ; découper l'oiselet en quatre parties et le manger aussitôt afin que point ne refroidisse, c'est tout l'art de manger du volatile, a-t-il ajouté en aparté.

— Quel est ce bruit et d'où vient cette odeur qui caresse mes narines ? a demandé Pero Meñique, sans cesse intrigué par les senteurs, les sons et les fumées qu'il percevait.

— C'est un frère qui mange des oiseaux rôtis, ai-je dit, et même quand il n'a rien en bouche, il continue à mastiquer.

— Ce frère est le mien, c'est Agustín Delfín, venu à Madrid pour me tenir compagnie quelques semaines, avant de retourner à Séville quand il se sera acquitté de ses devoirs fraternels, car il a des affaires urgentes à régler dans la ville susnommée, touchant à une Inquisition que la Sainte Église veut décréter contre les judaïsants, a dit la Tour de Babel.

— Disons plutôt qu'il est venu vivre à tes crochets, car on voit que ce frère ne respire que pour bâfrer et pour fureter dans les cuisines, a dit Pero Meñique.

— Amène-moi ce morveux, que je lui mange les yeux et que je lui suce la moelle, a dit Agustín Delfín pour me faire peur, un oiseau sans tête entre les doigts d'une main et un autre emprisonné par des tenailles qu'il s'apprêtait à mettre au feu. En se retournant, le moine avait découvert un genou blessé, vermillon, comme un chancre couvert par un bout de charpie crasseuse.

— Prenez garde au feu qui ne brûle qu'à demi, la fumée du bûcher en a suffoqué beaucoup jusqu'à ce que mort s'ensuive, a dit Pero.

— Tout retourne en fumée, a commenté la Tour de Babel en brandissant un pied de cochon qu'elle avait tiré d'une de ses bourses pleines de sous.

— Ainsi soit-il, et que Dieu nous donne dindons, faisans, grues, canards, perdrix, pigeons, hirondelles, chapons, moineaux et tourterelles à foison, a dit Agustín Delfín en se signant, les yeux et la bouche accaparés par un oiselet qu'il avalait goulûment et dont les petits os craquaient entre ses dents, comme s'il avait tout dévoré : chair, yeux, plumes, ailes, pattes.

— Que Dieu nous donne plutôt des quadrupèdes : bœufs, daims, lièvres, chèvres sauvages, cochons de lait, chevreaux, agneaux, brebis et bons boucs, a dit Pero Meñique, sur un ton parodique.

— Congres et turbots, crabes et crevettes, thons et pampres, saumons et truites, a poursuivi Agustín Delfín, mais pour l'heure je vais boire un bon coup, car une litorne m'a obstrué le gosier en volant vers mon ventre et pourrait me causer de graves dommages.

Il a bu avidement, le vin coulait des commissures de sa bouche, puis il a foulé du pied gauche une tête de mort qu'il portait toujours dans une poche pour la montrer aux foules qui l'écoutaient prêcher sur l'égalité devant la mort, laquelle emporte aussi bien le roi que le bouseux, le pape que le bouffon, la vierge que la putain de bas étage.

— Vous avez creusé mon appétit, j'aimerais me régaler de légumes divers : laitues, navets, ail, oignons, poirées, carottes, pâtissons, céleris et fenouils ; trouvez-les-moi séance tenante ou je vous arrache la barbe, a dit le moine à Pero Meñique en lui triturant les poils du menton.

— Votre bure est très sale et tout élimée, comme si vous la portiez depuis maintes années et sans la quitter pour dormir, selon l'usage des moines, lui a dit le Roi Bamba, en le forçant à lâcher Pero.

— Je suis comme votre roi don Ferdinand, dont on dit qu'il est l'homme le plus cupide de ces royaumes ; c'est pourquoi je ne change de vêtements que lorsqu'ils tombent en morceaux. Et je l'imite encore en remplaçant par trois fois les manches usées d'un pourpoint et en reprisant ma chemise par-devant comme par-derrière... Mais qui êtes-vous donc pour oser me traiter ainsi ?

— Je suis un descendant de Bamba, le roi des Goths, qui fut élu à la mort du roi Recesvinto et couronné à Tolède par la main de saint Ildefonse ; par malheur, alors que le souverain régnait depuis huit ans, on lui a servi des breuvages qui lui ont fait perdre la mémoire et le bon sens ; c'est pourquoi il a quitté son royaume pour entrer dans un monastère où il a vécu sept ans encore avant de trépasser.

— Le nom que vous portez ne désigne-t-il pas un homme benêt, gauche et mal assuré ? lui a demandé Agustín Delfín.

— Joins-toi à ma personne, nous ferons un beau couple, a dit la Trotteuse au Roi Bamba.

— *Tu es Bamba, je suis Bambo,*
nul ne peut nous prendre ;
tu es sotte, je suis sot,
nul ne peut nous comprendre, a répliqué le Roi.

— Le fleuve de la luxure n'a jamais eu de rives, a dit Pero Meñique à la Trotteuse.

— Cuicui, cuicui, a dit la Tour de Babel à un moineau en lui lançant des grains de blé agrémentés de charançons.

— On dit que ce petit oiseau est expert en paillardise, qu'il ne vit pas plus d'un an à force de courir le guilledou et que le mâle porte sous la poitrine une barbiche de bouc, a dit la Trotteuse, comme si elle allait écraser le moineau contre ses seins à moitié nus.

— Ce passereau renseigne très utilement en période de peste, car il se sauve si l'air est corrompu, mais demeure dans les endroits sains, a dit Pero Meñique.

— Moi, je trouve que les moineaux donnent toujours envie de les croquer ; on les trouve partout, comme les mouchards : dans les lézardes des murs, dans les auberges, dans les cours de fermes, dans les tavernes et jusqu'au fond des ravins, a dit Agustín Delfín.

— Le moineau mâle est trompeur, a déclaré la Tour de Babel, en lui jetant une autre poignée de grains.

— Il ne veut pas de ton blé farci aux charançons, lui a dit le Borgne.

— Le roi cueillait la rose, le laboureur le blé, a dit Pero Meñique en citant Raymond Lulle.

— Le roi refusait de manger des glands car c'est nourriture de cochon, a ajouté don Rodrigo Rodríguez, qui jusque-là n'avait pas ouvert la bouche.

Il était chaussé d'étroits brodequins et tentait de dissimuler sa bosse, ses jambes courtes et ses longs bras. Il avait un peu l'aspect d'un pantin, avec ses chausses vertes, son pourpoint jaune et sa cape rouge.

— J'ai ouï dire que notre roi don Ferdinand est très friand de testicules, a dit Agustín Delfín, la bouche pleine.

— Ton frère n'est pas soucieux de l'entretien de son estomac, mais bien de son remplissage, jour et nuit, avec toutes les viandes, les primeurs et les conserves du royaume de Castille, a dit le Roi Bamba à la Tour de Babel ; il ne mange pas, il dévore, dilacère de toutes ses dents ; il croque et mord comme s'il causait de grandes souffrances aux oiseaux qu'il déglutit ou comme s'il s'apprêtait à les exterminer. Peu importe que ces volatiles soient morts, mais il convient à l'homme de se montrer plus discret dans la façon de manger les animaux qu'il tue pour se sustenter, et de les mâcher sans fureur ni dédain, et sans démonstrations : ni hoquet ni pets.

— Demain peut-être ne pourrons-nous déjà plus manger ni marcher, ni digérer ni rêver, mais bien tomber dans le repos éternel de la tombe, a dit Agustín Delfín en rotant entre deux gorgées de vin.

— Les oiseaux qui chantent maintenant ne jetteront pas l'année prochaine un seul trille ensemble au cimetière, a dit la Tour de Babel ; pourquoi ne pas se les manger tous d'un seul coup ?

— Qu'est devenue ta gloire, ô Babylone ? Où sont le terrible Nabuchodonosor, le vaillant Darius et le fameux Cirus ? Où sont donc Regulus, Romulus et Remus ? La rose originelle n'est plus qu'un nom ; il ne nous reste que des noms, quand les hommes et les cités ont disparu, a dit Pero Meñique.

— Où sont donc Salomon, Samson et Absalon, qui ont connu si grand lustre en ce bas monde ? Où sont les beautés d'antan qui ont égayé de leurs rires et de leurs gestes ces vies réduites en cendres ? Ne se sont-elles pas évanouies comme le jour sombrant dans le couchant ou comme le feu s'envolant en fumée ? Leurs corps n'ont-ils pas fécondé les champs comme le fumier du bétail ? Les siècles ne nous ont laissé que des mots, des mots écrits dans des langues mortes, a dit don Rodrigo Rodríguez en se dressant sur la pointe des pieds pour paraître plus grand — et plus solennel.

— Tout empire est poussière en puissance, a dit le Roi Bamba.

— La poussière est l'égalité suprême, et la lumière la chose au monde la mieux partagée (sauf pour moi), a dit Pero.

— Nous serons des squelettes aux tibias desséchés, des cadavres putréfiés à la bouche et aux entrailles rongées des vers, a dit don Rodrigo Rodríguez, d'une voix quasi triomphale.

— Les belles cuisses et les tétons tout ronds, les lourdes

hanches et les ventres dodus, les noires aisselles et les tresses flétries tomberont de nos mains comme des fleurs charnelles, a dit le Roi Bamba, avec une voix où se mêlaient jouissance et blessure. Quelle horreur ! De la femme aimée, il ne restera que des vers voluptueux jaillissant à flots de sa panse froide ; et moi, dans la nuit du lit, je soulèverai tremblant d'angoisse sa chemise déchirée — et je trouverai son néant ; en caressant ses cheveux, mes doigts laisseront glisser des poignées de cendre, et en me couchant près d'elle, en position de cadavre, j'aimerai nos deux corps en m'aimant moi-même. Car entre les vagues clartés et les ombres fugitives de mon étreinte spectrale, j'entendrai la double carcasse me dire en s'effondrant : « C'est toi que tu embrasses, le corps décharné de la femme adorée est ton corps en chair et en os : contemple-toi dans ce miroir. »

— L'homme est bien peu de chose, a dit Pero Meñique ; au bout des neuf jours de décomposition, ne demeurent que les os et le souvenir.

— Ne parlons plus de décomposition, ça me coupe l'appétit, a dit Agustín Delfín ; car je suis comme ce poète qui se complaisait dans le macabre : la seule pensée de la mort fait trembler et pâlir mon visage, courber mon nez, tordre mes veines, gonfler mon cou, amollir mes chairs, s'enfler et s'étirer mes articulations et mes nerfs.

— Nous devons nous infliger la discipline, fouetter notre peau jusqu'à extirper la peur de la mort, a dit don Rodrigo Rodríguez.

— Je ne suis le pénitent d'aucune de ces sectes de chiens qui boivent à genoux, mangent accroupis et se lèvent à minuit pour mortifier leur dos et leurs épaules. Moi, dans mes ténèbres, je vois la lune en forme de sein et, à l'aube, je souffre des rigueurs de la faim ; j'ai assez du jour pour châtiment et de la nuit pour désir, a dit le Roi Bamba.

— Et moi, il me suffit de guider en ce monde les jambes égarées de l'aveugle, qui cherchent la chaleur et s'allongent dans l'ombreux et dans l'humide, a dit Pero Meñique. Car la vie de l'aveugle est comme le silence des neiges.

— Je serai flagellante en plein jour : ils me cloueront au pilori, a dit la Trotteuse.

— On me frappera au nerf de bœuf, je serai fouetté par la justice, le meilleur geôlier de Castille aura l'honneur de me mettre les fers, a dit le Borgne.

— Votre forge semble toujours chauffée, vous avez le corps malodorant et vos vêtements sont franchement répugnants ; à vrai dire, votre odeur vient de très loin, a dit Pero Meñique à la Tour de Babel.

— Selon la coutume de notre reine Isabelle, je ne change pas de linge et ne mange pas sur une nappe. Je lave seulement ma tête dans les lavoirs du fleuve avant de déjeuner avec mon frère, a répondu celle-ci.

— Le linge n'est pas fait pour se laver, il se jette quand il est usé, a dit le Borgne en desserrant à peine ses lèvres plombées.

— Je vous donnerai une terre en cens pour dix maravédis l'an, au jour de Saint-Michel du mois de septembre à venir ; c'est une terre où l'on peut semer une fanègue de blé environ et qui est sise aux confins du chemin de Tolède, d'un côté, et qui jouxte de l'autre le ruisseau d'Umanejos, a dit au Roi Agustín Delfín, la bouche entrouverte, le regard absent, comme s'il scrutait son destin dans les nuages vespéraux.

— Je ne veux d'autre terre que celle que je foule ni d'autre jour que celui de mon corps aujourd'hui, a répondu l'autre, sans tourner la tête pour regarder son interlocuteur.

— J'ai entendu crier Pero Buentalante sur la place de cette ville, annonçant que Pero de Madrid avait dit qu'il donnerait, puis avait donné effectivement en cens pour toujours et à jamais, à dater du jour de la Saint-Michel du mois de septembre prochain, cinq cents maravédis pour une demeure sise en la voûte de la porte de Guadalajara, a dit don Rodrigo Rodríguez.

— Et moi, j'ai entendu dire qu'un bœuf chie cent fois plus qu'une bécasse, a dit Pero.

Entre-temps, la Trotteuse s'était assise en écartant les jambes et en laissant voir ses hanches nues et son sadinet ténébreux et frisé ; avec de lents mouvements des bras et des cuisses, elle s'abandonnait à un invisible amant, son postérieur posé sur une pierre comme une cruche blanche, épaisse et voluptueuse.

— Tu as l'air d'un pigeon ramier : aux reflets du soleil, tes seins sont riches en couleurs précieuses, a dit le Roi Bamba.

— Les temps changent, a-t-elle répondu, on ne m'avait jamais rien dit d'aussi flatteur.

— Souviens-toi de mes propos l'autre nuit, quand nous imitions la bête à deux dos et à huit bras, a-t-il ajouté.

— La luxure ne garde pas le souvenir des corps qu'elle dévore, elle vit seulement dans le présent du plaisir, toujours inassouvie, toujours nostalgique de ce qu'elle a connu et de ce qu'elle ne peut obtenir, a dit la Trotteuse.

— Ma foi, c'est bien possible, a dit Pero.

— Le désir se ronge lui-même, a dit Agustín Delfín.

— Laisse-moi te fouiller, a dit le Roi Bamba à la Trotteuse, en même temps que ses mains rapides escaladaient le ventre de la femme et, comme de petits animaux rapaces, lui attrapaient les seins.

Et elle, à l'unisson, lui clouait les ongles dans le cou et dans le dos, lui enfournait la langue dans la bouche, les yeux cachés sous les paupières dans l'intimité du baiser.

— L'homme étant le feu, et la femme l'étoupe, le diable n'a plus qu'à souffler, a dit la Tour de Babel.

— Don Alfonso Martínez de Tolède, qui a bien connu mon père au temps du roi don Jean II de Castille, enseignait que la luxure est cause efficiente et finale de la débilité du corps humain, car, privant l'homme du sommeil réparateur, elle le fait vieillir et blanchir avant terme, et fait trembler ses membres, et altère les cinq sens, a déclaré don Rodrigo Rodríguez.

— Le même archiprêtre, qui était aussi l'ami de mon père, se plaisait beaucoup à rapporter l'histoire d'une femme qui avait coupé les parties honteuses de son galant, un nommé Juan Orenga, natif de Tortosa, parce qu'elle avait ouï dire qu'il s'était accouplé avec une autre. Un jour, donc, qu'il la lutinait, elle lui a saisi sa panoplie et l'a arrachée avec un couteau en disant : « Traître, ni à toi, ni à moi, ni à nulle autre jamais plus ne servira. » Sur ce, elle a pris la poudre d'escampette, laissant le malheureux se vider de son sang, a dit Agustín Delfín.

— L'affaire n'est pas tellement singulière, a dit don Rodrigo Rodríguez ; je sais qu'une femme mariée a coupé de ses dents la langue de son mari. Elle lui avait demandé, en riant, de lui mettre sa langue en bouche, après quoi elle a serré les mâchoires et lui a tranché net l'organe de la parole, et l'autre est demeuré infirme et muet. Puis la femme s'est réfugiée dans un couvent de sœurs franciscaines. Et comme la justice la poursuivait, elle a déclaré qu'elle avait vu son mari converser, en secret et maintes fois, avec une femme qu'elle soupçonnait d'adultère. En coupant la langue de son époux, elle lui avait dit : « Avec celle-là, ni elle ni une autre jamais plus en parlant ne tromperas. »

— Je ressemble au chameau de Tamerlan, qui pouvait brouter sans peine où il voulait, a dit le Roi Bamba à l'oreille de la Trotteuse, en glissant une main entre ses seins.

— Je me demande comment cette femme peut te plaire : elle est maigre comme la mort, elle a les tétasses fondues, un cou de taureau, et elle est sale comme une truie, a dit la Tour de Babel.

— Tais-toi, vieille radoteuse, tu aimerais tant me remplacer, a répondu l'autre.

— Dieu me préserve d'enfreindre son septième commandement, en besognant en public, a rétorqué la Tour de Babel.

— En usant comme il convient de ta femme légitime, tu ne peux commettre le crime de fornication, a dit Agustín Delfín ; dans ce cas seulement, les appétits qui aiguillonnent la luxure ne sont pas considérés comme péché mortel, mais comme faute vénielle.

— Si grand est le péché de la chair, que même ceux qui le commettent au sein du mariage pèchent mortellement, a dit don Rodrigo Rodríguez.

— Tout doux, a dit la Trotteuse au Roi Bamba, tu n'es pas encore en selle que déjà tu chevauches.

— Il vaudrait mieux que je m'en aille, a-t-il répondu : tel que je me sens maintenant, je pourrais te faire une trentaine de fils, tous de pur lignage espagnol, avec nom, prénom, surnom et sobriquet.

— A propos de lignage, mon père m'a raconté que les séphardis, descendants des tribus de Judas et de Benjamin, sont arrivés sur ces terres au temps du roi Salomon et ont fondé des villes dont les noms évoquaient ceux des cités bibliques, ai-je dit.

— Les Juifs ont violé des professes en les corrompant avec de l'argent, ils ont profané les sacrements de notre Sainte Mère l'Église, commis des actes de sorcellerie avec l'hostie consacrée et fouetté des images de Notre-Seigneur avant de se caler des crucifix dans le cul pour le railler plus affreusement encore, a dit Agustín Delfín.

— Ils pèchent par présomption et par superbe, car pour eux il n'y a pas de meilleur peuple au monde, ni plus discret, ni plus subtil, ni plus honorable, puisqu'ils appartiennent au lignage des tribus d'Israël, a déclaré le Borgne.

— Ils se montrent particulièrement diligents dès qu'ils peuvent obtenir des faveurs, des honneurs et des charges publiques auprès des rois et des puissants, a dit la Tour de Babel ; certains ont mêlé le sang de leurs fils et de leurs filles à celui de chevaliers chrétiens de vieille souche, passant ainsi pour de bons chrétiens et jouissant de maints privilèges.

— Ils n'ont jamais voulu labourer ni bêcher, ni parcourir les pâturages pour élever les troupeaux, et ils ne l'ont jamais appris à leurs fils, n'acceptant que des emplois dans les agglomérations, assis toute la journée et gagnant leur pain à peu de frais, a dit don Rodrigo Rodríguez.

— Ils sont gloutons et goulus, friands de ces ragoûts et de ces pot-au-feu qu'ils préparent le vendredi, ou d'ail et d'oignons frits dans l'huile. Ils ne se nourrissent ni de lard, ni de graisse de porc, ni de viandes souillées ; ils ne mangent jamais de cochon sinon dans les cas de force majeure, mais ils se goinfrent secrètement de viande pendant le carême, les vigiles et les quatre-temps, a dit Agustín Delfín.

— Les Juifs puent de judaïser et de n'être point baptisés, a dit la Tour de Babel ; ce sont gens sans foi ni loi.

— Même baptisés, ils restent juifs, fuyant la doctrine ecclésiastique et les coutumes des chrétiens ; ils font porter de l'huile dans les synagogues pour que leurs lampes demeurent allumées, ils font venir d'autres Juifs dans leurs maisons pour qu'ils y prêchent, surtout auprès des femmes, et ils ont des rabbins pour égorger les bœufs et les oiseaux dont ils se nourrissent, a dit don Rodrigo Rodríguez.

— Les rois d'Aragon et de Castille ont accueilli ces nouveaux chrétiens bras ouverts, croyant dans la sincérité de leur conversion et laissant accéder aux plus hautes dignités de l'Église et de la Cour les familles des Santa María, des Santa Fe, des La Caballería et autres suspects, Hernando del Pulgar lui-même n'étant jamais qu'un rejeton de Juifs, a dit Agustín Delfín, furibond.

— En 1473, la mer a joué un tour cruel aux marranes cordouans qui, apprenant que des marins avaient tué sur les côtes du Portugal une baleine de deux cents pieds de long et cent pieds de large, ont cru que le cétacé était ce Léviathan annoncé par les prophètes comme signe avant-coureur de la venue du Messie sur la terre. Aussi ont-ils mandé leurs serviteurs à l'endroit indiqué pour qu'ils rapportent des morceaux du monstre comme reliques, mais ce n'était rien d'autre qu'une baleine, a relaté don Rodrigo Rodríguez.

— Il y a quatre ans, les clercs et les chrétiens de Séville, avec à leur tête Alonso de Hojeda, un moine voué à la destruction du judaïsme, ont informé les souverains Ferdinand et Isabelle que de nombreux convertis pratiquaient en secret des rites prohibés, reniaient la foi chrétienne et ne faisaient pas baptiser leurs enfants, tout en occupant des postes importants au palais royal et dans diverses hiérarchies. Les Sévillans ont donc prié Leurs Majestés de châtier les coupables. Les souverains ont été très peinés d'apprendre qu'il y avait tant d'hérétiques et d'apostats dans leur royaume. Aussi ont-ils chargé l'archevêque de Séville, Pero González de Mendoza, de sermonner les marranes et de leur inculquer les croyances et les devoirs des chrétiens. Ensuite, de passage à Cordoue, Leurs Majestés ont été rejointes par frère Alonso de Hojeda qui voulait leur faire part d'une épouvantable nouvelle : à Séville, un certain Guzmán avait entendu six judaïsants blasphémer la foi catholique un jeudi saint, alors qu'il courtisait une Juive convertie. Les rois ont aussitôt sollicité une bulle de Sixte IV visant à établir le tribunal de la Sainte Inquisition en Castille, bulle qui leur a été accordée afin de procéder en toute justice contre l'hérésie judaïque par *voie de feu,* a dit Agustín Delfín.

— Ici même, à Madrid, on a promulgué le récent décret des États généraux de Tolède, ayant force de loi dans tout le royaume de Castille et ordonnant que les Juifs non baptisés portent sur leurs vêtements une marque distinctive, qu'ils habitent des quartiers circonscrits et s'y retirent avant la tombée du jour ; de la même façon, il leur est interdit d'exercer les professions de médecin, chirurgien, barbier, apothicaire et tavernier auprès des chrétiens ; s'ils sont surpris en dehors de la juiverie avant l'aube et après le coucher du soleil, la loi ordonne de leur confisquer tous leurs biens et, dans le cas où ils chanteraient au cours des enterrements en revêtant leurs habits de toile, ils en seraient dépouillés, a dit la Tour de Babel.

— Moi, la Trotteuse, je ne peux condamner personne en ce monde ; la mort par voie de feu me paraît une chose horrible et j'ai pitié de toute créature qui l'endure. Un jour, quand j'étais petite, alors que j'errais affamée, un vieux Juif m'a donné du pain pour faire taire ma faim et je ne me suis pas souciée de savoir si sa main était d'un Hébreu ou d'un chrétien. Bonté et méchanceté n'ont pas de lignage, mais se reconnaissent à leurs fruits.

— Toi, le moine glouton, qui arraches à leurs nids des petits oiseaux innocents pour les triturer dans ta gueule toujours en train de brouter ; toi, l'infecte Tour de Babel, qui traînes ton corps par terre comme du linge sale ; toi, avorton de la nature, qui portes ta coquille sur le dos et ne peux jamais t'en défaire, à la manière de certaines chenilles ; dites-moi donc, tous autant que vous êtes : quand vous vous trouvez devant une belle fille, un enfant tout frais ou un médecin qui vous guérit de vos maux, croyez-vous détenir plus de droits à la vie que ces gens parce qu'ils sont hébreux ? Vous sentez-vous plus innocents, ou plus beaux ? a dit le Roi Bamba.

— Je crois tout simplement à ce que le pieux frère franciscain Alonso de Espina préconisait dans sa *Forteresse de la foi,* à savoir que si on se livrait à une véritable Inquisition de nos jours, les bûchers révéleraient une énorme quantité de judaïsants ; or il est préférable de les châtier sur terre que de les laisser brûler à la flamme éternelle, a dit Agustín Delfín, en se couchant pour introduire la moitié de son corps dans un baril.

— Moi, j'arpente les rues de ce monde aveugle et je ne veux pas ouvrir les yeux pour voir les feux de la mort qui seront allumés en maints lieux de ces royaumes pour brûler des innocents ; à l'exécration qui partout s'exhibe, je préfère la paisible ignorance de ma nuit, a dit Pero Meñique.

Un homme tout maigre est passé sur la place ; son visage était blême, ses sourcils, sa barbe et ses cheveux chenus ; il portait des vêtements grossiers de matelot qui ressemblaient davantage à une cuirasse grise qu'à un habit ; il était déchaussé et le cuir de ses pieds était si épais, si rugueux, qu'on aurait dit qu'il avait transformé leurs plantes en chaussures. Son expression était colérique, désespérée ; la faim lui sortait par les yeux et il parlait tout seul comme s'il y avait tout autour de lui des interlocuteurs invisibles.

— Voici le compte de la création du monde selon les Juifs. Quand Adam eut cent trente ans, il engendra Seth. Quand Seth eut cent cinq ans, il engendra Enosh. Quand Enosh eut quatre-vingt-dix ans, il engendra Qénân. Quand Qénân eut soixante-dix ans, il engendra Mahalaléel. Quand Mahalaléel eut soixante-cinq ans, il engendra Yéred. Quand Yéred eut soixante-deux ans, il engendra Hénok. Quand Hénok eut soixante-cinq ans, il engendra Mathusalem. Quand Mathusalem eut cent quatre-vingt-sept ans, il engendra Lamek. Quand Lamek eut cent quatre-vingt-deux ans, il engendra un fils et lui donna le nom de Noé. Quand Noé eut atteint cinq cents ans, il engendra Sem. Et Sem avait cent ans quand commença le déluge. De la création du monde jusqu'au déluge il y eut donc 1656 ans..., a-t-il dit en remuant rapidement ses lèvres cendrées et en continuant à faire les comptes de l'univers, semblable en cela à don Cristóbal Colón.

Soudain, comme dans une fantasmagorie, il a disparu de la place. Et j'allais demander aux autres s'ils l'avaient également vu ou si j'étais seul à avoir remarqué sa présence quand dans la rue est arrivé un chien fou qui poursuivait son ombre, tâchant de la mordre sans l'atteindre jamais. L'ombre, aussi longue que nette, courait toujours devant ses pattes, échappant à ses dents furieuses.

En un éclair, le chien s'est volatilisé dans la rue qu'avait suivie l'homme aux cheveux blancs, et on n'a plus entendu que l'écho lointain des aboiements.

— L'aboiement est le cri du chien, et le cri est l'aboiement de l'homme, a dit Pero Meñique, très sérieusement.

Puis, dans le silence du crépuscule, les dernières ombres du jour se sont couchées sur le sol ou adossées aux parois, comme des traces insaisissables d'une splendeur éphémère qui tendait à se recueillir. Agustín Delfín, la tête affalée sur son bras droit, dormait la bouche ouverte. Mais il continuait à jouer des mâchoires, comme s'il mordait en rêve, en ouvrant et en fermant les mains comme s'il palpait des seins ou pressait des fruits. Son corps était peuplé de bruits qui avaient forme de rots, de ronflements, de hoquets, de prouts, de vesses et autres types de mouvements ventraux.

— Il bouffe même en dormant, garde son engrais en bouche et le savoure à tout instant, a dit le Roi Bamba.

— Mon frère Agustín Delfín est si paresseux qu'il se fatigue en chiant, a dit la Tour de Babel, ses dents cariées esquissant un sourire.

— Ceux qui mangent trop de grives à la langue harmonieuse ont une urine couleur de sang, et ceux qui se couchent après souper ont la panse qui se remplit d'eau, a dit Pero.

— Mon frère vit une vie de prières, il est donc à l'abri de tous les maux, a repris la Tour de Babel.

— Mais non de la mort, a dit le Borgne.

Sur ce, nous avons vu s'avancer vers la place, venant de la rue au chien, plusieurs bandes de bouffons, dansant et chantant, comme si nous étions en carême-prenant. Ils étaient précédés d'un prince au visage enfariné, avec un bonnet troué et un balai dans les mains en guise de sceptre; il était assis dans une charrette aux nombreuses roues, tirée par un moine et poussée par un manant. Derrière eux venaient des forgerons, des cordonniers, des barbiers, des médecins et des tailleurs aveugles portant besicles, feignant d'exercer leur métier les uns auprès des autres, rivaux et rageurs, en pleine guerre intestine et se frappant mutuellement de leurs instruments. Ils ont fait irruption en grand désordre et en multipliant les quiproquos : le tailleur a pris les mesures d'un mulet, le forgeron a voulu marquer le médecin au fer rouge et le carabin lui-même regardait à contre-jour le pichet de vin du barbier au lieu d'analyser les urines du malade. Certains s'étaient barbouillé le visage et badigeonné le corps, et ils avaient la tête couverte de cagoules ou de bonnets en forme d'animaux, de fruits et de légumes. D'autres portaient des masques et des loups de carnaval. D'autres encore ne dissimulaient plus grand-chose, laissant voir leur tête et leurs multiples difformités. Puis sont arrivés des géants, vêtus d'habits beaucoup trop courts qui n'arrivaient même pas à dépasser leur nombril, leurs genoux et leurs coudes. Ils étaient entourés de boiteux, d'aveugles, d'estropiés, de mendiants et de jongleurs maures. Ensuite ont paru, montés sur différents tombereaux, dans l'ordre suivant : un chevalier fou, étreignant un tronc d'arbre, annoncé par un bouffon qui disait : « Quand Dieu veut égarer la foule, il fait d'abord perdre la boule » ; un arbalétrier, qui tirait dans l'assistance, annoncé par un autre bouffon qui criait : « Archer du Malin extermine les siens » ; une nonne au visage et aux mains rouges qui secouait ses vêtements, annoncée par une sœur naine qui traînait par terre un long rosaire et disait : « Amour de professe, feu aux fesses », et une vieille décharnée, qui avait l'air d'un échassier, avec un ânon sur ses genoux, annoncée par un bouffon à la tête de lézard qui ânonnait : « La grue était en trop pour allaiter le bourricot. » Puis, annoncée par un piéton cadavérique et dépenaillé, jouant du tambourin, ce fut le tour de la mort, montée sur un chariot tiré par une haridelle. Elle, l'Aurige, portait une torche éteinte dans une main et des rênes invisibles dans l'autre. Dans le chariot, quatre franciscains déguisés en macchabées tâchaient de coucher dans quatre cercueils ouverts, trop petits pour leurs tailles respectives, un chevalier, une dame, un ecclésiastique et un croquant ; mais il dépassait toujours quelque chose : les bras, les pieds ou la tête. Soudain, le cheval famélique s'est agenouillé et couché sur le flanc, le chariot s'est retourné et les quatre passagers se sont enfuis, pourchassés par les franciscains. La mort cochère a tenté de redresser le chariot, un ivrogne s'est approché pour l'aider, ignorant à qui il avait affaire ; des deux côtés de la place ont surgi un ange rouge et un diable blanc, tout deux ailés, pour remettre le chariot sur ses roues. Les franciscains ont rattrapé leurs proies, les ont poussées dans le chariot et couchées dans les cercueils en pliant bras, têtes et jambes. Enfin, deux va-nu-pieds ont fait leur joyeuse entrée, portant des guenilles et traînant un morceau de pont.

— Je te dis que ce pont est à moi ; c'est moi qui le premier ai deviné sa silhouette, j'ai touché le vide sous ses arches avant quiconque, avant que personne ne le traverse, a dit l'un d'eux.

— Ce pont était à mon grand-père, le plus vieux vagabond de la ville ; il s'y est couché le premier quand on l'a tendu entre les rives, a dit l'autre.

— Mon bisaïeul dormait au-dessus des eaux, couché en l'air, les pieds sur une berge et les mains sur l'autre ; sur son corps passaient les gens, les pluies, les aquilons, les lunes et les soleils, a déclaré le premier.

— Je répète que ce pont m'appartient : j'ai entrevu le premier son arc-en-ciel, j'ai touché son bois quand il était encore un arbre, j'ai foulé son chemin alors qu'il était encore poussière, a répondu le second.

— Ce pont est à la cité et n'a d'autre maître que les années, a déclaré un alguazil qui les espionnait, avant de leur enlever le morceau.

Pero Buentalante est arrivé sur la place, il s'est campé face à la multitude et s'est mis à clamer :

— A Madrid, en ce jour 22 octobre 1481, le docteur de las Risas est mort, le docteur est mourant, le docteur se meurt !

Alors, tous les bouffons sont montés sur une estrade et, au milieu des feux de joie, des tambourins et des flûtes, ils ont commencé à danser.

Sur quoi la nuit est descendue.

Ayant obtenu du souverain pontife la bulle qui instituait le Saint-Office sur toutes les terres et seigneuries de don Ferdinand et de doña Isabelle, les frères dominicains Juan de San Martín, Miguel Morillo et le docteur en théologie Juan Ruiz de Medina, clerc de San Pedro, ont pris le chemin de Séville, porteurs d'une ordonnance royale qui prescrivait aux autorités communales de leur assurer le gîte et le couvert tout au long du voyage.

Dès leur arrivée, ils ont été reçus par le chapitre de Séville et, le dimanche suivant, ayant revêtu l'habit noir et blanc, ils ont parcouru les rues silencieuses en procession solennelle et se sont dirigés vers le couvent de Saint-Paul, qui appartenait à l'ordre de Saint-Dominique. C'est là qu'ils ont ordonné, quelques jours plus tard, de faire appréhender, sous l'autorité de leur assistant Diego de Merlo, les convertis les plus honorables et les plus fortunés de la cité. Le 2 janvier 1481, dans la cathédrale, ils ont donné lecture de l'édit qui scellait leur nomination et ont déclaré que le duc de Medina Sidonia, le marquis de Cadix et autres nobles d'Andalousie devaient procéder à l'arrestation des nouveaux chrétiens qui s'étaient réfugiés sur leurs territoires par crainte de l'Inquisition, placer leurs biens sous séquestre et livrer les prisonniers au Saint-Office dans un délai de quinze jours, sous peine d'excommunication et de poursuite pour complicité avec des hérétiques. La noblesse locale a répondu à cette commission rogatoire en leur expédiant aussitôt un si grand nombre de Juifs chargés de chaînes que le couvent de Saint-Paul ne pouvait les contenir. Alors, les dominicains se sont adressés à la reine Isabelle pour obtenir l'autorisation de réquisitionner la forteresse de Séville, *id est* le château de Triana, où ils se sont installés avec leurs prisonniers, leur alguazil, leur procureur et leurs greffiers ; sur les murs de la place forte, ils ont fait inscrire ces mots : *Exurge Domine ; judica causam tuam : Capite nobis vulpis.* Et jour après jour, dans les salles ténébreuses du château, ils ont procédé à leurs audiences, pratiqué leurs tortures et prononcé leurs sentences de mort.

Le premier autodafé a eu lieu le 6 février de la même année. Six personnes, hommes et femmes, ont été conduites en procession depuis le couvent de Saint-Paul jusqu'à la cathédrale, pour entendre l'interminable sermon du frère Alonso de Hojeda ; puis on les a emmenées au Campo de Tablada, le *Lieu du Bûcher,* aux quatre coins duquel se dressaient des statues de plâtre creuses, appelées les *quatre prophètes,* où l'on enfermait les hérétiques pour qu'ils brûlent à petit feu. Quelques jours plus tard, on a condamné à mort par *voie de feu* les trois convertis les plus riches de Séville : Manuel Sauli, Bartholomé de Torralba et Diego de Susán, dont la fortune était estimée à dix millions de maravédis et qui était le père, disait-on, d'une *formosa mulier* qui avait commerce avec un Castillan, lequel avait dénoncé auprès des inquisiteurs une réunion secrète des convertis dans la paroisse du Saint-Sauveur. Ensuite de quoi ceux-ci ont été appréhendés par l'assistant Diego de Merlo, emmenés au couvent de Saint-Paul, puis transférés au château de Triana.

Effrayés par l'arrestation de Benadeba, d'Abolafia *le Parfumé* (alias Abolasia, Abolajia ou Abolafria) et d'autres convertis de grande noblesse et fortune, auxquels richesse et faveurs n'avaient servi de rien et dont les biens confisqués avaient rempli les coffres d'Isabelle et de Ferdinand, beaucoup de nouveaux chrétiens ont tenté de quitter Séville et son archevêché pour s'enfuir au Portugal et en France. Les inquisiteurs ont posté des gardes aux portes de la ville et décrété la peine de mort pour tous les fugitifs. Ils en ont tellement capturés que les prisons s'avéraient trop petites. Pleins de zèle et d'empressement, les dominicains ont envoyé des espions de tous côtés ; on en est même venu à placer un jeune prieur de faction sur le toit du couvent de Saint-Paul, chaque samedi matin, pour vérifier que la fumée sortait bien de toutes les cheminées des maisons où vivaient les marranes ; dans le cas contraire, les habitants étaient arrêtés pour avoir observé le sabbat. Mais à l'heure où le Saint-Office multipliait les emprisonnements et rassemblait des preuves pour appréhender de nouvelles victimes, le Seigneur a frappé Séville d'une grand peste, si terrible que, dans chaque ville et sur toutes les terres d'Andalousie, on voyait des moribonds se traîner et des cadavres sans sépulture. Des milliers de gens ont succombé. En voyant que les vieux chrétiens fuyaient la ville, les convertis ont demandé à Diego de Merlo l'autorisation de quitter leurs foyers, ce qui leur a été accordé, mais à deux conditions : ils devaient être porteurs d'un document spécifique à soumettre aux gardes de la cité et s'engager à céder définitivement leurs domaines. Plus de huit mille marranes sont partis pour Mairena, Marchena et Palacios, où le marquis de Cadix, le duc de Medina Sidonia et d'autres grands seigneurs les ont bien accueillis. Craignant la peste, les inquisiteurs ont également quitté la ville, avec leurs familiers, leurs serviteurs, leurs espions et leurs geôliers. De passage à Aracena, pour ne pas succomber à l'oisiveté, ils ont organisé un grand autodafé où l'on a brûlé vingt-trois personnes, hommes et femmes, « misérables hérétiques ». Et ils ont fait déterrer et incinérer les ossements de nombreux défunts dont on pensait qu'ils avaient été souillés par la corruption judaïque. Quand l'épidémie s'est apaisée, les moines sont rentrés à Séville pour y poursuivre leurs recherches : soixante-dix-neuf personnes ont été condamnées à la détention perpétuelle, d'autres à porter de grandes croix rouges tracées sur leurs vêtements jusqu'à la fin de leur vie ; par ailleurs, il leur était interdit, ainsi qu'à leurs enfants, d'occuper un poste public de confiance, et ils ne pouvaient « revêtir ni soie, ni or, ni camelot, sous peine de mort ». Une centaine d'autres coupables, réconciliés avec l'Église, sortaient chaque vendredi en procession solennelle et se flagellaient à visage découvert. La même année, les dominicains ont encore condamné au bûcher plus de trois cents personnes, parmi lesquelles plusieurs prêtres et un moine accusé d'avoir mangé de la viande le Vendredi Saint après l'homélie de la Passion. On a brûlé d'innombrables ossements déterrés dans les cimetières de La Trinité, de Saint-Augustin et de Saint-Bernard, dont on croyait qu'ils avaient été inhumés selon le rite judaïque ; et on a brûlé en effigie beaucoup de Juifs qui avaient fui. Il a été déclaré publiquement que leurs enfants ne pourraient jamais briguer de fonctions ni obtenir des bénéfices d'aucune sorte, et que leurs biens meubles et immeubles appartenaient désormais à la Couronne. « Le feu est allumé, écrivait le curé de Los Palacios, il brûlera jusqu'à ce qu'il ne reste plus un bout de bois sec, car il devra se consumer jusqu'à la mort et l'extermination de tous ceux qui ont judaïsé, y compris leurs descendants de plus de vingt ans, et même des enfants plus jeunes si la lèpre hérétique les a corrompus. »

Peu après, les inquisiteurs ont publié un deuxième édit, appelé *de grâce*, où ils exhortaient tous ceux qui s'étaient rendus coupables d'apostasie à se dénoncer eux-mêmes, en leur promettant l'absolution si leur contrition était sincère et en leur garantissant la conservation de leurs biens ; faute de quoi, s'ils faisaient l'objet d'une dénonciation, ils seraient arrêtés, inculpés comme hérétiques ou apostats et livrés à la justice séculière. Beaucoup de judaïsants ont répondu à l'appel, mais ils n'ont obtenu l'absolution qu'après avoir dévoilé le nom, la profession, le domicile et autres signes distinctifs de toutes les personnes — parents, amis ou connaissances — dont ils savaient ou avaient entendu dire qu'ils étaient coupables d'apostasie. Ainsi, violant à leur convenance le secret de la confession, les inquisiteurs de Séville ont pu établir la liste des Juifs de Cordoue, de Valence, de Tolède, de Ségovie, de Burgos et autres lieux. Sur les vingt mille convertis qui ont respecté l'édit en confessant leurs fautes et en se réconciliant avec l'Église, plus de trois mille ont dû revêtir le san-benito et quatre mille, au total, sont montés sur le bûcher, sans compter les ossements exhumés et incinérés, ni les fugitifs brûlés en effigie.

Le délai *de grâce* ayant expiré, les dominicains ont publié un nouvel édit, qui ordonnait à tous les fidèles de l'Église, sous peine de péché mortel, de dénoncer tous ceux qui, à leur connaissance, avaient été pervertis par l'hérésie ; le décret leur accordait six jours pour s'exécuter, faute de quoi ils pouvaient être excommuniés. Pour éclairer les ignares en matière de judaïsme, on a également publié une liste de trente-sept chefs d'accusation permettant d'établir en toute certitude la culpabilité des suspects qui devaient être dénoncés : attendre la venue du Messie, observer le sabbat, changer de chemise ou de vêtements ce même jour, ne pas faire de feu dans sa demeure et s'abstenir de travailler depuis le vendredi soir, séparer la viande de la graisse et du suif, recouvrir le sang de terre, manger gras les jours de carême, jeûner à l'occasion de fêtes juives, célébrer la Pâque des *azymes,* des *chaumières,* et la fête des *chandeliers;* bénir la table et boire du vin *casher;* faire la *baraha;* manger des animaux égorgés par des mains juives; lire ou réciter les psaumes de David sans dire à la fin *Gloria Patri et Filii et Spiritu Sancti;* pour une femme qui vient d'engendrer, ne pas aller au temple quarante jours durant; faire circoncire son fils et lui donner un prénom hébreu; après avoir baptisé son enfant, le faire raser ou laver son visage à l'endroit précis où il a reçu l'huile ou le chrême; faire baigner son enfant, le septième jour après sa naissance, dans un bassin rempli d'or, d'argent, de perles, de blé, d'orge et d'autres matières; jeter des *sorts* à ses enfants; se marier selon le rituel juif; célébrer le *ruaya,* dîner d'adieu offert à un parent ou à un ami la veille d'un long voyage; porter des *reliques* juives; extraire le *sort* quand on pétrit le pain et le brûler en sacrifice; tourner la tête vers le mur quand on est à l'article de la mort; prescrire de laver un cadavre avec de l'eau chaude, de le raser entièrement, de lui donner pour linceul de la toile neuve, de le vêtir d'une culotte et d'un manteau doublé pardessus, de lui donner un oreiller avec de la terre vierge et de lui mettre une monnaie en bouche; avoir *pleuré* le défunt, répandu l'eau contenue dans des cruches ou des jarres dans la maison du mort; avoir, en signe de deuil, mangé du poisson et des olives à même le sol ou derrière une porte; pour la même raison, n'être pas sorti de sa demeure pendant un an; enfin, avoir inhumé le défunt en terre vierge ou au cimetière juif.

Un soir, à Madrid, alors que nous revenions de la place de la Paille, Pero Meñique m'a demandé si je pouvais héberger deux de ses amis, originaires de Ciudad Real, les enfants d'un docteur qui était très lié avec son père.

— Quand la route est longue et le gîte petit, l'homme compte ses vrais amis, m'a-t-il déclaré.

Pour l'heure, a-t-il ajouté, ils se cachaient sous le toit de Francisca Hernández, dans cette maison publique et licencieuse qui n'était pas un lieu approprié pour une dame de qualité comme doña Isabel de la Vega ni pour son frère don Gonzalo. A dire vrai, ils fuyaient l'Inquisition qui sévissait à présent à Ciudad Real, à Campo de Calatrava et dans l'archevêché de Tolède. En arrivant dans la grande cité aux confins de la Manche, les inquisiteurs Francisco Sánchez de la Fuente et Pero Díaz de la Costana avaient lu leur habituel *édit de grâce* en l'église de Sainte-Marie, enjoignant toute personne de ladite ville et de ses environs qui aurait succombé à l'hérésie mosaïque, de confesser son erreur dans un délai de trente jours, en renonçant à Satan et en se livrant à l'Église ; en échange de quoi, comme à Séville, ils seraient traités avec toute la miséricorde possible. De la même façon, les inquisiteurs prévenaient tous ceux qui n'avoueraient pas leurs fautes ou qui avaient fui par crainte du tribunal du Saint-Office — et à propos desquels ils étaient bien informés —, qu'un édit avait été lancé contre les suspects et les mécréants qui avaient quitté la ville. Sánchez de la Fuente et Díaz de la Costana avaient également appris aux fidèles comment démasquer ceux qui judaïsaient ou commettaient des fautes contre l'Église, incitant les chrétiens à la délation dans la paroisse de Saint-Paul, où ils avaient établi leurs quartiers, tandis qu'ils recueillaient des informations sur la communauté de Ciudad Real, par l'entremise du nouveau chrétien Ferrán Falcón et d'autres espions et dénonciateurs de la ville. Les « absolutions » publiques de Séville étaient maintenant bien connues, de même que les procès et les autodafés qui avaient suivi. En outre, le 17 octobre 1483, le pape Sixte IV et les rois catholiques avaient nommé le frère Tomás de Torquemada, prieur dominicain du couvent de Sainte-Croix à Ségovie, Inquisiteur général des royaumes d'Aragon, de Valence et de Catalogne, lui donnant aussi pleins pouvoirs de désigner des subordonnés. Pour les amis de Pero, il était donc devenu extrêmement dangereux de demeurer à Ciudad Real ; aussi avaient-ils pris la fuite, comme d'autres Juifs et convertis.

Il allait pleuvoir d'un moment à l'autre ; les nuages avaient envahi le ciel, et l'air était saturé d'humidité, comme si l'eau voulait annoncer sa venue. Les rues semblaient plus étroites, plus sombres, plus solitaires ; elles étaient comme terreuses, accablées d'un silence inquiet, malsain, sépulcral. Pero Meñique marchait toujours la tête inclinée de côté et le bâton en arrêt, comme s'il craignait des ombres inquisitoriales lancées à ses trousses ; les délations bourdonnaient à ses oreilles, son imagination était incendiée par tous les feux où l'on précipitait des victimes épouvantées.

Sur un seuil de pierre, un homme à la pâleur morbide nous a regardés venir avec une étrange fixité ; on aurait dit qu'il n'avait jamais vu un aveugle et, en observant Pero Meñique, son visage a sorti les griffes, la raillerie sur sa face frappait comme un coup de poing.

— Même en rêve l'homme ne peut changer l'histoire, il ne peut modifier le cours de sa vie, il ne peut altérer le passé qui façonne le futur, a dit Pero.

Il y a eu des éclairs, puis des coups de tonnerre. Au loin, les cimes grises du Guadarrama se sont éclairées, comme se sont embrasés, près de nous, les peupliers du fleuve et les murs de silex blessé. De toutes parts, des chiens invisibles ont commencé à aboyer. Quelqu'un a couru dans la rue obscurcie, nous avons entendu un bruit sourd sur un toit, une voix sans corps a traversé une vieille muraille. Les cloches sonnaient à toute volée, mais leur grondement était amorti comme si on les actionnait au fond d'un puits ou comme si l'écho ricochait sur les eaux d'un lac.

— Ne tournez pas la tête vers les fenêtres, les gens qui nous guettent pourraient vous accuser de lire dans les étoiles, ai-je dit.

— Ne t'inquiète pas si je fais des choses étranges, parfois cette obscurité me rend fou, a répondu Pero, comme s'il sortait d'un songe.

— Que voulez-vous dire ? ai-je demandé.

— Rien, a-t-il dit.

— Mais vous avez dit quelque chose.

— J'ai voulu m'assurer que tu étais bien là, que tu n'étais pas mort, a-t-il déclaré. Car j'étais loin d'ici, très loin, et ta voix m'a ramené sur terre.

Derrière la porte d'une sombre bâtisse, nous avons senti l'odeur de la viande cuite à l'huile, des oignons et de l'ail frits, qui trahissait la présence d'un marrane. Cette odeur a éveillé ma faim et ma peine ; en ouvrant mon appétit, elle m'a fait songer à ma mère, réduite en cendres.

Plus avant, un homme barbu et à la mine impitoyable, appuyé de travers sur la penture d'une porte, nous a toisés des pieds à la tête avec hostilité, mû par une très ancienne colère, comme si nous nous étions brouillés dans une autre vie et que nous lui rappelions des affronts oubliés.

Soudain, j'ai senti la pluie sur mon visage, j'ai senti glisser les gouttes froides et rapides comme si les mille pattes d'un animal insaisissable touchaient tous les points de mon corps en même temps.

— L'eau coule sur mes joues, je sens et je respire la pluie, a dit Pero Meñique.

— Nous sommes trempés jusqu'aux os, ai-je ajouté.

— Prends garde à ce que l'eau n'entre pas dans tes poumons, qui sont les parties spongieuses du corps, et à ne pas laisser éteindre les soufflets, qui reçoivent l'air pour refroidir le cœur, a-t-il poursuivi.

— Et vous, vous en aurez bientôt plein la bouche ! Pressez-vous !, lui ai-je dit, le corps transi.

— Ssschhhh, a-t-il répondu.

Des gouttes plus grosses que des doublons rebondissaient sur nos épaules et Pero Meñique s'est mis à courir, en cacardant d'une voix rude et tonnante.

— L'oie s'échappe, l'oie s'échappe ! ai-je crié, pour continuer la plaisanterie.

Mais il s'est arrêté aussitôt et m'a dit :

— Ne crie pas ainsi, les gens pourraient t'entendre, me capturer et se servir de moi pour chasser l'oie au carnaval ; ce jour-là, au cours des réjouissances, on a coutume de lâcher ces volatiles au milieu de la rue, attachés par une grosse corde ; les gens courent à leur rencontre et tâchent de leur tordre le cou, a-t-il dit, sans plus cacarder.

— J'aurais mieux fait de crier : « Cours, cours, Pero Meñique, elles sont toutes à tes trousses : la fille, la nonne, la bouchère, bref, Elle, l'Inexprimable Femme », ai-je dit, pour le calmer.

— Non, tu aurais beaucoup mieux fait de ne rien dire du tout, a-t-il répondu.

La pluie redoublait de coups contre les murs et sur les toits, laissant des traces argentées dans la rue, et nous sommes restés immobiles pendant quelques instants, ne sachant quelle direction suivre.

Les éclairs illuminaient çà et là les remparts de la ville, un cheval blanc sans cavalier est passé près de nous, il a tourné au coin de la rue puis il est réapparu sur une place, toujours au trot, toujours perdu. Un homme qui avait l'air d'un poisson couvert de nippes a voulu l'arrêter en saisissant les rênes, mais le cheval s'est enfui dans un long hennissement.

Nous avons marché dans la rue Sans-Portes, puis dans d'autres rues et ruelles pleines de pluie, où le nom n'avait plus aucune importance. Les pieds engourdis, nous avons sillonné les flaques, ramé dans l'air épais et buté contre des arbres distordus par l'obscurité.

Soudain, avec une incroyable précision, Pero Meñique s'est penché pour ramasser un moineau transi, sûrement tombé d'une branche. Il l'a serré un long moment entre ses mains, en le berçant, oubliant la pluie et le vent qui faisaient rage.

Lui, qui avait toujours l'air poussiéreux, donnait maintenant l'impression de s'être mué en eau : des gouttes argentées glissaient dans ses cheveux, sur son front, son nez, sa barbe, ses oreilles. Il foulait des branches et des pierres glissantes, mais il ne marchait plus, il coulait comme un fleuve. Jusqu'au moment où il a mis le pied dans une flaque très profonde, pleine de boue.

Devant nous, un homme aux vêtements élimés urinait contre un gros mur, le corps plié en deux pour se protéger des rafales de vent. A deux pas de lui, un autre semblait s'appuyer sur l'obscurité, comme s'il était fait de la même matière impalpable ou comme si la pluie avait pris corps en lui.

Les cloches ont sonné les matines, leur tintement a traversé d'innombrables murs, des visages inconnus, des millions de gouttes d'eau, des manteaux de nuit et de soupçon. Près de nous, une fenêtre a laissé passer une voix de femme qui demandait à travers la pluie :

— Où étais-tu pour arriver si mal en point et tout trempé ?

— Je reviens du village, d'où voudrais-tu que ce soit ! a répondu une voix d'homme.

— Pourquoi rentres-tu si tard ?

— Parce que les ponts se sont effondrés et que les pieds n'y voient goutte.

— Bien entendu, tu n'étais pas loin de l'auberge de Juana Gómez, a repris la femme.

— Tu l'as dit, juste à côté, a répliqué l'homme.

— Si je te vois encore lui parler, je te coupe la langue, et si tu avais le malheur de fricoter avec elle, je te saignerais les couilles.

— Je me sauverai bien avant.

— Pas assez vite pour que je ne puisse te rattraper.

— Je t'échapperai, a répété l'homme.

— A moi peut-être, mais pas à la mort, a dit la femme.

Nous avons laissé derrière nous les voix invisibles et leur interminable dispute. A une autre fenêtre, peinte en jaune, j'ai entrevu le visage d'une jeune fille, jauni par la lumière d'une torche. On entendait des pas légers de femme dans une autre rue, ils se sont rapprochés, puis leur bruit s'est étouffé derrière une porte.

Quelqu'un est arrivé en courant derrière nous..., un va-nu-pieds au rire muet, sans lèvres — un rire perpétuel qu'il ne pouvait contenir ni lâcher vraiment. C'était un homme au corps menu, à la tête et aux pieds beaucoup trop grands pour sa taille, au visage fatigué, délavé, aux sourcils très épais et aux très longues oreilles. Il lui manquait un œil et il traînait un sac noir, comme une prolongation de ses pieds. Il a tendu la main en continuant à marcher.

— Dis-moi qui nous suit, m'a demandé Pero Meñique, d'une voix inquiète.

— Ce n'est rien, juste un vagabond, ai-je dit.

— Les vagabonds sont une espèce nuisible ; dans maints royaumes, on les oblige à travailler, on leur administre le fouet ou on les envoie aux galères, a-t-il commenté.

— Je ne peux rien te donner, ai-je dit au pauvre bougre, tu perds ton temps.

— Donne-moi une petite pièce, a-t-il insisté, rien qu'une.

— Va donc mendier chez les riches, a bredouillé Pero Meñique, et cesse de nous suivre.

Mais le va-nu-pieds n'avait pas l'air de comprendre et il est resté derrière nous jusqu'à ce que nous arrivions à la maison. En tirant la vieille clef de sa poche, Pero Meñique m'a dit :

— Rentre tout de suite.

Le vagabond est resté dehors, près d'un arbre, comme un chien sans maître ; il se couvrait la tête des deux mains pour se protéger de la pluie et son œil sain allait sans cesse de gauche à droite et de droite à gauche, comme s'il voulait me faire rire.

Pero Meñique est ressorti peu après, en m'expliquant qu'il reviendrait plus tard avec ses amis de Ciudad Real ; dans l'aube solitaire, nul ne les verrait entrer chez moi.

Son retour a été aussi discret que son départ ; il a frappé de petits coups à la porte pour me prévenir, mais ce n'était pas nécessaire : j'étais sur mes gardes, je guettais son arrivée.

Dès que j'ai ouvert la porte, trois formes vagues, dissimulant le bas de leur visage, sont entrées sans souffler mot. J'ai conduit mes hôtes dans une pièce à l'arrière de la maison, où la lumière des chandelles ne pouvait s'apercevoir de la rue.

C'est là que Pero m'a présenté les enfants de son ami de la Vega, tous deux habillés en hommes. Isabel était de taille moyenne et gracieuse ; elle avait le teint très blanc et de grands yeux rieurs en amande, les cheveux et les cils très longs, les traits fins et enjoués ; elle comprenait d'un simple regard et les expressions de son visage répondaient pour elle ; elle devait avoir vingt ans. Gonzalo était un garçon de bonne taille, au corps bien fait et vigoureux, au teint clair et aux yeux noirs, à la barbe et aux cheveux bouclés ; ses gestes étaient mesurés, son allure fière et digne, et il donnait l'impression de réfléchir beaucoup plus qu'il ne parlait. Il se consacrait à l'étude depuis son enfance, ainsi que l'expliquait Pero, et voulait devenir médecin comme son père, afin de soigner les lépreux qui mouraient sans secours et sans amour à l'écart des grands chemins du royaume de Castille ; il montait fort bien à la manière castillane et selon l'usage des Maures, mais il préférait les échecs, un jeu auquel il passait son temps plus qu'il ne devait. Il aimait par-dessus tout sa sœur Isabel et ils étaient comme deux branches d'un même arbre : on ne pouvait faire du mal à l'un sans blesser l'autre, amuser la sœur sans réjouir le frère. A telle enseigne que, parfois, l'éclat qui brillait dans leurs yeux était identique, comme s'il était parfaitement indifférent qu'ils soient homme et femme.

Quand Pero Meñique a fini de parler, ils ont gardé le silence, les yeux fixés sur la porte de la chambre, comme si ce morceau de bois pouvait à la fois laisser rentrer le danger et s'ouvrir sur une issue. Isabel répondait aux éloges de l'aveugle par des regards et des sourires ; Gonzalo, en pressant de l'index la lèvre supérieure contre les dents. La clarté jaunâtre de la chandelle donnait à leurs visages un calme lointain, comme si leur présence était suspendue dans le temps et ne correspondait ni à un âge particulier ni à un lieu précis.

— Que se passe-t-il ? a demandé Pero Meñique à Gonzalo, étonné par son mutisme.

— J'ai mal aux dents, a répondu le jeune homme en rougissant.

— Si la douleur est causée par le froid, il faut appliquer un peu de piment sur les gencives ; si le mal a une autre origine, il faut faire couler quatre ou cinq gouttes d'extrait de cresson dans l'oreille voisine de la dent. Et si la douleur persiste, alors il faudra mettre des gouttes d'huile chaude dans l'oreille, a dit Pero, qui avait lui-même enroulé un drap autour de la tête.

Il était tout trempé et portait des chausses de couleur différente.

— Et vous, vous avez mal quelque part ? lui ai-je demandé.

— J'ai le corps imbibé jusqu'à la moelle et une migraine de la taille de Madrid.

Des faisceaux lumineux ont vivement traversé la fenêtre qui donnait sur la cour, comme si quelqu'un était passé en courant et en portant des flambeaux. On a entendu la pluie crépiter sur les toits, sur les murs, dans le puits. Gonzalo voulait dire quelque chose, mais il ne desserrait pas les lèvres, comme si son long silence procédait d'un autre silence. Il tombait de sommeil ; derrière lui, la mèche de la bougie touchait presque la base du chandelier, signalant qu'un jour, ou une vie, était en train de s'éteindre. Assise les jambes croisées sur le banc de bois, Isabel me regardait ; sur son visage, il y avait un constant sourire fatigué.

— Vous pouvez dormir dans cette pièce : il y a deux lits en bois, étroits et durs, aux oreillers comme des pierres ; les murs sont nus et, vous le voyez, le toit suinte ; mais c'est tout ce que j'ai et vous y serez en sûreté. Il y a longtemps, ma mère dormait dans cette pièce ; elle a été assassinée par un boulanger jaloux, mais ne sursautez pas si vous entendez des murmures et des plaintes, des bruits de pas sur le toit et des coups sur le mur, car c'était une brave femme et elle ne vous fera aucun mal. Maintenant, dormez tranquilles... Une dernière chose : la chambre n'est pas si sombre et si froide qu'il y paraît ; le matin, elle est baignée d'une lumière très claire et, par la fenêtre, on voit un grand arbre feuillu, ai-je déclaré.

J'avais à peine fini de parler que Pero Meñique sortait de la pièce et de la maison, tant il avait hâte de laisser dormir mes hôtes et d'aller se coucher. Enveloppé d'obscurité et de brouillard, le bâton en arrêt, il a disparu dans la rue solitaire qui semblait à cette heure un tunnel aqueux.

Je suis entré dans ma chambre, je me suis assis au bord du lit, j'ai écouté la pluie et le silence de mes visiteurs, celui d'Isabel, surtout, dont sans savoir pourquoi je me sentais déjà épris. Épuisé mais ne pouvant dormir, les paupières serrées, j'ai vu passer et repasser devant moi un homme vêtu de noir, une lanterne à la main, qui n'était pas tout à fait réel ni tout à fait un songe. Puis, n'écoutant plus que le bruit de la pluie, je me suis endormi.

Rayonnant sur mes paupières, la lumière m'a réveillé. Mais, sans me soucier de savoir s'il était la première heure ou la sixième, je suis resté au lit, différant à plaisir le moment de me lever. Je pensais que, plus longtemps je resterais couché, plus près je me tiendrais d'Isabel. Jusqu'au moment où sa voix m'a fait tressaillir ; je me suis levé d'un bond pour la chercher ; je n'avais pas besoin de me vêtir, je m'étais couché tout habillé.

Le matin était clair et ensoleillé, tous les nuages avaient déserté le ciel. Mon père me l'avait bien dit un jour, que chaque matin est le premier du monde et que chaque jour recèle tous les âges de la terre ; celui-là, tout spécialement, semblait un jour de paradis.

Isabel était dans la cuisine, accoudée sur la table, la tête entre les mains. Le sommeil l'avait rajeunie ; elle était encore plus belle et plus confiante. En me voyant, elle a cloué sur moi ses grands yeux en amande, mais son esprit était ailleurs, loin de Madrid et de ma demeure.

— Mon frère Gonzalo est parti, a-t-elle dit. Il devait s'en aller. Depuis que les dominicains ont arrêté plusieurs de nos parents, il a perdu le sommeil, il ne peut rester en place, il sent sur ses épaules la menace qui pèse sur nous tous, car à tout moment le royaume de Castille et d'Aragon peut se transformer en gigantesque bûcher.

— Le plus idiot, le plus vil et le plus meurtrier des habitants de ces royaumes croit avoir le droit d'attaquer, de mépriser ou de tuer des Juifs, ai-je dit.

— Personne, même en parole, n'a le droit de calomnier et de condamner un autre, quelle que soit sa religion ou sa race, quel que soit son royaume. Car, le temps d'ouvrir et de fermer les yeux, nous pouvons nous retrouver face à la Divinité, à qui nous devrons montrer, sans rien celer, qui nous sommes, ce que nous pensons et ce que nous avons fait, a-t-elle dit.

— Mieux vaut mourir en victime innocente que vivre en infâme bourreau, ai-je ajouté.

— En effet, a-t-elle murmuré, et elle n'a plus dit un mot.

C'était comme si tous les yeux de la lumière matinale avaient prêté leur éclat à son regard, donnant aussi à son visage un air de repos enfantin.

Je suis parti en quête de victuailles. Sous la chaleur accablante de midi, les gens allaient et venaient, à pied, à cheval, sur des mules chargées ou dans des charrettes pleines de matériaux. Je me suis bientôt retrouvé sur la place du Saint-Sauveur.

Tout un peuple s'était massé autour du crieur public Francisco de Valladolid. A sa droite, une grosse femme, au lourd visage basané et aux jambes épaisses, à la forte poitrine blanchâtre et aux larges bras aqueux, respirait bruyamment comme si elle avait des forges à la place des poumons. A gauche du crieur, un petit homme au visage déteint et à la barbe couleur paille, les tempes enfoncées et les oreilles collées aux cheveux, les mains plus terreuses que si le sol adhérait à sa peau, portait un pourpoint décoloré et des chausses vertes. Derrière eux venait une jeune fille, dissimulée par maints vêtements et dont on ne voyait que le bout du nez et les saillies des doigts qui serraient un long rosaire en bois. Et, à l'écart de la foule, comme un lépreux ou un pestiféré, un enfant déjà vieux ou un vieillard à l'air enfantin contemplait le crieur bouche bée ; il ressemblait à ces oiseaux qui s'immobilisent pour guetter leur proie, de sorte qu'ils paraissent endormis, morts ou empaillés, jusqu'à ce que leur bec frappe comme l'éclair.

Le crieur a commencé son office :

— A Madrid, en ce jour 1er novembre 1483. Au jour d'aujourd'hui, les seigneurs du Conseil communal s'étant réunis en l'église du Saint-Sauveur, selon leur usage et coutume, en présence de l'honorable chevalier Rodrigo de Mercado, corrégidor de ladite Ville de Madrid et de ses environs au nom du Roi et de la Reine, il a été décrété ce qui suit : pour mettre un terme au dépeuplement de la cité de Madrid, depuis que sur ordre du Roi don Ferdinand on a procédé à l'isolement des Juifs et des Maures, les lieux où ceux-ci demeurent étant très éloignés des places où se pratique le commerce de cette ville, le souverain a mandé que lesdits Juifs et Maures puissent tenir leurs boutiques et commerces et exercer leurs occupations sur les places susnommées, à condition toutefois que les boutiques soient petites et ne servent point de lieux d'habitation... De la même façon, le Conseil demande que soit exécutée la volonté des Rois qui, suite à la participation de certains de nos chevaliers à la prise de la ville d'Alhama, une des principales cités du royaume de Grenade, sise dans un lieu tel que nos gens qui s'y trouvent souffrent de nombreux maux, ont ordonné que la Ville de Madrid leur vienne en aide avec mille fanègues de blé, deux mille fanègues d'orge et les hommes nécessaires à leur transport. Outre cela, il a été décidé que chaque Juif marié, ainsi que les veufs et les veuves, des juiveries de Madrid comme des villes et des terres dépendant de son archidiaconat, apporteraient une contribution d'un castillan d'or, ou son équivalent de quatre cent quatre-vingts maravédis, afin de pouvoir poursuivre la guerre contre Grenade. Par le crieur Francisco de Valladolid, cet après-midi, sur la place du Saint-Sauveur, à haute voix, maintes gens s'étant assemblées pour l'ouïr.

Quand la foule s'est dispersée, j'ai pu apercevoir le médecin Rabí Jacob, pour lequel les édiles avaient adressé une requête au roi, afin qu'il puisse demeurer en ville, où il avait sa maison, sans être contraint d'habiter le quartier juif. En effet, les malades de la ville qui avaient besoin de ses services pendant la nuit, se heurtaient à de nombreuses difficultés car il était interdit de quitter la juiverie après le coucher du soleil, et celle-ci, en outre, était située loin de la cité et de ses faubourgs. On avait également dispensé le docteur de l'obligation de porter la marque, à l'époque où le Conseil avait ordonné que tous les Juifs de Madrid et des environs se fassent reconnaître par un signe distinctif. Rabí Jacob était accompagné de son fils Ozé, lui aussi médecin des hôpitaux et des pauvres.

Non loin d'eux, dans la foule pareille à un animal multiple qui se divise en quantité de têtes et de membres et s'éloigne en même temps dans diverses directions, j'ai reconnu l'alguazil Gonzalo de las Risas, le roturier Juan de las Risas, Pedro de las Risas et le fantôme du docteur de las Risas, qui était à la fois juge en appel, chargé de l'inspection et de la taxe du ravitaillement, ainsi que de pourvoir aux émoluments du corrégidor, enfin membre du Conseil communal ayant autorité de céder sa charge à son fils ou à toute autre personne de son choix ; j'ai vu Juan Rebeco et Juan Redondo, Juan Ricote et Juan de la Porqueriza, Juan Pingarrón et Juan Perales, Juan Lagarto, garde-chasse, et Isabel Palomeque, héritière des moulins de Mohed ; j'ai rencontré le barbier Antonio et le boucher Juan de Asensio, l'horloger Juan Anias et Pedro de las Comadres, Juan de las Hijas, Gonzalo de las Monjas et Juan Honguera. J'allais quitter la place quand je suis tombé sur don Rodrigo Rodríguez, qui est passé près de moi comme s'il ne m'avait jamais vu de sa vie ; il était vêtu en frère dominicain et avait un petit air gommeux.

— Don Rodrigo ! me suis-je exclamé, en voyant qu'il feignait de ne pas me reconnaître.

— Par les temps qui courent, on n'interpelle personne par son nom dans la rue, sur la place ou à l'église, a-t-il dit, très fâché.

Il me regardait d'un si méchant œil qu'il semblait vouloir me blesser, m'humilier ou m'anéantir. Son visage était maquillé en blanc, comme s'il l'avait roulé dans la farine.

— Pardonnez-moi, je ne savais pas que votre personne courait de si graves dangers, ai-je répondu.

— De nos jours, les nouvelles vont assez vite, et jusque dans les coins les plus reculés de ces royaumes ; à pied, à cheval, à dos de mule, dans la bouche des paysans, des commerçants, des voyageurs ou des messagers qui veillent en tous lieux à ce que les missives circulent sans relâche, de multiples relais étant assurés dans les points stratégiques. Les Jihan Garrido, Gonzalo de Salamanca, Salvador Daguas, Johan de Valencia, ou de solides marcheurs comme Juan Aragonés, parcourent de longues étapes avec ou sans monture ; ils vont de ville en ville, de village en village, sur cinq, dix ou vingt jours ; nul endroit ne leur échappe, a-t-il déclaré. Ce qui s'est passé à Séville et à Ciudad Real m'a été rapporté maintes fois, et dans les détails, et on ne peut exciper de son ignorance quand les vénérables Pères dominicains vous exhortent à témoigner contre les coupables de la corruption hérétique.

— Je suis Juan Cabezón, l'ami de Pero Meñique, ai-je dit, en faisant mine de ne rien comprendre à sa longue explication.

— Ah, a-t-il murmuré.

— Nous nous sommes rencontrés sur la place de la Paille.

— Aha.

— Nous étions ensemble chez doña Francisca Hernández.

— Huhum.

— Nous avons passé la nuit avec elle, je partageais son lit avec Pero Meñique, souvenez-vous, nous sommes partis à l'aube.

— Ah bon, a-t-il dit en s'éloignant.

— Don Rodrigo, vous ne savez plus qui je suis ?

— Ma foi, je ne le sais que trop, a-t-il répondu.

— Avez-vous revu votre ami Pero Meñique ? lui ai-je demandé.

— Ce feu est bénéfique, qui brûle et consume les hérétiques, a écrit don Raymond Lulle, a-t-il affirmé.

— Qui est hérétique ?

— Pero Meñique, ce fils de convertis, coupable de corruption mosaïque, a-t-il déclamé.

— D'après lui, sa mère était une sainte femme qui est morte parmi les lépreux, victime de sa grande miséricorde.

— Ce feu est bénéfique, qui brûle et consume les hérétiques, a-t-il répété.

— N'oubliez pas que Raymond Lulle en personne a failli être brûlé par ce bienheureux diable Nicolas Eymerich, auteur du *Manuel des Inquisiteurs,* ai-je répondu.

— Je connais l'ouvrage, et mieux encore le feu où s'enflamment les mécréants.

— Don Rodrigo, pourquoi sortez-vous déguisé en frère dominicain ? lui ai-je demandé, en le retenant pas à pas.

Mes paroles lui ont profondément déplu ; sous le maquillage blanc, son visage a pris une teinte bleuâtre, il a relevé un peu sa bosse et, pareil à un pantin criard, il m'a dit :

— Un vieux chrétien tel que moi doit s'habiller en moine pour montrer sa pureté de sang, pour ne pas être guetté dans les rues et sur les places par la corruption judaïque ; il doit, de toutes les forces de son âme, rejeter loin de lui les convertis qu'il a connus, avec lesquels il a parlé ou vécu tant sa foi était faible ; il doit extirper de son corps le grand-père juif qui a donné naissance à son père, l'extraire goutte à goutte de son sang, jusqu'à ce que le royaume de Castille soit entièrement purifié.

— Voulez-vous dire que vous seriez prêt à brûler Pero Meñique ?

— Sans l'ombre d'un doute, a-t-il répondu en tournant le dos comme s'il me claquait une porte au nez.

— Êtes-vous donc si pressé ? ai-je dit en le retenant à nouveau.

— Je dois régler des problèmes urgents avec l'Inquisiteur général, don Tomás de Torquemada, fils de l'hidalgo Pedro Fernández de Torquemada, qui a revêtu dès son enfance les habits de l'ordre dominicain. Ce saint homme, si zélé dans sa foi, a besoin de mes bons conseils et je vais de ce pas le rejoindre à Ségovie... Quelque chose est tombé entre nos mains, mon petit Juan Cabezón, et un grand feu va bientôt t'éblouir, a-t-il susurré en souriant avec une telle sécheresse qu'il a serré aussitôt les dents, comme s'il n'avait jamais vraiment souri de sa vie.

En s'éloignant, il a laissé tomber une pierre qu'il avait tenue à la main tout au long de notre conversation, sans que je m'en aperçoive. Il est passé entre deux Maures portant des tabards marqués du croissant de lune ; ils faisaient des signes stupides et semblaient encore écouter le crieur — qui avait terminé son office et quitté les lieux depuis longtemps. Ils nous ont regardés du coin de l'œil.

Derrière don Rodrigo venait un manant au corps minuscule, aux cheveux d'un blond sale, à la barbe non taillée, au visage fripé et aux paluches aussi grosses que celles des géants de mascarades. Il portait un pourpoint vert qui avait sans doute appartenu à un homme quatre fois plus grand. En passant près de moi, il m'a regardé avec rancœur, comme s'il m'en voulait depuis qu'il avait entendu les propos de don Rodrigo Rodríguez. Il avait l'air d'un simulacre pervers de ce dernier et, en s'éloignant promptement sur ses courtes pattes de jars, il a bombé le torse de façon agressive, provocante. Peut-être étaient-ils étrangers l'un à l'autre, mais le second m'a fait l'impression d'être le chien de garde du premier et de le suivre dans tous ses déplacements.

Le soleil est mort à l'horizon. L'azur était mêlé de nuit, l'obscurité vêtue de lumière ; c'était l'heure entre chien et loup, quand l'homme entrevoit une figure nébuleuse dont il ignore si c'est un ange ou un démon, cette heure qui brille sur la face du soir tachée de rose et blessée de clartés.

La rue avait l'air de se remplir peu à peu d'esprits invisibles, bousculés, piétinés, exhalés par le peuple le jour de la Toussaint. Nobles et bourgeois se dirigeaient vers l'église avec leurs fanègues de blé, leurs arrobes de vin, le pain cuit et le miel, qu'ils allaient offrir en honneur et à la mémoire de leurs chers disparus. Certains portaient des torches de cire, des flambeaux et des cierges qui brûleraient pour les âmes à l'office des morts ou qu'ils allumeraient, sur des chandeliers de bois et d'argent, dans les chapelles où reposaient leurs parents défunts. Dans tous les temples, on récitait les répons pour les âmes des morts et des vivants, lesquels contemplaient en pensée les cendres de leur futur, comme si l'avenir était déjà du passé et le présent un souvenir.

Soudain, le grand lac du ciel s'est rempli de nuages et le crépuscule s'est posé sur les murailles et sur les toits, annonçant que la nuit serait rouge. Une fillette, qui paraissait vêtue de flammes, courait derrière sa mère qui flamboyait dans le couchant ; un Maure, portant un couffin de raisins secs, a disparu au coin d'une rue comme s'il s'enfonçait dans une obscurité ancestrale. Deux jeunes filles montées en graine sont passées avec des bougies éclairées ; une lente vieille a traversé la place avec une grappe de clefs et un grand sac où elle semblait avoir amassé les jours.

Quand je suis rentré à la maison, ayant acheté de la viande, du pain et du vin, j'ai été saisi par le silence et par la nuit qui régnaient dans les pièces ; et j'ai eu peur qu'Isabel ne soit partie, inquiétée par mon absence.

Je l'ai finalement trouvée ; elle était assise à la fenêtre donnant sur la rue, immobile et tranquille comme un meuble ou comme une pierre.

— Me voici, ai-je dit.

— Te voilà, a-t-elle répondu.

Silence, incertitude.

— On dirait que tous les esprits de Castille se sont donné rendez-vous ici cette nuit, pleurant dans le vent sur toutes les injustices, a-t-elle dit.

— Tu lis dans ma pensée, ai-je déclaré à mon tour ; pendant toute la soirée, j'ai senti passer des fantômes dans la rue.

— Je comprends ce qu'ils disent, ils parlent à mon absence, à mes rêves noirs et, dans leur silence, j'entends le grondement de ma propre peur, a-t-elle répliqué.

— Je vais allumer le feu et faire chauffer le chaudron ; je nous ai rapporté des provisions et j'ai faim, ai-je dit.

— Ça m'est égal de manger ou de me laisser mourir, a-t-elle répondu en se rendant à la cuisine pour faire du feu et suspendre le chaudron au-dessus de l'âtre.

— Il n'y a plus d'eau, ai-je dit, donne-moi la corde et le crochet.

— Ne tombe pas dans le puits au bout de la corde, a-t-elle dit mi-figue, mi-raisin.

— Ni dans le puits ni au grenier, ai-je rétorqué sur le même ton.

J'ai puisé de l'eau dans la cour et allumé des chandelles dans l'autre pièce, le tout si rapidement qu'Isabel a été surprise de me voir déjà de retour.

Je me sentais bien auprès d'elle ; il y avait entre nous une familiarité que je n'avais jamais éprouvée avec une autre femme. Alors, pour la divertir, j'ai porté le chaudron plein d'eau comme si j'étais sur les talons, puis comme si j'avais la tremblote ; j'ai marché d'un pas grave, mesuré, comme un homme prudent et rusé ; j'ai joué les étourdis, comme un sot ou comme un rustaud ; j'ai foulé la terre avec force, comme un fanfaron ; j'ai marché à longues foulées puis à tout petits pas, comme un fou ; en gonflant la poitrine, en ployant les genoux et en rejetant la tête en arrière, comme un fat ; j'ai marché à la façon d'un cagneux, puis les jambes arquées, puis en foulant un talon avec l'autre ; et je m'arrêtais çà et là pour m'écouter moi-même, comme si quelqu'un se cachait dans mon ombre.

J'ai servi le bouillon chaud et le pot-au-feu, avec du pain et du vin. La lune s'est montrée à la fenêtre de la cuisine, pareille à un bouclier coruscant parmi les nuages blancs qui se perdaient comme des navires dans l'immensité de la nuit. Un chien a aboyé dans une maison, les cloches de la porte de Guadalajara ont sonné les complies et des hommes sont passés en courant dans la rue, comme s'ils pourchassaient quelqu'un.

— Ils suivent mon frère à la trace, a-t-elle dit en sursautant.

— C'est le silence nocturne qui fait que nous imaginons des bruits, que nous inventons des chimères, ai-je répondu tout en me penchant à la fenêtre pour m'assurer que personne ne nous épiait.

— J'ai passé toute la journée à me figurer mille façons de mourir ; j'ai vu mon frère captif, chargé de fers et de chaînes, dans des cachots putrides, des puits sans fond, rivé au chevalet de tortures... Je l'ai vu fuir, puis de nouveau prisonnier, inculpé, torturé de multiples fois... et finissant au bûcher.

— Te voilà comme une chandelle éteinte dans le noir, ai-je dit.

— Le sol de cette maison n'a plus été balayé depuis des lustres ; j'ai trouvé des araignées sur les murs, des souris dans les trous, des fourmis dans les coins et une réserve de mouches mortes à la cuisine, a-t-elle dit en s'approchant de moi, si près que j'ai senti son haleine et que je me suis vu dans l'éclat de ses yeux.

— Les choses sont restées comme elles étaient depuis que ma mère est morte, en partie par mélancolie, le reste par négligence, paresse, distraction et respect de la poussière, ai-je répondu.

— Dans cette pièce, j'ai balayé un fantôme, a-t-elle dit.

— Sans doute celui de mon père ou de ma mère, tous deux décédés de mort violente.

— En tout cas, il a été balayé, sans savoir qui il était.

Je suis resté debout, près de la fenêtre, sous la clarté de la lune. Puis je l'ai vue dans l'autre pièce, dévêtue, le bras courbé sous les seins comme des astres, les mamelons dressés, le ventre découvert, les cuisses comme de longs poissons blancs ; elle n'avait gardé que sa coiffe et les boucles d'oreilles.

A la lumière de la chandelle, son corps, *languidus ignis,* était une fontaine charnelle, une source d'or ou de miel, sur laquelle dansaient des tremblements jaunes ; tandis que, jetés sur le banc, la chemise et le jupon trahissaient sa nudité de manière indirecte, comme des gages extérieurs de ses formes intimes.

Je l'ai observée longuement, médusé, sans la moindre retenue, pris d'un tremblement comme toute personne qui découvre que son corps était la demeure d'un désir aussi ardent.

Je suivais chacun de ses mouvements et je croyais sentir battre son cœur en moi. Ma main, en imagination, épousait la forme de ses seins, comme si elle en était devenue le moule, pour que l'obscurité ne puisse les dérober. On remarquait à peine les plis et les traces qu'avaient laissés les vêtements, c'est à peine s'ils interrompaient le flux continu de sa chair, le balancement de ses hanches, la cambrure de sa cuisse.

Je me suis approché en retenant mon souffle, j'avais l'impression que mon regard même pouvait s'entendre et que le corps de cette femme se livrait entièrement à mes yeux. La fleur ombreuse, moelleuse, de son sexe me fascinait comme une pyramide inversée.

Elle s'est retournée, découvrant des fesses rebondies, dans tout leur poids sensuel, comme de gros fruits mûrs. Elle m'a appelé :

— Je te montrerai un feu beaucoup plus beau que ton premier amour, a-t-elle dit.

Je suis sorti de la pénombre ; en moi, son corps ondulait encore selon ma fantaisie, tandis que, hors de moi, il se montrait réel et accessible dans toute sa splendeur. Raymond Lulle a dit que l'imagination ne se voit pas, mais moi, à cet instant précis, j'aurais pu soutenir qu'elle était au contraire éblouissante et tangible.

Isabel s'est assise sur le banc ; elle a enlevé ses boucles d'oreilles — deux petits poissons d'or qui s'attachaient en introduisant l'extrémité des nageoires dans leur bouche ouverte — et retiré sa coiffe. Puis elle a passé doucement sa main dans mes cheveux, sur ma poitrine, sur mon ventre et sur mes parties intimes.

Elle s'est dirigée vers le lit ; mes yeux ne perdaient pas une seule sinuosité de son corps, ni le moindre reflet de la chandelle sur chaque parcelle de sa peau, sur l'abondance offerte de son ventre. J'étais fou de gratitude envers la vie.

Je me suis allongé ; elle était au-dessus de moi, la tête penchée sur la poitrine comme Léda recevant le cygne, les bras le long des hanches, le ventre contracté.

Et elle m'a absorbé, non seulement par sa nature, mais par ses regards, attentifs au moindre geste.

Ce n'était pas l'Église des inquisiteurs, mais l'amour qui avait réconcilié nos corps, et s'ils ne formaient pas une seule chair, ils étaient fondus dans un même désir. Les membres muets ont échangé leur langage. Et, de jeune fille qui n'avait pas connu d'homme, dans mes bras elle est devenue femme. Non pas une déesse aux seins graciles, aux chevilles fines et aux poignets ténus, ni une vierge vaporeuse, peinte dans une chapelle ou rêvée dans une cellule, mais une femme en chair et en os.

— Des milliers de clercs sont morts sans avoir connu la chair, et des milliers d'autres mourront sans l'avoir même imaginée, mais ils s'excitent devant un corps réduit en cendres, baigné de sang ou gisant sous une pierre, ai-je dit.

— Va plus vite, mais viens lentement, a-t-elle murmuré en se pressant plus fort contre moi, tandis que je regardais timidement ses formes qui m'enveloppaient.

Elle m'a entraîné dans son tourbillon ; elle me mordait en m'embrassant, se collait à moi comme un corps qui se dédouble en se pliant et s'étirant ; elle gémissait à mon oreille comme si toute sa vie allait se consumer dans l'instant.

Au point du jour le vent a chanté.

Pendant que les inquisiteurs brûlaient Isabel en effigie à Ciudad Real et que leurs alguazils et leurs sbires la recherchaient dans toutes les cités et bourgades pour en faire la proie vive des flammes, moi, dans ma passion, je n'aurais pas hésité un instant à la suivre en prison et à l'accompagner sur le bûcher, dans la joie suprême de mourir avec elle.

Nous ne nous quittions presque jamais, ni la nuit ni le jour, et bientôt les jeunes heures de notre amour se sont transformées en semaines, les semaines en mois et les mois en années. Chaque fois que nous éteignions la chandelle, son corps devenait palpable dans l'obscurité, son visage irradiait de lumière noire, et ses lèvres profondes, humides, de très ancienne mémoire, s'ouvraient pour m'accueillir.

Alors, je me sentais si fragile, si dépouillé que le moindre cri au-dehors, quelques coups frappés à la porte ou l'apparition d'un visage auraient pu me tuer.

Nos corps enlacés arrivaient à goûter le même silence, à partager le repos des choses, la quiétude de l'amour comblé.

— C'est la nuit que notre visage nous appartient vraiment, car il a notre regard au bord de la mort, a-t-elle dit un jour, debout près de la fenêtre.

— Peut-être, mais il est aussi réel quand notre corps foule le seuil de la lumière matinale, ai-je répondu.

— Dans le noir, la distance entre les choses est abolie par les corps qui s'aiment, a-t-elle déclaré une autre fois, les cheveux dénoués, les seins découverts, les pieds nus.

— A moins que leur séparation ne soit encore plus profonde, ai-je répliqué.

Quoi qu'il en soit, le silence, le détachement, l'oubli du monde s'étaient installés dans la maison ; pendant de longues journées, nous n'entendions que le bruit de nos pas, de notre souffle et de nos voix, comme s'il émanait d'un troisième être, né de notre union.

La ville parvenait jusqu'à nous au son des cloches, au cri des coqs invisibles qui annonçaient l'aurore ou à travers les pluies et les vents qui parcouraient librement les rues.

Parfois, nous n'avions connaissance de la Noël que par les cloches sonnant les matines pour convier les fidèles à la première messe ; et le Nouvel An nous laissait sans nouvelles, comme le jour de la Circoncision, mis à part les flambeaux, les brandons et les feux de joie que nous devinions dans la nuit, avec l'écho des trompettes, des carillons et des tambours.

Les cloches appelaient toujours à la messe. Aussi bien pour la fête des Rois que pour la Chandeleur, quand, dans la cour obscure, nous bavardions en regardant les étoiles ou la longue procession aux chandelles qui serpentait vers l'église. Pour un autre office.

Nous savions que c'était le mercredi des Cendres lorsque nous apercevions les visages cendrés qui passaient devant la fenêtre de la rue comme s'ils s'acheminaient vers la tombe. Les jours de fête, nous observions la clôture absolue, d'autant plus silencieux que les rues s'animaient, d'autant plus solitaire qu'on allumait des feux sur les places, que les cris et le brouhaha traversaient les murs. L'unique feu de joie que nous partagions avec les autres habitants de la ville était celui des éclairs, la seule réjouissance, celle de la pluie qui tombait avec autant de ferveur sur notre toit que sur celui des voisins.

Nous n'en avions cure d'être enfermés ou non, et nous nous aimions comme si, dans nos étreintes, convergeaient toutes les âmes en peine de Castille, tous les défunts sans corps qui flottaient dans l'air, tous les esprits qui erraient depuis des siècles en quête d'incarnation, sans pouvoir trouver un corps adéquat.

Chaque nuit, Isabel était là, nue, ouverte, pressante, ne désirant rien d'autre que le fruit de son désir, ne souhaitant d'autre triomphe que celui de l'amour vainqueur. Tout cela pendant que nos corps, peut-être, tombaient en cendres dans le cerveau des inquisiteurs, dans la mémoire des morts.

— Ceci est mon royaume, ceci est ma durée, je n'en ai pas d'autres, m'a-t-elle dit un matin, les yeux flamboyants, en montrant son ventre et la blancheur de ses seins.

— Laisse-moi étreindre ton royaume, permets que je me noie dans ta durée, ai-je répondu.

— Sur ton cheval je monterai, fût-ce pour aller au bûcher, a-t-elle dit, alors que je la soulevais dans mes bras.

Un jour pourtant, après plusieurs mois de captivité, elle a voulu se promener au bord du fleuve, déguisée en homme. Vêtue de chausses effilochées, d'un pourpoint déchiré, le visage sale, la moustache hirsute et les cheveux courts, elle s'est aventurée dans la rue.

En vérité, l'accoutrement faisait tellement illusion que si elle avait rencontré des amis ou des connaissances, nul n'aurait pu se douter qu'il venait de croiser la fameuse Isabel de la Vega, la convertie fébrilement recherchée par les alguazils et les hommes de main de l'Inquisition, afin d'exécuter la sentence d'un tribunal plus apparenté à une fosse puante remplie de charognes qu'à la justice de Dieu.

En ce temps-là, le soleil était entré dans la constellation du Capricorne, l'air s'était contracté sous l'effet de l'humidité et du froid, les jours étaient plus courts et brumeux, près des remparts de silex de la ville l'épervier volait au ras du sol pour capturer ses proies. Les jours allaient et venaient avec leur couleur d'hiver, mais, comme si la nature avait épargné des trésors, çà et là brillaient encore des pétales comme des rubis et des feuilles sèches dont l'ombre crissait sous nos pas.

Nous nous sommes arrêtés près d'un saule, nous avons touché ses branches tombantes, ses feuilles flexibles et lancéolées semblables à une chevelure verte ; puis nous avons fait halte au pied d'un peuplier et nos regards sont montés jusqu'à sa cime touffue, comme un temple aux feuilles triangulaires. Et nous avons marché au long des ravins, observant les maisons, les trembles, les murailles et leurs lentes ombres.

Le soleil se posait déjà à l'horizon, tapissant le ciel de rose et de gris. Poursuivie par un chien, une poule à moitié déplumée est sortie d'une cour en voletant, comme si elle venait d'échapper à la casserole. Un paysan maigre et furieux est apparu sur le sentier. Il était d'un âge avancé, et son visage, ses mains et ses vêtements se confondaient avec la poussière. Il avait le front couvert d'un chiffon terreux, comme s'il venait d'être blessé — ou baptisé. En passant près de nous, il a bredouillé des syllabes inintelligibles et on aurait dit qu'un masque de boue avait remué les lèvres. Il s'est promptement éloigné, couleur de paysage et de chemin.

Dans le sens opposé est arrivé un fantassin à dos d'âne, portant un chat qui miaulait dans un sac. Ils sont passés à toute allure, comme si l'homme était en retard à une bataille contre les Maures et que ses compagnons d'armes essuyaient de terribles revers à cause de son absence.

Au bord d'un fossé, comme des ombres colorées par le couchant, des enfants sautaient sur une vessie de porc, dans la ferme intention de la faire éclater. Quand l'un d'entre eux sautait pieds joints, les autres se bouchaient les oreilles. Leurs gestes avaient quelque chose de fantastique et de passé : ils étaient comme des taches dessinées par le soleil et leurs ombres effilées, qui balayaient rapidement le sol, semblaient des illusions du crépuscule.

Non loin de là, d'autres enfants jouaient aux inquisiteurs et aux condamnés, en courte procession qui tournait en rond, portant des habits de religieux et des épées hors du fourreau, les yeux rivés au sol et en psalmodiant des chants religieux. A la façon des adultes pécheurs, ils se flagellaient avec des courroies et des baguettes. A la distance d'un jet de pierre, quatre jeunes garçons avaient suspendu une balançoire à la branche maîtresse d'un arbre, avec des cordes de longueur inégale, et faisaient brinquebaler un pantin habillé en homme.

Un peu à l'écart, à la fois proche et distante des enfants, dissimulée par quelques broussailles, une vieille accroupie purgeait son ventre ; on l'aurait dite assise sur une pierre immatérielle. A ses côtés, elle avait posé une de ces bourses en cuir munies d'une boucle qu'utilisent les pèlerins pour recueillir les aumônes. Ses mains couvertes d'engelures nous ont fait un salut, exactement comme si elle était seule dans des lieux d'aisance ou en habits de ville sur la place de l'Église.

Nous avons foulé les feuilles mortes, les pierres, les ténèbres naissantes. Dans le lointain, les dernières lueurs du jour s'estompaient au sommet du Guadarrama. Sous nos pieds, les ombres commençaient à s'effacer.

— Quand je songe à la sentence qui plane sur ma vie et que je me vois marcher sur ces chemins poudreux, je me dis qu'il vaut mieux manger du pain bis que des mottes de terre, porter des haillons que se dissoudre dans l'air, dormir sur une paillasse que régner dans les nuages, souffrir pour tout que ne plus souffrir de rien — a murmuré Isabel.

En revenant sur nos pas, nous avons aperçu Pero Meñique qui nous attendait sur le seuil de la maison. Il était venu nous dire que des convertis de Ciudad Real lui avaient raconté que, dans leur ville, au mois de février, on avait procédé à plusieurs autodafés et que le Saint-Office avait envoyé au bûcher plus de trente personnes, parmi lesquelles figuraient María González la Pánpana, Alonso Alegre et sa femme Elvira, Alonso de Belmonte, le tailleur Juan de Chinchilla, alias Juan Soga, Rodrigo el Alcaide et Rodrigo Álvarez, Juan de Fez et sa femme Catalina Gómez, Juan González Pintado et Juan González Deza, Juan Galán et son épouse Elvira González, Rodrigo Marín et son épouse Catalina López, une femme appelée la Perana et Gómez de Chinchilla, le fils de Juan de Chinchilla. A l'occasion d'un autre autodafé, on avait brûlé en effigie Isabel et Gonzalo de la Vega, Juan de Ciudad et sa femme Isabel de Teva, Constanza González et Constanza Alonso, le cordonnier García de Alcalá, le tanneur Juan Calvillo, l'épicier Juan Falcón, Sancho de la Ciudad et sa femme María Díaz, parmi d'autres. Marina González avait été brûlée vive pour avoir lavé les cadavres et pleuré les défunts ; et les ossements de son mari, qui avait été condamné à titre posthume, seraient exhumés et réduits en cendres. La vieille infirme Juana González, arrêtée par l'Inquisition pour avoir observé le sabbat, n'avait pas attendu son jugement et s'était jetée dans le puits de la maison où on la gardait prisonnière ; mais on avait conduit sa dépouille en procession et on l'avait condamnée au bûcher, puisqu'elle s'était rendue coupable d'hérésie, du seul fait de son suicide.

— Si un jour je dois fuir Madrid, cherche-moi à Saragosse, chez ma tante Luna de la Vega. Si tu ne m'y trouves pas, c'est que je serai à Calatayud, à Teruel ou à Tolède. Dans chacun de ces lieux, on te donnera de mes nouvelles, tu trouveras des gens de ma famille qui te diront ce que je suis devenue. Un de ces jours, je le vois bien, les chiens du Seigneur découvriront ma cachette et viendront me débusquer, pour me précipiter à tout jamais dans une oubliette ou m'attacher au chevalet de tortures, nue devant les inquisiteurs pudibonds qui me couvriront des linges de leur honte, afin que ne pèchent pas leurs yeux virginaux. Leurs informateurs écoutent derrière chaque mur, épient par toutes les serrures, guettent du haut des clochers, dissimulés jusque sous les pierres. J'ai vu leurs affidés au fond des fossés de la ville, postés parmi les charognes, scrutant tous ceux qui passent au bord des ravins... Bientôt, il te faudra assister à la messe tous les dimanches et jours de fête, tu devras te confesser comme il convient et communier quand il le faut. Avec un descendant de convertis comme toi, il ne doit pas manquer d'yeux pour vérifier que tu accomplis bien les devoirs de la foi catholique ; sinon, un matin on t'arrêtera et on te poussera dans une prison secrète où tu prendras connaissance de tous tes péchés, a dit Isabel, bouleversée par ce qui se passait à Ciudad Real.

— Devrais-je aussi baiser la main d'un dominicain ? lui a demandé Pero Meñique.

— Il baise les mains d'un homme qu'il voudrait voir coupées, a-t-elle répondu.

— Si tu vas acheter des sardines sur la place du Saint-Sauveur, fais bien attention aux questions innocentes qu'on pourrait te poser. Et quand tu iras chez un boucher chrétien, demande-lui de la viande de porc, dis que tu es très friand de lard. Méfie-toi : dans cette ville, ceux auxquels tu penses le moins pourraient te dénoncer comme hérétique. Surtout, garde-toi des voisins qui te connaissent depuis l'enfance et qui, haïssant tes parents, voudraient se venger sur toi, m'a conseillé Pero Meñique.

— L'autre jour, ai-je confié, je suis allé chez le changeur pour monnayer un castillan d'or et il m'a fait observer que je changeais trop souvent des grosses pièces : « Garde-les pour tes vieux jours, Juan Cabezón, dans la vie il y a plus de journées que d'années. » Sur quoi j'ai répondu : « Si mon or ne prend jamais l'air, don Lope, il va tomber en poussière. »

— Maintenant, répondez à ma question, je vous en prie, a dit Isabel en se tournant vers Pero et en scrutant son visage. Où se trouve mon frère ? A-t-il été arrêté ?

— Je suis sans nouvelles de lui, a répondu l'aveugle ; chaque fois que je rencontre un converti, un marchand ou un voyageur, je lui demande s'il a appris quelque chose. Fort heureusement, personne ne sait rien.

— Parfois les inquisiteurs enferment les accusés dans des prisons secrètes et rien ne filtre jamais à leur sujet, jusqu'au jour où ils partent pour le cimetière ou pour le bûcher, a-t-elle dit.

— Je sais, a murmuré Pero.

— J'espère encore qu'il aura pu quitter ce royaume et qu'il vit bien loin de nos terreurs, a conclu la jeune femme.

Et nous nous sommes assis pour souper. Nous avons mangé du boudin et des rognons de mouton. Confondant ces derniers avec des truffes, Pero Meñique nous a demandé si nous étions déjà au printemps. Et il les palpait pour savoir si elles étaient crues ou cuites, comme si c'était des racines rondes, sans feuilles ni tige.

— Je cherche le denier caché dans les truffes, comme cet homme que Pline avait rencontré à Carthagène, a-t-il dit en mâchant avec délectation.

Quand il est parti, aux premières lueurs de l'aube, Isabel m'a pris par la main et m'a conduit dans la chambre. Elle me serrait dans ses bras et m'embrassait avec fièvre, comme si c'était notre dernière nuit et comme si elle allait rendre l'âme au milieu de ses baisers.

Tout en l'embrassant, j'ai retiré sa chemise, dégagé le galbe charnu de ses seins et la blancheur de son ventre ; l'amour au fond des yeux, elle s'abandonnait à mes caresses.

Quand j'ai écarté ses cuisses, elle s'est montrée surprise par ma détermination, par la façon dont je la tenais et l'étreignais, tellement j'avais peur qu'elle ne s'évanouisse entre mes bras, qu'elle ne quitte l'univers tangible et visible pour un monde perdu, hanté par des spectres.

Puis, voyant que je m'arrêtais au bord de son corps, contemplant la flamme de la chandelle sur son visage et ses cheveux répandus sur l'oreiller, différant l'instant de me laisser emporter par son tourbillon, elle m'a attiré vers elle :

— Lentement, on va beaucoup plus loin ; ne sois pas pressé, m'a-t-elle murmuré à l'oreille.

— Mais j'ai tout mon temps, ai-je répondu. Et je l'ai aimée jusqu'à ce que nos corps s'apaisent, à la lisière du sommeil. Croyant que je m'étais assoupi, elle a soufflé la chandelle et s'est rendue à la cuisine, ombre nue dans le noir.

Autour de moi, l'obscurité est devenue dure comme pierre. J'avais l'impression d'être emmuré et je me suis levé en vitesse pour rejoindre Isabel. Elle venait de couper un morceau de pain. Elle m'a regardé d'un air très absorbé, puis elle m'a dit :

— La nuit, parfois, je crois entendre qu'on enfonce la porte, je me précipite dans le vestibule pour voir ce qui se passe, et il n'y a personne. D'autres fois, je vois un homme qui m'observe et me surveille par la fenêtre et, dès que je m'approche, il se volatilise. C'est peut-être le silence, ou la peur, qui fait que j'invente des bruits, que j'entends des voix.

— Et moi, la nuit, alors que je viens de m'étendre, je me vois marcher hors de moi-même, j'effleure du regard les portes et les murs, les ombres de la cour, les interstices des tuiles, chaque pierre, chaque arbre de la rue, craignant que les sbires de l'Inquisition ne nous guettent. Et je suis comme paralysé d'effroi ; alors, je me lève, je sors de la chambre, tous les sens en éveil, traquant chaque bruit, retenant mon souffle, et j'inspecte chaque pièce, fouillant le vide, cherchant des traces. Et quand j'ai vérifié que tout est en ordre, je reviens près de toi sans faire le moindre bruit, lui ai-je avoué.

— Dans mes rêves, je me vois souvent marcher dans une rue oubliée, pourchassée par tous et par chacun et, à l'instant même où je décide de faire face à mes ennemis, ils disparaissent pour resurgir quelques minutes plus tard, invincibles, indestructibles, a-t-elle dit.

Pourtant, non loin des songes d'Isabel, les inquisiteurs poursuivaient leurs arrestations, leurs inculpations, leurs tortures et leurs exécutions. La jeune femme était toujours aussi menacée par les honorables frères du Saint-Office de Ciudad Real que le jour où ils l'avaient condamnée pour hérésie et où ils avaient transformé son effigie en torche symbolique. Cela dit, en apparence, les jours, les semaines et les mois coulaient pour elle sans plus d'inquiétude que les nouvelles que je rapportais de mes promenades sur les places et les marchés, dans les églises et les faubourgs de la ville, tantôt seul, tantôt avec Pero Meñique, le Roi Bamba ou la Trotteuse. Le Maure et le Borgne étaient partis pour Málaga combattre aux côtés d'Ali Muley Abenhazan, tandis que le nain pur-sang don Rodrigo Rodríguez, la Tour de Babel et Agustín Delfín aidaient les inquisiteurs à démasquer les convertis judaïsants, les faisaient appréhender ou témoignaient contre eux.

Je racontais à Isabel ce que Joan de Orgaz avait proclamé sur la place du Saint-Sauveur, les mandements et les ordonnances de la ville de Madrid, le ban qui interdisait de laisser les cochons en liberté dans les rues entre dix heures du matin et le coucher du soleil, sous peine de payer dix maravédis par tête de bétail, ou celui qui interdisait aux chevaliers et aux écuyers de porter l'épée, sous peine de confiscation, ou encore l'ordonnance du Conseil qui obligeait le marchand de chandelles Alonso à échanger la livre de bougies contre huit maravédis et vingt centimes jusqu'au premier jour de l'an 1485...

Les jours allaient et venaient, se distinguant seulement par la couleur du ciel, la fraîcheur de la nuit ou les pluies de fin d'après-midi ; il n'y avait que la date qui changeait, ou les petites choses que nous avions faites ce jour-là, des choses toutes simples. Lundi 29 janvier, mercredi 4 février, mardi 31 mars, vendredi 9 avril, mercredi 12 mai, lundi 24 mai, vendredi 4 juin : chaque journée était pareille aux autres, rien ne variait dans la retraite forcée d'Isabel, surtout pas sa peur.

Je lui racontais du mieux que je pouvais la procession du Vendredi Saint, comme si la multitude conduisait Jésus le Juif à un autodafé ; je lui décrivais les stations, les cierges, les pénitents de sang et de lumière qui passaient dans les rues comme un lourd serpent. Je lui parlais de la Fête-Dieu, de l'interdiction des jeux et des représentations théâtrales, sous peine d'une amende perpétuelle de trois mille maravédis, chaque année, pour couvrir les frais de ladite fête ; je lui décrivais la splendeur des crucifix, les rues animées, les nombreuses bannières, les enfants des orphelinats, les diverses confréries, les fous qui avaient revêtu leur livrée et donnaient libre cours à leur extravagance ou jouaient des instruments, les statues de saints promenées en procession, les prêtres solennels portant le saint sacrement sur leurs épaules, accompagnés des gentilshommes et des dames de la ville, pour le déposer finalement sur un autel, dans un grand concert de cris, de musique et de danses. Et je lui racontais comment, en queue de procession, venaient les Maures et les Juifs, dont les danses étaient interdites, sous peine de payer trois mille maravédis à perpétuité ; les Juifs étaient précédés d'un rabbin qui portait une Torah, symbole de la synagogue et de l'ancienne loi, vaincue par le Christ et par l'Église.

— On dit que, tous nos membres faisant partie du corps du Christ, celui qui commet le péché de fornication fait que les siens deviennent ceux d'une prostituée, a dit Isabel.

Un soir de profonde obscurité, Pero Meñique, enveloppé dans son manteau d'ombres, est venu nous rendre visite. Il nous a révélé qu'il avait appris, de la bouche d'un converti, que le 10 mai précédent, à Saragosse, où l'Inquisition venait d'établir ses quartiers comme à Valence et en Catalogne, on avait condamné de multiples marranes pour hérésie et placé leurs biens sous séquestre. C'est ainsi qu'on avait envoyé au bûcher : Leonora Eli, parce que, chaque fois qu'elle entendait citer le très saint nom de Jésus, elle ajoutait : « Taisez-vous, on ne profère pas le nom d'un pendu » ; Felipe Salvador, alias Santicos, avec son épouse Leonor Catorce Valenciana, pour avoir mangé de la viande le vendredi et pendant le carême, et pour avoir observé le sabbat et le jeûne du Kippour ; Isabel Muñoz Castellana, pour avoir commis les mêmes délits et parce que, quand elle récitait le Credo, en arrivant aux mots *et in Jesus Christum,* elle ajoutait : « l'âne de Buridan ». Et un autre jour, dans la cour de la maison de l'archevêque, tandis que prêchait Pedro de Arbués, on avait condamné à mort deux judaïsants, et Aldonza de Perpiñán, qui avait organisé des cérémonies judaïques et donné des vêtements à douze Juifs impécunieux en l'honneur des douze tribus d'Israël, avait été brûlée en effigie *post mortem.*

Au loin, dans l'épaisseur de la nuit, des bruits nous ont alarmés, comme si quelqu'un avait marché sur les traces de Pero Meñique, l'avait vu entrer chez nous et venait de prévenir les inquisiteurs ; mais le silence est bientôt retombé et nous n'avons plus entendu que les coups de marteau dans la boutique du chaudronnier, un homme qui aimait se lever dès les matines pour travailler. Par la fenêtre donnant sur la cour, nous avons vu un gros moine qui courait aux latrines, au fond de son potager, puis, dans la rue, une forme vêtue de noir, traversant la nuit comme un grand spectre, suivie d'un vagabond sale et déguenillé ; soudain, l'énorme spectre s'est retourné et, saisissant le va-nu-pieds à bras-le-corps, il l'a écrasé contre le mur, faisant sonner sa tête comme une coquille de noix ; l'homme est resté plié en deux, la langue pendue ; il avait l'air d'un pantin et crachait de la salive et des phrases incohérentes.

— A feu et à sang ! Nous mettrons la perversion hérétique à feu et à sang ! hurlait la forme noire ; c'était un familier du Saint-Office, courant en armes à travers les rues.

Quand Pero Meñique s'en est allé, aussi discrètement qu'il était venu, Isabel et moi nous avons joué à Pyrame et Thisbé : nous nous sommes parlé à travers la porte et les lézardes du mur, puis nous avons décidé de nous retrouver près d'un arbre dans la cour, comme si nous devions venir à ce rendez-vous des lointains faubourgs de Madrid. Mais, contrairement à l'histoire des héros de Babylone, ma bien-aimée Belilla n'a pas été attaquée par une lionne et n'a pas dû se réfugier dans une grotte, abandonnant son voile au pied du mûrier ; et moi, je ne me suis pas transpercé de mon épée en la croyant morte, mais je l'ai portée dans notre chambre pour l'aimer longtemps, prêt à affronter tous les inquisiteurs d'Aragon et de Castille, de Valence et de Catalogne.

Bientôt, le soleil est entré dans la constellation du Cancer ; les arbres se sont couverts de feuilles et les prés de fleurs jaunes, mauves, blanches et rouges ; les hirondelles fusaient des toits et des clochers, et le désir d'Isabel de quitter sa retraite devenait impérieux, comme si la vie se faisait pressante dans les rues et se donnait avec ferveur aux passants. Alors que les jours devenaient plus longs et brûlants, l'air plus subtil, c'était comme si la vie lui était refusée. La solitude n'en finirait jamais ; l'automne reviendrait, le soleil entrerait en Capricorne, les arbres et les champs perdraient leurs couleurs et leurs fruits, tempêtes et pluies froides s'abattraient sur la ville, tombant des cimes glacées du Guadarrama pour secouer les habitants, et nous sentirions la rigueur du temps dans nos os et dans nos membres transis, comme l'isolement se lisait dans nos yeux et dans nos cœurs.

C'était à la mi-mars, je m'en souviens ; Pero Meñique était venu nous saluer, la ville avait subitement pris une teinte rougeâtre, comme si une lumière sanguinolente avait glissé des cieux et rempli les rues d'ombres et de peurs cosmiques. Privés d'une partie du rayonnement solaire, à cause de l'interposition de la lune, les gens avaient pris peur, les astrologues avaient prédit de grands malheurs, les chiens hurlaient sans cesse, les oiseaux s'agitaient dans les cages et la volaille dans les poulaillers. Nous étions sortis pour voir l'éclipse dans la cour, sans rien dire à Pero Meñique, puisque ce spectacle lui était interdit ; pourtant, comme il percevait quelque chose de bizarre dans l'air, il nous a demandé de façon péremptoire :

— Que se passe-t-il ? Qu'est-ce qui trouble tellement les gens et les animaux ?

— C'est une éclipse du soleil, a répondu Isabel, derrière un arbre.

— Sans doute un prince va-t-il mourir, de la vie duquel ne dépend pas notre salut, mais bien une grande part de notre mal, a-t-il commenté en tournant son visage dans la mauvaise direction, où le phénomène céleste ne pouvait s'observer. On m'a dit dernièrement que d'effroyables comètes avaient traversé le ciel de Rome, présageant de grands désastres, mais je crois plutôt que les lourdes fumées des bûchers qu'allument chaque jour les saints dominicains se sont abattues sur la cité pontificale, tachant les nuages de sang innocent et augurant des maux bien plus horribles. Hier encore, à Ciudad Real, les inquisiteurs Pero Díaz de la Costana et Francisco Sánchez de la Fuente ont célébré un autodafé sur la place publique, livrant aux flammes Ruy González de Llerena et son épouse Elvira, Fernando de Adaliz, Inés Belmonte, Pedro González Fixinix, Gonzalo Díaz de Villarubia, parmi d'autres... Par la même occasion, Juan Martínez de los Olivos, le tailleur Diego Pinto, le bachelier Juan García de la Plaza, le bègue Alfonso Martínez, l'orfèvre Juan González et sa femme Beatriz, Antón Ruiz de las Dos Puertas, Antón Falcón el Viejo et sa femme Beatriz, Ferrand García de la Yguera, Marina Gentil, Juan González Escogido, Ruy López *et alii,* ont été condamnés à la face de Dieu, comme hérétiques et apostats ; de ce fait, ils ont encouru la sentence d'excommunication majeure et tous leurs biens ont été confisqués ; et comme nul hérétique, nul apostat, nul excommunié ne peut être enterré en lieu saint, Pero Díaz de la Costana a ordonné que les ossements des personnes susdites soient exhumés et brûlés publiquement, afin que leur souvenir disparaisse avec eux.

— La piété de nos frères prêcheurs ne commande pas de pardonner aux défunts, mais de les poursuivre jusque dans la tombe et de s'acharner sur leur dépouille, ai-je dit.

— En annonçant l'établissement de l'Inquisition dans chaque ville et village de ces royaumes, en automne 1484, frère Tomás de Torquemada a notamment donné les instructions suivantes : si un hérétique incarcéré dans une prison secrète accepte de rentrer dans le giron de notre mère l'Église, sa peine doit être commuée en détention perpétuelle ; par ailleurs, si des registres ou dossiers permettent de découvrir des hérétiques défunts depuis trente ou quarante ans, il faut instruire un procès pour obtenir leur condamnation, brûler leurs ossements et confisquer les biens de leurs héritiers ; le jour de l'autodafé, une image du défunt doit être placée sur le bûcher, avec la mitre et le sanbenito portant d'un côté le nom du coupable, de l'autre l'insigne des condamnés ; s'il y avait une inscription ou des armoiries gravées sur la pierre tombale, ordre est de les faire effacer, de sorte qu'il ne reste aucune trace du défunt sur la terre, hormis celle de la sentence des inquisiteurs, a dit Pero Meñique.

— Ce n'est sans doute pas le moment le plus indiqué pour parler de l'avenir, mais je crois que j'ai conçu et que je porte un enfant, a déclaré Isabel.

— J'avais deviné que tu me réservais une surprise, ai-je dit, partagé entre la joie et la frayeur.

— J'ai hâte de franchir les mois, a-t-elle ajouté. L'espoir de voir bientôt cet enfant me rendra les jours légers, je ne verrai pas le temps passer.

— Nous venons au monde fatigués, nous commençons à mourir dans le ventre maternel, au seuil de la vie nous sommes déjà en train de nous flétrir ; il n'y a que les vieux qui prennent leur temps pour passer de vie à trépas, a dit Pero Meñique.

— Un sage a dit que la femme enceinte est un être privilégié, car elle compte pour deux, a commenté Isabel ; moi je me sens plutôt comme un mur qui fait ventre et menace ruine.

— Je ne compterai ni mes soins ni mes angoisses, ai-je répondu.

— Je suis le seul homme qui a éclaté de rire en naissant, a dit Pero Meñique, mais toi, tu m'as l'air d'un père fort troublé.

— J'espère que c'était bien moi le Saint-Esprit..., ai-je répliqué.

— Si jamais Torquemada t'entendait ! s'est-il exclamé, le visage tourné vers le mur, comme si l'Inquisiteur général était gravé dans la pierre.

— Que Torquemada, l'ennemi de toute vie, n'entende jamais le son de nos voix, avons-nous dit, Isabel et moi, en l'effaçant du mur d'un geste rituel.

— Cet homme est invisible ; même présent, il est absent, même en chair et en os c'est un cadavre, même dans l'air bruissant de l'été, il est glacial, a dit Pero.

Pourtant, comme si une plus grande appréhension s'accompagnait d'un désir plus ardent, quand notre ami nous a quittés, au premier chant du coq, le corps d'Isabel s'est ouvert au mien et l'échange de nos caresses a racheté, un instant, la misère du monde.

— Les yeux voyaient une belle dame qui portait de riches vêtements, mais l'imagination devinait sa chemise, ai-je dit en citant l'auteur des *Proverbes du tronc végétal*.

— L'imagination forge ce qu'elle ne trouve ni la nuit ni le jour, a-t-elle ajouté.

— Selon le même auteur, ai-je dit, quand l'homme découpe la viande avec son couteau, il sent combien elle est tendre ; en découpant les os, il en constate la dureté. Quand l'homme pénètre le corps de son aimée, c'est l'inverse : il en perçoit d'abord la dureté, puis la tendresse... et plus la femme est sienne, plus il a un sentiment de vide.

— Si l'on en croit ce philosophe, l'imagination jamais ne se voit, a commenté Isabel.

— Mais l'imagination de l'amour se touche et s'endure, ai-je rétorqué.

— De l'art de couper les cheveux en quatre, a-t-elle dit.

— Nous nous marions cette nuit, ai-je déclaré.

— Je choisirai le plus beau nuage comme voile pour nos épousailles, a-t-elle répondu en se cachant le visage de la main.

— Je te précéderai en portant les cierges, le cœur des arbres nourrira le feu de notre amour, ai-je dit en allumant les chandelles.

— Il n'y a pas de fête sans lendemains, a-t-elle murmuré.

— Et qui ne risque rien n'a rien, ai-je dit en jetant par terre deux castillans d'or.

— Nous nous sommes choisis pour toujours, a-t-elle dit.

— A la vie, à la mort, ai-je répondu.

— Au nom de Notre-Seigneur Jésus, Dieu tout-puissant, créateur du ciel et de la terre, je déclare unis par les liens du mariage les ci-présents Juan Cabezón, demeurant à Madrid, d'une part, et Isabel de la Vega, fille de feu Rodrigo de la Vega, demeurant en la cité de Ciudad Real, de l'autre, a-t-elle dit, en parodiant les formules consacrées. Le consentement des parents a été donné, pour la jeune fille, par l'esprit du père susmentionné et, pour le jeune homme, par tous les esprits aimables du monde passé et à venir. Dans cette union, ledit Juan apporte tous ses biens corporels et spirituels, passés et futurs ; et ladite demoiselle apporte trente-trois mille nuits d'amour, pour moitié tout de suite, à la signature du présent contrat, et l'autre moitié le reste de ses jours. Lesdits Juan Cabezón et Isabel de la Vega s'engagent devant Dieu et devant les hommes à ne prendre d'autre épouse, pour une partie, que ladite demoiselle, ni d'autre mari, pour l'autre, que ledit jeune homme. Et il a plu auxdites parties que le présent mariage soit décidé entre elles et célébré selon la coutume et l'usage entre Juifs et chrétiens, pour les siècles des siècles. Fait en présence de Rabí Abraham de Funes, témoin soussigné et susdit, ainsi que de Pero Meñique et du Roi Bamba, par contumace, demeurant à Madrid. Amen.

— Je te servirai, t'honorerai, t'entretiendrai et te conduirai, suivant la loi des chrétiens de ce pays qui servent, honorent, entretiennent et conduisent leurs épouses, ai-je récité. Pour le meilleur et pour le pire, et en échange de ta virginité, je jure de ne pas prendre d'autre femme et de ne pas te faire quitter cette ville, sauf en cas de force majeure ou pour accomplir ta volonté. Au nom du Père, du Fils et du Saint-Esprit.

— Vive la mariée, et que jouisse le jeune époux, a-t-elle dit.

Quelque temps plus tard, accablée par la canicule qui lui donnait l'impression de porter constamment un manteau de sueur, Isabel a voulu faire un tour en ville. Jusque-là, en dehors d'une escapade, la prudence l'avait retenue à la maison ; elle savait que les inquisiteurs n'abandonnent jamais leur proie, même s'ils doivent traquer les hérétiques pendant des années, mettant leur point d'honneur à ce que nul n'échappe à leurs griffes. Nous avions pris de telles précautions pour protéger notre incognito que j'ai été très contrarié par son souhait. J'aurais préféré ne courir aucun risque. Mais Isabel devenait mélancolique ; elle passait tout son temps à contempler des taches de lumière sur le mur, les veines des poutres du plafond et les trous dans le sol de la cuisine. Finalement, elle s'est mise à crier à tue-tête qu'elle voulait être elle-même en dépit de tout, quitte à se faire arrêter.

— Quel crime ai-je donc commis contre le royaume de Castille pour vivre ainsi claquemurée ? Qu'ai-je fait sinon fuir une ville où les frères prêcheurs commettent les pires atrocités au nom de la religion catholique ? se demandait-elle en me posant la question.

— Tu n'as rien fait, lui disais-je en répondant à sa place.

Et, pour la deuxième fois, nous nous sommes aventurés au-dehors. Un oiseau est passé devant nous ; il volait très bas entre les murailles des vieilles demeures, comme s'il s'était perdu dans la chaleur de l'après-midi. Une vieille curieuse nous a observés de son balcon, avant de disparaître subitement. La ville semblait déserte comme au point du jour, quand la lumière commence à la visiter, mais que tout sommeille encore.

— Te rends-tu compte que nous ne marcherons plus jamais dans ces rues en 1485 ? s'est écriée Isabel.

— Nous scrutons la houle de l'histoire, sans savoir que nous chevauchons une vague, ai-je répondu.

— Sans oublier l'instant passé, il serait impossible de vivre au présent, a-t-elle poursuivi.

— En effet, ai-je répliqué, en regardant une hétaïre qui rôdait près des murs de la ville, au bord du fleuve.

En me voyant, elle m'a fait signe de la rejoindre.

— Tu as vu ce gros écuyer qui monte un petit cheval et qui lui bat les flancs sans la moindre pitié ? m'a dit Isabel, me détournant ainsi de la ribaude.

— Où est-il ? ai-je demandé.

— Là, près des peupliers, a-t-elle répondu en me montrant un nuage de poussière.

— Je ne vois rien, ai-je dit, cherchant en vain le cavalier et sa monture.

— C'est trop tard, il a disparu, a-t-elle déclaré.

— Dis-moi, cette femme qui vient vers nous, n'est-ce pas la Tour de Babel ? ai-je demandé, comme si je n'étais pas sûr de ce que je voyais et que ma compagne pourrait mieux reconnaître cette femme d'après les descriptions que j'en avais fait.

— Moi, je ne vois qu'une sorte d'escogriffe habillé en noir de la tête aux pieds. C'est ça ta Tour de Babel ?

— C'est elle, avec son visage écorché... Ses nouvelles fonctions ne l'ont pas arrangée.

— Je ne veux pas la rencontrer ; quelque chose me dit qu'elle ne doit pas me voir. Revenons sur nos pas, vite, tournons au coin de la rue, a-t-elle dit.

— Tu as raison, on ne peut s'y fier.

Mais l'autre nous a aperçus et elle a entrouvert ses mâchoires résineuses comme si elle allait mordre dans l'air ; d'un geste brusque, elle a enlevé son bonnet sale, découvrant sa tignasse rougeâtre.

Nous avons fui son regard avec tant de précipitation que nous n'avons pas remarqué un homme corpulent, au visage très laid, vêtu d'une casaque à la manière des bourreaux et sur lequel nous sommes tombés nez à nez.

— Pourquoi courez-vous ainsi ? nous a-t-il demandé en nous coupant le passage.

C'était un familier du Saint-Office, un de ces hommes qui, en échange d'espèces sonnantes et trébuchantes, mettent leur zèle religieux au service des inquisiteurs. Ils sont leurs espions et les accompagnent pour les protéger et exécuter leurs ordres, prêts à intervenir en toutes circonstances. Ainsi, cet homme avait l'autorisation de porter l'épée et d'arrêter les hérétiques, au même titre que les autres familiers ; ensemble, ils formaient un petit corps d'armée autonome, turbulent, redoutable.

Sans lui répondre, Isabel a pressé le pas ; je me suis hâté de la suivre. Mais l'homme, sous une apparence innocente, marchait derrière nous, avec une lenteur simulée, sans nous quitter des yeux.

— Nous n'aurions pas dû nous éclipser de cette manière, ai-je dit plus loin. Il ne fallait pas nous sauver ; maintenant, il va nous soupçonner et n'aura de cesse qu'il ne nous retrouve.

— J'ai vu la mort dans l'éclat de ses yeux, a-t-elle répondu.

— Comment aurais-tu vu ses yeux ? C'est à peine si nous l'avons bousculé et tu es repartie en courant, ai-je dit.

— Nos regards se sont croisés un instant et c'était bien assez pour que je sache tout de lui. Puis, en me retournant et en le regardant à nouveau, rien qu'à sa façon de marcher, à son air malfaisant, j'ai cru voir la mort... et j'en ai frémi, comme quand on pressent qu'on va perdre la vie.

— Pour moi, il n'avait pas d'yeux ; je n'ai vu que de sombres taches, des cheveux terreux, des traits boueux, des vêtements trop serrés, ai-je dit.

— Même son ombre servile se traînait sur le sol, a-t-elle ajouté.

Nos craintes ont fait place à l'effroi en apercevant Pero Meñique qui nous attendait sur le seuil. Il nous a raconté que les inquisiteurs avaient transféré leurs tribunaux de Ciudad Real à Tolède et que, suivant leur habitude, ils avaient proclamé un édit de grâce de quarante jours ; c'était le délai accordé aux convertis pour confesser leurs fautes, mais personne ne s'était présenté pendant les deux premières semaines. Par ailleurs, à l'occasion de la procession de la Fête-Dieu, le 2 juin, un groupe de marranes avaient tenté de supprimer les inquisiteurs, mais le complot avait été découvert par le corrégidor de Tolède, Gómez Manrique, plusieurs conjurés avaient été écroués et six d'entre eux envoyés au gibet. Dans la même ville, le 25 juin, on avait brûlé en effigie plus de quatre cents défunts, accusés d'avoir judaïsé pendant leur vie. Entre-temps, l'Inquisiteur général, frère Tomás de Torquemada, avait ordonné au Saint-Office de réunir les rabbins et de les obliger, sous peine de mort et de confiscation de leurs biens, à jeter l'anathème, dans les synagogues, contre tous les Juifs qui ne dénonceraient pas les relaps. En effet, les inquisiteurs estimaient que les rabbins étaient les mieux placés pour leur fournir un maximum d'informations. A Ségovie, un dominicain acharné, Antonio de la Peña, du couvent de la Sainte-Croix, menaçait les Juifs de prêcher dans leur quartier et de provoquer « un tel scandale que rien ne pourrait y remédier », car la plèbe, enflammée par ses sermons, était prête à faire sonner le tocsin et à courir sus aux Juifs.

— Rien d'autre pour l'instant ? ai-je demandé à Pero Meñique, après avoir entendu ces tristes nouvelles.

— Je veux savoir tout ce que l'on réserve aux persécutés dans ces royaumes tombés de la main de Dieu, a dit Isabel.

Cette nuit-là, entre matines et laudes, elle s'est éveillée en criant et, d'une voix entrecoupée, elle m'a raconté son cauchemar.

— Je me promenais près des peupliers du fleuve et je regardais les étoiles. Soudain, la lune est devenue plus grande et plus brillante, comme si elle s'approchait vivement de la terre, et je me suis dit : « La lune a un visage. » Alors, j'ai eu l'impression qu'il y avait trois femmes en moi et qu'elles se détachaient de mon corps, m'abandonnant avec une seule d'entre elles, petite et fragile, qui était moi. Et je marchais dans une rue étroite et tortueuse, en portant les vêtements juifs avec la marque distinctive qui étaient ceux de ma grand-mère à Saragosse. Et, sans savoir si c'était elle en moi ou moi en elle, je l'ai regardée comme quelqu'un d'infiniment tendre, bon et généreux. « Pourquoi dois-tu porter ces vêtements et cette marque si ton esprit n'a ni forme ni dimensions ? Qui est donc assez méchant pour t'infliger un tel affront, alors que tu es si belle et si juste ? lui ai-je demandé. — C'est le diable qui en a décidé ainsi, a répondu une douce voix derrière moi, un démon qui est friand de cendres et qui a réclamé à ses disciples dominicains un lourd tribut de Juifs. — Ah, maintenant j'ai compris, c'était ça le secret... Je vais le divulguer à tous les justes de la terre », ai-je dit. Mais c'est alors qu'a surgi un alguazil du Saint-Office, qui portait une barbiche de bouc ; il m'a saisie par le bras et j'ai dû me déshabiller devant une multitude rassemblée parce que je n'avais pas endossé la tenue réglementaire, ces habits de ma grand-mère qui avaient disparu comme par enchantement. Et il m'arrachait des lambeaux de peau, la chemise qui collait à mon corps était devenue ma chair, et il clouait dans ma poitrine les éclairs sanglants de ses yeux, et c'était comme si des croix en forme de poignard me transperçaient le cœur. « Si tu n'étais pas si cruel avec moi, je deviendrais une bonne chrétienne, lui ai-je dit, mais si tu me persécutes avec tant de rage, comment veux-tu que je croie dans ta miséricorde ? — Mais je ne veux pas que tu me croies ; je ne veux que ton sang, dont je suis très gourmand », m'a-t-il répondu. Et il m'a enfoncé son couteau dans le ventre, là où je porte mon enfant, et je n'avais qu'une seule crainte : qu'il ne découvre sa présence et ne lui fasse du mal. Et j'ai couru à toute vitesse vers moi-même, qui m'attendais sur le pas de la porte, pourchassée par les regards moqueurs d'une foule de petites gens qui assistaient à mon calvaire ; si bien que, même réveillée, je cours encore.

Je l'ai serrée dans mes bras jusqu'à ce qu'elle se rendorme.

De petits coups sur la porte m'ont fait sursauter. C'était le familier de l'Inquisition que nous avions croisé la veille. D'une voix mielleuse, il m'a dit qu'il passait par hasard devant la maison et qu'il s'était souvenu d'un de ses amis qui habitait ici, un natif de Torre Quemada qui avait coutume de se lever dès l'aube ; c'est pourquoi il s'était permis de frapper à la porte. Quand je lui ai dit que non, que personne de Torre Quemada ne vivait ici, il m'a regardé de haut en bas, d'un air soupçonneux et hypocrite, puis ses yeux se sont mis à fureter dans tous les coins.

— Vous êtes chrétien ? m'a-t-il demandé.

— Oui.

— Et vos parents l'étaient ?

— Ils ont vécu et sont morts en bons chrétiens, ai-je répondu.

Il mettait chacune de mes paroles en doute et me regardait avec une extrême froideur.

— Prenez garde à ne pas mentir à notre Sainte Mère l'Église, car un jour nos frères prêcheurs pourraient vous donner tant de bois que vous risqueriez de mettre le feu à la maison, a-t-il dit.

— Merci du conseil, mais je n'ai rien à craindre de notre Sainte Mère l'Église.

— Ça vaudrait mieux pour vous, a-t-il ajouté, les yeux rivés au sol.

J'ai barricadé la porte et je me suis précipité auprès d'Isabel pour m'assurer qu'elle ne l'avait pas entendu, qu'elle dormait encore.

On a frappé à la porte.

C'était de nouveau lui.

— Ne m'avez-vous pas dit que vous étiez orphelin ? m'a-t-il demandé.

— Si, monsieur, mes parents sont morts depuis longtemps.

— Vous connaissez le Credo et le Pater noster ?

— Je les sais par cœur, et bien d'autres prières.

— Quelqu'un d'autre vit dans cette maison ?

— Non, personne.

— Je croyais avoir entendu d'autres pas que les vôtres.

— Je vis seul, monsieur, mais, comme cette maison est très grande, j'arpente souvent les pièces vides en parlant à Dieu, à la Très Sainte Vierge ou avec moi. C'est ma façon d'écarter les mauvaises pensées qui troublent la jeunesse.

— Bien sûr, vous n'auriez pas l'idée d'abriter un hérétique fugitif ?

— Dieu m'en préserve, monsieur.

— Soyez très prudent car, pour vous guérir de cette manie de parler tout seul, je pourrais vous faire brûler en même temps que la figure avec laquelle vous vivez dans le péché, a-t-il dit.

— Que la volonté de Dieu soit faite, monsieur, mais ma mère, avant de mourir, m'a élevé en bon chrétien.

— Beaucoup d'hérétiques l'étaient aussi et sont maintenant réduits en poussière.

— *Memento, homo, quia cinis es, et in cinerem reverteris,* ai-je répliqué.

— Je ne sais pourquoi, en imagination je vous vois en tête d'un autodafé, a-t-il déclaré sans m'écouter.

— Dieu me préserve, monsieur, du bûcher et de vos bonnes intentions.

— Adieu. Priez, mon cher, priez, car je suis pire que je n'en ai l'air, a-t-il conclu sans me regarder.

« Je le vois bien, monsieur, que vous êtes plus mauvais que vous ne le dites et infiniment plus que vous ne l'imaginez », ai-je dit à part moi, tandis qu'il s'éloignait dans la rue, avec la même lenteur simulée et comme si ses pieds fouettaient les pierres.

A cette époque, il circulait une rumeur selon laquelle, à Saragosse, des convertis avaient tué Pedro de Arbués, un homme qui, pour quelques milliers de deniers, faisait office d'inquisiteur dans la ville sise au bord de l'Èbre.

Un des assassins était Juan de Esperandeu, dont le père avait été arrêté par le Saint-Office pour avoir consommé de la viande pendant le carême, mangé du pain azyme, observé le sabbat, travaillé le dimanche et jeûné pendant le Kippour.

La nuit du jeudi 15 septembre, Juan de Esperandeu avait reçu chez lui Vidau Durango, Juan de la Badía, Mateo Ram, Tristanico Leonís et trois hommes masqués, dont l'identité avait été gardée secrète. Ensemble, ils s'étaient dirigés vers la cathédrale où certains d'entre eux étaient entrés par la grande porte, les autres par la sacristie, restée ouverte à cause de l'office des matines. L'inquisiteur Pedro de Arbués était agenouillé et récitait le *Benedicta tu in mulieribus* entre le maître-autel et le chœur, où chantaient les chanoines. Sous la soutane, il dissimulait une cotte de mailles et, sous la calotte, un cabasset de fer. Il avait appuyé sa courte lance contre un pilier, pour l'avoir à sa portée en cas de besoin, non loin de la petite lanterne avec laquelle il s'était rendu à la cathédrale. En le voyant, Juan de la Badía et Vidau Durango ont contourné le chœur. « Vas-y, c'est lui le traître », a dit Juan de la Badía. Durango s'est arrêté derrière l'inquisiteur, il a levé son poignard et l'a frappé au cou avec une telle force que la lame est passée de la nuque au menton. Mais Pedro de Arbués s'est relevé et a voulu trouver refuge auprès des chanoines. Alors, Juan de Esperandeu lui a tailladé le bras gauche et Mateo Ram, d'une estocade, a transpercé la cotte et le corps. Mortellement blessé, l'inquisiteur s'est effondré ; il y avait une telle panique parmi les conjurés qu'ils n'arrivaient pas à trouver la sortie. Les chanoines ont transporté Pedro de Arbués dans une pièce voisine, puis ils l'ont ramené chez lui, où il est resté vingt-quatre heures entre la vie et la mort, tout occupé à louer Dieu. Il a rendu l'âme le 17 septembre, vers une ou deux heures du matin. Juan de Anchías, notaire du Saint-Office, a consigné sa fin : « *Die XVII Septembris anno a Nativitate Domine MCCCCLXXXV Cesaraugusté. Eadem die.* Dans le chapitre de la cathédrale de ladite ville, est tombé le très révérend Pedro de Arbués, alias Épila, chanoine de la cathédrale susdite et Inquisiteur de la corruption hérétique au royaume d'Aragon. Le docteur Prisco Laurencio et le docteur Johan de Valmaseda, chirurgiens, ont relaté et témoigné que ledit Inquisiteur avait succombé à ses blessures, tout spécialement un coup de poignard qu'on lui avait donné par-derrière, de la nuque jusqu'au menton, et qui avait tranché les veines organiques et transpercé les maxillaires. »

Il a été enterré le samedi, à l'heure des vêpres et à l'endroit même où il avait été blessé à mort. Un bruit courait selon lequel, quand on avait déposé le cadavre dans la tombe, le sang versé avait commencé à bouillir. Et les miracles se sont aussitôt multipliés, attestant la sainteté de la victime : la nuit du crime, les cloches se sont mises d'elles-mêmes à sonner le tocsin ; le sang qui avait éclaboussé le chœur et le maître-autel ne s'est pas coagulé : il a bouilli, séché, puis il s'est liquéfié, si bien que les fidèles venaient y humecter mouchoirs et scapulaires ; quand on a appréhendé les assassins, leurs bouches étaient noires et leurs langues brûlées avaient doublé de volume, à telle enseigne qu'il a fallu les mouiller pour qu'ils puissent répondre à l'interrogatoire. On a même dit que, bien avant leur capture, la main de Dieu les avait rendus muets. Et ce n'était pas le dernier miracle : après la mort de Pedro de Arbués, de nombreux convertis ont été déclarés hérétiques, condamnés et brûlés vifs.

La nouvelle du crime a fait tache d'huile et, le 16 septembre, avant le lever du soleil, une foule innombrable a envahi les rues de Saragosse en hurlant : « A mort les marranes ! A mort les meurtriers de l'inquisiteur ! », puis s'est dirigée vers la juiverie et le quartier maure, pour les mettre à sac. L'archevêque Alonso de Aragón a parcouru la ville à cheval pour calmer les plus exaltés, en leur promettant une justice prompte et impitoyable. Les trois juges de la ville ont fait appel aux dirigeants des localités voisines afin d'arrêter les fuyards, ils ont publié des bans et promis une récompense de cinq cents florins contre la tête des coupables. Le roi est entré dans une colère noire et a ordonné que l'on s'emploie sur-le-champ a la canonisation du martyr de la foi. L'Inquisiteur général Tomás de Torquemada a dépêché le frère Miguel de Monterrubio et le chanoine Alfonso de Alarcón pour châtier les assassins ; en outre, il a donné pleins pouvoirs au frère Juan Colivera, de l'ordre des dominicains, au frère Juan de Colmenares, curé d'Aguilar, et au susdit Alfonso de Alarcón pour que soit exécuté l'ordre du roi don Ferdinand, qui voulait que le Saint-Office soit transféré des locaux de la Députation, sur la rive de l'Èbre, où il avait installé ses tribunaux et ses prisons, au château de l'Aljafería.

La mort de l'inquisiteur a beaucoup impressionné Isabel, car elle savait que ce meurtre servirait de prétexte à une campagne de persécution féroce contre les Juifs et les convertis. Et la chasse aux condamnés par le conseil supérieur de l'Inquisition serait d'autant plus terrible que les Rois Catholiques tentaient d'obtenir du pape Innocent VIII la poursuite des fugitifs dans tous les pays de la chrétienté et leur extradition.

Du jour au lendemain, Isabel a perdu goût à la vie ; elle était harcelée par des cauchemars nocturnes et des terreurs diurnes ; elle criait en rêve ou, pendant de longues heures d'insomnie, elle croyait entendre des bruits dans la rue et imaginait des alguazils faisant irruption dans la maison pour l'emmener. En me voyant sortir, elle pensait qu'on allait me suivre ou que j'allais me trahir moi-même lors d'une rencontre fortuite avec un délateur, en parlant trop ou en ne pouvant dissimuler mon trouble.

C'est ainsi que j'ai vu approcher la naissance de notre enfant. Il m'arrivait de craindre qu'Isabel n'accouche avant terme et, plus d'une fois, j'ai été sur le point d'appeler la sage-femme que nous avait recommandée Pero Meñique. Mais ce n'était que les frissons de l'automne ou des frayeurs soudaines qui lui causaient de fortes douleurs et la faisaient pleurer sans arrêt.

Pourtant, nous pouvions encore trouver refuge dans notre amour et nous nous efforcions d'oublier le monde extérieur, de conjurer la menace omniprésente des frères prêcheurs et de leur haine sacrée. Mais la naissance imminente de l'enfant redoublait nos craintes et nous empêchait de rêver au futur. Nous étions si découragés, parfois, que nous n'osions même pas lui chercher un prénom, craignant de défier le destin. La seule mention d'un nom de baptême pour ce fils ou cette fille que nous attendions remplissait Isabel d'angoisse et de désespoir, comme si ce genre de choses étaient permises pour n'importe quelle créature de Dieu, hormis le fruit de notre amour. Et ma compagne en arrivait à dire qu'elle se sentirait moins malheureuse si elle devait accoucher le jour de la fin du monde, car mourir dans ces conditions serait le sort de tout un chacun, non la condamnation d'un seul enfant.

— Mes angoisses ne cesseront pas le jour de la délivrance ; dans sa vie, une femme doit mettre plusieurs fois ses enfants au monde, m'a-t-elle dit une nuit.

— Tout ce que j'espère, c'est que ce nouveau-né sera robuste et bien armé pour se défendre dans la guerre sans répit que se livrent les humains.

— Sous la lumière commune, nous nous protégeons tous contre la mort, et pourtant, même sur le point de succomber, beaucoup d'hommes sont encore soucieux d'éliminer les autres.

Voilà ce qu'elle m'a dit la dernière fois que je l'ai vue à Madrid. Un soir de novembre, quand je suis rentré à la maison, elle avait disparu sans laisser de trace. « Pourvu qu'elle se soit sauvée à temps », me suis-je dit, persuadé qu'on était venu pour l'arrêter.

Et pourtant, je l'ai cherchée dans toutes les pièces et dans les maisons voisines. Dans la cuisine, il y avait un bol rempli de bouillon froid et elle avait préparé le pot-au-feu. La chambre était rangée, la clef de la rue jetée à terre et elle avait laissé une coiffe blanche sur le banc. J'ai essayé d'imaginer ce qui s'était passé, je me suis effondré sur le lit et j'ai fermé les yeux, mais je n'arrivais pas à me figurer quoi que ce soit. Tout me semblait dévasté.

Il n'y avait personne dans la maison, même pas moi ; c'était comme si mon corps faisait partie de l'absence générale et qu'il n'était plus une forme animée, à l'image et à la ressemblance de Dieu. « Si je montais sur le bûcher maintenant, les flammes ne me feraient rien », ai-je pensé.

Toute la nuit, j'ai attendu son retour, guetté le moindre bruit, les voix et les pas dans la rue. Sans faire de feu ni allumer de chandelles, je suis resté ainsi, immobile, épiant les aboiements des chiens, l'obscurité qui m'enveloppait comme un tombeau.

Dans une totale indifférence, j'ai entendu les cloches sonner les complies, les matines et les laudes ; elles résonnaient à la fois en moi et loin de moi. A l'heure de la prime, je me suis levé et c'est alors seulement que j'ai constaté qu'Isabel avait emporté des vêtements et fermé les fenêtres, mais que la porte de la cour était demeurée ouverte.

Je suis sorti pour la chercher dans les rues et sur les places ; chaque fois que j'apercevais une femme, mon sang ne faisait qu'un tour.

La vue de mendiants, d'estropiés et de vagabonds me remplissait d'espoir de la retrouver : elle était très ingénieuse et savait se déguiser ; elle pouvait feindre l'infirmité, porter des hardes, faire semblant d'être aveugle ou dans le besoin.

Tantôt confiant, tantôt accablé, j'ai vu défiler des femmes de toutes sortes : grosses, fardées, blondes, de belle allure, le nez en l'air, l'air sensé ; j'en ai vu d'autres au nez épaté, aux lèvres linéaires, au menton saillant, au corps trapu, à la taille élancée, aux longues jambes, au ventre rentré, aux larges épaules, aux mains fortes ; des jolies donzelles de fière allure, bien faites, au regard serein, très joyeuses et très exaltées.

J'ai parcouru les rues du Vent, des Teintureries, du Miroir, de la Petite-Fenêtre, la rue de Ramón et celle de Ségovie ; je suis passé devant la porte de la Plaine, près des moulins de Saint-Jérôme ; j'ai traversé les grands jardins, le terrain vague du Point-de-Vue ; j'ai vu de grandes murailles, des arcades, des fontaines, des barbacanes ; j'ai marché le long des remparts et du fleuve. J'ai monté la côte des Vieux-Égouts, descendu celle des Aveugles ; j'ai regardé dans les ruisseaux, entre les pierres, derrière les arbres ; je suis tombé sur un cheval avec une étoile blanche au front, sur un train de mulets, sur des poules et des cochons en liberté, sur Joan Malpensado et Joan Rebeco, sur le confiseur et apothicaire Joan de Guadalajara, sur Alonso de la Porra, dit le Boiteux, sur doña Fátima et le maître maçon Abrahén de Sant Salvador, sur une vieille à l'habit plein d'yeux, de bouches, de nez et d'oreilles, et avec tant de boue séchée collée au corps que, pour l'enterrer, il aurait suffi de l'étendre sur le sol. En arrivant à la rue Sans-Portes, je me suis dirigé vers l'église Saint-André, puis je suis allé sur la place de la Paille, où je n'ai trouvé personne ; il y avait pourtant beaucoup de monde, mais Isabel n'y était pas : la place était vide.

J'ai continué à chercher. Je montais, je descendais, j'allais et venais. Mes pas m'ont conduit sur la place du Saint-Sauveur, où officiait le crieur Joan de Orgaz. Derrière moi est arrivé un bègue aux dents pelées ; on aurait dit que son rire était cousu sur son visage. Il parlait tout seul, ou alors il voulait me parler, mais c'était inaudible et j'ai fini par m'en aller. Je me rappelle simplement qu'il portait une lanterne avec laquelle il éclairait ses pas à travers Madrid.

J'ai fait le tour des boucheries de Pedro de Heredia ; je suis entré dans les poissonneries, dans les chandelleries, les boulangeries, les églises, les chapelles et les marchés. Quand je croisais des Tolédans, je les regardais comme si j'allais lire des nouvelles d'Isabel sur leur visage, et j'ai longtemps observé les crieurs Joan de Portillo et Pedro el Barbero, qui revenaient de la place du Faubourg, comme si l'éclat de leurs yeux allait me révéler quelque chose.

J'étais résolu à me jeter sur le premier frère prêcheur, le premier alguazil ou familier de l'Inquisition que je rencontrerais quand je suis tombé sur Pero Meñique, qui prenait le soleil sur un banc de pierre. Il était très absorbé ; du bout des doigts, il se touchait les oreilles, les joues, les sourcils et les lèvres, la poitrine et les jambes, comme pour se prouver à lui-même qu'il était réel et présent, que son corps invisible n'était pas une chimère.

— Mais que faites-vous, Pero Meñique ? lui ai-je dit.

— Mon odorat s'est fatigué et je tâte mes traits et mes membres pour m'assurer qu'ils sont à leur place et bien entiers, a-t-il répondu.

— Rassurez-vous : ils sont d'une fidélité exemplaire, ai-je ajouté.

— Quand je promène mes doigts sur mon visage, je le connais si bien que je peux presque le voir, a-t-il dit.

— J'ai couru tout Madrid en cherchant Isabel et je ne l'ai pas trouvée, lui ai-je confié.

— J'ai appris dernièrement que le jus de radis administré à jeûn est un excellent remède contre l'ictère et que le concentré de coriandre prive les gens de la parole et les fait s'évaporer, a-t-il déclaré sans m'écouter, le visage tourné vers le mur pour y chercher de l'ombre.

— Je vous dis que j'ignore où se trouve Isabel.

— Isabel ? Ah, une bonne fille, intelligente et discrète. Elle a bien lu le marquis de Santillane et don Juan de Mena, Salomon ibn Gabirol et Yehuda Halévi... Quel est ce bruit que nous entendons ?

— Des femmes qui puisent de l'eau, ai-je répondu. Mais vous ne m'écoutez pas. Isabel a disparu.

— Comment ça, disparu ?

— Hier soir, quand je suis rentré à la maison, elle était partie. A moins que les inquisiteurs ne l'aient emmenée.

— Les inquisiteurs ?!

— Peut-être, mais je suis presque sûr qu'elle a pu s'enfuir à temps.

— Chuuut... on vient, a-t-il dit.

— Je ne vois personne.

— Je te dis que quelqu'un vient. Silence.

Un vieil homme est apparu ; il marchait si lentement qu'il donnait l'impression de ne pas avancer.

— C'est un vieillard, ai-je dit.

— Je sais ; plaise au ciel qu'il disparaisse en vitesse.

Mais on aurait dit que l'autre avait deviné nos pensées et qu'il voulait nous contrarier en progressant plus lentement encore, comme s'il avait du plomb dans les pieds. De surcroît, il ne faisait aucun bruit, si bien qu'il avait tout l'air d'un revenant.

— Est-ce de la merde que tu transportes, ou du lard carbonisé ? lui a demandé Pero Meñique, quand son nez lui a signifié que l'autre était devant lui.

— Du bouillon de pieds de veau, dont tout le monde s'est pourléché. Et je connais des crève-la-faim qui en boiraient comme de l'eau bénite, a répondu le vieux.

— Je croyais que c'était du colostrum, la fleur du lait de ta femme en couches, a repris Pero.

— Hélas, ma femme est morte du temps de don Juan II de Castille, et je ne me souviens même plus de son premier lait !

— Tu es donc si vieux ?

— Je suis né quand Ruy Sánchez de Horozco avait les clefs de la porte Valnadú et qu'il laissa entrer Vasco Mexía, maintenant sous les verrous, Lope Fernández de Vargas, Ruy García et d'autres gens, hommes et femmes du petit peuple, qui ont détruit, saccagé, dévasté, anéanti la juiverie de Madrid.

Le vieillard s'est remis à marcher comme il pouvait, s'arrêtant à chaque pas, le bâton cloué dans la poussière.

— Es-tu vraiment aveugle ou fais-tu semblant pour mendier ? a-t-il demandé en glapissant à Pero Meñique.

— Malheureusement, c'est la triste vérité.

— Pauvre homme, je te plains.

— Je te plains aussi, bon vieillard.

— Je baise vos pieds et vos mains, a-t-il ajouté à notre intention.

— Que Dieu vous protège, lui ai-je dit.

— Vous de même, mon brave, m'a-t-il dit sans bouger.

— Il est parti ? m'a demandé Pero, après quelques instants de silence.

— Non, il ne bouge pas, ai-je répondu.

— Mais qu'attends-tu ? Que fais-tu là ? lui a demandé Pero, qui perdait patience.

— Hélas, je n'ai plus ni la force ni le courage de marcher, a dit le vieux.

— Aide-le, m'a dit Pero.

— Oui, aidez-moi, a supplié l'autre.

Et je l'ai aidé.

Il était d'une incroyable maigreur, n'ayant pour ainsi dire ni consistance ni poids, et encore plus fragile et plus petit que je ne l'avais cru. Son visage était comme un poing ridé, avec des yeux très vifs. Et soudain, il s'est mis en marche, le corps bien droit, rapide et léger comme si, à tout moment, il allait prendre son vol.

Il est parti sans se retourner, minuscule et desséché, semblable à un siècle d'histoire condensé dans un corps humain, sans peur ni l'ombre d'une plainte.

— Je suis sûr qu'Isabel s'est sauvée, a dit Pero Meñique.

— Il faut que je la trouve, ai-je répondu.

— Que tu *les* trouves, a corrigé Pero. Mais méfie-toi plus que jamais des inquisiteurs, car ils essaieront de t'arrêter pour savoir où elle est.

— Ils n'ont aucun droit de m'arrêter.

— Ils te mettront à la question pour que tu avoues ton commerce avec elle et pour que tu dénonces tous les convertis que tu as connus dans ta vie, notamment un certain Pero Meñique.

— Je ne dénoncerai personne. Ils peuvent m'infliger le supplice de l'eau ou me lier au chevalet, me brûler les pieds avec de l'huile bouillante ou tordre mes membres avec des cordes, je ne dirai rien, ai-je déclaré.

Pero Meñique a levé la tête, étonné par mon assurance, comme si je parlais à la légère de tourments dont je ne savais rien, de souffrances qui avaient brisé des hommes bien plus durs et solides que moi.

Il s'est mis à pleuvoir, avec une telle violence qu'on aurait dit que toutes les pluies du monde dégringolaient sur nos têtes. Nous avons pris congé en vitesse.

Je suis retourné à la maison en caressant l'espoir, le dernier, qu'Isabel serait enfin revenue. Mais non. Elle ne devait jamais revoir Madrid. L'orage a duré six semaines. Il tombait des trombes d'eau, la terre était tellement inondée que les voyageurs avaient beaucoup de mal à s'aventurer sur les chemins et les paysans à labourer leurs champs : tout était couvert d'un déluge de boue.

Et la pluie a redoublé, jour après jour, noyant une infinité d'hommes et de femmes, d'ânes, de vaches, de mules, de cerfs, de poules, de juments et de cochons sauvages. Des milliers de fermes ont été ruinées, des maisons se sont effondrées en grand nombre et les inondations ont emporté des ponts, des arbres, des vignes et des moulins, transformant les ruisseaux en fleuves, les fleuves en bras de mer.

On dit que, dans maints endroits, les silos ont été détruits et les récoltes perdues. Il fallait payer jusqu'à trois réaux pour une fanègue de blé et vingt réaux pour une fanègue de farine. Réduits à la dernière extrémité, les gens ont dû se nourrir de blé bouilli, de raisins secs et de châtaignes.

Un jour — on était près de la Noël —, le temps s'est éclairci et le soleil a brillé sur la terre brunâtre. Alors, une grande pestilence a sévi et beaucoup d'enfants ont succombé, victimes des fièvres qui commençaient à se répandre dans tout le royaume. Un peu plus tard, on a appris que le vieux roi Ali Muley Abenhazan était mort en exil à Salobreña et que son corps avait été ramené à Grenade, jeté sur une mule.

Par des chemins poudreux et pierreux, je suis arrivé à Saragosse, la ville sise dans la plaine fertile de l'Èbre aux larges rives et cerclée de murailles garnies de lourdes tours.

Je suis entré dans la cité par la porte de l'Ange, en face du pont de pierre dont les sept arches s'abîment dans le fleuve.

J'ai laissé ma monture à l'auberge de l'Èbre et je me suis dirigé incontinent vers la cathédrale en brique sur le pavé de laquelle Pedro de Arbués avait été laissé pour mort quelques mois auparavant.

On entendait sonner le bourdon, annonçant la consécration de l'hostie, afin que les habitants, où qu'ils se trouvent, se détournent de leurs occupations pour témoigner de leur foi. Le vicaire général et prieur de l'église était en train de donner la communion aux fidèles agenouillés devant l'autel, dont le grand retable d'albâtre polychrome venait d'être achevé par le maître Ans d'Ansó et représentait les épisodes des Rois mages, de la Transfiguration et de l'Ascension.

A la fin de la messe, les fidèles ont commencé à sortir par les cinq nefs ; certains se perdaient entre les colonnes aux chapiteaux sculptés, d'autres s'arrêtaient et faisaient le signe de croix à l'endroit où le premier inquisiteur d'Aragon avait été assailli par les convertis.

Sur la place, des clercs et des ouvriers du Saint-Office dressaient deux estrades pour l'autodafé qui serait célébré le lendemain ; la première était destinée aux condamnés et à ceux qui les assistaient, la seconde aux inquisiteurs, à leurs familiers et aux autorités ecclésiastiques et séculières. Les deux estrades étaient réunies par une galerie réservée à l'alguazil.

Sur la seconde estrade, les clercs décoraient un autel avec des tapis et des tapisseries, des chandeliers et des torchères. C'était là que plus tard on planterait la croix verte.

Les fenêtres des maisons qui donnaient sur la place avaient déjà été réparties entre les notables de la ville et leurs proches. Deux frères prêcheurs distribuaient des chandelles aux participants à la procession de la croix verte qui aurait lieu la veille de l'exécution, c'est-à-dire ce soir. On avait installé des barrières pour contenir la foule exaltée et le passage des charrettes et des montures avait été interdit. La ville entière était officiellement aux mains des inquisiteurs.

Le vent brûlant de l'est avait transformé la ville en étuve : les maisons, les rues et les habitants étaient comme blanchis par la chaleur ; seuls des moines obscurs, emprisonnés dans leur bure, le visage dissimulé, circulaient aux abords de la place.

Non loin se dressait l'église de Notre-Dame-du-Pilier où, d'après la légende, l'apôtre saint Jacques avait passé une nuit et où la Vierge, prodigue de miracles, lui était apparue. Certains soutenaient dur comme fer que c'était la Vierge elle-même, accompagnée d'une légion d'anges, qui avait donné à l'apôtre une colonne de jaspe avec Son image pour qu'il la place dans le temple qu'Elle lui avait ordonné de bâtir ; d'autres prétendaient que, une fois la chapelle édifiée, c'était le saint qui avait façonné l'image. Quoi qu'il en soit, la crypte était illuminée jour et nuit par des milliers de lampes en argent et il était interdit de jeter des ordures aux alentours de l'église car les souverains étaient parfois les hôtes des chanoines qui demeuraient tout à côté. Dans les rues voisines, on fabriquait des couteaux, des aiguilles fines, des grilles en fer, des cordouans de couleur, des épées bien trempées et des draps de toutes sortes.

Derrière leur bannière, les familiers et les notaires du Saint-Office marchaient en procession vers la place de l'église de Notre-Dame-de-la-Poterne, au son des tambours et des trompettes, pour proclamer une seconde fois l'autodafé qui se préparait. Le premier ban avait été prononcé à la porte de l'Aljafería, l'ancienne forteresse des Maures qui servait de prison aux inquisiteurs extra-muros. Là, des convertis des deux sexes et d'âges différents attendaient dans l'angoisse l'heure où ils seraient conduits vers le lieu du supplice. On disait que, parfois, le bûcher était dressé dans la deuxième cour du château fort que survolaient à cette heure des nuages blancs.

Sur la place de Notre-Dame-de-la-Poterne, le 24 février dernier, les frères dominicains avaient fait brûler le vieux tanneur Salvador de Esperandeu, le père de Juan, pour avoir observé le sabbat, jeûné à l'occasion du Kippour et mangé de la viande et du pain azyme pendant le carême ; Gumien Berguero, pour avoir organisé des cérémonies judaïques, et Ysabel d'Embon, pour avoir fourni de l'huile à la synagogue. En outre, trois condamnés fugitifs avaient été brûlés en effigie. Maintenant, au son d'une cloche et de quatre trompettes, le crieur officiait : « Les habitants de cette ville sont informés que le tribunal de la Sainte Inquisition, à la plus grande gloire de Dieu et de Notre Sainte Foi Catholique, célébrera publiquement un autodafé demain vendredi, le 28 juillet de l'an de grâce 1486, sur la place de la Cathédrale. »

Pour m'éloigner autant que possible des crieurs et des familiers du Saint-Office, je me suis enfoncé dans les venelles de brique tortueuses et je suis arrivé au cours Saint-Gilles, par-delà le quartier des peaussiers, puis à la juiverie, entourée par les anciens murs romains de la Grand-Rue.

L'accès à la juiverie était défendu par diverses portes, dont la porte du Rabbinat, dans la ruelle du Lierre, la porte de don Mayr et celle de Saint-André, où se trouvait la synagogue de Bienpiés ; c'est là que j'ai franchi un sombre portail, à l'ombre du château des Juifs.

Ledit château avait sept vaillantes tours, des murs de pierre taillée et une tourelle partiellement détruite qui surplombait l'entrée. Il servait de prison pour les Maures et de refuge en cas d'attaque de la juiverie. Tout à côté se trouvait un abattoir avec sept boutiques et deux cours ; dans la plus grande on parquait les bœufs, dans l'autre on entassait les immondices. Dans les boutiques, on voyait cinq étals pour débiter la viande et un comptoir pour prélever l'accise, c'est-à-dire l'impôt sur les comestibles. La viande que l'on vendait était du bétail exécuté par des mains juives, égorgé par le boucher Ya'acob Franco avec un couteau non ébréché. On trouvait du mouton châtré, sans tête ni pattes, débarrassé du suif ; de la brebis, de la chèvre et du bouc désossés ; du cœur, des rognons, des goitres, de la langue, des tripes, des pattes, des mamelles, de la cervelle et du poumon.

Devant moi sont apparues les ruelles sinueuses du Canal, du Milieu, du Taureau, la rue Sans-Issue et le cours des Argenteries ; j'ai vu la synagogue, l'hôpital de Rotfecede, les places, les murs, les tours, les patios, les auvents et les enceintes privées du quartier juif. J'ai cherché la grande synagogue, celle de Becolorim, réservée aux hommes et aux malades (par opposition à celle de Bicorlim, dite aussi des Tourneurs, dans la venelle du Milieu, destinée aux pauvres, aux orphelins et aux jeunes filles). J'ai frappé à une petite porte.

— Qui est-ce ? a demandé une voix d'homme derrière les vantaux.

— Juan Cabezón, ai-je murmuré.

— Indicateur ou familier de l'Inquisition ? s'est enquise la voix.

— Ni l'un ni l'autre ; je suis un ami d'Isabel de la Vega, ai-je répondu.

— Nous ne connaissons personne de ce nom, a déclaré la voix.

— Ouvrez-moi et je vous expliquerai, ai-je dit.

La porte s'est ouverte et m'a laissé voir un homme d'une cinquantaine d'années, à la barbe fournie et aux longs cheveux, vêtu d'un tabard avec la marque vermeille des Juifs ; une pièce d'étoffe blanche lui couvrait la tête et le corps. Il m'a examiné en vitesse, comme si un coup d'œil lui suffisait à pénétrer les secrets de mon âme, et je suis entré.

Derrière la porte, il y avait un banc de bois rivé à la paroi, sous un chandelier à sept branches. Sur une table, un livre en hébreu, ouvert. La main posée sur une torah en argent doré, doublée de feuilles d'étain, cinq hommes prêtaient serment : « Toi, le Juif Natán, jure au nom de Dieu tout-puissant, qui a créé Adam, le premier homme, et l'a mis en paradis et lui a mandé de ne pas manger de ce fruit qu'Il lui a défendu, et qui l'a chassé de l'Éden pour le punir de sa désobéissance. Au nom de ce Dieu qui a créé le Ciel et la Terre et toutes choses, et qui a dit tu n'invoqueras pas en vain mon nom. Au nom de ce Dieu qui a agréé le sacrifice d'Abel et rejeté celui de Caïn, qui a sauvé Noé dans l'arche au temps du déluge, ainsi que sa femme et ses fils avec leurs compagnes, et tous les autres êtres vivants pour repeupler la Terre. Au nom de ce Dieu qui a sauvé Loth et ses filles de la destruction de Sodome et Gomorrhe... »

S'interrompant soudain à ma vue, l'un d'eux s'est exclamé :

— Nous sommes perdus, cet homme va nous dénoncer !

— Je ne suis pas de ceux qui trahissent, ai-je répondu sur-le-champ.

L'homme qui m'avait laissé entrer a dit quelque chose à l'oreille de son compagnon pour le rassurer ; alors celui-ci m'a regardé de pied en cap, comme font les tailleurs pour évaluer le tissu, puis il a poursuivi avec les autres : « Au nom de ce Dieu qui a dit à Abraham que toute sa descendance serait bénie et qui l'a élu entre tous, de même qu'Il a choisi Isaac et son fils Jacob comme patriarches... »

Nous sommes passés dans une petite pièce latérale, au plafond assez bas soutenu par des piliers, puis dans une autre salle aux murs élevés et couverts de crépi doré, au plafond à caissons. Tourné vers le midi, il y avait un autel fixé au mur et rehaussé de mosaïques ; à l'opposé, au septentrion, on voyait un candélabre peint à sept branches et une chaire de petites dimensions destinée aux lectures et aux cérémonies. Les murs étaient percés de six portes basses et, tout autour de la synagogue, il y avait des bancs appartenant à différents membres de la communauté. De tous côtés, on voyait de grandes lettres rouges en hébreu.

Dans une pièce contiguë, une femme au visage grave et à l'œil alerte, qui disposait sur une table une vieille ceinture de soie et un ceinturon de cuir aux médaillons d'argent, s'est avancée en nous apercevant.

— Blanca, rendez-moi un petit service : allez chez doña Luna de la Vega et dites-lui que vous accompagnez Juan Cabezón, le mari de sa nièce Isabel, a dit l'homme.

— Allons-y de ce pas, a-t-elle répondu en se tournant vers moi.

Et je l'ai suivie. Nous avons traversé un couloir et franchi diverses portes jusqu'à nous retrouver dans l'antre d'une pharmacie très spacieuse, pleine d'ustensiles, de récipients, de drogues, de pots de terre cuite, de balances, d'échelles, de filtres, de burins, de boîtes vermeilles et vertes, de romaines, de compotiers, de spatules, de fibres de chanvre, de jarres à miel, de coffrets en bois de pin, de sabliers, de fioles, de barils d'huile, de traités de médecine, d'urnes, d'épices, de cruches, de louches, de soufre, de poudres, de parfums, de sirop et d'élixir de rose, de teutonique moulu, d'extrait de lis, d'onguents égyptiens pour soigner la gangrène, l'hypnotique *confectio requies,* le *confectio naquardina* pour les troubles de mémoire, la limaille de fer pour les femmes anémiques, le *sigillum beate Marie,* le *radicis mandragore,* le *semen berberis,* le *corni cerbi combusti,* ces bois de cerf qui avaient servi de lénifiant durant l'agonie de Ferdinand VI, du savon de Chypre, du poivre, de la graine de moutarde, des pignons et des amandes, une bouteille d'encre, du mercure, les pilules dorées de Nicolás Mesué, de la pierre judaïque, du sucre et des bonbons au miel.

En sortant, nous avons croisé deux hommes et elle m'a dit :

— Le premier est Joan d'Embrun, conseiller du roi et commissaire de la juiverie et du quartier maure ; l'autre est Samuel Baru, qui lui sert de crieur... Les femmes qu'on voit derrière et qui portent la marque sont les sœurs Sol, Reina et Orovida Lunbroso... Ceux-là, qui se dirigent vers le quartier des soieries, le marché où l'on vend les meilleures soies d'Aragon, sont Jucé Ardit, le cordonnier, son fils Mossé, marchand de bourses, et Jucé Alembitas, chaussier dans la ruelle de Sainte-Catherine... Les autres, là-bas, qui marchent à l'écart, plongés dans leur grande conversation, sont Jucé Chamorro et Mossé Hardit... Et celui que tu vois sortir par cette porte, c'est le converti Juan de Saragoza, dont le frère habite à côté du château des Juifs... Quant au boiteux, qui porte sur sa chair nue la grosse corde de sparte, c'est Antón : le frère Nofre lui a imposé cette pénitence pour avoir assisté à une cérémonie judaïque.

Soudain, doña Blanca a été distraite par des enfants à moitié nus qui taquinaient un sourd devant une cahute, en lui disant des tas de choses qu'il ne pouvait comprendre ; j'ai profité de cette pause de mon guide pour lui demander s'il connaissait don Luis de Santángel.

— Luis de Santángel est prisonnier au château de l'Aljafería, où les inquisiteurs ont établi leurs tribunaux et leurs cachots ; il est accusé de complicité dans l'assassinat de Pedro de Arbués et le sort qui l'attend est atroce, a-t-elle dit, effrayée. Il est incarcéré avec les convertis Francisco de Santa Fe, Joan de la Badía, Mateo Ram, Sancho de Paternoy et Jaime de Montesa ; il paraît qu'on lui a infligé le supplice de la corde, avec la pierre aux pieds, pour qu'il avoue son crime. Mais quand je pense à ce Jaime de Montesa... Figurez-vous que, lorsqu'il était chargé du ravitaillement, il avait ordonné de murer les fenêtres des Juifs qui donnaient sur la Grand-Rue et de faire porter à nos frères la marque infamante. Mais il n'échappera pas à la mauvaise fortune qui le guette, malgré tout ce qu'il a entrepris pour tenter de se concilier les chrétiens.

— On dit que certains meurtriers de l'inquisiteur ont connu une fin horrible, suis-je parvenu à glisser.

— Le jour de l'autodafé du vendredi 30 juin, après le sermon de Juan de Colmenares, curé d'Aguilar, Juan de Esperandeu a été traîné à travers toute la ville et, devant la grande porte de la cathédrale, on lui a coupé les mains ; puis on l'a traîné de nouveau jusqu'au marché, on l'a décapité sur la potence et écartelé. Ses mains ont été clouées sur les portes de la Députation et son corps éparpillé sur les chemins, a-t-elle dit d'une voix entrecoupée, comme si elle éprouvait le sort du condamné dans sa propre chair. Vidau Durango, ou Duranso, ou de Uranso, son serviteur gascon, a été également traîné dans toutes les rues ; on l'a étranglé sur la place de la Cathédrale et on lui a coupé les mains — une faveur spéciale qui lui a été accordée pour avoir avoué tout ce qu'il savait. Puis on a emmené sa dépouille au marché, on l'a écartelée, on a dispersé ses restes et cloué ses mains sur les portes de la Députation. Quand à Joan de Pero Sánchez, qui a eu la chance de pouvoir s'enfuir, on l'a traîné en effigie avec une corde au cou et brûlé sur le marché.

— Il paraît que les Santángel forment une grande famille, ai-je dit.

— Plus grande que la haine des inquisiteurs à leur endroit, a répondu doña Blanca ; beaucoup de descendants de la famille Chinillo, une des plus anciennes d'Aragon et qui a pris le nom de Santángel au début du siècle, ont été condamnés par l'Inquisition. Les sœurs Brianda et Leonor Martínez de Santángel ont été inculpées parce qu'elles fréquentaient des Juifs qui leur donnaient des fruits et des sucreries, parce qu'elles ne mangeaient pas de lard et que, parfois, elles faisaient l'aumône à des Juifs nécessiteux qui frappaient à leur porte.

Alors, comme si son regard reflétait une ville évanouie, mais qui était encore là, et des êtres fantomatiques disparus depuis longtemps, mais qui déambulaient toujours dans les rues comme des passants en chair et en os, elle a dit :

— Dans ces ruelles hantées par la terreur et par la mort, on ne sent pas l'absence de tous ceux qui sont partis vers d'autres royaumes, on n'entend pas les cris de tous ceux qui ont succombé sous la torture ou sur les bûchers, mais le spectre des Turi, des Lunbroso, des Alazar, des Baco, Benvenist, Rabat, Amado, Ponz, Trigo, Bivaz, Sánchez, Eli, Franco, Abella, Silton, Zaporta et Caballería, qui vivaient à Saragosse et au royaume d'Aragon depuis des temps immémoriaux, frémit encore sur les places vides, dans les embrasures silencieuses, dans l'obscurité des chambres et des sourdes murailles. De cette juiverie que tu découvres, peut-être ne restera-t-il plus rien ; tailleurs, couturiers, tisserands, parcheminiers, cordonniers, peaussiers, médecins et chirurgiens, tous ces Juifs qui doivent porter la marque et lutter du matin au soir pour avoir droit à un infime espace vital, ils seront tous partis, je te le dis, il n'en restera pas un seul.

Quatre hommes vêtus de longues casaques noires s'approchaient de nous. Doña Blanca m'a expliqué :

— Ce sont les maîtres Pedro Monterde et Francisco Ely, médecins, ainsi que les maîtres Pero Puch et Juan, chirurgiens ;

l'Inquisition leur a ordonné de faire l'inspection de tous les foyers juifs, afin de découvrir les circoncis. Chaque fois qu'ils trouvent un cas, ils déclarent invariablement que le gland est en partie découvert, mais qu'ils ne peuvent savoir de science exacte si ce défaut est imputable à la nature ou résulte d'un effet de l'art et qu'ils s'en remettent donc à l'autorité des inquisiteurs, lesquels, invariablement, penchent pour un effet de l'art.

Nous nous sommes arrêtés devant une maison dont les fenêtres qui donnaient sur la rue chrétienne étaient condamnées et dont la porte étroite, située dans la ruelle du Canal, était hors de ses gonds.

En face, un homme très âgé était tombé et tentait en vain de se relever, un peu comme si la chute était devenue un mouvement naturel de son corps, une manière de voir le monde. Ses vêtements étaient d'une couleur terreuse et il gisait là, sur un seuil, oublié de tous, dans l'attitude de quelqu'un qui n'est plus pressé, qui est au-delà de toute lassitude. Il n'avait plus une seule dent, mais ses yeux bleus brillaient comme des lanternes ; il ressemblait davantage à un enfant vieilli qu'à un homme qui avait parcouru le siècle, depuis les massacres de l'archidiacre d'Écija, les prédications de frère Vicente Ferrer et la pragmatique de la reine Catherine jusqu'à l'avènement des Rois Catholiques et la nomination de frère Tomás de Torquemada comme Inquisiteur général.

— Quand frère Vicente Ferrer est venu prêcher à Saragosse, a commenté doña Blanca, don Jucé Santamaría a été baptisé, mais maintenant, avec ses cent ans sur le dos, il ne quitte plus son seuil et chevrote des chansons en hébreu.

Le vieux a changé de position en nous voyant ; il s'est mis à quatre pattes et a sollicité notre aide.

— Quelles nouvelles de doña Orovida ? lui a demandé doña Blanca, tandis que nous le remettions en position verticale.

— Elle est à Calatayud avec sa mère, a-t-il répondu après avoir aspiré une gorgée d'air.

— Et comment se portent vos parents, don Isaque et doña Jamila ?

— Ils sont allés à Barbestro féliciter don Mossé, qui a reçu force réaux pour la circoncision de son fils, a-t-il dit d'une voix caverneuse.

— Et votre fille doña Brianda, comment va-t-elle ? a redemandé mon guide.

Mais le vieillard n'entendait déjà plus, il était loin de tout et de tous et il est rentré dans l'obscurité silencieuse de sa maison comme dans une tombe mentale où les vivants cohabitaient avec les morts.

Un homme à l'œil méchant s'est arrêté à quelques pas de nous ; on aurait dit que son regard émergeait difficilement de la broussaille de ses sourcils, de ses cheveux, de sa moustache et de sa barbe. C'était un certain Acach Funes, indicateur et faux témoin à la solde des inquisiteurs.

Nous sommes entrés chez la tante d'Isabel, doña Luna de la Vega, mère de deux enfants (ainsi que me l'expliquait mon guide) : Clara, qui avait trouvé refuge en France, et Joan, un converti qui lui rendait visite le samedi pour lui apporter des vivres et lui tenir compagnie.

C'était une maison à deux niveaux, avec un porche, une salle de séjour, deux chambres, une cuisine et des cabinets ; les pièces étaient remplies de coffres historiés, de lits montés sur pieds, de tables, de litières blanches, de barriques, de chenets, de marmites, de chaudrons, de bassines, de poêles et d'écuelles. Pourtant, on aurait juré que personne n'y habitait : la maison s'est ouverte devant nous comme une immense armoire qui sent le renfermé.

— Luna, vous êtes là ? a demandé doña Blanca.

Sa voix sondait le silence.

Pas de réponse.

— Luna, où êtes-vous ? a-t-elle répété en s'avançant dans la pièce principale et en secouant le lit de pin encastré dans le mur.

Elle a franchi une petite porte, si basse qu'il fallait se plier en deux pour passer, comme si elle avait été conçue pour des nains ou des enfants, ou bien pour forcer le corps à faire acte d'humilité.

Un visage émacié est apparu près du mur ; il s'en est détaché dans un mouvement farouche, mais on aurait dit que la raison de cette femme demeurait prisonnière d'un rêve et qu'elle s'adressait à une personne cachée dans la pièce, sans doute un inquisiteur :

— J'avoue qu'une Juive, dont la grand-mère avait appris son art auprès de Na Ceti, doctoresse de Valence, m'a administré des médecines pour me rendre féconde ; quand j'allais accoucher de ma fille Clara, j'avoue que le rabbin de la synagogue des femmes m'a rendu visite et a prié à mon chevet, que la sage-femme Donna m'a tendu la petite en disant : « Cueille trois œillets... et ouvre trois portes... extrais le vivant du vivant... mets deux âmes hors du péril. » J'avoue que ma mère m'a offert une poule pour mes relevailles et a oint de myrrhe les paumes et la plante des pieds de la petite ; que j'ai ensuite changé les draps, endossé des vêtements propres et me suis abstenue d'aller au temple pendant quarante jours, que je n'ai pas fait baptiser ma fille, mais que, sept nuits après sa naissance, mon mari et moi avons procédé à la cérémonie des *sorts,* que nous avons mis le nouveau-né dans un bassin avec de l'eau, de l'or, de l'argent, des perles, du blé, de l'orge, et que nous avons prononcé les saintes paroles. J'avoue que, après avoir habillé la petite en blanc, nous avons convié nos parents et nos amis à manger des sucreries, des galettes au miel et au chènevis, des nougats, des fruits confits, et à boire du vin casher. Des femmes et des jeunes filles ont tambouriné et chanté : « Sorts, sorts, que les sorts te soient propices ! », puis elles m'ont demandé de balayer soigneusement la maison, car elles étaient venues déchaussées. J'avous que, n'ayant plus de lait, j'ai demandé à une nourrice juive appelée Oro d'allaiter ma fille, que cette femme a cuisiné de la viande dégraissée et purifiée, qu'elle m'a préparé du pain azyme et que nous avons observé ensemble le jeûne du Kippour. J'avoue que je suis juive dans mon âme et dans mon corps, et peu me chaut que messires les inquisiteurs tuent les mères juives comme moi, car il restera toujours les enfants.

Dans le halo blanc de ses cheveux, doña Luna est sortie de la pénombre et elle a montré son visage ; le reste de son corps était couvert d'un tabard à ailerons avec la marque vermeille. On ne pouvait lui donner un âge précis : dans son monde gagné par la folie, elle avait perdu le compte des ans.

— Éveille-toi, éveille-toi, petite Clara, le jour s'est levé, les oiseaux pépient. Éveille-toi ! Nos ennemis disent que cette nuit je vais mourir pour toi, a-t-elle dit en s'arrêtant devant doña Blanca.

— Elle croit que sa fille dort ici, qu'il fait grand jour et qu'elle ne veut pas se lever, m'a expliqué mon guide.

— Dis-lui, dis-lui à cet homme, que mon père était bon, a déclaré doña Luna en m'apercevant.

Doña Blanca l'a saisie par le bras et lui a dit lentement :

— Ce garçon est messire Juan Cabezón, le mari de ta nièce Isabel.

La femme a cloué son regard dans le mien, comme si elle cherchait Isabel sur mes traits.

— Elle est partie d'ici un lundi, pour voir mon frère Noé à Calatayud… Je n'en sais pas plus… Maintenant je vais retrouver Jucé à l'hôpital de la juiverie, a-t-elle dit en se préparant à sortir.

— Son mari Jucé était un médecin renommé de Saragosse ; il était passé maître dans l'art de panser les plaies, de saigner, d'inciser, d'extraire des os, de tailler et de coudre, de prescrire des remèdes et de traiter les apostèmes, les tumeurs, les paralysies et les phlegmons. Un jour, il s'est rendu à Teruel, où sévissait l'inquisiteur frère Juan de Colivera, et il n'est jamais revenu. On ignore ce qu'il est devenu ; peut-être est-il prisonnier du Saint-Office. Chaque jour, doña Luna le cherche à l'hôpital, sur le marché, au château des Juifs, à la boucherie, dans les synagogues, dans les rues et sur les places, et chaque jour elle croit rentrer avec lui. Mais le plus probable est qu'il finira un matin dans un autodafé.

— *Le fleuve passe,*
le sable demeure,
l'amour consume,
ah, au fond du cœur, a chantonné doña Luna, sur le ton euphorique d'une jeune fille courant à un rendez-vous galant.

— Elle va sortir et sillonner les rues jusqu'à ce que sa servante

Oro la ramène tard dans la soirée, en compagnie de son mari invisible, a dit doña Blanca.

— Si vous voyez Oro, dites-lui que les lampes à huile du Sabbat sont derrière la porte, qu'il ne faut pas les changer de place mais remplacer les mèches et les allumer demain avant le coucher du soleil ; surtout, qu'elle n'oublie pas de les allumer toutes, car Jucé m'a dit que chaque mèche correspond à un livre et à une prière en hébreu. Dites-lui qu'elle ne doit pas ajouter de l'huile, qu'il ne faut ni attiser ni éteindre la flamme, a-t-elle recommandé avant de s'en aller.

Sur le pas de la porte, des enfants faméliques et dépenaillés attendaient qu'elle leur distribue des tranches de pain, des galettes et d'autres victuailles qu'elle portait dans une besace.

— Ce sont les enfants des prisonniers de l'Inquisition ; le roi Ferdinand a confisqué tous les biens de leurs parents, aussi vivent-ils complètement démunis, sans travail ni la moindre ressource. Pour eux, l'avenir est synonyme de peur et de persécution, et ils sont étroitement surveillés par les inquisiteurs qui peuvent, à tout moment, les faire comparaître pour témoigner contre leur famille, s'ils n'ont pas atteint l'âge d'être poursuivis eux-mêmes.

Les enfants buvaient les paroles de doña Luna, dévoraient le pain et les galettes. Elle les a attirés contre son sein et a passé la main dans les cheveux d'une adolescente en disant :

— Cette petite est comme la Juive de Saragosse qui est devenue aveugle à force de pleurer les chagrins d'autrui ; elle veille sur tous ces enfants abandonnés et les guide à travers la juiverie pour trouver leurs moyens de subsistance.

J'ai pris congé des deux femmes pour retourner dans la ville chrétienne où se déroulait la procession de la croix verte.

Tout au long du fleuve, on voyait s'avancer d'un pas lent les ordres mendiants et paroissiaux, les familiers, les greffiers, les consulteurs et les qualificateurs du Saint-Office, ainsi que tous les invités de la cérémonie.

Les familiers portaient la bannière de la croix verte ; ils étaient suivis d'ecclésiastiques arborant une croix blanche et celle de la cathédrale. Un prieur dominicain et ses frères leur emboîtaient le pas, porteurs d'une autre croix verte. Cerclés de flambeaux et de torches, tous chantaient le *Miserere.*

Puis venait le procureur, avec une bannière de damas cramoisi brodée aux armes royales et où une croix verte s'élevait derrière la couronne ; il portait aussi un rameau d'olivier et une épée dégainée représentant respectivement le pardon et la justice.

Le cortège a débouché sur la place de la Cathédrale, où la croix verte allait être dressée derrière l'autel. Quant à la croix blanche, elle dominerait le bûcher et serait veillée toute la nuit par des dominicains et des soldats.

On disait que la cathédrale abritait les san-benito, les insignes, les effigies des absents et les ossements destinés à l'autodafé. Dans un manteau de nuit profonde, l'inquisiteur, accompagné d'un greffier, notifiait à chacun des condamnés qu'on allait remettre au bras séculier l'imminence de son exécution. Suivi de l'alguazil et de quelques familiers, il descendait dans les cachots et mettait dans les mains de chaque détenu une petite croix verte en lui disant qu'il devait se préparer à mourir ; deux frères demeuraient auprès des condamnés pour les assister dans leur dernière nuit.

Je n'ai pu fermer l'œil ; assis sur le mauvais lit de l'auberge, les chandelles éteintes, j'ai attendu le moment où l'alcade, deux heures avant l'aube, devait éclairer chaque cellule de l'Aljafería pour que les prisonniers se lèvent et se préparent, avant d'être conduits dans une cour secrète : là, on leur épinglerait les insignes et ils devraient attendre sur un banc dans l'ordre où ils apparaîtraient lors de la procession vers la place de la Cathédrale. En tête venaient les coupables des délits mineurs, puis ceux qui seraient brûlés vifs.

Ma nuit était pleine de songes aux silhouettes fumantes qui clamaient leur innocence dans le vent. Une fillette terrifiée par sa chemise en flammes, par ses mains en feu et ses pieds embrasés, a surgi en me montrant ses doigts qui projetaient des étincelles, sa peau brûlée et sa belle et longue chevelure calcinée. « Les inquisiteurs ont emporté la clef de ma maison, ils ont emporté ma demeure, emmené mes parents et m'ont conduite sur cc bûcher où le feu que j'aimais tant est une épouvante », a-t-elle dit dans l'obscurité de la chambre, les yeux grands ouverts comme des soleils.

Je me suis levé quand les soldats de faction sur la place et autour de la croix blanche ont fait rouler les tambours pour éveiller les bourreaux qui allaient officier dans cette parodie de Jugement dernier.

Sur les berges de l'Èbre, indifférents aux arbres, aux flots et à l'aube, des centaines de paysans et de petites gens se pressaient vers la place de la Cathédrale ; ils étaient précédés d'une femme de très courte taille, aux bras et aux jambes étiques, qui devait se reposer à chaque pas comme si son ossature était disloquée et menaçait ruine.

— Celui qui assiste à un autodafé gagne des indulgences partielles, a-t-elle déclaré à un homme terreux.

— Aujourd'hui, les convertis qui brûleront sont des relaps ; je ne sais pas ce que ça veut dire, mais ce mot ne me dit rien qui vaille, a répondu le quidam.

— Moi non plus, je ne sais pas ce que c'est, mais on dit que c'est un péché aussi grave que d'abriter un hérétique, a dit un autre.

— Un relaps est un hérétique qui, ayant abjuré, se vautre à nouveau dans la fange immonde ; il mérite donc d'être livré au bras séculier et brûlé vif, a déclamé la femme décharnée.

— La haine qu'on nourrissait contre ces misérables quand ils étaient juifs, on l'éprouve plus encore maintenant qu'ils sont chrétiens, a dit un vieillard cacochyme, dont je n'ai pas vu le visage.

— Moi, j'expie mes péchés depuis que je suis né, a confié un mastodonte à côté de lui.

— On a lâché la mort dans les royaumes de Castille et d'Aragon, elle court de ville en ville en allumant des bûchers, a dit le vieux squelettique, qui n'avait toujours pas de visage.

— Elle court vêtue en dominicain assoiffé de sang, a dit un manant qui avait une oreille coupée.

— Prenez garde, l'Inquisition vous guette ! s'est exclamée la femme rachitique en jetant un coup d'œil autour d'elle.

Alors qu'il arrivait sur la place, l'homme au visage terreux a interrogé un frère prêcheur pour savoir si les hérétiques seraient brûlés sur les lieux, près des flots de la Guerba, ou dans les environs de la ville, comme ce Sévillan qu'on appelait Jaco (Ángel pour les chrétiens) et qu'on avait condamné au bûcher avec sa femme Cinfa (Juana pour les enfants de Dieu) à cause de leurs pratiques judaïsantes.

Le moine n'a pas répondu, mais il a longuement regardé son interlocuteur avec des yeux si malicieux que l'autre a interprété ce regard comme la pire des réponses et s'est empressé de se fondre dans la foule.

— Une fois que nos vénérables frères prêcheurs auront célébré la sainte messe devant la croix verte, symbole par excellence de leur ordre, et qu'ils auront déjeuné, les captifs seront escortés depuis le château de l'Aljafería jusqu'à cette place, m'a dit un frère à l'air souffreteux, comme si c'était moi qui avais posé la question à son coreligionnaire.

— Nos frères condamnés déjeuneront aussi, mais dans leur cellule, a ajouté ce dernier.

— Ainsi, ils ne manqueront pas de forces et ne risqueront pas de s'évanouir pendant la pénitence et sur le bûcher, a repris le frère malingre.

Au-dessus des remparts, les hirondelles sillonnaient l'azur sans tache.

« C'est un jour idéal pour tout ce qu'on voudra, sauf un autodafé », me suis-je dit.

La procession est arrivée sur la place : d'abord, les hallebardiers, puis la croix de la cathédrale, couverte d'un voile noir et suivie d'un acolyte qui agitait de loin en loin une cloche, lugubrement, pour annoncer la cérémonie. Puis ce fut le tour des pénitents, avec leurs san-benitos, leurs caroches, un cierge jaune à la main, sous la garde des soldats et des familiers du Saint-Office. Derrière eux s'avançaient des porteurs d'effigies en buste, fixées sur des pieux et représentant les condamnés absents, couverts du san-benito et de la mitre en flammes. D'autres porteurs tenaient des boîtes noires contenant les ossements des hérétiques jugés à titre posthume et qui seraient également brûlés. D'autres encore arboraient le *statue dupli-*

catae, la double effigie d'un couple, un visage devant et l'autre derrière, comme un seul hérétique défunt. D'un pas lourd, ténébreux, venaient ensuite ceux qui seraient confiés à la justice séculière, avec les san-benitos, les caroches en flammes et leurs noms indiqués sous l'inscription *Condamné pour hérésie,* les mains croisées et liées sur la poitrine. Ils étaient d'une pâleur extrême et tremblaient de tous leurs membres, sur le point de défaillir. Les exécuteurs des hautes œuvres les suivaient à cheval, ainsi que les familiers, deux par deux, et le procureur du Saint-Office, Francisco Sánchez de Zuazo, qui portait l'étendard de la foi, une croix verte sur fond noir, flanqué de deux chevaliers des ordres militaires. Enfin, la queue du cortège était formée par les inquisiteurs de la corruption hérétique au royaume d'Aragon, Alfonso Sánchez de Alarcón, docteur en Sainte Théologie, chanoine de l'église de Palencia, chapelain de Leurs Majestés, et frère Miguel de Monterrubio, licencié en Sainte Théologie et prieur de San Pedro de las Dueñas ; ils étaient accompagnés du docteur Martín García, vicaire général du Saint-Office, chanoine de la cathédrale de Saragosse, de frère Juan de Colmenares, de l'ordre de Cîteaux, curé d'Aguilar, de Diego López, alguazil, de Joan de Anchías, notaire, de Martín Martínez de Teruel, assesseur, et d'autres clercs, chevaliers et bourgeois invités à l'autodafé et qui se frayaient un passage dans la cohue.

Certains condamnés avançaient très péniblement ; ils venaient à peine de sortir des cachots où on les avait soumis au supplice de la corde et de l'eau. Leurs visages étaient empreints de terreur et leurs corps marqués par les bourreaux. Quelques-uns parlaient tout seuls, comme s'ils avaient perdu la raison, priaient ou se racontaient n'importe quoi pour vaincre la peur. D'autres encore, les dents serrées, marmonnaient des psaumes. Les hommes précédaient les femmes, dans l'ordre de gravité des fautes commises.

Les cloches sonnaient, la foule n'en finissait pas de se presser, les fenêtres les mieux situées étaient garnies de grappes de curieux : les notables de Saragosse et leurs familles. Les condamnés ont été alignés sur une estrade et les inquisiteurs ont pris place sur celle qui lui faisait vis-à-vis. Le procureur, l'étendard à la main, s'est assis en bas, sur le dernier gradin, juste en dessous de l'inquisiteur principal flanqué des chevaliers des ordres militaires ; les autres gradins étaient occupés par les consulteurs, les qualificateurs, les prélats et autres dignitaires. Son bâton de commandement à la main, l'alguazil s'est assis sur une chaise à l'entrée du passage qui reliait les deux estrades. Il était secondé par les familiers du Saint-Office et par un garde muni de cordes et de bâillons pour ligoter et faire taire les condamnés qui tenteraient de semer le désordre.

La cérémonie pouvait commencer : l'alguazil s'est levé et a fait signe au frère Martín García, chargé de prononcer le sermon. Celui-ci a ouvert les bras comme un crucifié et, faisant mine de charger sur ses épaules tous les péchés du monde, sauf les siens, il s'est lancé dans une longue homélie accablante.

Quand il eut enfin terminé, un secrétaire est monté au pupitre et a demandé à l'assistance de prêter le serment consacré de fidélité au Saint-Office dans la lutte contre toute hérésie.

Tout le monde a répondu amen.

Puis on a procédé à la lecture des sentences, du haut de deux chaires utilisées alternativement. L'alguazil conduisait les condamnés à tour de rôle sur une estrade mobile à deux marches pour entendre le verdict. Debout, le visage tourné vers les inquisiteurs, ils écoutaient la liste interminable de leurs atteintes à la foi catholique ; ensuite ils s'agenouillaient pour recevoir l'absolution.

Puis, d'un côté de l'estrade, les porteurs ont déposé les effigies clouées sur des pieux et les boîtes noires renfermant les ossements destinés au brasier. Les condamnés ont été poussés de l'autre côté.

Clercs, mendiants, éclopés, bigotes tripotant leur rosaire, vide-goussets, aveugles, nains, vilains et autres gens du commun formaient le corps mouvant de la plèbe fascinée par le déroulement de la cérémonie, comme si chaque nouveau détail corroborait la sentence contre l'hérésie, indifférente à l'humiliation et à l'agonie des victimes qui n'avaient d'autre témoin de leur innocence que leur propre conscience. Car les suppliciés n'étaient pas des saints ni des héros, mais de pauvres gens terrifiés par ce monstre aux mille têtes et aux milliers de poings, cette multitude excitée par des prêtres sanguinaires qui avaient converti les paraboles d'amour en menaces de mort et la promesse du paradis en enfer ici-bas. Et, comme si j'étais moi-même un Juif acculé sur cette place, pour la première fois de ma vie j'ai senti les visages hostiles tournés contre moi, j'ai eu conscience de tout mon être, du poids de mon corps, et, comme une bête traquée par des chasseurs féroces, j'ai eu peur de l'homme.

La Castille et l'Aragon avaient allumé des milliers de bûchers, et l'Espagne, ainsi, s'embrasait elle-même ; dans le matin ensoleillé de Saragosse, on entendait les cris des convertis, des hurlements qui, au fil des jours, allaient se résoudre en silence, mais qui témoigneraient tout au long des années, à travers les siècles, sans que la pluie, ni le vent, ni la nuit muette puissent jamais les effacer.

Soudain, un homme gigantesque s'est placé devant moi, m'empêchant de voir l'autodafé. C'était sans doute un forgeron ; il occupait l'espace de trois hommes réunis et avait la taille de trois nains grimpés l'un sur l'autre. J'ai d'abord cru à une hallucination, à une aberration incarnée, envoyée par les inquisiteurs pour que je n'observe pas davantage la cérémonie. Tout dans cet homme était démesuré : la tête, le cou, les bras, les mains, les jambes et les pieds. Autour de lui, les autres avaient l'air insignifiant, quiconque se sentait rabaissé.

C'est alors que l'inquisiteur qui présidait au sacrifice, assis sur les tréteaux avec le procureur à ses pieds, a cloué sur moi les aiguilles de ses yeux. Il avait le menton saillant et la barbe noire, un nez d'aigle et les lèvres glacées, l'œil rouge et cave. Les mains couvertes de bijoux et les cuisses écartées, il avait l'air d'une femme aux latrines. Sourd à la souffrance d'un homme qui meurt pour une autre religion, dans l'exaltation sincère de sa foi, il suivait avec une cruelle satisfaction les plus infimes détails de l'exécution des victimes, dans la solitude extrême du crime camouflé en légalité et qui n'aura jamais d'autre juge que la conscience des coupables.

L'autre inquisiteur avait une grosse tête sur un corps chétif ; il faisait songer à ces hommes qui frappent et châtient leurs parties génitales à la clarté de la lune pour mortifier leur corps tenté par la luxure. Les yeux fixes et exorbités, il écoutait avidement les sentences, entrouvrait la bouche comme pour mâcher, sortait et rentrait la langue comme s'il savourait un triomphe. Il avait l'apparence de quelqu'un qui ne peut s'arrêter de manger mais qui oublie à l'instant même ce qu'il avale, prisonnier d'une faim qui n'est pas physique mais spirituelle. Contrairement à son congénère, il ne donnait jamais l'impression de chercher dans le lointain le souvenir d'une candeur enfantine perdue pour toujours. Car le premier inquisiteur, parfois, semblait s'isoler de tout et de tous, des bourreaux comme des victimes, et ses yeux regardaient au-delà du présent, ses oreilles entendaient l'écho d'une allégresse infinie qui chantait librement dans une aube évanouie. Une allégresse dont il s'était exclu lui-même en devenant le suppôt de l'obscur.

Lue par un frère à la voix fêlée, la liste des délits semblait futile et anodine, mais leur gravité aux yeux des inquisiteurs ne laissait aucun doute sur l'issue du jugement. Parfois, entre les sentences prononcées par les frères debout à leurs pupitres, un profond vide se faisait sentir, comme si les paroles tombaient dans un monde privé de sons.

Au fur et à mesure que les fautes s'aggravaient et que les condamnations devenaient plus terribles, la foule se montrait plus agressive, les bouches se distordaient et on entendait des cris de plaisir sauvage. L'alguazil et les familiers du Saint-Office avaient mission de maintenir l'ordre ; l'autodafé ne devait jamais perdre son caractère solennel d'office religieux. Et il n'y a pas eu d'incident jusqu'au moment où Pedro de Exea, Violante Ruys, Bernard de Robas, Galcerán Berlenguer, Gabriel de Aojales, Guillén de Bruysón, Gonzalo de Yta et María Labadía ont été remis au bras séculier et livrés à l'alguazil pour être conduits au bûcher. Alors, la racaille s'est mise à hurler sa rage de bête féroce contre les condamnés.

— Almanzor, tu peux crever la gueule ouverte, a crié un homme à la tête de bouc.

— Cette femme ne connaissait pas le Credo plus loin que le

Patrem omnipotem et elle faisait égorger les oiseaux et bénir les vêtements à la manière judaïque, a dit un moine en désignant une condamnée.

— Cette ordure de marrane est en train de recevoir son Messie, a dit la femme décharnée, au milieu de la tourbe vociférante.

— J'ai accepté mes tourments dans ce monde depuis le jour de ma naissance et je les supporterai jusqu'au Jugement dernier, a déclaré un vieil hérétique, condamné au bûcher.

— Cet homme est le seul chrétien parmi tous ces maudits Juifs ; on lui a transpercé la langue pour avoir blasphémé Dieu et la Vierge Notre-Dame, a dit une grenouille de bénitier, le chapelet à la main.

Son visage était dissimulé par un capuchon et elle montrait du doigt un homme qui lui faisait des grimaces obscènes.

— Ce porc a été châtié par les dominicains pour leur avoir celé qu'il était circoncis, a dit un homme dont la tête était si petite qu'on aurait dit qu'elle avait fondu.

— Regardez celui-là, on lui a tellement infligé le supplice de la corde que ses bras et ses jambes sont de la compote de prunes jaunes d'Aragon, a dit un paysan aux sourcils très fournis.

Un condamné s'est exclamé :

— Où es-tu, terre promise, Jérusalem des amandiers ?

— Aujourd'hui nous entrerons dans le royaume de Dieu, a crié un des convertis.

— Dis plutôt que nous serons cendre et poudre, a répliqué un autre.

— Sois le bienvenu au paradis, lui a crié sauvagement une femme.

— Je ne suis pas encore *ad patres,* a rétorqué l'homme.

— La charogne de Torquemada sera un meilleur engrais que le fumier ; alors la vie refleurira. Celui qui a façonné Adam, qui a fait surgir l'homme de la poussière et lui a insufflé son âme, va bientôt s'en charger, a proclamé un vieillard d'une voix tremblante.

Les soldats ont déchargé leurs arquebuses dans la foule, ils ont entouré les hérétiques et les ont fait monter sur des mules pour les protéger de la populace enragée. Les moines ont fait un suprême effort pour sauver les âmes des condamnés avant leur départ pour le bûcher extra-muros. Les prêtres ont écarté le voile noir qui couvrait la croix de la cathédrale, et les dominicains, arborant la croix verte, escortés par les bourreaux séculiers et par des familiers en armes, se sont éloignés en psalmodiant des hymnes.

De leur côté, les pénitents humiliés, portant san-benito et caroche, ont été reconduits au château de l'Aljafería ; le lendemain, ils entendraient à nouveau leur condamnation aux galères ou à la détention perpétuelle, et seraient emmenés à travers les rues par l'alguazil, en compagnie de familiers, de greffiers, d'un crieur et d'un bourreau de l'Inquisition, pour recevoir publiquement le fouet.

Quand j'ai quitté Saragosse, on voyait encore, du côté de la porte de Madrid, deux hommes pendus par les pieds, les parties génitales attachées au cou pour avoir perpétré le crime de sodomie.

A travers des régions montagneuses, j'ai pris le chemin de Calatayud pour chercher Noé de la Vega. Sa maison était située dans une rue montueuse : les rochers touchaient presque le toit, les murs s'agrippaient au roc. Dans le faubourg, au-dessus des habitations taillées dans la pierre, volaient d'innombrables martinets. Le château semblait une prolongation du paysage rocailleux et la tombée du jour avait la même couleur brunâtre que les clochers et les maisons de brique.

Quand j'ai frappé à la porte de messire Noé de la Vega, une femme m'a annoncé qu'il était à l'article de la mort. J'ai eu l'impression qu'Isabel me glissait entre les doigts ; aussi ai-je demandé instamment à voir cet homme avant son adieu à notre bas monde.

Dans la cour, un roussin au poil noir rougeâtre, une patte bandée, n'en finissait pas de hennir ; sur le sol de la cuisine, il y avait quatre marmites en terre, cinq chaudrons et trois écuelles en bois. Dans la chambre principale, celle du fond, parmi des chandeliers en fer, de grandes tables et des caisses en bois de pin, une moitié de corps dans la pénombre et l'autre dans l'obscurité totale, un inconnu agonisait : l'homme que je voulais rencontrer.

Sa femme, aux cheveux et aux yeux café noir, aux lèvres charnues et à la poitrine opulente ; sa fille, encore pucelle, aux cheveux et aux yeux café brûlé, aux lèvres épaisses et à l'abondante poitrine ; deux hommes jeunes mais robustes et accomplis, si pareils l'un à l'autre qu'ils avaient l'air de jumeaux, et sept autres hommes, notaires et témoins, en rang d'oignon sur un banc scellé dans le mur, l'entouraient silencieusement.

Ignoré par l'assistance qui, apparemment, n'avait pas remarqué mon entrée, en retenant presque les battements de mon cœur, je me suis avancé pour voir ce qui se passait : Noé de la Vega, allongé sur son lit, les affres de la mort reflétées dans la pâleur de son visage et le tremblement de ses mains, demandait des coussins à sa femme pour s'asseoir sur son séant. Alors, au désespoir de l'assemblée, il a fait part de ses dernières volontés :

— Moi, Noé de la Vega, juif, demeurant à Calatayud, entré dans le grand âge, sur mon lit de mort, mais sain d'esprit, la mémoire fidèle et le verbe clair, je fais ici mon testament, et plaise au ciel qu'il soit respecté, maintenant comme dans le nouveau siècle qui vient, que nous soyons présents ou absents pour son avènement. Car j'entrevois la mort, non sur le mode de celui qui en parle comme d'une chose vague et distante, mais en la voyant se profiler sous mes yeux. Parce que je revenais chez moi, un mardi, et passant par la rue du Ravin, entre huit et neuf heures du soir, je ne sais qui m'a ou ne m'a pas jeté une pierre à la tête, et le monde pour moi s'est assombri ; et parce que je n'ai su de science exacte et ignore encore qui a commis ce forfait, je pardonne à tous ceux qui se trouvaient dans ladite rue quand j'ai été blessé, ainsi qu'à tous ceux qui sont présents dans cette maison où me voici gisant, qu'ils soient chrétiens, juifs ou maures, dans les trois confessions de ces contrées ; et puisque Dieu a voulu que cette pierre mette fin à mes jours, je ne veux pas que notre seigneur le roi, ni l'alguazil de Calatayud, ni la justice d'Aragon puisse de quelque façon en rejeter la faute sur qui que ce soit. Et c'est pourquoi j'exige que tout ceci soit consigné dans une lettre qui sera rendue publique.

» Je rends grâce à Dieu, qui a créé le monde et les générations des hommes, qui a placé mon âme dans ce corps de chair et d'os et qui, maintenant, plonge mes jours dans la nuit de toutes la plus incertaine. Je Lui rends grâce de m'avoir soutenu, de ne pas m'avoir fait stupide ni scélérat ni abject, mais d'avoir voulu que je sois un homme bon qui meurt encore affamé de vie, car ma terre promise a toujours été celle que nous foulons, et ma gloire l'amour de ce monde. C'est pourquoi je désire qu'on ne pleure pas ma dépouille et que nul ne s'afflige pour moi, pas même vous, doña Reina, et je ne veux pas que vous portiez grand deuil, j'aimerais mieux qu'après ma mort vous gardiez souvenance de toutes les circonstances et de toutes les années où nous avons été heureux ensemble et n'avons fait qu'un seul ; car mari et femme nous sommes et resterons dans la vie et dans la mort.

» Premièrement, je veux, ordonne et désire que mon corps soit purifié avec de l'eau chaude, qu'on me rase la barbe, les aisselles et les autres parties, avant d'avoir pour linceul de la toile neuve et d'être inhumé avec une chemise et une culotte propres, ma tête reposant sur un oreiller de terre vierge ; et je veux que l'on m'enterre dans la fosse des Juifs de la cité de Saragosse où gisent mes pères et leurs parents, ainsi que tous leurs aïeux, Adonaï en soit à jamais glorifié. Je demande à ne pas être enseveli dans de la terre sèche, à moins qu'elle ne soit ni souillée ni profanée, et que dans la tombe on mette une petite chaise tournée vers l'Orient, afin que, où que l'on m'assoie, mes yeux et ma face voient le soleil et son lever.

» A mon épouse Reina je lègue la demeure de Calatayud, sise en la rue du Ravin et où j'habite à cette heure, ainsi que la maison de Saragosse, sur le cours Saint-Gilles ; le collier d'argent, celui de métal et celui de perles, les anneaux d'argent, turquoise et de saphir que je lui ai donnés, plus le bliaut blanc de Sicile, la couverture vermeille de Malines, le jupon vert de Campodrón, le grand voile de lin rouge et les coussins de vieille toile que je tenais de ma mère ; je lui laisse également tous mes biens meubles et ceux de la dot qu'elle apporta, pour les donner ou les vendre ou en user à sa volonté.

» A mes fils Jacob et Isaac je lègue, à chacun, quarante sous de Jaca et dix florins en or. En outre, je laisse à Jacob un anneau d'or avec une pierre de peu de prix, une salière en argent, une vigne sise à Carra la Mata et deux tabards à manches de drap de Courtrai, rehaussés de soie. A Isaac, je cède une tasse en argent, un anneau d'or sans pierre, un lit en bois de pin, une casaque de satin noir, trois paires de brodequins, une broche en fer, une grande table et une vigne sise à Ginesta de Calatayud.

» A Mon autre fils Joan, qui guerroie sous les drapeaux de notre seigneur le roi don Ferdinand, dans sa campagne contre les Maures de Grenade, je lègue une maison sise en la ville de

Calatayud, qui sera confiée à sa mère doña Reina jusqu'à son retour ; et puisqu'il est grand amateur de jeu d'échecs, je lui laisse un échiquier dont les cases sont de jaspe et de nacre, à l'image de celui qu'utilisait le roi don Martin d'Aragon, plus une bourse en cuir blanc contenant trente-deux pièces, seize d'une couleur et seize d'une autre ; et huit pièces secondaires ou pions qui, selon notre roi don Alphonse, sont à l'image et à la ressemblance du menu peuple qui est appelé à l'ost. Mes trois fils, Jacob, Isaac et Joan, peuvent disposer à leur gré de tout ce que je leur cède.

» A ma fille Orovida, qui a douze ans révolus, je laisse, à titre de faveur spéciale, une maison mienne dans la juiverie de Saragosse, demeure sise en la ruelle du Milieu, et quarante mille sous de Jaca, lesquels devront servir à l'établissement de sa dot, étant entendu que ma fille ne pourra se marier sans le consentement de doña Reina, qui veillera à ce qu'elle ne se laisse abuser par aucun homme qui serait hernieux, bossu, nain, fou, galeux, scrofuleux, ulcéreux ou sanieux ; la petite Orovida grandira en âge et en sagesse et deviendra une des plus belles femmes de Calatayud et de Saragosse.

» A mon frère Salamón, qui habite la juiverie de Saragosse, qui est tombé dans une grande pauvreté et n'a rien d'autre en ce monde que ce qu'il porte sur le dos, outre le fardeau des années, qui ne possède ni castillans d'or ni argent ni sous de Jaca ni un sequin ni rien qui vaille, qui est très malade et demanda naguère à don Mair Alazar de l'accueillir dans son hospice pour y mourir, et point n'y succomba ; à ce frère nécessiteux, je ne demande pas de respecter le commandement de la loi judaïque qui voudrait qu'il épouse la veuve de son frère défunt, soit doña Reina, ni de porter au pied droit la chaussure de cuir aux douze lacets et aux douze nœuds pour dénouer le lien et l'obligation dudit mariage, ma femme étant du reste trop âgée pour lui donner un fils qui porterait mon nom. A ce frère Salamón, je laisse un tabard de drap noir, une arbalète, une paire usée de chausses vermeilles, une pierre lydienne ou pierre de touche, un chandelier en bois de cerf sans chaînettes, un établi, une gourde de cuir et une outre, deux tisonniers, une lance et une litière, une paire de souliers déjà teints, un pourpoint de satin vert usagé, un capuchon de drap noir, deux vieilles portes, un vieux matelas de bourre de laine, une courtepointe blanche pour son lit, deux plats en argent et une salière.

» A mon frère Santiago, que je n'ai plus revu depuis le jour où il s'est fait chrétien par mélancolie, à la suite d'une gifle que lui avait donnée le rabbin dans une synagogue et qui l'avait laissé comme étourdi et hors du sens, je lègue cent sous de Jaca qu'il pourra toucher s'il revient un jour à Calatayud, car j'ignore ce qu'il est devenu, en partie parce que je n'ai rien entrepris pour le savoir, en partie parce qu'il me l'a caché.

» Laissant donc en possession de tous mes biens mon épouse Reina, mes fils Jacob, Isaac et Joan, ma petite Orovida et mes frères Salamón et Santiago, je peux partir en paix, assuré qu'ils se les partageront sans litiges, querelles ni tromperies, car mon ultime volonté est qu'il n'y ait entre vous ni disputes ni propos injurieux à propos de mes biens quand je ne serai plus, sans quoi Adonaï qui voit tout vous jugera comme il convient.

Ainsi don Noé de la Vega a-t-il conclu et clôt son testament, en présence du rabbin Yocef Hazán, notaire, de Mossé Costantín, médecin, de Sento Anayut, doyen des témoins, de Salamón Alazán, rabbin, de Mossé Abayut, de Yucé Lupiel, chirurgien, et de Yaque Pazagón.

— Que Dieu vous ait en sa sainte garde sur le chemin de l'Éden, ami Noé, qu'il vous accueille dans sa gloire car ici-bas vous aurez vécu en homme sage, noble et sans convoitise, a déclaré Mossé Costantín.

— Toi, mon fils, a dit Noé en s'adressant à Isaac, invoque la Jérusalem Céleste. Et toi, a-t-il ajouté en se tournant vers Jacob, à la manière de l'antique Jacob, déchire tes vêtements, porte un habit de bure et souviens-toi toujours de ton père.

— Père, a répondu Jacob, je ne t'abandonnerai ni dans ce monde ni dans l'autre.

— N'oublie jamais que toute personne qui oserait lever la main sur doña Reina ou la petite Orovida serait couverte d'opprobre par son peuple et maudite par le Seigneur pour les siècles des siècles, a ajouté don Noé de la Vega.

— Mère, je ne vous laisserai pas, non plus que vous, ma sœur ; on me verra mort ou pestiféré plutôt que de souffrir qu'il soit fait le moindre mal à votre corps ou à votre âme, a dit Isaac.

— Maintenant je peux quitter ce monde, a murmuré don Noé en tournant le visage vers le mur et en rendant paisiblement son âme à Dieu.

— Qu'Adonaï le reçoive parmi les siens, car il nous a quittés, a dit aussitôt Sento Anayut.

— Il est parti comme Ézéchias, qui tourna sa face contre le mur pour pleurer ses péchés, a dit le rabbin Yocef Hazán.

— Il est mort après le grand déluge, le troisième jour du mois de Marjeshvan de l'ère de la Création du Monde, en l'an 5248 et en la cité de Calatayud, a ajouté le rabbin Alazán.

Au fond de la pièce où venait de mourir don Noé de la Vega, on pouvait voir, entassés sur un banc de bois rivé au mur, des livres en parchemin, dont une bible et plusieurs volumes en hébreu ; dans un autre coin de la chambre, comme prêts à être répartis, il y avait un amoncellement d'objets brillants et de vêtements qu'on avait apportés dans un coffre en bois de pin et qui débordait de jambes et de bras de tissu.

— Vous étiez un ami de mon père ? m'a demandé Isaac de la Vega.

— J'étais venu à Calatayud pour le voir, mais je suis arrivé trop tard, ai-je répondu.

— Qui vous envoie ?

— Doña Luna de la Vega.

— Et pour quel motif ?

— Je cherche Isabel de la Vega, votre cousine et ma femme, qui s'est enfuie de Ciudad Real à cause de l'Inquisition.

Il m'a regardé fixement.

— Ainsi ma tante doña Luna vous a dit de venir voir mon père ? Ignorait-elle qu'il était mortellement blessé ?

— Je crains bien que votre tante ne soit pas très au courant des malheurs de ce monde.

— Vous disiez que vous cherchez ma cousine ?

— Oui.

— C'est votre femme ou votre concubine ?

— Isabel est ma femme.

— Elle est partie pour Teruel après avoir séjourné ici quelques mois.

— Vous savez autre chose ?

— Absolument rien, a dit Isaac en se tournant vers son père défunt, tandis que le rabbin Yocef Hazán se lamentait en citant Jérémie :

— Au-dessus des montagnes j'élèverai mes plaintes, mes sanglots s'entendront dans les demeures du désert.

— Seigneur d'ire profonde et de grande merci, reçois ma complainte et mon chant funèbre, a dit l'autre rabbin.

— Car le Seigneur a dit : Dans le tourment comme dans le repos, vous serez sauvés. Dans la liesse comme dans le deuil, je serai votre forteresse, a ajouté le chirurgien Yucé Lupiel.

— Daniel a dit de l'arbre de la vision : De même qu'à son ombre reposaient les animaux des champs et que dans son feuillage nichaient les oiseaux du ciel, dans ton cœur s'amoncelleront les souvenirs de ta vie sur terre quand tu parviendras au royaume de l'oubli et de la poussière, a récité Sento Anayut, le doyen de l'assistance.

— Adieu, ai-je dit, sans que nul ne fasse attention à mon départ.

Mais, alors que je franchissais le seuil de la chambre, Isaac est venu vers moi et m'a posé la main sur l'épaule :

— Isabel est arrivée de Saragosse avec un enfant de quelques mois et elle a vécu un temps dans cette maison, a-t-il dit. Elle avait le cœur lourd et le visage empreint de tristesse, mais mon père l'a réconfortée et elle est restée chez nous comme une fille aimante et une noble sœur, libre de ses gestes dans les limites de sa condition de jeune mère et de femme recherchée par l'Inquisition. Elle passait presque tout son temps dans cette pièce, silencieuse et cachée, et ne sortait que pour l'une ou l'autre promenade au jardin ; inquiète et mélancolique, elle parlait très peu avec nous et avec les convertis qui nous rendaient visite. Elle voulait rester seule avec son fils, à l'écart des rires et des fêtes. Je crois qu'elle ne s'est jamais montrée à une fenêtre ou à la porte, et elle n'en a jamais exprimé le souhait ; elle ne se plaignait pas davantage de sa retraite. Les dernières semaines qu'elle a passées avec nous, elle semblait fort troublée, parlant toute seule et dans ses rêves ; parfois, elle sortait de sa chambre en disant d'étranges choses que nous n'avions jamais entendues. Elle restait des nuits entières plongée dans le noir, indifférente à toute conversation et à toute agitation autour d'elle, les yeux rivés sur son fils ou sur un coin de la chambre. Le matin, nous la retrouvions dans la même position que celle où nous l'avions laissée avant de nous coucher. Elle ne prêtait pas l'oreille au son des cloches, qui régissent la vie de la ville, sonnant les matines, les laudes, la prime, la tierce, la sexte, la none, les vêpres et les complies, étrangère à tout bruit, à toute sollicitation du monde extérieur. Elle se répétait souvent la même phrase : « La mort, forme vide », comme si elle conversait avec des figures invisibles ou répondait à une question posée dans une étape de sa vie passée ou dans une situation imaginaire de son avenir. Puis un jour, au coucher du soleil, elle a prévenu mon père qu'elle partirait le lendemain. En l'apprenant, ma mère a proposé de garder l'enfant ; mais Isabel n'a pas accepté, elle disait qu'elle aurait peur de le perdre en le laissant derrière elle au royaume d'Aragon, qu'elle voulait voir Brianda Ruiz à Teruel, puis prendre le chemin des Flandres, où les Juifs subissaient moins de persécutions. Elle disait que son fils et elle, sans habiter le même corps, partageaient une seule âme, et que sans lui elle serait comme anéantie.

Isaac a observé quelques instants de silence en mesurant l'effet de ses paroles sur mon visage, puis il est retourné au chevet du défunt.

Quand je suis repassé dans la rue du Ravin, un groupe de Juifs avaient sorti la torah de la synagogue et priaient le Seigneur pour qu'il pleuve. Ils jouaient de la trompe, chantaient et gémissaient. Pendant ce temps, à la fenêtre de sa maison, un vieillard édenté remuait les lèvres comme s'il récitait ses prières et répétait à chaque passant :

— Il n'est d'autre paradis que le marché de Calatayud, oyez tous, il n'est d'autre paradis...

Au temps des grappes mûres, je suis arrivé à Teruel, ville cerclée de murailles et dominant un coteau allongé au sud du royaume d'Aragon, sur la rive orientale du fleuve Guadalaviar.

Je suis entré par la porte de Saragosse, j'ai parcouru les rues à l'ombre des hauts clochers du Saint-Sauveur et de Saint-Martin, j'ai laissé ma mule à l'auberge du Cheval Blanc et je me suis dirigé vers la demeure de Brianda Ruiz, derrière la synagogue.

Adossé au mur d'une maison, sous le soleil de midi, un homme dépenaillé, pieds nus, à la barbe et aux cheveux en désordre, mangeait un lapin rôti en retirant les petits os de sa bouche comme si c'était des arêtes de poisson. En le voyant, un moine qui passait par là s'est mis à l'admonester ; il lui reprochait de dévorer des créatures de Dieu comme un païen vorace et grossier.

— Je ne connais que ma faim, a répondu le loqueteux.

— Juif ou nouveau chrétien ? s'est enquis aussitôt le moine.

— Ni l'un ni l'autre, je ne suis malheureusement qu'un homme.

— Voilà qui sent l'hérésie, a repris l'autre.

— Peut-être, mais ce n'en est point, a répliqué l'homme.

— D'où êtes-vous ?

— De Cedrillos, où mon père travaillait pour doña Catalina Bonet ; il est né à deux pas de son auberge.

— Vous semblez priser les lièvres, les perdrix et autres volailles de la terre ?

— Infiniment.

— Et les vins clairets d'alentour ?

— Je ne crache pas dessus.

— Où avez-vous passé la nuit ?

— Dans les grands jardins au pied des murs de la ville, non loin du fleuve.

— Prenez garde à ne pas vous noyer comme ce Gil Ortiz qui, venant de Saragosse, est tombé dans le fleuve. Vous en avez entendu parler ? Il ne pouvait retirer ses pieds des étriers et le courant grossi par les neiges de la sierra l'a emporté, a dit le moine.

— J'y veillerai doublement, car j'ai été le premier à voir sa monture échapper aux flots et à m'empresser de porter secours à ce malheureux, a répondu l'homme. Avec Antón de Mesa et Martín de Huete, nous l'avons trouvé au milieu du fleuve, alourdi par ses vêtements et par son épée, et nous l'avons attrapé avec des gaffes et des perches quelques jours plus tard.

— Dieu lui pardonne ses offenses... et de quoi sont faits vos vêtements ?

— Du tissu le moins voyant qu'on trouve à Teruel.

— Vous tournez-vous vers le mur en priant ?

— Je vous ai déjà dit que je dors dans les grands jardins près des remparts.

— Vous observez le sabbat ?

— Oui, et je ne lui trouve rien de particulier. A la belle étoile, tous les jours se ressemblent.

— Vous mangez de la viande pendant le carême ?

— Si elle me tombe du ciel.

— Alors, vous êtes juif, a conclu le moine.

— Quand j'étais enfant, ma mère me disait que nos premiers parents étaient des Juifs, Adam et Ève, que nous respections les commandements d'un autre Juif, Moïse, et que notre religion était celle de l'Enfant juif, Jésus.

— Savez-vous qui je suis ? Le nonce du Saint-Office, don Francisco Bonfil, chargé d'appréhender et d'assigner les hérétiques.

— Dois-je me considérer comme condamné pour tout ce que j'ai dit et tout ce que je n'ai pas avoué ? Quand j'étais petit, ma bonne mère disait que, si on me coupait la langue, j'aurais toutes mes chances de faire de vieux os et de sauver mon âme ; dans le cas contraire, elle pensait qu'on me la transpercerait avec des épines et que je finirais pendu aux fourches patibulaires, à la porte du faubourg, les mains liées dans le dos, comme ce jeune garçon de Cella exécuté par le corrégidor pour avoir, paraît-il, blasphémé Dieu et la croix.

— De quel corrégidor parlez-vous ? De don Juan Garcés de Marcilla ?

— Je vous parle de celui qui a proclamé les bans, poursuivi les filles de joie, prohibé les jeux et arrêté les convertis qui sont ensuite montés sur le bûcher, a rétorqué l'homme.

— Ces paroles vous feront regretter d'être né, a dit le moine.

— Je l'ai déjà regretté bien des fois, monseigneur le nonce don Francisco Bonfil, et je ne crains pas la mort, a dit l'homme en ébauchant un rire qui avait plutôt l'air d'un rictus.

— Je vous trouve une tête d'assassin, a dit le moine. N'était-ce pas vous, par hasard, le comparse de ce tenancier de bordel nommé Juan Navarro et qui, en 1480, a tué à coups de pommeau l'épouse d'un certain Terol ? N'étiez-vous pas aux côtés du tonnelier Juan de la Vega, celui qui a occis Frances Besant à la sortie de la porte de Valence ? N'avez-vous pas aidé à pendre haut et court cet homme qui s'imaginait que nul pouvoir au monde, jamais, ne pourrait l'absoudre d'un terrible péché qu'il avait commis ? N'avez-vous pas pris part à la fameuse rixe du mardi de carême-prenant, près de la porte de Saragosse, quand Fernand Dobón a frappé de son poignard la tête du juge Francisco Navarro ?

— N'en jetez plus, monseigneur le nonce ; je n'ai jamais été le complice d'un crime, pas plus que je n'ai prêté main-forte à une créature qui voulait prendre congé de la vie. Nu et affamé, je me suis rendu coupable de nombreuses fautes en ce bas monde, mais je n'ai jamais commis le péché de Caïn, a répondu l'homme.

— Si vous confessez de bonne grâce les fautes que vous avez commises contre la Sainte Foi Catholique, notre mère l'Église vous ouvrira les bras, a dit le nonce en courant après un paysan qui apportait des hottes de raisins dans une maison. Qui vit sous ce toit ? lui a-t-il demandé.

— Les quatre Sánchez, monsieur, mais aucun d'eux n'est

présent pour l'heure ; ils sont tous partis à l'occasion du Kippour et seront de retour avec les étoiles, a répliqué le manant sans lever la tête.

— Savez-vous exactement où ils sont ?

— Sans doute à la foire de Daroca.

— Veillez à ne pas perdre un seul grain de raisin : vous seriez tancé par vos maîtres... Moi aussi je reviendrai à l'heure des étoiles, a dit le nonce.

Quand il s'est éloigné, je suis entré chez Brianda Ruiz par une porte latérale qui s'ouvrait sur un couloir, lequel conduisait à une cour, puis à une autre porte et à un autre couloir, comme si j'avais pénétré dans deux demeures sans avoir accès à une seule. Dans une pièce propre et fraîchement balayée, j'ai trouvé quatre converties vêtues de blanc, déchaussées ou portant des souliers de toile, et qui observaient le jeûne du Kippour jusqu'à la tombée de la nuit. Par une fenêtre donnant sur la synagogue, j'ai aperçu le rabbin Rabí Simuel et les Juifs en prière. Au fond de la maison, dans la chambre principale, il y avait une jeune fille d'une quinzaine d'années, habillée en blanc et tournée vers le mur, ses longs cheveux noirs tombant sur les épaules. C'était la fille de Teruel, une des vingt-cinq prophétesses qui, au dire de leurs adeptes, parcouraient le monde en annonçant la venue du Messie, lequel, après de nombreuses famines, des épidémies, des tremblements de terre, de grandes persécutions et des théories de faux prophètes qui tenteraient de confondre les élus avec des signes et des miracles trompeurs, descendrait enfin parmi les siens.

La rosière était fille de Juan Ruiz, médecin de la ville, et les cordonniers, les tailleurs, les forgerons, les teinturiers, les orfèvres et autres corporations se considéraient comme ses disciples : ils la comblaient de présents, buvaient ses paroles et croyaient tout ce qu'elle disait : que le Messie l'avait fait monter au ciel, qu'Il lui avait révélé le mystère du Jugement dernier et le jour exact où Il viendrait sauver les Juifs des bûchers de l'Inquisition pour les conduire, au-delà des nuages, vers la terre promise.

Dans la chambre toute blanche, les enfants, les femmes et les vieillards des familles Gracián, Puigmija, Tristán, Pomar, Ram, Besante, Sánchez, Martínez de Rueda *et alii*, qui avaient un parent prisonnier dans l'enceinte de l'archevêché pour avoir commis un ou plusieurs des sempiternels délits (observer le sabbat, manger gras pendant le carême, lire la Bible en hébreu, porter de l'huile à la synagogue, prier le visage tourné vers le mur, faire l'aumône aux Juifs nécessiteux, ne pas s'agenouiller en entendant les cloches annoncer l'élévation de l'Hostie, laver le corps des défunts et les pleurer à la manière juive, célébrer la Pâque du pain azyme et la fête des Tabernacles...) ; tous ceux, donc, dont les proches avaient été cités par le crieur Juan Martínez, appréhendés par le nonce Francisco Bonfil et les alguazils Miguel de Chauz et Juan Navarro, dénoncés par des témoins de confiance, comme les serviteurs Sevilla et Catalina Márquez, Angelina Tormón, María Valero, María Justa, Elisa Sánchez, Francisca Crespo, le chasseur Juan Alcalá, le tisserand Juan de Albarracín et autres gens du menu peuple ; tous ceux dont les proches parents, un jour, sur la grand-place de Teruel, devraient entendre la sentence du tribunal du Saint-Office, en présence d'une foule d'ecclésiastiques et de fidèles, et seraient condamnés à la détention perpétuelle ou à la peine capitale, tous leurs biens étant confisqués et leurs descendants inhabilités aux charges publiques et aux prébendes jusqu'à la seconde génération, tous formaient un cercle autour de la fille de Teruel qui racontait son aventure dans les cieux :

— Une nuit que je soumettais mon corps à une profonde mortification, ma mère morte est venue vers moi et m'a dit que Dieu l'avait envoyée pour me montrer les merveilles de l'au-delà et me révéler ses secrets. Le Messie aux ailes semblables à l'arc-en-ciel nous a guidées à travers l'Éther et, en quelques instants, nous avons laissé derrière nous la sphère des âmes en peine pour entrer dans celle de la gloire de Dieu. Comme nous entendions un doux cantique, le Messie m'a dit : « Fille de Dieu, le chant que tu écoutes est celui des créatures qui sont mortes brûlées pour leur foi et qui, assises en ces lieux, jouissent éternellement du Ciel ; ce sont les martyrs dont les cendres ont été éparpillées au-dessus des champs et des rivières, mais leurs âmes n'ont pas été dispersées : si leur poussière est restée dans la poussière, leur esprit est remonté vers Dieu. J'ai enduré leurs persécutions, et leurs chemises en flammes sont devenues ces draps de lumière qui ne brûle plus. — Pour Toi, lui ai-je dit, nous souffrirons la mort chaque jour. — Mieux vaut mourir que transgresser la Loi, ta mort sanctifiera le Nom, a-t-il dit en citant le sage Maimonide. — A celui qui a profané le Nom, la repentance ne sert de rien, le jeûne du Kippour ne l'absout point et ses mortifications n'entraînent pas le pardon ; la mort seule expie, comme l'écrivait le Cordouan, ai-je déclaré. — A présent, comme signe de ta montée au ciel avec moi, tu emporteras sur la terre cet épi de blé et ce rameau de laurier, symboles de la nature céleste. Mais quand tu seras de retour à Teruel, prends garde à la mort vêtue en dominicain et qui frappe les royaumes de Castille et d'Aragon, scandalise la justice divine et profane la paix des cimetières, a-t-il ajouté. — Je suis une pauvre fille ignorante, qui vit des temps de misère et de persécution et passe toutes ses nuits assiégée par la peur ; il y a tant de grands maîtres en Espagne, beaucoup plus sages et plus forts que moi, ai-je répondu. — Je te seconderai, j'inspirerai chacune de tes paroles, a-t-il assuré. — Ainsi soit-il, ai-je dit, l'Éternel veille sur les innocents. » Ensuite, en me retrouvant dans mon lit, j'ai découvert avec stupéfaction que mon corps n'avait pas changé de position et que la maison et la rue présentaient leur aspect coutumier...

La fille de Teruel s'est tue ; on voyait à peine son profil délicat, couvert par la longue chevelure noire. Elle a tourné vers moi son visage cireux et ses yeux fulgurants, elle a entrouvert les lèvres comme pour dire quelque chose, mais elle est restée muette, comme si elle attendait que les paroles viennent du fond de son être. Finalement, elle a murmuré :

— Mes frères, hommes et femmes, jeunes et vieux, observons le jeûne du Kippour en l'honneur des quarante jours que Moïse passa sur le mont Sinaï, sans rien boire ni manger, dans l'attente de la lumière et du pardon imploré par Israël pour avoir sombré dans l'idolâtrie.

— *Adonaï, que ta demeure nous protège, de génération en génération,* s'est exclamé un homme.

— *Parce que mille ans à tes yeux sont comme le jour d'hier qui s'est enfui,* a poursuivi un autre.

— Léviathan est mort, a dit un vieux derrière moi, comme s'il avait le cadavre du monstre sous les yeux.

— C'est le signe de la venue prochaine du Messie, a dit un autre vieux, qui portait une barbe blanche et un tabard avec la marque vermeille à l'épaule.

— Et que Torquemada succombera bientôt, car la justice du Seigneur va fondre sur lui comme le bruit de la mer, a repris un jeune homme.

— Les impies, même vivants, sont appelés morts, et les justes, même morts, sont appelés vivants, a déclaré le premier vieillard.

— On m'a persécuté depuis ma tendre enfance, mais je n'ai jamais profané le Nom, a dit le second vieillard.

— Jusques à quand subirons-nous les persécutions et l'exil ? a demandé le jeune homme.

— Il a été dit que les souffrances, comme le bannissement, prendront fin à la venue du Messie, a répondu la fille de Teruel.

— J'ai lu l'arrivée du Messie dans les étoiles de l'aube, aux confins de la terre entière j'entends déjà les cantiques, a dit un homme d'âge incertain, chenu et brèche-dent.

— Sous ce manteau infamant, je porte mes habits de fête et je partirai quand la fille de Juan me le dira, a déclaré une femme, prête à sillonner le monde sur un simple geste de la prophétesse.

— Prenez garde, car il a été dit que s'il se dresse parmi vous un prophète ou un visionnaire qui accomplit des prodiges pour vous démontrer ses pouvoirs, vous n'écouterez pas ses paroles, car en vérité l'Éternel, notre Dieu, nous met à l'épreuve, a déclamé le jeune homme.

— Les Proverbes affirment que parler avant d'avoir entendu est pure folie et cause de confusion.

— Nous nous soumettons à des saints de bois et de pierre, qui sont l'œuvre des mains de l'homme ; devons-nous les adorer ? a demandé le premier vieillard.

— Le sage Maimonide a dit : « Dans cet état de persécution qui est le nôtre, ne feignons pas de servir une idole, mais faisons mine de croire à ce qu'on nous dit », a déclaré la fille de Teruel.

— Don Fernando de Madrid, converti de Torrelaguna, a dit que l'an quatre-vingt-sept il ne devait pas y avoir de justice en ce monde, que l'an huit la terre serait un enclos d'animaux et que l'an neuf toute loi serait une... Et il a dit que sa fin serait aussi celle de nos persécutions et de nos maux, car alors viendra le Messie que nous espérons tous, et bienheureux celui qui le verra... Et il a dit qu'Il viendra dans la cité de Palos, non loin de Séville, mais auparavant dans ladite cité doit venir l'Antéchrist, qui apportera une pierre philosophale, et si on touche avec elle une barre de fer, celle-ci deviendra de l'argent, et si c'est de l'acier, il deviendra de l'or, et si c'est la mer, elle dévoilera ses trésors. Dois-je croire aux déclarations de cet homme ? s'est enquis un autre vieux, qui était resté silencieux jusque-là, au fond de la pièce.

— Croyez donc aux calamités que vous avez devant les yeux ; quant au futur, il vous sera révélé jour après jour et ce n'est pas la peine de le chercher, a répondu la fille de Teruel.

— Ma fille a été violée, a confié un homme, honteux de devoir parler devant toute cette assemblée, que dois-je faire ? La chérir, la châtier ou la tuer ?

— Il est écrit que tu ne feras point de mal à une jeune fille violée, car elle n'a commis aucun crime qui mérite la mort, a répondu la pythonisse.

— Je cherche Isabel de la Vega, ai-je déclaré à mon tour. Elle a disparu de Madrid et je ne sais où guider mes pas. Dis-moi si elle est en vie.

— Isabel de la Vega ne se trouve ni près ni loin de toi, a répliqué Brianda Ruiz, d'une voix à peine audible, le visage tourné vers le mur.

— Qu'entends-tu par là ? lui ai-je demandé.

— Ce que j'ai dit, ni plus ni moins, a-t-elle répondu.

— Quel chemin dois-je suivre pour me rapprocher d'elle ?

— Dirige-toi sur Tolède.

— Est-ce là que je la verrai ?

— Dans une rue de cette ville, un homme t'indiquera la route à suivre.

— A quoi le reconnaîtrai-je ?

— Il criera dans la nuit le nom d'une autre cité.

— Comment est son visage ?

— Tu ne pourras le voir.

— Conduisez ce pauvre homme à l'office, qu'il mange et boive à satiété. Il doit être mort de faim et de soif, a dit une vieille qui me trouvait trop lent à comprendre.

— Allons-y, m'a dit un grand et solide gaillard.

Sur ce, un guetteur de faction à la porte qui communiquait avec la synagogue, a donné l'alerte :

— Je vois venir l'alguazil et les familiers de l'Inquisition !

— Sauve qui peut ! a crié un autre guetteur, posté dans la chambre. Vite, par la cour !

Tout le monde s'est enfui, sauf Brianda Ruiz. Blanche et immobile, elle attendait ses ennemis, comme indifférente à la mort. Innocente et tranquille, enveloppée dans la lumière sereine de sa vision, sous la protection du Messie qui lui avait été révélé au firmament. Peut-être méconnaissait-elle la violence des inquisiteurs qui allaient l'arrêter, l'accuser de crimes de lèse-catholicité et d'hérésies de toute sorte, avant de la condamner et de l'envoyer au bûcher.

Ne sachant d'abord s'il fallait fuir ou rester à ses côtés, j'ai fini par prendre mes jambes à mon cou : je ne pouvais compter sur le secours d'aucune divinité ni trouver de réconfort dans une foi que je n'avais pas. Par-dessus tout, ma volonté de retrouver Isabel et mon fils était plus forte que la tentation du sacrifice et que toute personne qui pouvait croiser mon chemin. C'est pourquoi j'ai filé par la cour, sans l'ombre d'un remords, et, à force de franchir des palissades, des murs et des toits, je me suis retrouvé dans une cahute que la bonne fortune avait placée sur ma route ; j'entendais encore derrière moi les menaces et les imprécations que proféraient les inquisiteurs contre tous les Juifs et convertis qu'ils avaient capturés ou ne pouvaient attraper. La porte de mon abri était disloquée ; quand je l'ai claquée, elle a fait vibrer tous les murs.

— Entrez donc, ce n'est pas la peine de démolir la maison, a dit une voix de femme dans une autre pièce.

— Pour l'amour du ciel, aidez-moi, ai-je répondu sans parvenir à la localiser.

— Serait-ce les convertis qui s'enfuient ? a demandé la voix invisible.

— Oui, avec une poignée de Juifs, ai-je dit aussi bas que possible.

— Êtes-vous un converti ?

— Je suis un homme traqué, ai-je répondu, si vous appelez cela un converti.

Le silence s'est fait dans l'autre pièce. La femme devait se demander si elle allait me prêter secours ou me livrer à mes poursuivants. Dans la rue, on entendait des pas, des bruits, des cris. J'avais la conviction que de nombreux membres de l'assemblée avaient été arrêtés. Cette idée m'a fait tressaillir, comme si j'étais captif moi-même, à la merci de l'alguazil Miguel de Chauz, et qu'on allait me jeter dans les cachots du Saint-Office.

Derrière une porte basse, étroite, il y avait une sombre pièce aux murs nus et au sol de terre battue. Il n'y avait qu'une fenêtre, qui laissait voir les branches d'un arbrisseau. Au milieu de la pièce, j'ai découvert une femme encore jeune, au teint hâve et aux yeux noirs très vifs, aux cheveux noirs et aux lèvres charnues ; elle portait des vêtements élimés et semblait avoir beaucoup souffert de privations. Elle me scrutait, comme si elle n'avait pas encore pris de décision à mon endroit.

— Vous êtes blessé ? a-t-elle demandé.

— Non, c'est juste de la poussière, ai-je répondu.

— Qui vous pourchassait ?

— Le grand alguazil et les familiers de l'Inquisition.

— Et pourquoi ?

— Ils sont venus arrêter tous ceux qui étaient chez Brianda Ruiz ; j'en faisais partie.

— A-t-elle été capturée ?

— Sans aucun doute.

— Ils la condamneront et la feront brûler vive, c'est sûr et certain, a-t-elle murmuré si bas que je n'entendais presque rien.

Son ton pouvait être aussi bien celui de la prière que de la malédiction.

— Vous pensez vraiment qu'elle n'a aucune chance ?

— Que comptez-vous faire pour la sauver ? a-t-elle demandé à son tour en me toisant.

— Rien du tout, ai-je répliqué.

— Voyez-vous ça. Ainsi donc vous ne tenterez pas de la délivrer, l'épée à la main ?

— Je ne suis pas un homme d'armes, mais un homme de parole, ai-je dit.

— Et vous couvrez de beaux mots votre couardise ?

— Non, je défends ma vie.

— Quel dommage que vous soyez un homme de si pauvre condition, a-t-elle poursuivi.

— C'est grâce à cela que je suis encore vivant, ai-je répliqué.

— Enfin, de toute façon je vous cacherai jusqu'à ce que vos poursuivants suspendent leurs recherches. Dans la chambre du fond, vous serez à l'abri : on ne saura jamais rien et vous pourrez rester aussi longtemps que vous voudrez.

— Je partirai demain à l'aube, ai-je répondu.

— Faites comme bon vous semblera, mais sachez bien qu'ici vous ne courez aucun risque. Pour les habitants de Teruel, cette demeure est une tombe.

— Que voulez-vous dire ?

— Je suis Clara Santángel. Mon père était un converti, possesseur d'une grande fortune ; il a été ruiné en l'espace de deux ans par les inquisiteurs Juan de Colivera et Martín Navarro, avec la complicité du corrégidor, Juan Garcés de Marcilla, qui s'est acharné contre lui et l'a fait monter sur le bûcher au début de l'année... Mon père avait de nombreuses terres et une maison sur la grand-place, mais tout a été confisqué au profit du roi don Ferdinand et des inquisiteurs. Membre influent du Conseil communal, il s'était farouchement opposé à l'établissement du tribunal du Saint-Office dans notre ville, mais c'est alors que frère Tomás de Torquemada nous a envoyé les chiens du Seigneur, avec l'appui du roi. Mon père a été arrêté par l'alguazil dans les premiers jours de mai 1485. On l'accusait de ne pas bien connaître le patenôtre, l'Ave Maria et le Credo, de réciter les Psaumes et de lire des ouvrages en hébreu, d'aider les orphelines de la communauté à trouver un bon parti et de faire l'aumône aux Juifs dans le besoin, d'allumer les chandelles le vendredi et de ne pas faire maigre pendant le carême, d'avoir déclaré un jour : « Loué soit Dieu qui ne m'a pas voulu chien, qui ne m'a pas voulu chat », et de ne manger ni lard, ni lapin, ni congre. Sans la moindre considération pour son grand âge, ils l'ont enfermé dans un cachot humide, avec les fers aux pieds, et l'ont torturé maintes fois. Nul ne savait où il était écroué. Et un jour, c'était un dimanche, comme il refusait de reconnaître ses fautes, on l'a accusé de se complaire dans l'hérésie, ses biens ont été mis sous séquestre et ses descendants privés de leurs droits. Il a été livré au bras séculier, en la personne de Juan Garcés de Marcilla, et brûlé vif.

Le visage de Clara Santángel s'est rembruni, elle semblait avoir peine à respirer, mais elle a continué :

— Ma mère, Alba Besante, la cadette d'une famille de six sœurs et la première à mourir, a été accusée *post mortem* d'avoir préparé, tous les vendredis, le repas du sabbat, en vue de respecter les prescriptions judaïques. María Barragán, la servante qui a travaillé pour elle pendant les vingt dernières années de sa vie, soumise à la question par les inquisiteurs, a reconnu que ma mère célébrait la Pâque du pain azyme, cuisait la viande hachée menue avec des oignons, qu'elle faisait venir cette viande de bétail égorgé de la petite boucherie casher d'Armesina Vilespisa, qu'elle n'écoutait pas religieusement les cloches annonçant l'élévation de l'Hostie, que si on trébuchait devant elle, elle ne s'exclamait pas « Jésus ! » et que si on éternuait en sa présence, elle disait « Saday ». En outre, la servante leur a raconté que, lorsque son frère est décédé, ma mère lui a lavé le front, les mains et les pieds avec un chiffon humide, qu'elle a mangé des œufs durs pendant neuf jours et qu'elle a jeûné durant le Kippour, cette année-là, en signe de deuil. María Barragán a précisé que nous avons lavé la dépouille et que nous l'avons enveloppée de lin, que mon père a fait enterrer au monastère de La Merced un cercueil qui ne contenait pas le cadavre de mon frère, mais un pantin, inhumé en toute hâte dans le caveau de famille, devant le maître-autel, alors que la nuit suivante, en grand secret, la vraie dépouille a été inhumée dans la fosse des Juifs, sans prêtre ni croix, tandis que chez nous et dans la ville entière nos parents brisaient des cruches et des écuelles suivant notre rituel. C'était le 4 août, je m'en souviens parfaitement, il pleuvait à verse. Il tombait des grêlons comme des noix, et les maisons étaient inondées de la cave au grenier. Le fleuve est sorti de son lit et a envahi les plaines. Murs, clôtures, vignes, jardins, chemins, tout a été saccagé. Les inquisiteurs ont promis à ceux qui indiqueraient l'emplacement de la tombe de ma mère, exhumeraient ses ossements et fourniraient le stère de bois pour le bûcher, trois ans d'absolution et d'indulgences plénières. Vous devinez la suite.

En terminant son récit, Clara Santángel m'a regardé fixement, comme si elle attendait un commentaire ou une réponse, mais j'étais incapable d'articuler un mot.

— Si j'étais un homme, il n'y aurait plus ni inquisiteurs, ni alguazil, ni corrégidor ! Je les aurais tués depuis longtemps, avec une épée, une lance ou un couteau, avec une arquebuse ou avec mes deux poings ! s'est-elle écriée.

Pour tenter de l'apaiser, je lui ai demandé si elle était mariée et si elle avait encore de la famille à Teruel ou dans d'autres localités d'Aragon et de Castille. Elle m'a répondu que non seulement elle n'avait jamais convolé, mais qu'elle n'avait jamais connu d'homme et ne le souhaitait nullement. Pourquoi donc engendrer d'autres créatures, si leur destin était toujours la prison et le bûcher ? Alors, je l'ai priée de me donner un peu d'eau, car la soif me tourmentait depuis des heures. Elle a répondu que le puits était à sec et qu'on ne trouvait dans les parages que l'eau des flaques, mais qu'elle se chargerait de me trouver à boire. Puis elle m'a demandé pour quelle raison j'étais venu à Teruel. Je lui ai brièvement raconté mes amours avec Isabel de la Vega et mon interminable quête depuis des années. Sur ces entrefaites, comme si nous partagions le même et triste sort, elle m'a pris par la main et m'a lancé un regard semblable à ceux qu'échangent les amants. Je lui ai aussitôt annoncé que, puisque rien ne me retenait en ville, je partirais le lendemain de bonne heure. Mes propos ne lui ont pas plu : elle s'était déjà faite à l'idée d'avoir un compagnon d'infortune sous son toit. Son visage exprimait une telle détresse que j'ai détourné les yeux.

— Isabel est en vie et je n'aurai nul repos tant que je ne l'aurai pas retrouvée, ai-je dit pour m'excuser.

— Il serait prudent que vous restiez quelques jours dans cette maison oubliée du monde, a-t-elle soupiré d'une voix quasi plaintive. Personne ne viendra vous chercher dans ce cimetière.

— Je me glisserai hors de la ville ; l'aube m'enveloppera de ses ombres, si denses que je passerai pour l'une d'elles, ai-je dit.

— A l'heure qu'il est, l'alguazil et les familiers auront encerclé la juiverie et posté des gardes aux portes de la cité, a-t-elle répondu avec un regard angoissé.

— Je ne peux me terrer dans cette ville, il faut que j'aille à Tolède et plus loin encore ! ai-je excipé, terriblement gêné par son insistance. Si je reste ici, les indicateurs du Saint-Office finiront par me trouver.

— Cette masure est loin de tout, on a peur d'y venir à cause des inquisiteurs et ceux-ci ne pourraient me vouloir plus de mal qu'ils n'en ont déjà fait ! Ils ont même emporté la clef de la maison...

— Il vaudrait beaucoup mieux que vous partiez avec moi ; les dominicains ne perdent jamais de vue les parents et les amis d'un hérétique, ils n'attendent que l'occasion de les arrêter à leur tour.

— Mais où irions-nous ? a-t-elle dit.

Son visage était spectral.

— Quelque part loin d'ici.

— Pour moi, il n'y a pas de vie loin de Teruel, je mourrai dans la cité de mes pères, a-t-elle répondu.

— Je vous conjure de quitter cette maison, ce peuple et ce royaume. Il ne faut pas désespérer.

— Je connais l'étendue de ma misère, a-t-elle répliqué obstinément.

— A Madrid, quelqu'un pourrait vous héberger. C'est un de

mes amis, un honnête homme, très discret, il s'appelle Pero Meñique, ai-je encore dit pour tenter de la convaincre.

Elle n'a pas voulu partir. Avant le point du jour, ma bonne fortune a trompé la vigilance des gardes à la porte de Teruel, et j'ai pris le chemin de Madrid.

A travers la campagne de la Sagra et ses plaines dilatées, je suis arrivé à Tolède, en faisant halte à Getafe et à Illescas.

J'ai aperçu de très loin la « cité des générations » sur sa colline de granit, gardée par trois murailles de pierre et un mur d'eau verte, le Tage.

J'ai mis pied à terre au milieu du vieux pont d'Alcántara, qui donnait accès à la ville ; à gauche, on voyait l'Alcazar, les remparts garnis de tours et la cathédrale gothique, son clocher cloué en plein ciel comme du temps pétrifié.

Sur les rives du fleuve cristallin poussaient des peupliers et des oliviers, des saules et des cyprès, tandis que le courant reflétait des rougeurs comme si le crépuscule flottait sur les eaux.

On disait que le Tage regorgeait de nymphes et de poudre d'or, mais à cette heure son cours paisible n'était ridé que par les arbres et les pierres pérennes.

Sous le ciel tourmenté, la ville ne semblait pas seulement étrange, mais surnaturelle ; ses murs ne donnaient pas seulement l'impression de descendre vers les flots, mais de sourdre et de s'élancer des rochers.

C'était la pleine lune. L'astre avait l'air d'un œil blanc collé à la fente de l'horizon, entre des nuages gris et violets, pourpres et argentés.

Je suis entré par la porte de Bisagra. Mon ombre s'allongeait dans les rues étroites et escarpées, gravissait les pentes et les roches nues, se couchait sur les places.

En me dirigeant vers la cathédrale, j'ai traversé des ruelles de lormiers, d'armuriers, de charpentiers et d'orfèvres ; car il y avait dans Tolède un commerce florissant et un artisanat précieux :

soies, velours et damas, épées et dagues d'acier bien trempé, bourses d'or, azulejos et verres de couleur.

Entre les hautes bâtisses, souvent dépourvues de fenêtres sur la rue, j'ai croisé des moines, des mendiants, des vagabonds, des chevaliers et des demoiselles pâles au visage ovale, aux cheveux bouclés, aux yeux noirs, au nez retroussé, aux lèvres charnues et au « col de colombe ».

Devant la cathédrale, où officiaient quarante chanoines, cinquante prébendiers, treize chapelains et autres dignitaires, sans oublier l'archidiacre, les inquisiteurs s'apprêtaient à célébrer le lendemain un autodafé, et les tréteaux destinés aux bourreaux et aux victimes avaient été dressés, ainsi que la croix verte derrière l'autel, sous la garde des soldats et des familiers du Saint-Office.

Je me suis enfoncé dans l'Alcaná, le quartier des marchands qui jouxte d'un côté l'église Sainte-Juste et le notariat, de l'autre le cours Francos, la Peausserie et la Sparterie, avec leurs dizaines de boutiques juives.

Je suis entré dans la juiverie par la grande porte, à deux pas d'un magasin appelé l'œil de Vache, près du mur des teinturiers et de la chambre des Oboles. Puis j'ai traversé la paroisse de Saint-Thomas et je suis arrivé aux murs d'enceinte de Montichel, tout en haut du quartier juif.

En suivant une venelle sinueuse, j'ai débouché sur le sanctuaire de Sainte-Marie-la-Blanche, cette belle et sobre synagogue que frère Vicente Ferrer avait convertie en église au début du siècle, après l'avoir assiégée avec des gens d'armes du temple de Saint-Jacques-du-Faubourg, où il venait de prêcher. Des torches, des chandelles et des lanternes se sont allumées aux fenêtres de quelques maisons ; au loin, le soleil s'abîmait dans l'océan de la nuit profonde comme s'il n'allait plus jamais revenir.

Dans le sanctuaire, des converties déchaussées, portant des chemises fraîchement lavées et des capuchons noirs, faisaient leurs ablutions dans un aquamanile, allumaient les chandelles et offraient leurs aumônes. Les membres de la confrérie étaient tous des convertis ; sous la houlette d'un certain Fernando de

San Pedro, ils veillaient à l'entretien de l'ancienne synagogue. On disait que c'était le second temple juif, après celui de Jérusalem, et qu'il avait été bâti avec de la terre apportée des lieux saints. Il avait grand besoin d'être restauré : depuis une vingtaine d'années, les clercs, administrateurs et chapelains l'avaient tellement négligé qu'ils avaient même vendu les ornements et les vêtements sacrés et que les Juifs tentaient de racheter des morceaux de parchemin des torahs. La bâtisse avait cinq nefs formées par quatre files de huit arcades soutenues par trente-deux colonnes octogonales aux chapiteaux somptueux ; on voyait de nombreuses lettres hébraïques et des pendentifs aux entrelacs géométriques semblables aux jalousies, ainsi qu'une galerie réservée aux femmes. A droite de l'autel, la chapelle était fermée, « car du temps des Juifs c'était là le Saint des Saints », m'a confié Fernando de San Pedro. Et soudain, en un clin d'œil, comme si tous les convertis avaient été avertis d'un danger par un signal secret et silencieux, le temple s'est entièrement vidé : il n'y avait plus une âme, rien que du silence autour de moi et un chat déambulant entre les colonnes d'un blanc mat.

Quand je suis sorti, la nuit s'était solidement installée ; en suivant les murailles aveugles des rues désertes, où la peur semblait avoir effacé toute trace de vie, je suis sorti de la juiverie. Quand je suis arrivé à l'hostellerie du Tage, l'aubergiste, Débora Dorado, m'a donné à choisir entre une chambre de gentilhomme et une autre destinée aux valets, qui coûtait la moitié, en comptant l'orge, la paille et l'eau pour ma mule. J'ai choisi la belle chambre pour éviter de partager les lieux avec des ivrognes et des rufians.

Je me suis attablé et repu de lièvre, de tripes de mouton et de vin du cru, sans autre préoccupation que ce que j'avalais. Jusqu'au moment où, à une table voisine, un homme au teint cireux, avec cet air égrotant de ceux qui souffrent d'une maladie de l'âme ou passent toute leur vie dans une chambre sans lumière, m'a demandé si j'étais un familier de l'Inquisition et si j'allais accompagner les pénitents qui seraient conduits en procession le lendemain.

— Moi, un familier de l'Inquisition ? Qu'est-ce qui vous fait penser une chose pareille ? ai-je répondu en riant, car je n'aurais jamais cru qu'on pût me prendre pour un des leurs.

— Votre allure honnête et discrète, tout comme votre attitude aimable et courtoise, a-t-il dit, les yeux fiévreux. Mais pourquoi riez-vous ?

— Je ris de mon humble personne, ai-je répliqué.

Son visage maladif s'est légèrement troublé, il a détourné le regard, puis il l'a cloué de nouveau dans le mien. J'ai baissé les yeux.

— Je viens de Ségovie, du couvent de la Sainte-Croix, demeure spirituelle de notre père l'Inquisiteur général Tomás de Torquemada, au zèle inégalable dans la foi, a-t-il dit en écartant sa main froide de l'écuelle pour la nouer avec l'autre. Je suis un familier de l'Inquisition.

J'ai gardé le silence. Mais lui s'obstinait à poursuivre la conversation, en me questionnant sur ma provenance, mes origines, mon nom, mes habitudes. Mes réponses étaient aussi fermes que prudentes, et je lui ai demandé à mon tour s'il connaissait un certain Miguel Husillo, ami d'une de mes connaissances madrilènes. Son sourire s'est glacé, il a saisi un pichet de vin comme pour se servir à boire, mais il n'a pas versé une goutte. Il a repris lentement la parole :

— Nous brûlerons monsieur Miguel Husillo demain, pour hérésie. Vous traitez des affaires avec lui ?

— Non, ai-je répondu sans hésiter, mais quelqu'un m'avait dit que c'était un bon orfèvre.

— En effet, nous pouvons considérer que Miguel Husillo *était* un bon orfèvre, sans le moindre doute, a-t-il répliqué d'une voix douceâtre qui contrastait avec son visage de fanatique.

Il y avait quelque chose dans sa façon de parler et de regarder qui me donnait la nausée. C'était insupportable. Pour ne plus le voir, j'ai contemplé les yeux de l'hôtesse, Débora Dorado, au joli teint clair.

De son côté, le familier s'est tourné vers un homme d'une quarantaine d'années, aux larges traits criblés de taches de rousseur, à l'œil vif et bleuté ; sa barbe et ses cheveux blancs avaient dû être roux. Il dînait seul dans son coin.

— Et vous, monsieur, d'où venez-vous ?

— Je reviens de moi-même, a répondu l'homme.

— Seriez-vous un converti ?

— Non, par saint Ferdinand.

— Il y a beaucoup de criminels en fuite dans ces contrées. Ne me dites pas que vous êtes un meurtrier, un voleur, un repris de justice...

— Rien de tel, monsieur ; je suis navigateur, j'ai étudié la cosmographie au Portugal avec un de mes frères, expert en portulans et autres cartes maritimes.

— Que cherchez-vous à Tolède ?

— Notre bonne reine, doña Isabelle, afin de lui soumettre un projet assez grandiose.

— Tiens donc... la conquête de Grenade ?

— Non, monsieur, la route des Indes, par l'Occident.

— Attention, vous pourriez prendre le plus court chemin de l'hérésie.

— Par saint Ferdinand, je ne cours aucun risque, je vogue sur la mer de la foi.

— C'est une mer froide et obscure.

— J'ai sillonné des mers plus froides et plus sombres que la mort, a répondu l'homme.

— Les générations passent comme les vagues de la mer ; ainsi des rêves de l'homme, a déclaré le familier.

— Ce que je cherche est plus près de mes rêves qu'un jet de pierre.

— J'espère que vous n'êtes pas encore plus près du bûcher.

— Rassurez-vous, monsieur ; avant d'entreprendre quoi que ce soit, j'invoque la Sainte Trinité, toutes mes cartes maritimes ont pour en-tête *Iesus cum Maria sit nobis in via* et j'ai toujours sur moi un livre d'heures canoniques pour dire mes prières en privé, a dit l'homme en se levant pour se retirer dans sa chambre.

— Vous partez déjà ?

— J'ai maintes lieues à parcourir avant l'aube.

— Ne nous quittez pas sans décliner votre nom.

— Cristóbal Colón.

— Colombo ?

— Non, monsieur, Colón.

Et l'homme est sorti de la pièce. J'ai profité de l'occasion pour me lever à mon tour.

— Où allez-vous à cette heure ? m'a demandé le familier.

— Me promener en ville.

— En pleine nuit ?

— Oui.

— Mais il pleut, a-t-il ajouté, comme s'il voulait me retenir à tout prix.

— En effet, ai-je dit en prenant mon chapeau.

Je me suis aventuré dans les rues humides et sombres de Tolède. Plus étroites encore, et plus escarpées, dans la bruine et dans la nuit. Cette fois, j'étais content de ne voir personne. Les maisons semblaient des fragments pierreux d'une autre cité disparue, légendaire. Le fleuve fuyait entre les ombres comme une flamme horizontale et verte ; ses bords se confondaient avec ceux de la nuit.

La pluie s'est arrêtée d'un seul coup et le ciel a commencé à se dégager, me laissant voir la pleine lune. Je me suis attardé sur le pont Saint-Martin, j'ai vu les rochers dans les flots, les arbres qui ridaient le flux imperceptible du temps. J'ai entendu des pas derrière moi, j'étais certain d'être suivi.

« Je parie que c'est le charognard du Saint-Office », me suis-je dit, pris d'un grand frisson.

Je me suis retourné, mais il n'y avait personne, rien que mon ombre qui se noyait dans une grande flaque. J'ai pressé le pas, multiplié les détours dans le lacis de rues, comme pour fuir ma peur, mais on me talonnait toujours.

Il s'est remis à pleuvoir. La nuit avait pris une teinte verdâtre, comme un crépuscule sous-marin. Les arbres qui s'élançaient sur les rives avaient l'air de se dissoudre en crachin, comme des fantasmagories liquides. J'ai entendu un cri de femme, mais très amorti, comme s'il me parvenait du fond du Tage :

— Au cœur d'Avila, au cœur d'Avila tu sauras qui je suis.

J'avais d'abord cru comprendre :

— Ton cœur est dans Avila, ton cœur est dans Avila.

Accablé d'une tristesse indéfinissable, les vêtements trempés, les pieds glacés, j'ai repris le chemin de l'auberge, bien décidé à faire la grasse matinée dans mon lit de gentilhomme.

Au point du jour, Débora Dorado m'a réveillé pour me dire que les condamnés à l'autodafé venaient de prendre leur dernier déjeuner ; le familier de l'Inquisition officiait déjà devant l'autel de la croix verte, en célébrant la messe du dimanche. Une messe que je ne pouvais manquer sous aucun prétexte, car la ville fourmillait d'indicateurs du Conseil suprême.

— L'autodafé est une spécialité tolédane, monsieur, a dit l'hôtesse.

— Tiens ! pourtant on le célèbre dans bien d'autres villes de nos royaumes, ai-je répondu.

— Peut-être, mais sans y apporter le même empressement, a-t-elle répliqué. Partez vite, il ne faut pas attirer les soupçons, ni dans votre intérêt ni dans celui de mon auberge.

Un peu plus tard, j'étais de nouveau dans les rues glacées, parmi la foule qui se dirigeait vers l'église épiscopale pour assister à la cérémonie. La procession des pécheurs réconciliés avec l'Église était déjà sortie de Saint-Pierre-Martyr et suivait l'itinéraire habituel du cortège de la Fête-Dieu. Flanqués de deux familiers, les repentis des archidiaconats de Tolède, Talavera, Madrid et Guadalajara formaient un long serpent brunâtre aux mille corps voûtés par l'humiliation et par le froid. En tête venaient les hommes, un cierge éteint à la main, sans manteau, à visage découvert, ne portant ni ceinture ni chausses, les pieds nus hormis une simple semelle pour les protéger du sol gelé. Puis c'était le tour des femmes, dans le même appareil. La rumeur colportait qu'il s'agissait, dans tous les cas, de personnes de haut rang. La presse était considérable — les crieurs annonçaient la cérémonie depuis huit jours à Tolède et dans les environs — et regardait les pénitents d'un œil moqueur ou les invectivait. Pourtant, de nombreux repentants souffraient moins des quolibets, des gestes offensants et des paroles ordurières que de se voir ainsi exposés publiquement. Certains gémissaient, s'arrachaient les cheveux et pleuraient. Quand ils arrivaient sur le parvis de la cathédrale, deux chapelains les signaient en leur passant la main sur le front et en disant : « Reçois le signe de croix, celui-là même que tu as renié et dont, insensé, tu as perdu le secours. » Puis les pénitents entraient dans l'église et entendaient la messe.

Debout sur les dalles froides, ils attendaient ensuite d'être appelés par le notaire du Saint-Office. Quand celui-ci avait demandé : « Un tel est-il présent ? », le pénitent répondait : « Oui », en tendant toujours le cierge éteint. On lui remettait en mémoire quand et comment il avait judaïsé, puis il déclarait qu'à l'avenir il voulait vivre et mourir en bon chrétien. A chaque lecture d'un article de foi, il devait affirmer à voix haute : « Oui, je crois », en jurant de ne plus jamais judaïser et de dénoncer aux inquisiteurs toute personne qu'il soupçonnerait d'hérésie. Ensuite, la sentence était prononcée : le repenti devait se donner la discipline six vendredis de suite, en procession, « les épaules dénudées, avec des cordes de chanvre pourvues de nœuds, sans porter chausses ni coiffure, et jeûner à chaque fois ». En outre, il devait revêtir tous les jours le san-benito de bure, avec une croix rouge devant et derrière, sous peine d'être déclaré relaps ; il ne pouvait remplir aucune charge publique — alcade, alguazil, échevin, juré, écrivain public ou huissier — et il était précisé que, s'il exerçait auparavant un de ces ministères, le pénitent était démis, à tout jamais, de ses fonctions. On l'avisait également que les métiers de changeur et d'apothicaire lui étaient interdits, qu'il ne pouvait porter ni soie ni drap fin ni étoffe de couleur, ni or ni argent, ni perles ni bracelet ni bijoux ; qu'il ne pouvait monter à cheval ni porter des armes, être appelé à témoigner ou signer un contrat d'affermage. Enfin, comme pénitence, il devait céder le cinquième de ses biens pour la campagne contre les Maures.

Après les repentis, on voyait s'avancer la longue file des condamnés à la détention perpétuelle : hommes, femmes, jeunes gens et jeunes filles, portant san-benito et caroche, pieds nus, grelottant. Certains marchaient la tête basse, les yeux rivés au sol, encore abasourdis tant leurs fautes leur paraissaient triviales, alors que les dominicains y voyaient des atrocités. D'autres, silencieux, regardaient vers le ciel comme s'ils attendaient un improbable miracle, que le firmament se déchire, par exemple, et qu'un ange flamboyant descende sur la terre pour interrompre la cérémonie. D'autres encore, plus pessimistes, avançaient avec des pieds de plomb, comme si les pires craintes de leur vie s'étaient subitement réalisées.

Dans cet interminable défilé, j'ai aperçu un homme qui, pour se mouvoir, semblait avoir besoin de plus d'espace que les autres, à cause de ses dimensions peu communes. Ses longs cheveux noirs sortaient de la caroche et couvraient sa forte carrure ; entre ses mains liées, il serrait un cierge jaune.

Au fur et à mesure qu'il approchait et que ses traits se précisaient, les plaies dont il était couvert devenaient visibles, ses pieds meurtris traînaient un filet de sang ; partout, la torture avait laissé son empreinte. Ses yeux n'étaient plus habitués à la lumière du jour ; on aurait dit des charbons ardents sur un visage famélique. Soudain, il m'a reconnu.

— Ils m'ont arrêté sur la place de la Paille, au début du mois de septembre de l'an dernier, a dit le Roi Bamba, d'une voix de mêlécasse qui semblait lui remonter du passé, de lointains souvenirs, et lui déchirait la poitrine.

Il continuait à marcher et ne me regardait pas, comme s'il parlait tout seul en accordant son pas sur celui des autres, au rythme de la procession.

— Ils m'ont jeté dans un sombre cachot avec les fers aux pieds, puis, un jour, on m'a emmené dans une salle attenante à l'église où les inquisiteurs donnaient audience à l'heure de la tierce. Là, je me suis fâché, j'ai attrapé un notaire par la peau du dos et je l'ai mis les quatre fers en l'air ; je m'apprêtais à faire subir le même sort aux vénérables Pères dominicains quand, alertés par le procureur du roi qui hurlait comme un putois, plus de cinquante familiers ont fait irruption, armés de lances et d'épées. Ils me sont tombés dessus à bras raccourcis, ils m'ont roué de coups et reconduit en prison. Puis le grand alguazil a eu l'idée de me faire enterrer dans un ergastule encore plus humide, un vrai cul-de-basse-fosse, bourré de rats et de remugles, avec des fers aux mains et aux pieds, plus une chaîne qui faisait bien trente arrobes et dans laquelle on m'a entortillé. Elle était tellement lourde que je ne pouvais pas tenir debout. Le monde ne savait plus rien de moi, et moi non plus.

Son visage était tourné de l'autre côté et sa voix devenait inaudible. Tout à coup, il a cloué ses yeux dans les miens et, comme s'il révélait un secret de lui seul connu, il m'a dit :

— Ne le répète à personne, mais on va brûler beaucoup de ceux qui viennent derrière, ceux qui portent l'insigne des condamnés pour hérésie.

Au même instant, un familier à cheval l'a piqué de sa lance pour le faire taire. Le Roi Bamba l'a défié du regard, en se mordant les lèvres et en poursuivant son chemin.

Des plaintes se sont élevées des premiers rangs de condamnés : contre le froid, contre la soif insupportable. Mais les familiers les ont poussés sans ménagement et en criant :

— Avancez, pervers, ce sera bien pire en enfer !

A quelques pas du Roi Bamba, un homme d'une trentaine d'années, aux traits fins et distingués, a rougi jusqu'aux oreilles en recevant des coups de fouet sur les épaules, comme si c'était son âme que l'on châtiait. Mais il n'a pas dit un mot, il a regardé son bourreau avec l'expression altière de celui qui, de toute façon, sera toujours supérieur à ceux qui le tourmentent, quel que soit leur pouvoir. Devant une telle superbe, le familier a redoublé de coups.

A son tour, le Roi Bamba est arrivé à l'entrée de la cathédrale où officiaient les chapelains qui lui ont répété la formule consacrée :

— Reçois le signe de croix, celui-là même que tu as renié et dont, insensé, tu as perdu le secours.

Mais il leur a tourné le dos, puis il a enfoncé son coude dans le ventre d'un prélat. Deux familiers l'ont obligé à faire volte-face et à s'agenouiller devant les chapelains ; mais, au moment où l'un des gardes lui appuyait un poignard dans le dos, transperçant le san-benito jaune, d'un rapide coup de tête le Roi Bamba a repoussé les mains qui voulaient le signer et s'est libéré de ses sbires. Derrière lui, un moine est tombé à plat ventre sur un repenti à genoux. Il a fallu huit soldats pour ligoter le forcené, et d'innombrables tours de corde. Pour l'empêcher de blasphémer, ils l'ont aussi bâillonné. Le grand alguazil, l'alcade, les familiers et huissiers de l'Inquisition s'acharnaient sur lui ; ils prenaient plaisir à mortifier cet homme corpulent qui paraissait grandir encore sous les coups. Un freluquet, en particulier, dressé sur sa monture, s'employait à le punir durement, d'abord en tirant de toutes ses forces sur les liens qui lui entravaient le cou, puis en l'aiguillonnant avec son épée, en toute impunité, pensant que celui qu'il tenait à sa merci ne pourrait plus jamais se défendre. Le Roi Bamba serrait les poings et les dents, puis d'un brusque saut, avec ses bras attachés, il a paré un coup de fouet que lui administrait l'avorton, il l'a désarçonné et le cheval est tombé sur son maître comme une masse vengeresse. Des douzaines de familiers se sont alors précipités sur le rebelle et ils l'ont tellement fustigé que mon ami est resté couché de tout son long, comme un martyr du temps des premiers chrétiens au milieu des arènes. Puis les chapelains l'ont remis à genoux, baigné de sueur et de sang.

— Vermine, on va te fourrer dans une oubliette, sans rien à boire ni à manger ; tu n'en sortiras pas vivant, mais je te promets que tout l'air qu'il y aura dans ce trou t'appartiendra ! lui a crié le gringalet.

Et, enveloppé dans une nuée de soudards et de spectateurs grimaçants, le Roi Bamba a quitté le cortège pour les geôles du Saint-Office.

L'autodafé a repris son allure solennelle ; des centaines d'huissiers se sont avancés, portant l'effigie des condamnés par défaut. Sur une estrade, on a dévoilé un catafalque couvert de noir, face à d'autres tréteaux où les inquisiteurs étaient réunis. Un notaire déclinait le nom des défunts et l'on sortait du catafalque la dépouille ensevelie à la manière juive. Le procès des condamnés était lu à voix haute, le verdict toujours le même : les restes des hérétiques seraient incinérés au milieu de la place, en même temps que d'autres ossements exhumés des églises et des monastères. Les biens meubles et immeubles des coupables appartenaient désormais au roi, et tous leurs descendants, en ligne directe et collatérale, étaient déchus de leurs droits.

La triste théorie des condamnés au bûcher est apparue ; ils avaient tous les mains liées au cou et portaient la caroche et le san-benito jaunes où leur nom figurait sous la mention : *Condamné pour hérésie.* Une terreur quasi animale tordait leurs traits pâles et décomposés. Les soldats les ont alignés sur les gradins de l'estrade qui faisait face à celle des inquisiteurs et de leurs notaires. A leur tour, ceux-ci ont donné lecture des délits et des sentences, avant de livrer les coupables au bras séculier chargé de les emmener au lieu-dit la Fournaise de la Plaine où il ne resterait d'eux « rien qui puisse brûler, se consumer et se réduire en cendres ».

Finalement, deux prêtres ont été poussés sur l'estrade ; ils étaient vêtus comme pour dire la messe et portaient leurs calices et leurs bréviaires. Devant eux ont pris place un évêque, un abbé et un prieur, qui les ont accusés d'avoir observé la loi de Moïse. Tandis que l'évêque lisait à voix haute un livre saint, on leur a arraché les vêtements sacerdotaux, ne leur laissant qu'une chemise grossière ; puis on les a couverts du san-benito jaune et de la caroche, et, la corde au cou, on les a remis à la justice séculière. A dos d'âne, ils ont été conduits à la Fournaise de la Plaine, suivis d'une multitude qui ne voulait rien perdre de l'exécution. Il était quatre heures de l'après-midi.

Il y avait longtemps que j'étais sans nouvelles de Pero Meñique. Un jour, le craignant malade ou disparu, j'ai pris le chemin de sa maison. La porte de la cour était ouverte et, dans la chambre de mon vieil ami, il n'y avait qu'un lit sur pieds et une aiguière. Sur le plancher, la cire d'une énorme chandelle occupait encore plus d'espace qu'avant sa consommation, comme si des centaines de bougies avaient fondu les unes sur les autres, formant une cloche blanchâtre, au corps sourd... Dans la cuisine, les chaudrons, les marmites et les bassines en cuivre étaient remplis de terre, de cendre et d'oubli. Dans l'âtre, la crasse et la suie étaient dures comme la pierre et le silence.

Les cloches sonnaient les vêpres quand j'ai trouvé Pero Meñique sur la place du Saint-Sauveur ; perdu dans une foule immense, il écoutait un crieur édenté qui semait les mots aux quatre vents. Les cheveux et la barbe de l'aveugle avaient tellement poussé qu'ils dissimulaient presque tout son visage, comme si, sous ce masque velu, mon ami voulait mieux se déguiser en lui-même. Avec son pourpoint rapiécé, ses chausses élimées et dépareillées, l'une jaune et l'autre écarlate, sans parler de son chapeau plus troué qu'une passoire où le soleil pouvait loger tous ses rayons, Pero Meñique ressemblait davantage à un épouvantail qu'à l'homme discret que j'avais connu.

— Pero, c'est moi, lui ai-je dit en posant une main sur sa main froide.

— Qui ? a-t-il demandé en retirant sa dextre avec méfiance.

— Juan Cabezón, ai-je murmuré, car je ne voulais pas que d'autres entendent mon nom.

— Parfois, le soleil chauffe tellement mon crâne que je me

prends pour un dieu émergeant de la nuit, mais le jour ne se lève pas ; d'autres fois, mon visage est si froid que je me crois en pleine nuit, alors que le soleil est levé depuis belle lurette, mais ce n'est qu'un obscur lendemain, une sombre matinée, a-t-il déclaré.

Sans rien dire, je l'ai pris par le bras et je l'ai emmené loin de la place.

— Juan Cabezón, je t'ai entendu venir, je savais que c'était toi ; j'ai reconnu ton odeur, ta respiration, ta main rugueuse et le son de ta voix, mais j'ai cru bon de le cacher à ceux qui nous entouraient, m'a-t-il confié plus tard.

— Vous craignez les mouchards ? ai-je demandé.

— Le Borgne et le Maure, qui étaient partis à Malaga pour combattre aux côtés de Hamete el Zegrí, ont été arrêtés comme transfuges et renégats par les troupes du roi don Ferdinand, quand il a pris cette ville, a-t-il dit sans répondre à ma question.

— J'espère que don Gonzalo de la Vega n'a pas commis l'imprudence de se réfugier ici.

— Gonzalo est un homme avisé, a-t-il répliqué, sur un ton qui a dissipé toutes mes craintes.

— A propos de gens disparus, ai-je poursuivi, qu'est devenue notre amie la Trotteuse ?

— Elle s'est mariée avec un jeune marchand de chandelles, un gars du faubourg qui en est tombé follement amoureux ; il la croyait pucelle et, s'imaginant qu'il avait effeuillé une innocente fleur de lys, bourrelé de remords, il a voulu réparer sa faute en la conduisant précipitamment devant l'autel. J'étais de la noce, a-t-il répondu en se tenant la tête des deux mains, comme si elle était le siège d'une douleur erratique et tenace.

— Vous avez très mal ? ai-je demandé.

— Cela fait un bout de temps que je ne me sens pas bien ; mes nuits sont pleines de rêves épouvantables et mes jours peuplés de lutins, de revenants, de sombres apparitions et autres fantaisies ; un être odieux surgit à chaque instant devant moi, un monstre appelé Torquemada, a-t-il dit.

— Je ne vois pas ce que Torquemada vient faire dans vos rêves et dans vos visions, ai-je rétorqué.

— Tant que je n'aurai pas tué cet homme, je ne serai pas quitte de mes cauchemars et de mes maux de tête, a-t-il affirmé.

— Prenez garde, il n'est pas de spectacle plus affligeant qu'un aveugle dévoré par les flammes.

— De mon obscurité, je ferais un cadavre éblouissant...

— Abattre Torquemada est impossible, ai-je repris, les Rois Catholiques assurent sa protection avec cinquante familiers à cheval et deux cents autres à pied, tous armés jusqu'aux dents. On dit même qu'à la table de l'Inquisiteur général, une corne de licorne et une langue de scorpion neutralisent tous les poisons.

— Je saurai tromper la vigilance de ses sicaires et crois bien que la licorne et le scorpion ne m'arrêteront pas. Car j'ai vu cet homme mourir plus de mille fois et de la manière la plus atroce, a-t-il déclaré en posant sa main froide sur ma main glacée. Nous devons le tuer ensemble.

— Je veux mourir à force d'années, cousu de rides et sous le fardeau de mes faims, ai-je répondu.

— Ce n'est pas la mort qui nous tue, c'est nous qui faiblissons.

— Peut-être.

Une femme venait vers nous.

— Quelqu'un s'approche, ai-je murmuré.

— *Ne me laisse pas si altéré,*
comme abandonné de la terre ;
laisse-moi m'étendre sur ton gué
et te boire tout entière, a-t-il déclamé sur son passage.

— Vieux dégoûtant, aveugle et hideux, a lancé la femme.

— Vous vous trompez, je suis l'âme d'Henri IV qui tâte les murs de la ville, en quête de gitons pour se vautrer dans les fourrés, a-t-il ajouté.

— Vieille bête ! a crié la femme.

— Je ne suis pas si vieux, c'est la solitude qui me donne l'air d'un ancêtre, m'a-t-il dit quand elle a disparu. Viendras-tu avec moi ?

— Oui, même si nous ne devons pas en sortir vivants, ai-je répondu.

Il a collé son visage contre le mien, comme s'il voulait

traverser le mur de sa cécité pour me confier un secret qu'il valait mieux ne dire qu'avec les yeux.

— Écoute, a-t-il murmuré, un de mes amis d'Avila m'a raconté que Torquemada y avait fait de nombreux prisonniers, juifs et convertis, accusés d'avoir tué rituellement un enfant chrétien et d'avoir profané une hostie consacrée. Torquemada s'intéresse tout particulièrement à cette affaire et on chuchote qu'il prépare un grand coup contre les Juifs. En effet, au lieu d'instruire le procès à Tolède, l'archevêché dont relève le hameau de La Guardia, où l'on présume que le crime a été commis, l'Inquisiteur général a ordonné de conduire les coupables à Ségovie, d'où on les a transférés dans les prisons d'Avila.

— Je ne vois là rien de particulier, ai-je dit, si on reproche même aux convertis de respirer d'une façon judaïque...

— Attends, ce n'est pas tout : au début du mois de juin 1490, Benito García, un converti natif de La Guardia, cardeur de métier, était de passage à Astorga, dans le León, où il a dû partager sa chambre avec des truands qui ont visité son sac et découvert une hostie. « Ce type-là, c'est un hérétique », se sont-ils dit ; ils l'ont ligoté et conduit devant le docteur Pedro de Villada, lequel a ordonné d'administrer deux cents coups de fouet au cardeur et de lui faire subir le supplice de l'eau et du garrot. Du coup, Benito García a déballé beaucoup plus de choses qu'il n'en savait, de quoi le faire brûler plusieurs fois, en disant notamment qu'il judaïsait sous l'influence de Johán de Ocaña, un autre converti originaire de La Guardia, et de deux Juifs surnommés Franco père et fils, qui habitaient Tembleque. Le fils, Yucé Franco, un jeune cordonnier, a été aussitôt appréhendé par les inquisiteurs ; tombé malade en prison, il a réclamé le secours d'un médecin. On lui a envoyé Antonio de Avila, un des auteurs du traité *Censura et confutatio libri Talmud,* composé au couvent de la Sainte-Croix, un moine qui espionnait sous l'accoutrement d'un esculape. Yucé Franco est tombé dans le piège et a prié son visiteur « de lui mander un Juif qui pourrait parler comme le font les descendants de la tribu d'Israël, quand un homme va mourir ». Alors, c'est un autre moine, Alonso de Enríquez, déguisé en rabbin, qui a rendu visite au prisonnier. Celui-ci a prétendu qu'il était sous les verrous parce qu'on avait donné la *mita* (la mort) à un *nahar* (un enfant) pour *otohaya* (Cet Homme)... et il a supplié le faux rabbin de ne répéter ses propos qu'à don Abraham Senior.

» Huit jours plus tard, Antonio de Avila retournait auprès du détenu ; il était envoyé expressément par frère Fernando de Santo Domingo, l'inquisiteur désigné par Torquemada pour instruire l'affaire. Mais cette fois, Yucé Franco a pris peur et refusé de parler. On l'a mis au secret pendant trois mois, jusqu'à ce qu'il dise toute la vérité. Et le prisonnier a révélé que, trois ans plus tôt, alors qu'il se rendait à La Guardia pour célébrer la fête des azymes, on lui avait dit que Alfonso Franco avait du très bon pain de froment ; il était donc allé chez lui et son hôte lui avait relaté comment, un vendredi saint, avec la complicité de ses frères, il avait crucifié un enfant à la manière dont les Juifs avaient mis le Christ à mort. Le procureur du roi, Alonso de Guevara, a aussitôt accusé Yucé Franco d'avoir participé à cette crucifixion, outre le fait d'avoir bafoué et outragé une hostie en compagnie de sorciers, en se partageant ladite hostie et le cœur de l'enfant chrétien un jour de Pâques, afin que tous les catholiques contractent la rage et succombent à leur mal. En conséquence, il a demandé aux inquisiteurs de confisquer les biens du coupable au profit des caisses du roi et de remettre cet hérétique forcené au bras séculier, afin qu'il soit brûlé vif. Yucé Franco s'est inscrit en faux contre toutes ces accusations et a proclamé son innocence. Martín Vásquez, le défenseur du jeune savetier, s'est présenté devant les inquisiteurs avec une déclaration du bachelier Sanç : celui-ci affirmait que ses concitoyens d'Avila ne pouvaient juger cette affaire, que le prisonnier relevait du diocèse de Tolède et que l'accusation du procureur du roi était irrecevable, car elle était « trop générale, vague et obscure » et ne stipulait pas « les lieux, l'année, le mois, le jour, les circonstances et les personnes dans et avec lesquelles le dénommé Yucé Franco avait perpétré le crime dont on le soupçonnait » ; de la même façon, le bachelier arguait qu'il était impossible d'établir si le prisonnier était coupable d'hérésie ou d'apostasie, attendu qu'il était juif, ignorait les commandements de ses pères et avait d'autres choses à faire pour gagner sa vie que d'inciter des chrétiens à judaïser. Partant, il fallait le libérer séance tenante et lui restituer ses biens, ainsi que la bonne réputation dont il jouissait auparavant. Mais le procureur du roi ne l'entendait pas de cette oreille : un mois plus tard, il a décrété que l'affaire était claire et nette et qu'il n'était pas nécessaire de connaître « l'année, le jour, les circonstances et les lieux » pour conclure qu'il s'agissait d'une hérésie caractérisée. Entre-temps, Torquemada avait obtenu du cardinal Pedro de Mendoza, archevêque de Tolède, que le procès soit rendu dans les murs d'Avila.

» Et les mois ont passé. Les inquisiteurs ont fait enfermer le converti Benito García et le Juif Yucé Franco dans des cellules voisines, afin qu'ils puissent communiquer par une fente dans la cloison. Un jour, les révérends Pedro de Villada et Iohán López de Cigales sont descendus dans les prisons du Saint-Office et ont pénétré dans la cellule de Yucé Franco. Celui-ci leur a certifié, sur la foi du serment, qu'il n'avait plus souvenance que, trois ans plus tôt, à l'occasion du nouvel an... le grand maître Yuca Tazarte, médecin juif, avait demandé à Benito García de lui procurer une hostie consacrée... afin de l'enfiler sur une corde pourvue de certains nœuds et destinée à des pratiques de sorcellerie... et de pouvoir la remettre à Rabí Peres, médecin de Tolède. Le mardi 18 juillet, les inquisiteurs sont enfin parvenus à faire passer le captif aux aveux complets : Yucé Franco leur a demandé pardon de ne pas s'être confessé plus tôt et les a suppliés d'accorder leur clémence à son père, eu égard à son grand âge. Il a reconnu que, trois ans plus tôt, dans une grotte de La Guardia où se trouvaient son père Ca et son frère Mosé, ainsi que le grand maître Yuca Tazarte, David de Perejón, Benito García, Johán, García et Lope Franco, Johán de Ocaña et Alonso, ce dernier leur avait montré le cœur d'un enfant chrétien et une hostie consacrée. Ensuite, Yuca Tazarte s'était livré à des sortilèges dans un coin de la grotte pour que les inquisiteurs ne puissent leur causer aucun tort et que, dans le cas contraire, les dominicains contractent la rage au terme d'un an.

» Quand Yucé Franco a de nouveau comparu, le 18 juillet, il a raconté comment les accusés réunis dans la grotte avaient attaché un enfant chrétien, de trois ou quatre ans, sur des planches clouées en croix, après lui avoir lié les bras avec des cordes de sparte tordues et couvert la bouche d'une muselière. Puis le jeune homme a avoué que les conjurés s'étaient livrés à plusieurs sévices : Alonso Franco avait ouvert les veines des bras de l'enfant, le saignant ainsi plus d'une demi-heure ; Johán Franco lui avait enfoncé un couteau dans le flanc ; Lope Franco l'avait fouetté ; Johán de Ocaña lui avait planté des genêts épineux dans le dos et la plante des pieds ; García Franco avait extrait son cœur en incisant sous le mamelon, puis avait jeté du sel sur la plaie ; Benito García lui avait donné un soufflet ; lui, Yucé Franco, lui avait tiré les cheveux ; le grand maître Yuca Tazarte lui avait craché au visage, et Mosé, son frère, avait fait de même ; quant à son père Ca, âgé de quatre-vingts ans, il ne se rappelait pas l'avoir vu dire ou faire quelque chose, hormis qu'il était présent ; idem pour David de Perejón. Puis ils avaient détaché l'enfant et l'avaient sorti de la grotte, Johán Franco le tenant par un bras et García Franco par une jambe ; il ne savait pas où on l'avait enterré, mais il avait entendu dire que c'était dans la vallée de La Guardia, près du ruisseau d'Escorchón.

» Yucé Franco a également avoué que Alonso Franco avait conservé le cœur de l'enfant jusqu'à une nouvelle réunion des coupables dans la grotte ; là, il l'avait remis à Yuca Tazarte afin de se livrer à un sortilège. Lope Franco était muni de la houe dont il s'était servi pour enterrer l'enfant et d'un grand chaudron rempli de sang. Comme on interrogeait Yucé Franco pour savoir quand les faits s'étaient déroulés, si c'était la nuit ou le jour, il a déclaré qu'il faisait nuit noire et que les coupables s'éclairaient à la lumière « de chandelles de cire blanche ». Quant à l'époque où le crime avait été commis, il a répondu que c'était « en carême-prenant, avant Pâques fleuries », mais qu'il ne se souvenait pas de la date exacte ; si la mémoire lui revenait, il ne manquerait pas de le faire savoir. Enfin, comme on lui demandait si on avait ouï dire qu'un enfant chrétien avait été porté disparu dans ces contrées, il a répondu que le bruit courait qu'un enfant s'était perdu du côté de Lillo et qu'un autre n'était pas rentré chez ses parents à La Guardia, mais que les frères Franco allaient souvent à Murcie avec des tombereaux et des barriques de sardines, quelquefois vides, et qu'ils pouvaient très bien avoir trouvé la victime sur leur chemin.

— Il faut partir pour Avila, ai-je dit résolument.

— Nous partirons à l'aube, a ajouté Pero Meñique, encore ému par son récit.

— Comment trouverons-nous des mules pour le voyage ? ai-je demandé.

— Elles sont déjà dans la cour de ma maison, prêtes depuis plusieurs jours, et j'ai également des provisions, afin de nous éviter la fréquentation des tavernes, généralement puantes et enfumées, a-t-il répondu.

— Nous nous retrouverons avant le deuxième chant du coq, ai-je dit en prenant congé.

A vrai dire, si j'étais horrifié par le crime de La Guardia, je ne savais presque rien du grand Inquisiteur. J'avais entendu dire qu'il était né à Torquemada en 1420, qu'il avait pris l'habit de l'ordre des prédicateurs dès son enfance, qu'il s'abstenait de manger de la viande et qu'il portait toujours une chemise de toile grossière. A trente-deux ans, il avait été nommé prieur du couvent de la Sainte-Croix, à Ségovie ; devenu le confesseur des Rois Catholiques, il avait été choisi, en automne 1483, comme Inquisiteur général du Saint-Office dans les royaumes de Castille et d'Aragon. La renommée de ses méfaits excédait celle de sa personne physique, car cet homme s'était fait connaître au monde par ses *œuvres*. L'imagination populaire lui attribuait de multiples actions démoniaques, à telle enseigne qu'on disait fréquemment que chaque ride de son visage, chacun de ses cheveux correspondait à un condamné au bûcher. Apparemment, il ne vivait que pour capturer, juger, torturer et brûler les Juifs qui, pour son malheur, habitaient justement les royaumes où il installait son tribunal de la terreur.

Je me le figurais parcourant les cimetières, fouillant parmi les ossements, dans son dessein démesuré de poursuivre les morts au-delà de la tombe, en scandalisant la justice de Dieu par la sienne, dans sa tentation diabolique de rivaliser avec elle pour juger les créatures qui hantaient maintenant les cours célestes, pour souiller leur réputation et leur mémoire non seulement sur terre, mais dans l'autre monde où il poursuivait leur procès. Je le voyais présider l'assemblée générale des inquisiteurs à Séville, annoncer l'établissement du tribunal dans chaque village et la publication des édits de grâce dans tous les temples, pour que les hérétiques incarcérés par le Saint-Office se réconcilient avec l'Église et que leur peine soit muée en réclusion à vie, pour que la détention perpétuelle soit remplacée par la condamnation au bûcher en cas de conversion factice, pour que deux inquisiteurs assistent toujours au supplice d'un condamné et pour que les absents appelés à comparaître devant la Cour suprême, passé le délai fixé par les édits, soient convaincus d'hérésie et condamnés par contumace. Enfin, si les registres et les archives permettaient de découvrir des hérétiques défunts, fût-ce depuis vingt ou trente ans, ordre était donné d'instruire leur procès, d'exhumer les ossements pour les incinérer et de confisquer les biens des héritiers des coupables ; car, selon le Supplément d'Instructions de 1485, la persécution des vivants n'impliquait nullement qu'il fallait négliger les morts.

Souvent, en parcourant les rues de Madrid, j'ai été troublé par l'image fuyante de cet homme qui, dans ma fantaisie, défiait les armes les plus redoutables, et je le voyais habiter tant de corps d'animaux et de gens qu'il me semblait impossible de le blesser, de le capturer ou de l'abattre. Ce qui me poussait malgré tout dans cette folle entreprise, c'était la volonté d'arracher à ses griffes Isabel et mon fils, lesquels, dans mes cauchemars diurnes et nocturnes, apparaissaient enchaînés et brûlés sur une place de Cordoue, de Tolède, de Teruel, de Saragosse ou de Guadalupe.

J'étais plongé dans ces pensées morbides quand je me suis retrouvé au milieu d'une longue rue, boueuse et en pente raide. Dissimulés par l'obscurité naissante, des hommes et des femmes soulagaient leur ventre à l'air libre ou vidaient les pots de chambre du haut des fenêtres. Quatre femmes vêtues de noir, la tête couverte, la poitrine comprimée, le corps voilé de pied en cap, sont passées près de moi comme les pleureuses futures de mes propres funérailles. Elles traînaient par terre un gros chapelet de bois qui pendait à leur ceinture, égrenant dans l'intimité de leur linge une kyrielle de rosaires en commémoration des mystères de la Vierge, comme si, dans leurs occupations dévotes, elles ne faisaient aucune distinction entre l'église et la rue, entre leur demeure et leur corps.

J'ai croisé d'autres femmes, qui portaient des tuniques sur leurs jupes à vertugadin, ou des mantilles à ailerons, des manches à crevés, des bliauts ouverts, des résilles et des chemises moresques ; avec des tabards, des socques et des toques, des coiffes en corne, des bonnets et des bourrelets. Des jeunes filles furtives, qui ne cachaient pas leur visage, couvertes de fards, d'anneaux et de bracelets, se glissaient parmi d'autres qui portaient l'habit des religieuses, des pendentifs et des images pieuses de l'Agneau de Dieu sur leurs manches et leur col. Toutes ces femmes passaient presque sans remuer les pieds sous leurs longs vêtements, en regardant mon visage avec la même expression que dans les songes.

Dans le ruisseau, une fille se baignait : sa chemise et ses longs cheveux noirs couvraient à peine ses seins robustes. Les pieds dans l'eau, elle a vu que je la regardais, mais sans ébaucher un geste pour se couvrir ni me quitter des yeux, comme par défi. Je la contemplais tout entière, sans savoir si c'était une vierge ou la mort, ou tout simplement le corps éphémère de la femme offerte.

Une naine a surgi derrière moi ; j'ai d'abord pensé que c'était don Rodrigo Rodríguez. Elle avait la tête plus grande que le corps, des cheveux spongieux qui tombaient jusqu'aux jarrets, les traits laids et coléreux. Elle marchait si près de moi que j'entendais son souffle et ses petits pas. Soudain, j'ai eu peur d'elle, comme d'un lutin qui se serait enfui des sombres bâtisses ; je croyais voir l'incarnation d'un cauchemar. Je me suis collé contre un mur, elle est passée tout près de moi et s'est évanouie au loin.

Les rues devenaient froides et désolées, la ville semblait s'enfoncer dans un sommeil obscur, antique et sans amour. Quand j'ai franchi le seuil de ma maison, j'ai ressenti un énorme soulagement. Mais, en jetant un coup d'œil sur les pièces muettes, je me suis mis à penser à Isabel et à mon fils, perdus sur des chemins solitaires, infestés de voleurs et d'assassins, entre des ravins et des eaux déchaînées, mourant de faim et de soif, ne sachant où aller ni à quelle porte frapper.

Rien d'étonnant, donc, si j'ai rêvé d'Isabel cette nuit-là. Elle est apparue nue dans la chambre, étouffant dans la canicule d'une ville sans nom qui blanchissait au soleil de midi.

— Méfie-toi des fortes chaleurs estivales, un rhume en été est plus redoutable que deux refroidissements en hiver, m'a-t-elle dit en tordant si fort le visage que la distorsion a gagné tout son corps.

— Je le sais, mais je dois surtout me soigner de l'Inquisition et des mauvaises gens qui pullulent dans le monde, ai-je répondu.

— Les pores de ma peau sont si petits que l'œil humain ne peut même plus les deviner, ni l'air les traverser : je suis imperméable à la chaleur comme au froid, a-t-elle dit.

— Tu dois t'emmitoufler, te couvrir de la tête aux pieds, afin que nul ne puisse te reconnaître, ai-je déclaré. Les inquisiteurs te cherchent à travers tout le royaume de Castille, ils disent que tu es responsable des pluies et des moissons, de la naissance des enfants et de la verdeur des arbres, du lever du soleil et de la couleur du ciel.

— Ne me couvre pas de ces vêtements sans la marque obligatoire, rappelle-toi les ordonnances de la reine Catherine et des Rois Catholiques, ils veulent que les Juifs portent des manteaux jusqu'aux talons, mais sans voile ni coiffe, rien que des manteaux doublés, a-t-elle dit, soudain très alarmée. Où est ton tabard à ailerons, et la marque vermeille, où l'as-tu cachée ? Pourquoi as-tu coupé tes cheveux et ta barbe, ne vois-tu pas qu'ils vont te tuer ?

— Je n'ai pas peur d'eux, ni de leurs décrets, je ne crains ni Torquemada ni tous les autres inquisiteurs, je me moque des alguazils, des alcades, des familiers et des notaires du Saint-Office. Je connais un monde futur où ils ne sont déjà plus que poussière, où ils ne sont même plus une ombre ; s'il est un lieu pour leur âme, c'est parmi les comparses de Caïn, ai-je rétorqué.

— Je n'ai cure de tes propos sur ce monde futur ; ici-bas, on nous persécute chaque jour. Ignores-tu donc que le conseil communal de Vitoria a ordonné aux crieurs publics d'annoncer que désormais, pour servir Dieu comme le roi et défendre la foi catholique, il est interdit de pénétrer dans la juiverie pour vendre de la viande ou des légumes ? Les échanges ne pourront plus s'effectuer qu'à l'extérieur des portes. Ne sais-tu pas qu'à Gérone, on a publié un édit en catalan qui oblige les Juifs à porter leur signe distinctif et à murer les portes et les fenêtres de leurs maisons qui donnent sur le Call, la ville chrétienne ?

— J'ai entendu et j'ai vu de mes yeux tout cela, et bien d'autres choses encore pires, mais ça m'est égal, ai-je répondu.

— Va-t'en, dépêche-toi ! a-t-elle dit, tu parais ignorer que nul chrétien ne peut rendre visite à une Juive, pas plus qu'une Juive ne peut entrer dans une maison chrétienne.

Sur ce, tous les clochers ont sonné pour annoncer un autodafé. Les célébrations avaient lieu dans diverses villes à la fois : des processions de condamnés traversaient les rues de Séville, de Saragosse, de Tolède et d'autres cités que je ne connaissais pas. Des centaines de croix vertes sont apparues, clouées dans la poitrine de centaines de squelettes, des milliers de boîtes noires se sont ouvertes sur les restes exhumés de défunts hérétiques. Sur tous les chemins, la mort chevauchait en tête des cortèges d'inquisiteurs. Quelqu'un a crié :

— Sauve qui peut ! Pierre le Cérémonieux a ordonné de fondre les cloches des églises pour faire boire du bronze à ses ennemis, et tout homme est son ennemi !

Isabel et moi, accompagnés de l'enfant qui ne cessait de changer de taille, de visage et de sexe, nous nous dissimulions sous un grand pardessus et nous nous collions contre une muraille immense comme si nous voulions nous y engloutir.

— Viens à moi, rejoins-moi dans ce mur, a dit Isabel, alors que la paroi venait de l'avaler avec l'enfant.

J'ai reculé, mais ses bras ont traversé la muraille et m'ont enlacé par-derrière, me tirant vers son lit de l'autre côté de la chambre, car, au milieu de tous ses tourments, elle avait grand désir que je l'étreigne.

— J'ai été ramenée vers toi parce que Dieu l'a voulu et parce que j'ai faim de toi : l'amour redonnera chair à mes cendres, a-t-elle murmuré.

— Viens vite, vite, l'ai-je suppliée.

Elle était sur le point d'expirer, de se consumer entre mes mains.

Mais elle n'a pas exhalé son dernier soupir, elle ne s'est pas consumée ; son visage a emprunté successivement les traits de la Trotteuse, de ma mère et de Débora Dorado.

— Il ne fait pas assez chaud, a-t-elle dit en apportant des chandelles au chevet du lit.

— Le feu brûle dans nos veines, ai-je objecté, éloigne ces flammes de mes yeux.

— Ne remue pas tant, celui qui gesticule n'a pas de solides fondations sur la terre ni de place au firmament, a-t-elle déclaré.

— Mon seul mouvement est celui de mes lèvres quand je te parle, le reste de mon corps est ailleurs, ai-je répondu.

On a frappé à la porte.

— Qui est-ce ? ai-je demandé.

— Personne, c'est l'aube qui naît dans les choux, c'est la femme un peu simplette du jardinier qui rit d'une chose qui gigote entre ses jambes et dit à son mari qu'elle a vu un bout de nuit s'agiter entre deux choux, s'est exclamée une voix derrière la porte.

Sous la férule de la mort, la procession des inquisiteurs est entrée dans la chambre pour m'enlever Isabel et la traîner à l'autodafé, où l'on entassait des squelettes de cordonniers, de pourpointiers, de tanneurs, d'orfèvres, d'épiciers, de médecins et de chirurgiens de Tolède. Du haut d'un balcon, dans la rue principale d'une juiverie, un frère dominicain muet gesticulait devant une assemblée de Juifs, de convertis et de chrétiens, transporté par un sermon dont les mots étaient dépourvus de sons.

Nous sommes entrés dans Avila, la ville aux justes murailles, à la tombée du jour, quand les derniers rayons du soleil blessaient les montagnes pâles sous la poussière, quasi évanouies dans le couchant, et couvraient la cité d'un voile d'or. Les hirondelles volaient au-dessus des grosses tours de guet, de sorte que leurs trilles semblaient escalader et dévaler le mont couronné.

Nous avons franchi la porte de Saint-Vincent, parmi des hommes qui avaient mené paître leurs troupeaux dans les pacages, les sierras et les pâturages collectifs. On nous a demandé aussitôt si nous connaissions les décrets de la ville : nul n'était autorisé à faire sortir des troupeaux de bovins ou de caprins pour les vendre extra-muros, sous peine de payer au Conseil communal une amende de dix maravédis par tête de bétail bovin, d'un maravédis par tête de mouton ou de bouc, et d'un demi-maravédis pour les brebis, les agneaux antenais, les chèvres et les chevreaux. Comme nous répondions que nous venions de Madrid pour acheter des laines et des tissus à un commerçant qui tenait boutique sur le Petit-Marché, on nous a accablés d'une avalanche de règlements : pour chaque arrobe de laine de mérinos, il fallait payer au Conseil ou à ses affermateurs une taxe de droit de cinq « pièces blanches », la monnaie qui avait alors cours dans la cité, ou son équivalent, soit deux maravédis et demi. Puis, on nous a notifié qu'un édit interdisait, les jours de foire, de laisser des mules sur les places du Marché, le Petit comme le Grand, et que le port des arbalètes, des épingars, des escopettes et des espingoles était strictement prohibé, de même, précisait-on, que leur utilisation ; s'il s'avérait patent que nous avions enfreint ce règlement, nous serions condamnés à mort.

Dûment informés d'une infime partie des multiples édits et ordonnances de la ville, nous avons pu nous y enfoncer, laissant derrière nous l'église Saint-Vincent, élevée à la mémoire des martyrs victimes de Dacien. Nous nous sommes dirigés vers l'auberge de la Muraille, non loin de la fameuse porte de l'Infortune, fermée en signe de deuil : c'est par là qu'étaient sortis les chevaliers que don Alphonse Ier avait fait jeter dans des chaudières.

Dans la cour de l'hostellerie, la maîtresse de maison poursuivait une truie et ses huit cochons de lait, ainsi que deux jars ; elle était secondée par un mâtin qui tenait plus du loup que du chien. En nous apercevant, elle a interrompu sa course et nous a demandé tout de go si nous apportions de la viande crue qu'elle nous préparerait ou si elle devait en faire acheter à la boucherie ; cela dit, précisait-elle incontinent, j'ai des truites, des poules, des sardines, des perdrix, du pain, des œufs et du vin. Pour dormir, elle nous donnerait deux lits pour gentilshommes dans une chambre neuve et spacieuse, au fond de sa grande bâtisse, « avec vue sur le fleuve, l'Adaja ».

— Messieurs, ceci est ma demeure, servez-vous d'elle et de moi ; vous êtes les bienvenus dans la meilleure cité de notre bon royaume de Castille, a-t-elle déclaré en nous invitant à entrer.

Après nous avoir gavés de truites, de mouton rôti, de perdrix, de fromage, de pain et de vin de la terre d'Avila, elle s'est assise avec nous autour de la table ronde et nous a fait, à son tour, quelques recommandations : que ce soit en public ou à huis clos, nous ne devions jamais nous risquer à jouer aux dés ou aux cartes, encore moins à parier, à miser de l'argent ou des perdrix, des pigeonneaux, des chevreaux, des daurades et autres poissons frais, ni dans la ville ni dans ses faubourgs, sous peine de payer une contravention de trois cents maravédis. Elle nous a également révélé qu'il existait une loi interdisant aux fidèles et à l'alguazil de la cité de faire arrêter les Juifs dans leur quartier, quand ils les surprenaient à travailler au grand jour les dimanches et jours fériés, même s'ils ne portaient pas la marque. En effet, tirant parti des dispositions publiées par les États généraux de Madrigal, qui ne permettaient plus aux Juifs l'usage de l'or et de l'argent, ainsi que le port des vêtements de soie, de nombreux chrétiens profitaient des offices de la synagogue pour s'introduire dans les maisons juives et dérober les bijoux et autres objets précieux, et « attendu que la majeure partie de la population d'Avila est formée de Juifs, cela pourrait occasionner de grands abus, des crimes et de l'agitation ».

Comme Pero Meñique interrogeait notre hôtesse sur la condition des Juifs dans la ville, elle a répondu qu'elle connaissait très bien leur histoire : ils étaient arrivés à Avila vers l'an 1085, guidés par David Centén ; maintenant, ils vivaient à l'étroit dans deux quartiers, l'un à la porte du Fleuve, l'autre dans le centre ; beaucoup de ces Juifs n'avaient pas de maison, deux ou trois familles devaient souvent habiter sous le même toit. En outre, la juiverie était coupée en deux par une porte qui était toujours fermée. Les deux quartiers manquaient de lumière : le soleil n'y pénétrait pas assez pour sécher les laines ; les rues étaient humides et malodorantes à cause des tanneries et de la proximité du fleuve. C'était une loi promulguée par les États généraux de Tolède qui avait permis à don Rodrigo Álvarez Maldonado de diviser la juiverie et, depuis lors, un certain nombre de Juifs avaient décidé de vivre parmi les chrétiens, dans la rue des Cordonniers et aux alentours du Petit-Marché, où se trouvait l'église Saint-Jean.

Rompus de fatigue, alourdis par ce copieux dîner et par les pichets de vin dont l'hôtesse était prodigue, nous nous sommes traînés vers la chambre au fond de l'auberge. Nous avons fait la grasse matinée et la patronne nous a réveillés en nous apportant du lait qui, à ce qu'elle disait, n'était pas coupé d'eau et ne contenait ni farine, ni caillement, ni aucune autre mixture : rien que de la crème.

— Si vous allez à l'église fortifiée du Saint-Sauveur, tout près de l'enceinte de la ville, pour voir son toit de granit et les tombes des chevaliers gisants, ne manquez surtout pas d'aller visiter l'église Saint-Pierre, sur la place du Grand-Marché. On y célèbre actuellement la fête de Saint-Gilles avec une foire où accourent de multiples marchands pour vendre, troquer, échanger du bétail, des vêtements et des produits de la terre ; c'est une foire dont la renommée s'étend à plusieurs lieues à la ronde, car on y traite de grandes affaires, a-t-elle dit alors que nous risquions un pied hors de l'auberge, en croisant les porteurs d'eau qui venaient vendre leur marchandise dans des cruches qui pesaient plus de vingt livres chacune.

Comme s'il connaissait de longue date la trame des rues et des venelles de la cité, Pero Meñique, qui n'était jamais venu dans ces lieux, s'est frayé un passage avec son bâton sans la moindre hésitation, le visage inondé d'une joie qui contrastait singulièrement avec les raisons de notre séjour à Avila.

Chacun de ses mouvements et de ses gestes correspondait parfaitement à l'endroit où il s'aventurait, comme si tous ses sens en éveil, aiguisés jour après jour, devinaient mystérieusement tout ce qui était devant lui. En le suivant de près, j'en arrivais à me demander si, au fond même de la cécité, il n'était pas guidé par une obscure certitude qui lui indiquait la bonne direction dans le lacis des rues d'une ville inconnue, laquelle, sous mes yeux, s'ouvrait grande et claire.

Près de Saint-Vincent, dans la rue du Coteau, nous sommes passés devant une boucherie où l'on débitait de la viande de mauvais aloi, puis devant une synagogue convertie en église de la Toussaint. En traversant la juiverie, nous avons croisé des forgerons, des savetiers, des matelassières, des argentiers et des drapières. Un peu plus loin, du côté de Saint-Jean, sur le Petit-Marché, à la porte de la maison des Poissons, une femme que quelqu'un venait d'interpeller en criant la Belle, a disparu aussitôt dans une bâtisse de bois et de pisé, si vite que son ombre vibrait encore sur le sol.

Dans la rampe de la Pêcherie, hommes et femmes se penchaient aux fenêtres pour nous regarder passer, comme si un aveugle étranger dans la rue était un spectacle inouï. On vendait là de la daurade et d'autres poissons frais, les vendredis et pendant le carême, sauf aux Juifs et aux Maures qui ne pouvaient en acheter qu'après vêpres, les jours de jeûne et jamais pendant le carême. Sur la place du Petit-Marché, les cloches de la grande église du Saint-Sauveur et celles de Saint-Jean ont commencé à sonner; Pero Gómez, le crieur public d'Avila, entouré de tambourins et de timbales, s'est mis à officier à haute et intelligible voix. Nous, nous sommes partis par la rue des Cordonniers.

C'est là que j'ai vu arriver le grand Inquisiteur, frère Tomás de Torquemada, une courte frange de cheveux autour de sa large tonsure. Il était précédé des étendards de la croix verte ; cinquante cavaliers et deux cents fantassins l'escortaient. On aurait dit un corbeau jeté à la face de midi. Ses yeux perçants regardaient à droite et à gauche tout en restant fixés devant lui, comme s'il avait deux regards. Entre ses lèvres livides, on voyait dépasser la pointe de la langue, comme pour sonder l'air. C'est peut-être ma fantaisie qui a vu son corps flotter à un empan du sol et qui lui a prêté des mains de cadavre. Et je ne suis plus sûr d'avoir observé que ses mouvements faisaient pointer, sous l'habit, les os des hanches, des coudes et des genoux, et que sa tenue funèbre lui donnait un aspect de créature nocturne, de mangeur de morts.

« Dieu me garde d'un tel juge pour fouiller dans mon âme », me suis-je dit, sans savoir si je devais me jeter sur lui et le poignarder, ou rester immobile, tandis qu'il passait à mes côtés, avec cet air supérieur de celui qui se sait invulnérable, qui vit dans la certitude que tout mouvement hostile à son égard serait découvert aussitôt par ses gardes ou esquivé par son corps — un peu comme ces chauves-souris qui échappent toujours aux pierres qu'on leur lance.

— Qui passe tout près de nous ? a demandé Pero Meñique en entendant les hommes qui s'éloignaient dans un cliquetis d'armes et un martèlement de sabots.

— Monseigneur le grand Inquisiteur, protégé par deux cent cinquante hommes, ai-je répondu.

— Si tu me l'avais dit plus tôt, je l'aurais déjà tué avec ce couteau en argent qui ne me quitte jamais, a-t-il déclaré.

— C'est vous qui seriez déjà mort, sans le moindre doute, ai-je dit.

— Je ne te pardonne pas de m'avoir caché sa présence ; jure-moi que, la prochaine fois, tu me préviendras de son passage, a-t-il ajouté.

— Je le ferai, ai-je dit sans conviction.

Nous avons commencé à flâner parmi des gens très nombreux qui se dirigeaient vers la foire ; il y avait à profusion des étals d'argentiers, de tailleurs, de pêcheurs, de crémières, de fruitières, de tondeurs, de soyers, drapiers, vitriers, armuriers, couteliers, dinandiers, cordeliers, boursiers, couturiers, chaudronniers, joailliers ; des marchands de couvertures, des vendeurs de truites, de vin, d'écuelles, de plats en terre cuite et de cruches, de semences, d'herbes, d'épingles, de poignards, de papier, de poêles, de sonnailles, de clarines, d'oignons, de charbon, de suif, de brebis, de chèvres, de porcs, de juments, de mules, d'ânes et de bœufs. Sous une tente, un groupe de bouffons, de grimpeurs, d'équilibristes et de prestidigitateurs divertissaient le public ; deux paillasses poussaient des lamentations et lançaient des rosseries, en taquinant l'alguazil qui faisait la ronde et surveillait la foire, un petit service qui lui permettait de prélever tantôt une livre de pain, tantôt un melon ou une poignée de noix et de noisettes, ou encore de percevoir un maravédis et demi chez le marchand de poignards, quatre maravédis chez le sellier, une corbeille chez le vannier, une pincée d'origan chez le petit vendeur d'épices. Un bouffon, qui avait les mains et le visage tout noirs, a désigné un nain très âgé, à la grosse tête et au corps minuscule, qui portait un pourpoint brun, des chausses brunes, des chaussures à sept semelles brunes et une lourde épée en fer plus grande que lui. Le bouffon a déclaré :

— Vous avez devant vous don Luis Montaña el Abalense, qui est de retour dans cette ville avant de partir en voyage et qui, après sa mort, est venu récupérer son corps. On dit qu'il a gagné sa vie de bouffon vêtu en dame, avec un chapeau d'infante qui lui couvrait la moitié de la tête et des souliers quatre fois plus grands que ses pieds. On dit aussi qu'à l'âge de dix ans il a fait une vilaine chute dont il s'est relevé quand il en avait trente-six, en ayant gardé la même taille. Mais, nain très énamouré, il a épousé trois solides paysannes qui l'ont un peu allongé ; c'était des triplées : Ana, Juana et Susana. C'est un grand imitateur, le meilleur remède contre la mélancolie, un lavement pour toutes les afflictions.

Derrière don Luis Montaña sont apparues trois naines qui se ressemblaient beaucoup et qui avaient toutes des marionnettes dans les bras : Ana était couverte de draps de lit, de chemises et de lainages qui ne laissaient passer que le bout de son nez et de grandes boucles fauves ; Susana portait une cape vermeille couverte de grelots et des basques mal taillées ; quant à Juana, elle n'avait pas de veine : elle était grosse, gourde et ronde comme une queue de poêle.

— Ces dames sont la même que l'autre, là-bas, sauf qu'elles ont une autre silhouette, un autre nom et une autre voix. Celle-là a été peinte par un artiste de la cour, nue et décharnée, comme si elle venait de naître et de mourir, même si elle pesait bien cinq arrobes de nuit, mesurait deux lieues de toux et cuvait quatre litres de vin, deux litres d'eau et beaucoup de vent, a dit le nain en bombant le torse, fier comme un coq et en feignant de ne pas regarder ces dames.

Puis il s'est mis à poser des questions au public :

— Avez-vous vu doña Ana, celle qui a gardé le lit parce qu'une arête de maquereau lui a obstrué le gosier ? Et doña Susana, qui a épousé trois nains, trois chiens et trois étalons offerts par les rois de France, de Rome et d'Angleterre ? Et doña Juana, qui me cocufiait avec don Toribio le taurillon torride et avec le boiteux qui n'était pas manchot ? Les voici, présentes parmi nous, comme si elles étaient absentes en d'autres lieux. Toutes trois sont mères de mes fils saint Vincent, saint Clément et saint Prudent : qu'ils m'accordent la grâce de grandir jusques au ciel !

Un bouffon aux vêtements bigarrés a montré sur une charrette un garçon énorme, au pourpoint vert, aux chausses vertes et aux cheveux verts, qui balançait lentement sa masse avec un rocher dans une main, une bûche dans l'autre.

— Ce grand gaillard de douze ans révolus, nous l'avons trouvé sur le chemin de Saint-Jacques. Il ne sait pas encore parler. Une naine barbue, engrossée par un gnome qui s'est hâté de traverser son buisson, l'a mis au jour par une nuit sans lune. Elle a eu tant de peine à le porter, elle a enfanté dans de telles souffrances, qu'elle a décidé de l'abandonner, altéré, dans un pré. Quand le petit a vu que nous le regardions, il a voulu s'échapper : il a buté contre un arbre, qu'il a tenté d'écarter de sa route ; mais il a produit un tel effort qu'il est tombé endormi, croyant sans doute qu'au lever du soleil l'arbre serait parti.

Nous avons quitté la foire et nous sommes dirigés vers le cimetière de la juiverie, près du fleuve, extra-muros, pour rencontrer un certain Martín Martínez ; il s'était noué d'amitié avec Pero Meñique quand celui-ci voulait devenir dominicain, et il l'avait mis dans le secret — qu'il tenait lui-même d'un notaire du Saint-Office —, à propos de l'étrange meurtre de La Guardia.

Au fur et à mesure que nous approchions du cimetière, les stèles funéraires se précisaient, avec leur forme cylindrique et leurs dessins taillés au burin, les sépultures dont la tête était tournée vers l'Orient et les pieds vers le couchant, les tombes des petites gens qui avaient succombé depuis longtemps de mort naturelle ou violente : « Luna Cohen, sache en présence de qui tu es », « Jaco Crespo, que sa mémoire vive à jamais. Il est entré dans la demeure éternelle à l'âge de 86 ans, un mercredi, le quatrième jour de Tamuz de l'an 575 de l'ère mineure. » « Cippe funéraire du jeune Cristino Curiel, fils de Simuel, qui est entré dans la demeure éternelle un jeudi, le vingt-neuvième jour de Tisri de l'an 576 de l'ère mineure. » « Stèle funéraire de Yento Tamano, fils de Ximón ; que son Roc et Rédempteur le garde parmi les siens. Il s'est éteint en l'an 5066 de la Création du Monde. » « Ceci est le tombeau de don Licio, qui mourut lapidé en l'an 5092 de la Création du Monde, au mois de Tebeh. » « Ci-gît David Ahumada, qui accumula dans son cœur le trésor des livres de médecine et fit croître l'arbre de la sagesse. Il marchait dans la voie de la perfection quand la mort l'a soustrait à son peuple, un samedi saint, le deuxième jour du mois de Jeshván, en l'an 576 de l'ère mineure. » Et cette dernière inscription, sans nom, comme une voix ballottée dans l'espace et dans le temps : « Le Seigneur m'a trouvée en ta présence, mon bien-aimé ; protège ma demeure, garde-moi près de toi. »

Parmi les stèles fichées en terre, juste au milieu de la nécropole, appuyé contre une tombe et nous regardant fixement, il y avait un homme grand et tout raide. Complètement intégré à la paix des tombeaux, il m'a d'abord fait peur ; il était pétrifié comme les inscriptions, il ne bougeait pas d'un fil. Ses traits pâles, plutôt jaunes vus de près, avaient un aspect cireux — comme s'ils n'attendaient plus pour fondre que la flamme. Sa barbe noire et pointue semblait clouée en l'air, comme pour indiquer la direction qu'il ne quittait pas de ses grands yeux exorbités, semblables à de vieilles pièces de monnaie sans éclat. Alors même que nous étions devant lui, il ne clignait pas des yeux, rien ne changeait dans sa posture ni dans la position de ses mains : il était perdu dans une quiétude ignorée des pierres et des mottes de terre sèche. Peu à peu, comme si nos corps perturbaient son silence visuel, comme si le scandale de l'humanité venait troubler son paysage d'arbres vert foncé et d'ombres recueillies, son visage s'est tordu dans un sourire ; il s'est avancé vers nous et il a serré les mains de Pero entre les siennes.

— Martín Martínez ? a demandé mon ami aveugle, presque dans un murmure.

— Souviens-t'en, souviens-t'en, car je n'ai point changé, a-t-il déclaré en marchant parmi les tombes vers quelques broussailles où s'ouvrait une fosse contenant un squelette, la bouche fermée sur un anneau. Je suis las de toutes ces horreurs, mais je n'aurai pas de repos tant que Torquemada ne trouvera pas le sien, couché dans sa fiente, tant que les inquisiteurs sèmeront l'épouvante en Castille, tant que la justice de Dieu ne fera pas de la charogne de leur maître un banquet de vermines, de la graisse de vers de terre.

— Maître Martín Martínez, pourquoi diable nous avoir donné rendez-vous dans ce cimetière ? lui a demandé Pero Meñique, la tête tournée vers le ciel, comme s'il posait la question au vent ou comme s'il écoutait le vol des hirondelles.

— Parce que c'est le seul endroit d'Avila et des environs où l'on puisse être à l'abri du soupçon, a répondu l'homme.

— On entame chaque jour de nouveaux procès et on allume de nouveaux bûchers, chaque jour, dans ces malheureux royaumes, a dit Pero Meñique. Il faut en finir avec Torquemada.

— Il faut libérer la Castille et l'Aragon de cette gangrène, a enchaîné Martín Martínez, d'une voix fermement décidée.

— Si nous le trouvons, et si, le cas échéant, nous en avons l'audace ; le frère prêcheur est si méfiant qu'il prend garde à son ombre et à ses propres mains quand il porte des aliments à la bouche, ai-je dit.

— Même s'il fuit son ombre, sa vie ne tient plus qu'à un fil : la main de Dieu ne tardera plus à le trancher. Car cet homme est un fléau, une bête nuisible qui avilit le monde, a dit Martín Martínez.

— Pour le retrouver, nous fouillerons chaque rue d'Avila, a dit Pero Meñique, nous remuerons ciel et terre.

— Je fouillerai les tréfonds de la nuit, a dit l'homme. Pendant des années, j'ai demandé aux devins et aux sorciers de me révéler le lieu où il se terre, mais, en imitant avec des sons tremblants le langage des mânes invoqués, ils ne m'ont rien appris.

— Prends garde, il peut t'en coûter la vie, a dit Pero.

— Je suis le fils d'une femme suppliciée et d'un homme brûlé vif, qu'aurais-je de moins dans la mort ? a demandé Martín Martínez.

— Ta vie ne connaît-elle plus le moindre bonheur ? a dit Pero.

— Quand je me souviens de mon bon père, je m'attriste encore plus ; quand je songe à ma mère assise dans la poussière, au bord du chemin, je suis accablé de mélancolie, a dit l'autre. Dieu veuille que l'âme de Torquemada soit un champ d'épines au lieu de blé, qu'à la place de l'orge il n'y pousse que des chardons.

— Désormais, montre-toi très prudent, car ce grand Inquisiteur pourrait nous rendre la vie plus épineuse encore, a répliqué Pero.

— Quelle sera l'arme la plus indiquée : la lance ou l'épée, l'arbalète ou la fronde ? s'est demandé Martín Martínez.

— Nous devons le tuer avec le poignard en argent que je porte toujours sur moi ; je l'ai hérité de mon père, qui l'avait reçu du sien, a dit Pero en se tirant la barbe.

— Et nous, à quoi donc servirons-nous ? a demandé Martín Martínez, très étonné par ces propos d'un aveugle.

— Que veux-tu dire par là ? a dit Pero Meñique.

— Penses-tu pouvoir l'abattre et fuir aussitôt fait ?

— L'abattre ? Je l'ai fait maintes fois en rêve.

— Oui, mais cette fois, il faut vraiment lui transpercer le cœur.

— Tu verras, j'irai pour ce faire avec une fureur redoublée.

— Cela ne suffit pas, encore faut-il viser juste et s'enfuir.

— Je serai plus prompt que la foudre et je galoperai comme un cheval sauvage, a répondu Pero.

Martín Martínez s'est baissé pour ramasser des petits morceaux de pierre détachés d'une tombe qu'il a rangés superstitieusement dans son sac de berger.

— J'habite rue des Cordonniers, dans une maison basse avec une vieille porte sans heurtoir ; si tu as besoin de moi, interroge les voisins, on me connaît bien dans le quartier. Dis simplement Martín Martínez, car j'ai perdu mon nom juif quand mon grand-père a été baptisé à Salamanque, à l'occasion du miracle des croix lumineuses. Si personne ne peut te donner de mes nouvelles, sache que je porterai ce déguisement, a-t-il dit en mettant une perruque brune qui lui a couvert le front d'un pelage semblable à celui d'un chien.

— Ce n'est pas nécessaire : je te reconnaîtrai de loin à l'odeur que tu dégages, à ta voix et au bruit de tes pas, a dit Pero Meñique.

— Mais tu pourrais me confondre avec un autre, a rétorqué Martín Martínez.

— Sois tranquille, je discerne clairement l'odeur particulière à chacun, même si l'on réunit sur une place ou dans une église des paysans, des moines, des alguazils, des greffiers, des pucelles, des dames et des porchers.

— Ma plus grande incertitude, a dit Martín Martínez, d'un ton très affligé, est celle-ci : comment Pero Meñique saura-t-il qu'il est bien devant Torquemada et non en présence d'un autre moine ? Et même s'il en est sûr, où et comment va-t-il frapper ? On sait que l'Inquisiteur porte une grande tonsure... qu'un aveugle pourrait confondre avec son ventre.

— Comment l'aveugle fait dans ce monde pour distinguer un mur d'un rocher ou un arbre d'une créature humaine, est un mystère que Dieu seul comprend, s'est exclamé Pero Meñique, très contrarié, comme si on essayait de le détourner de cette entreprise.

— C'est justement ce mystère qui me prive de sommeil pendant la nuit et me fait perdre l'appétit pendant le jour ! A tel point que je ne goûte même plus les petits plats que me mitonne ma bonne épouse Jumila, a déclaré Martín Martínez.

— Certes, je suis un homme qui chemine à tâtons dans une sombre rue d'une ville sans lumière, a poursuivi Pero Meñique, indigné ; mais mon chemin a des yeux et des oreilles en la personne de Juan Cabezón, un garçon de toute confiance qui, le moment venu, guidera mon poignard d'argent pour venger le monde de la cruauté infinie de frère Torquemada.

— Ne crains-tu donc pas de mourir si ta lame manque ce cœur détesté ? a demandé Martín Martínez. N'oublie pas qu'à Saragosse Pedro de Arbués portait sous la soutane une cotte de mailles et un heaume sous le capuchon. Il ne te sera pas facile de trouver l'endroit le plus vulnérable de son corps.

— Je te répète que ce garçon est un guide sûr, a répliqué Pero.

— Alors, toi, n'oublie pas qu'il est plus digne de mourir transpercé par les deux cent cinquante lances des familiers de l'Inquisition qui accompagnent ce monstre que de brûler à petit feu sur le bûcher, m'a déclaré Martín Martínez en scrutant mon visage pour y chercher la peur.

— Je ne l'oublie pas un seul instant, ai-je répondu.

— Je ne voudrais en aucun cas que l'imprudence d'un aveugle non seulement fasse échouer nos plans, mais nous fasse tous passer de vie à trépas..., a dit Martín Martínez, qui demeurait très perplexe.

— Rien ne vous empêche d'attaquer Torquemada en même temps que Pero, ai-je suggéré.

— Ah, si vous pouviez dissiper tous mes doutes, a répliqué l'autre.

— N'en parlons plus, l'affaire est entendue, s'est empressé de conclure Pero, qui ne voulait céder à nul autre cet exploit.

— J'ai passé ma vie dans la crainte, mais rien ne me fait plus peur que cet homme, a dit Martín Martínez en examinant Pero de la tête aux pieds.

— Je le ferai, te dis-je ! Mon poignard ne faillira pour rien au monde, a crié Pero, au comble d'une excitation furibonde.

— Chuuut, l'a interrompu Martín Martínez, comme si l'espace était rempli d'espions et que Torquemada nous observait par la fente de l'horizon rouge.

— Je me figure déjà devant le grand Inquisiteur, je le frappe si fort que ses yeux rouges deviennent blancs, que ses lèvres sont exsangues et que sa tête se vide de toute sa pourriture, a déclaré Pero, dans une aveugle euphorie, en montrant les dents à travers sa barbe en broussaille.

Ses grands yeux éteints reflétaient à son insu la lumière jaunâtre du crépuscule, jusqu'au moment où, faisant un faux pas, il est tombé dans une fosse, la tête dans la boue et les pieds tournés vers le ciel.

— Très bien, a dit Martín Martínez, résigné, en aidant Pero à se relever, s'il en est ainsi, des chevaux seront prêts à toute heure pour vous faire quitter la ville, car une persécution féroce sera déchaînée contre nous, non seulement dans la région d'Avila, mais dans tous les royaumes de Castille et d'Aragon. Maintenant, vous devez savoir qu'une de mes grandes amies, une vieille chrétienne du nom de Luz Pizarro, vous abritera dans son auberge de Trujillo ; il vous suffira de lui dire que vous venez de ma part. Pour quelques maravédis, vous serez en sûreté. Donc, si le destin devait nous séparer, c'est dans cette auberge que nous pourrions nous retrouver. Sinon, Dieu bénisse le dernier d'entre nous qui arrivera sain et sauf dans cette ville montagneuse.

A cet instant, nous avons aperçu un nuage noir : des hommes s'approchaient du cimetière en sombre procession. A première vue, on aurait dit des ombres mouvantes qui, entre les pins, les peupliers et les chênes, arrivaient du couchant, plus lointaines que le crépuscule, et plus impénétrables.

En les voyant, Martín Martínez a pâli et s'est mis à trembler comme s'ils étaient porteurs de terreurs surnaturelles.

A mesure qu'ils approchaient, la tête dissimulée sous un

capuchon, le visage couvert d'un masque, ces hommes nous ont paru beaucoup plus ordinaires, voire insignifiants.

Inquiété par notre attitude, Pero Meñique nous a demandé pourquoi nous nous étions arrêtés et ne disions plus rien. Dans un autre coin du paysage, des manants cherchaient des lièvres et des perdrix dans les vignes ou portaient du raisin et du verjus dans des corbeilles et des sacs de toile. Étrangers à tout et à tous, éperviers et colombes volaient à différentes hauteurs dans le ciel vermeil.

Les hommes se sont avancés vers une tombe avec leurs pelles et leurs pioches ; l'un d'entre eux gardait les armes à la main, comme s'ils craignaient tous une attaque de fantômes. Nous étions tapis derrière une stèle entourée de broussailles et de blocs de pierre, consternés par leur activité macabre : ils déterraient les ossements des condamnés par le tribunal du Saint-Office, afin de les brûler lors du prochain autodafé.

Sous la lumière la plus pure, la plus distillée du jour, alors que les guetteurs projetaient de longues ombres sur les inscriptions dans la pierre, les déterreurs de cadavres, le corps à demi enfoncé dans la tombe, semblaient des animaux de l'enfer en quête de charognes pour se livrer à un festin sacrilège dans l'imminence de la nuit. Tous comme un seul homme, vêtus de noir et de blanc, le visage caché et les mains terreuses, ils s'acheminaient dans la même direction, ils allaient à la rencontre de la mort.

Il n'a pas fallu beaucoup de temps pour que ceux qui creusaient découvrent leur premier trésor, une tête de mort, puis bien d'autres trouvailles : des ossements et des cendres, qu'ils ont placés dans des sacs et des boîtes noires. Mais les défunts, protégés par le mystère insondable de la mort, loin de la justice de Torquemada et de ses moines, condamnés et brûlés sur les bûchers funèbres du siècle dans une infâme parodie de Jugement dernier, les défunts étaient depuis longtemps étrangers à leur tombe : ils n'étaient pas morts, ils vivaient dans la poussière immortelle.

— Ce sont les affidés de l'Inquisition : la charogne des cimetières est leur pâture ; dans la glaise, derrière chaque brin d'herbe, ils s'acharnent à surprendre la mort, a dit Martín Martínez.

— Qu'arriverait-il, ai-je murmuré, si les perquisiteurs des âmes voyaient les défunts dans leur juste grandeur : ne tomberaient-ils pas morts eux-mêmes ? Pourquoi ceux que l'on dit hérétiques en ce bas monde ne seraient-ils pas des saints au royaume des cieux ? Et si les inquisiteurs, à leur mort, arrivaient à la demeure des esprits et entendaient parler hébreu, s'ils étaient brûlés vifs pour avoir profané la loi de Moïse, de telle sorte que les persécutés sur terre deviendraient les justiciers dans l'au-delà ? Mais qu'importe au défunt que son squelette soit livré aux flammes, ses cendres éparpillées dans les champs ou précipitées dans le courant d'un fleuve, s'il est à jamais insensible aux passions humaines ? Quelle sottise de vouloir punir des gens qui ont disparu de leur maison, des bouches qui se sont dissipées dans l'air, des pieds qui se sont effacés des rues ; les inquisiteurs luttent contre des spec[illegible] voudraient saisir l'impalpable, condamner ce qui es[illegible]ront beau faire, ils ne pourront infliger à l'esp[illegible] tourment qu'ils font subir aux vivants ; de même que la lumière ferme le passage aux chauves-souris, l'au-delà est un domaine interdit à ces charognards.

Pero Meñique m'avait écouté sans bouger ; l'autre, j'ignore s'il m'avait entendu, car il était pétrifié à la vue de ces hommes et de leur butin macabre. Les stèles funéraires, les murs d'Avila, les déterreurs de cadavres et nous-mêmes fûmes soudain recouverts par la nuit qui, comme le jour, est la chose au monde la mieux partagée.

De retour à l'auberge, l'hôtesse nous attendait : elle nous a raconté que, vers deux heures de l'après-midi, nos mules s'étaient échappées, mais que des voisins les avaient rattrapées et conduites dans la cour d'un certain Pedro Manzanas, près de l'église Saint-Nicolas, dans les faubourgs de la ville ; ledit Pedro s'était chargé d'en prendre soin à nos frais jusqu'au lendemain. Puis, elle nous a invités à prendre place autour d'une grande table, elle nous a régalés de viande et de poisson frais du Petit-Marché, en nous versant force vin, après quoi elle nous a tenu compagnie. Elle s'appelait Orocetí Lunbroso ; originaire de Ségovie, elle s'était mariée dix ans plus tôt avec Pero Dávila, natif de cette ville, mais elle était restée veuve et sans enfant six mois après les épousailles. Elle avait le visage honnête et discret, des yeux vifs et joyeux, les cheveux noirs et la bouche charnue ; elle était bien faite de sa personne et sa voix au timbre suave avait fasciné Pero depuis le premier jour.

Sans ambages, à la clarté des chandelles, elle nous a raconté toute l'histoire de ses parents : sa mère descendait de la famille de María Saltos, la sainte juive de Ségovie qui, en l'an de grâce 1237, avait été accusée par une femme d'entretenir des amours adultères avec son mari. Un juge séculier l'avait alors condamnée à être jetée vivante du haut des Rochers des Craves ; en ce temps-là, c'était le supplice réservé aux Juifs malfaiteurs. Le jour du châtiment, elle fut conduite par des alguazils, des Juifs, des chrétiens et des Maures jusqu'au sommet des rochers ; là, ils la déshabillèrent jusqu'à la ceinture, lui attachèrent les mains, la mirent à genoux, et María Saltos fut précipitée dans le vide. Mais elle s'était recommandée à la Vierge en disant : « Ô Marie, porte secours à une Juive comme tu protégerais une chrétienne ; tu sais que je suis innocente, ne me laisse pas mourir. » Et la Vierge lui est apparue dans sa chute, l'a prise dans ses bras et l'a déposée indemne tout au fond de la vallée, au pied d'un figuier. Quand les gens sont redescendus, ils l'ont trouvée agenouillée, sans une égratignure, rendant grâce à Dieu et à la Vierge de gloire de l'avoir épargnée. Elle demanda à être baptisée sous le nom de María Saltos et passa le reste de sa vie dans une église, au service de Dieu et de Marie. La réputation de son esprit prophétique avait gagné de lointaines contrées.

— Quant à mon père, Yucé Lunbroso, a poursuivi Orocetí, après une pause où nous avons avalé chacun un pichet de vin, il est enterré sous les pierres du cimetière juif, près du fleuve Clamor, les bras croisés sur la poitrine, le visage tourné vers l'Orient. Il est mort de mélancolie quand on a muré les portes et les fenêtres de sa maison qui donnaient sur les quartiers chrétiens et parce qu'il avait appris que deux inquisiteurs, le docteur de Mora et le licencié de Cañas, installés dans la demeure de Francisco Cáceres, avaient fait brûler vif un de ses amis, Gonzalo Cuéllar, natif de Ségovie où il avait fait partie du

Conseil communal ; quelques années auparavant, il avait même accompagné doña Isabelle depuis l'alcazar jusqu'à la grand-place de la ville, quand on l'avait proclamée reine de Castille.

— Qui, dis-tu, a fait condamner les portes et les fenêtres de la maison paternelle ? a demandé Pero Meñique.

— Don Rodrigo Álvarez Maldonado, qui s'est chargé de faire exécuter, dans les villes d'Avila et de Ségovie, un décret des Rois Catholiques, daté de 1480, où ils ordonnaient que « les Juifs et les Maures des cités et autres lieux de leurs royaumes soient séparés des autres habitants dans un délai de deux ans ». Ils ordonnaient aussi que, dans toutes les cours reliant des maisons juives et chrétiennes, on élève des murs ou des clôtures, sans la moindre brèche ni faille, de manière à empêcher toute communication entre les communautés.

— Et cet isolement a causé la mort de don Yucé Lunbroso ?

— Oui, car il ne pouvait supporter de voir condamner les portes et les fenêtres qui lui apportaient la lumière du jour, et parce que, au fond de son âme, il savait que cette séparation ordonnée par les souverains, de même que les procès de l'Inquisition contre les convertis, étaient les signes avant-coureurs de mesures plus cruelles encore à l'encontre des Juifs, a répondu Orocetí ; et comme personne n'a fait le moindre geste, ni ouvert le bec ni bougé le petit doigt, au bout de quelque temps mon père est tombé dans une telle prostration qu'il ne restait plus en lui un souffle de vie.

Pero Meñique buvait ses paroles aussi avidement que les pichets de vin et, quand elle s'est tue, il lui a aussitôt demandé :

— Vraiment, comment se fait-il que tu sois restée veuve ?

— Je n'étais pas enceinte de mon mari : je n'ai donc pas allaité ni élevé des petits, et je n'ai pas connu d'autre homme ; quand mon époux est mort, les garçons d'Avila ont commencé à me tourner autour, mais je n'ai pas voulu d'eux... Peut-être parce que je savais qu'un jour tu viendrais.

— Es-tu une femme de maison ? a-t-il demandé d'une voix ironique.

— Oui, puisque je suis aubergiste, a-t-elle répondu sans broncher.

— Je te demandais si tu te prostitues, si tu forniques avec de nombreux clients ? a-t-il dit.

— Je ne comprends pas, a-t-elle répondu.

— Je voulais savoir si tu as vendu tes fesses et marchandé ton ventre, si l'on t'a vue te livrer au stupre dans les champs et dans les lits de la nuit, si tu as ouvert ta couche et si du sperme de fornicateur a pénétré ton corps, a-t-il ajouté en approchant son visage de celui de la femme.

— Je ne comprends pas, te dis-je, a répété Orocetí en écartant la figure de Pero Meñique.

— Pour la dernière fois, as-tu incité à la débauche n'importe quel passant, as-tu désiré tous ceux qui s'approchaient de toi ? a-t-il repris en avançant de nouveau son visage.

— Une bonne fois pour toutes, je n'ai que faire des hommes sans jugeote qui se vautrent dans la débauche, s'est-elle exclamée, très mal à l'aise. Je suis une aubergiste ou, si tu préfères, une femme tarie, une femelle qui ne donne plus de lait ou une jeune fille qui a encore l'air vierge.

— Crains-tu de pécher ? Dieu a béni les hommes en disant : « Croissez et multipliez, remplissez les fleuves et les mers. » Puis il a dit à l'homme et à la femme : « Croissez-vous, multipliez-vous, couvrez la terre entière. »

— Ton corps appartient aux générations d'Adam, le mien aux générations d'Ève, a-t-elle dit.

— Afin que nous croissions et multiplions, a-t-il ajouté.

— Sentirai-je tressaillir un homme entre mes jambes ? Je ne souffrirai pas sous tes griffes, a-t-elle dit.

— Je connaîtrai les douleurs de la tombe, les tourments de la mort au milieu de ton corps, a-t-il repris.

— Prends-moi maintenant, comme un présent qui t'a été réservé ; Dieu a eu pitié de moi, il a voulu que je t'appartienne tout entière.

— Mais je ne voudrais pas que tu accouches d'un nouveau Caïn, d'un autre Torquemada pour épouvanter la terre.

— Dieu nous en préserve ! J'aimerais mieux mourir le sang empoisonné par un serpent, a-t-elle répliqué.

— J'ai humé avidement tes vêtements et je me suis dit :

l'odeur de son corps est comme celle des champs quand il vient de pleuvoir, ses seins ont le parfum des pommes sur le pommier, a poursuivi Pero.

— Pour toi, je serai comme le fruit qui mûrit sur la terre après la pluie, a dit Orocetí.

— Ainsi soit-il. Maintenant, réchauffe-moi comme la mère réchauffe son petit ; je me coucherai pour dormir au bord de ton corps comme sous un chêne épais dans la forte chaleur de midi, a dit Pero.

— C'est le début de notre amour ; rien de mon corps ne te sera celé, a-t-elle répondu.

— Descends, viens dans mes bras, fille de Babel ; approche, fille de la prophétesse. Alors, mon cœur plein de poussière chantera d'allégresse ; enlace-moi comme lierre à tes jambes, que je puisse dévorer les meilleurs morceaux de ton corps, a-t-il répliqué.

— Prends-moi, que ton corps d'homme écrive sur le mien.

Mais, alors que Pero Meñique allait la prendre dans ses bras, Orocetí s'est prestement dégagée et s'est retirée dans la cuisine. Pero en a profité pour vider trois pichets et pour me dire qu'il était très satisfait de mener à terme la grande entreprise pour laquelle nous étions venus à Avila. Comme il approchait son visage du mien, pour clouer ses orbites caverneuses dans les miennes, j'ai cru un bref instant qu'il pouvait me discerner par une fente minuscule.

— Nous ne devons pas laisser passer une autre occasion comme celle d'aujourd'hui pour en finir avec Torquemada. N'oublie pas qu'au royaume de Dieu une seconde d'imprudence peut entraîner des catastrophes pendant un siècle ou un millénaire, a-t-il murmuré en serrant très fort le pichet entre les mains.

— Oui, ai-je articulé à grand-peine, car mon ivresse et le début de son idylle m'avaient rempli de mélancolie quand je songeais à Isabel et à mon fils.

— Nous devons choisir des signaux secrets que nous échangerons en cas de danger ou de grave décision à prendre, a clamé Pero Meñique, du fond de sa solitude. Si tu me touches l'épaule droite de la main ouverte, cela voudra dire que je dois me tenir tranquille ; si tu me donnes un petit coup dans le dos, cela signifiera que je dois avancer en vitesse ; si tu me dis : « Lumière, lumière ! », ce sera le moment de pourfendre l'Inquisiteur.

Les voix de quelques ivrognes ont traversé les murs de l'auberge ; ils chantaient :

Une fille le roi détient,
une douce fille en cadeau,
il l'a mise tout en haut
dans la tour cerclée de gardiens.
Un jour de grande chaleur,
en se penchant à la croisée,
elle vit venir un moissonneur
qui fauchait de l'orge et du blé.

A la fin de la chanson, Pero Meñique, d'un pas vacillant, s'est dirigé vers la cuisine pour chercher Orocetí. Il a tenté de l'embrasser, il l'a poursuivie entre les chaudrons, les marmites en terre, les jarres d'eau, les planches pour enfourner le pain et les corbeilles pour cueillir et ramasser les fruits. Elle l'a repoussé avec une broche en fer et l'a fait tomber dans un grand bassin pour saler les porcs ; il en sortait à peine qu'il mettait les pieds dans des écuelles qui traînaient par terre.

Apitoyée par sa maladresse, Orocetí l'a pris par la main et l'a attiré contre elle ; puis elle l'a conduit dans sa chambre, la dernière et la plus grande de l'auberge. Je suis allé dans la pièce principale qui donnait sur la rue. Soudain, Pero m'a appelé en criant.

— Approche-toi de cette dame et réchauffe-toi sous ses mains, m'a-t-il dit quand je suis entré.

Il était à moitié étouffé sous l'avalanche des seins de l'hôtesse.

— Non, cette fois, c'est votre chasse gardée, ai-je dit.

— Tu pourrais te priver d'une telle croupe, t'abstenir de pareils tétons ? m'a-t-il demandé.

Son visage aveugle et barbu a soudain émergé au-dessus de l'épaule droite d'Orocetí.

— Oui.

— Alors, ne regarde pas le vin quand il mûrit ni l'homme quand il fait l'amour ; tourne-toi vers la porte ou vers le mur, a-t-il ajouté.

— Il chemine à tâtons, se promène d'un bout à l'autre de mon corps en titubant d'ivresse, a déclaré l'hôtesse.

— Nous voilà déjà embourbés, a dit Pero.

— Que voulez-vous dire ? ai-je demandé en tournant les yeux vers la porte pour ne pas le voir monté sur elle.

— Dans le pétrin, appariés, bien graissés et tartinés, tu ne comprends pas ?

— Je ne regarde pas, ai-je répondu.

— Si j'ai trouvé grâce à tes yeux, cesse de parler et accepte le cadeau de mon corps, car depuis que tu es entré dans cette maison, j'ai vu ton visage comme si j'avais aperçu celui de mon père, et tu m'as envoûtée.

— Tu sembles une vaste demeure, tu m'ouvres des fenêtres par-ci, places des poutres de soutien par-là, tu me peins tout entier en vermillon, lui a-t-il murmuré.

— Trêve de parlotte, a-t-elle répondu.

— Non, rappelle-toi, souviens-toi de celui qui passa par Ségovie, les nuits solitaires de ton veuvage à Avila, ton corps dans le lit froid troublé par tant de caresses imaginées, tant de fantaisies masculines, lui a-t-il dit, enfoncé dans la double obscurité de son être et du corps de la femme, pétrissant sa chair comme s'il allait la dévorer sans jamais s'en rassasier.

Tandis que moi, lourd de vin et de sommeil, je sortais de la chambre pour trouver un coin tranquille et y dormir des jours entiers.

Mais Pero m'a éveillé quelques heures plus tard ; il était assis au bord du lit avec une chandelle éclairée en plein jour.

— J'aime Orocetí ; dès que nous aurons fini notre mission, je l'épouserai ; je serai aubergiste à Avila, la ville des chevaliers.

Puis c'est elle qui est entrée dans ma chambre ; elle ne portait qu'une chemise, ses cuisses étaient nues, ses yeux couleur de noisette étaient radieux.

— J'aime cet homme et je vais me marier avec lui, a-t-elle annoncé joyeusement.

Elle l'a pris par la barbe et l'a conduit vers une chambre située au-dessus du four de la cuisine, une pièce où nous n'étions jamais entrés. Et Pero m'a de nouveau appelé :

— Juan, Juan !

Mon ami était debout près de la torchère et s'efforçait de sourire. D'une grande caisse en pin, Orocetí sortait les vêtements et les effets de son mari pour les lui offrir. Elle les posait sur ses bras tendus, comme si elle voulait qu'il revêtît l'ensemble tout à la fois : un pourpoint de drap noir, un autre violet, un tabard de drap de Londres vermeil, une casaque aux bordures festonnées grises, une autre de Courtrai déjà teinte. Puis elle lui a donné les armes de feu son époux : deux lances, trois dards, deux épées, une arbalète en corne avec le carquois, quatre poignards, deux cottes et un gant de mailles, une pierre de touche et une petite bassine.

De son côté, elle a revêtu un habit de camelot blanc et un long manteau à capuchon en drap fin. A chaque doigt de la main gauche, elle a glissé des anneaux d'or rehaussés de rubis, de saphirs, de turquoises et de perles. Puis elle s'est parée d'un collier doré, d'une coiffe noire aux fils d'or, de chausses écarlates, de socques déjà teintes et d'une ceinture en argent ornée de huit rondelles de cuir, quatre rouges et quatre blanches, et dont la boucle était en or massif.

Quant à moi, elle a décidé de me changer de chambre ; elle m'a proposé une pièce fraîche et spacieuse avec de grandes baies qui s'ouvraient sur un arbre splendide. Au mur, il y avait une image de la Vierge peinte sur un morceau de toile et un miroir ébréché. Çà et là, des visiteurs successifs avaient laissé une jarre brisée, le plat d'un lave-mains en laiton, un alambic en terre, deux harnais de mules et une petite carafe en verre.

C'était un mardi. Entre neuf et dix heures du matin, les cloches de Saint-Jean avaient carillonné, annonçant aux habitants que la justice et les échevins de la ville étaient rassemblés pour entendre leurs doléances et pour toutes consultations relatives au bien public de la cité d'Avila et des environs. Orocetí devait attendre l'arrivée des regrattiers qui, dans l'après-midi, apporteraient à l'auberge les fruits qui n'avaient pas été vendus sur les places et sur les marchés.

Après la neuvième heure, Pero Meñique et moi nous sommes partis à la recherche de Torquemada. Nous sommes allés de Saint-Thomas à Saint-Sauveur et à Saint-Gilles, à travers les rues qui conduisaient au quartier des vanniers et à celui de Papalúa, puis au dépotoir de Saint-Vincent ; de Saint-Émilien, nous sommes revenus sur la place de Saint-Gilles, puis nous avons gagné le quartier de Saint-Pierre et le marché aux flambeaux ; de Saint-Michel, nous sommes retournés à Saint-Émilien et à la poissonnerie, puis au château de la porte de Saint-Vincent, en empruntant la rue des Côtes et la rue des Savetiers. Enfin, nous sommes arrivés à la porte de Grajal, dans la cour d'un autre château. Je décrivais à Pero ce que mes yeux distinguaient et que les siens ignoraient, les murailles bien entretenues, les escaliers de bois extérieurs qui conduisaient les gens au grenier ou au cellier, des toits qui avaient l'air de travailler à leur chute, les cours et leurs puits avec des margelles de pierre, les peupliers de Saint-Thomas, les maisons qui s'épaulaient, les vestibules longs comme des demeures patriciennes, les masures sans porte ni seuil, les entrées étroites et misérables, les tours et les clochers, les chemins de ronde, les boutiques et les marchés, les volets pourris, les murs qui menacent ruine, les sols de terre battue, les escaliers branlants, les portes vermoulues et les planches sur le point de défaillir.

— Frère Tomás de Torquemada est en ville, s'occupant en personne de l'affaire de La Guardia, j'en suis sûr et certain, a dit Pero, sur le chemin de l'auberge, harassé par tous ces va-et-vient, en tendant son bâton vers le fleuve Adaja, avare de ses flots.

Les clochers venaient de sonner les vêpres ; les bûcherons revenaient de la sierra, leurs charrettes remplies de bûches et de planches, de bois de chauffage et de chêne vert. Avila, dorée par le soleil couchant, semblait une couronne dans un écrin de murailles ; ses fontaines, rouges de clartés, jaillissaient à profusion dans les rues, sur les places et dans les cours privées. Et pourtant, quelque chose m'inquiétait chez Pero, depuis le début de ses amours avec Orocetí : il semblait marcher d'un pas étourdi, ses mouvements étaient brusques et parfois il parlait tout seul d'une voix si basse que je ne parvenais pas à l'entendre ; puis, tout soudain, il me confiait :

— Orocetí a le corps souple, les traits délicats, le teint blanc et la lèvre supérieure légèrement retroussée ; ses yeux sont clairs et rieurs, enchâssés dans des cils très fins. Elle est discrète et diligente, fait preuve de beaucoup d'esprit et souhaite que justice soit faite. Si je devais mourir dans cette entreprise, ma dernière volonté serait celle-ci : l'argent, les biens meubles et immeubles que je possède à Madrid doivent lui revenir.

— Il ne faut pas penser à la mort, ai-je protesté.

— Il ne restera pas grand-chose de moi, comme lorsqu'on secoue violemment un olivier : il n'y a plus que deux ou trois fruits au faîte de l'arbre, quatre ou cinq dans les branches basses, a-t-il dit.

— J'ai peur pour vous, ai-je murmuré.

— Ce n'est pas mon cas, a-t-il répondu. Retournons à l'auberge, je n'ai guère le courage de marcher dans cette ville quand le froid s'y faufile.

— Allons-y, si tel est votre souhait.

Une semaine avait passé. L'amour de Pero et d'Orocetí était devenu plus intense, plus pressant et plus familier, d'une agitation quasi domestique. A force de tourner en rond dans l'auberge, comme le papillon autour de la chandelle, rien de ce qu'ils faisaient ne m'était celé, d'autant plus que Pero me faisait de longues confidences sur les pratiques amoureuses de sa compagne. A l'insu de notre hôtesse, je n'ignorais rien de ses préférences en matière de caresses et de mots doux murmurés à l'oreille, tout comme je savais précisément où elle avait le moindre grain de beauté, une cicatrice ou une ecchymose. Pero parvenait à un degré extrême d'excitation en me narrant ses assauts érotiques, comme s'il y trouvait ainsi un double plaisir, dans la résurrection du souvenir. Pour ma part, j'étais rempli d'appréhensions : je craignais que les habitants d'Avila ne commencent à soupçonner cette relation coupable, quand bien même tout se passait au bout de la nuit et dans le profond secret de l'alcôve.

Un mois venait de s'écouler et je ne savais toujours pas, non seulement si nous pourrions tuer Torquemada, mais si nous trouverions encore l'occasion de le rencontrer, de le voir arriver avec son escorte de familiers armés jusqu'aux dents ou de l'apercevoir assis à sa table, où la corne d'unicorne et la langue de scorpion dépistaient tous les venins et poisons, excepté les siens. La raison même de notre séjour dans Avila me semblait chaque jour plus vague et j'en venais à me demander si nous n'étions pas seulement là pour les beaux yeux d'Orocetí. Celle-ci se comportait de plus en plus comme une épouse très présente et disposait de la personne de mon ami comme elle l'aurait fait d'un mulet, d'un meuble ou d'un colis.

Il y avait des nuits, pourtant, où la marée maternelle de l'hôtesse ne pouvait engloutir les angoisses de Pero, quand il songeait aux raisons qui nous avaient guidés dans cette ville. Alors, il voulait se lancer dans les rues, ignorant l'heure qu'il était, et se jeter sur la première créature qui passerait, comme si n'importe qui, maintenant, était Torquemada. Lequel, peut-être, était bien loin de nous ; ou, pis encore, dans un passage souterrain du monastère de Saint-Thomas ou d'une église, dans un couloir qui passait sous nos pieds...

Cette longue attente avait rendu Pero superstitieux : il accordait une grande importance à ses rêves et à des signes fortuits qu'il interprétait en fonction de notre dessein. Il buvait beaucoup chaque nuit et son visage passait rapidement de la sérénité à la colère, de la réserve à la lasciveté, du silence à la clameur. Et comme il ne pouvait supporter le chagrin de sa cécité ni la solitude de son ivresse, il se jetait subitement sur sa compagne pour se livrer devant moi à un accouplement grotesque, car il tombait parfois de la couche nuptiale, tout nu ou peu s'en fallait. Ou bien, à demi éméché, il errait dans toutes les pièces de l'auberge, sans trop savoir ce qu'il cherchait. Puis il serrait son visage entre les mains, assis sur un banc, comme si sa tête allait tomber de douleur. D'autres fois, pendant des heures, il allait et venait de la porte aux fenêtres pour écouter les bruits, dans l'attente d'un signe qui nous aiderait dans notre projet. Il y avait des jours où il s'enfonçait dans une profonde mélancolie, dans un silence total ; il n'était plus seulement insaisissable, mais impénétrable, comme un animal fabuleux isolé dans sa condition d'aveugle. Dans ces instants de solitude extrême, il demandait à Orocetí de me faire venir à son chevet, car il voulait entendre ma voix ou me confier des choses urgentes. Il avait tenu sa promesse de ne rien dévoiler de nos plans à sa compagne, par discrétion et pour ne pas la compromettre ; en effet, le cas échéant, l'ignorance serait le meilleur atout de cette femme devant les inquisiteurs.

C'était un jour de novembre, je m'en souviens très bien ; Martín Martínez est entré précipitamment dans l'auberge et, sans prendre le temps de respirer, il nous a rapporté les derniers développements de l'affaire de La Guardia, en nous révélant que les inquisiteurs avaient soumis à la torture Benito García et lui avaient fait avouer que Yucé Franco, avec les neuf autres Juifs et chrétiens inculpés, dans une grotte au flanc d'une colline sur le chemin de Villapalomas, avaient crucifié un enfant chrétien sur deux planches qu'ils avaient assemblées avec de la corde de sparte ; qu'il faisait nuit, qu'ils étaient munis de chandelles de cire et qu'ils avaient masqué l'entrée de la grotte avec une couverture. On avait aussi mis à la question Johán Franco et Johán de Ocaña ; ils avaient reconnu que les Juifs avaient crucifié l'enfant sur du « bois d'olivier », apporté à dos d'âne par feu Mosé Franco, depuis sa propriété jusqu'à Tembleque. Frère Fernando de Santo Domingo s'était rendu à Salamanque pour organiser le procès au monastère de Saint-Étienne, avec l'aide de Johán de Sanctispíritus, professeur d'hébreu, frère Diego de Bretonia, professeur d'études bibliques, frère Antonio de la Peña et d'autres maîtres versés en matière d'hérésies. Et les lettrés de l'université de Salamanque avaient décrété que Yucé Franco, en tant qu'instigateur et complice du crime d'hérésie, devait être livré au tribunal du contentieux et au bras séculier ; quant à ses biens, ils devraient être confisqués au bénéfice des caisses du roi. En apprenant cela, Yucé Franco s'était longuement défendu devant les inquisiteurs, en arguant que ses accusateurs n'étaient pas habilités à témoigner puisqu'ils étaient eux-mêmes inculpés, donc juge et partie. Mais frères Pedro de Villada et Fernando de Santo Domingo n'ont rien voulu entendre ; le mercredi 2 novembre 1491, ils sont descendus dans la prison du Saint-Office, ils ont fait comparaître Yucé Franco et « lui ont demandé, l'ont prié en toute humanité, en toute compassion, de dire tout ce qu'il savait ; ils voulaient surtout savoir d'où venait l'enfant crucifié à La Guardia, de qui il était le fils, qui l'avait amené et qui, le premier, avait eu l'idée de cette crucifixion, ainsi que des coups et sévices qui l'avaient accompagnée. Si Yucé Franco s'ouvrait à eux, ils lui promettaient leur miséricorde ». Mais comme l'accusé ne pouvait guère en dire plus long, ils ont ordonné que le bourreau Diego Martín fasse conduire Yucé Franco dans la maison où les révérends avaient coutume de procéder à la torture ; là, il a été dévêtu et couché sur un escalier, pieds et poings liés avec des cordes de chanvre. Un peu plus tard, les deux moines ont de nouveau rendu visite à l'accusé ; ils l'ont tour à tour menacé et supplié, en lui rappelant que, s'il disait toute la vérité, il serait gracié ; autrement, ont-ils déclaré devant notaire, « si quelque mal, effusion de sang, mutilation de membre ou mort devait s'ensuivre, cela serait par la faute et à la charge dudit Juif Yucé Franco, et non sous la responsabilité de leurs révérends », en présence des témoins Francisco Bezerra, geôlier, et de Diego Martín, exécuteur des hautes œuvres.

Sous la torture, Yucé Franco a avoué que Johán Franco avait amené l'enfant de Tolède, qu'il l'avait trouvé assis sur un seuil à la tombée du jour, qu'il avait vu et entendu comment les frères Franco et Benito García avaient dit que bientôt tous les chrétiens verraient la lumière du ciel par le cul de l'enfant crucifié et qu'ils avaient jeté des sorts pour que tous les inquisiteurs, tous les juges et toute personne qui voudraient leur causer du tort, contractent la rage et en périssent. Aussitôt, les inquisiteurs ont fait réunir les inculpés : « Tous reconnurent non seulement ce qu'ils avaient commis ensemble, mais chacun ce qu'il avait fait de particulier », suivant le texte des confessions qu'on leur avait arrachées. On apprit donc ce jour-là que Benito García et Johán

Franco s'étaient retrouvés à Tolède pour chercher l'enfant et que c'était Johán Franco qui l'avait choisi, non pas sur le seuil d'une maison, mais à la porte des Indulgences de la cathédrale.

Martín Martínez avait à peine achevé son récit que la nouvelle du crime sacrilège s'est répandue dans toutes les rues ; à la porte des églises, sur les marchés et devant le monastère de Saint-Thomas, des groupes d'hommes et de femmes en colère se rassemblaient pour exiger que les coupables soient écartelés et leurs restes jetés au bûcher. Des petites gens, de tous âges et de toutes conditions, se sont amassés sur les places et ont parcouru la ville échauffée. La multitude, comme un corps anonyme aux milliers de têtes rageuses et de poings courroucés, n'attendait que la plus petite provocation, le moindre signal, la plus infime étincelle pour se précipiter à l'attaque, dans une fureur à fleur de peau qui pouvait facilement se tromper de victimes. Nous l'avons bien vu quand nous sommes sortis et que nous avons croisé les foules déchaînées ; nous pouvions éveiller leurs soupçons en parlant trop fort ou trop bas, en marchant trop vite ou pas assez, en les regardant passer ou en fuyant tout ce vacarme. Du simple fait que nous n'étions pas de la région, un rien aurait suffi pour qu'on nous montre du doigt : on nous aurait fait écarteler sur-le-champ.

— Un moine d'Avila a déclaré qu'il avait vu en songe le martyre du saint enfant de La Guardia, a dit une vieille derrière nous.

— Le petit Christ avait le cœur du côté droit ; quand ses bourreaux lui ont ouvert la poitrine, ils ne l'ont pas trouvé, a déclaré un paysan.

— Monseigneur le grand Inquisiteur a laissé beaucoup d'affaires en suspens pour venir dans notre ville et régler lui-même tous les détails de l'autodafé où les coupables seront brûlés vifs, a dit une femme.

— J'ai ouï dire que les inquisiteurs ordonneront prochainement que les crieurs multiplient leur office dans la ville et aux alentours, pour que la foule se presse à l'autodafé, a ajouté la vieille.

— S'il est vrai que Torquemada est en ville, il partira dans le plus grand secret aussitôt la cérémonie achevée ; il ira à Ségovie ou dans une autre cité de Castille, ai-je dit. Le procès est maintenant terminé.

— Nous devons agir tout de suite, a enchaîné Pero Meñique, au milieu d'un groupe de femmes surexcitées.

— Je suis sûr que ce chien va s'échapper, ai-je dit en donnant un petit coup dans le dos de mon ami.

— Plus je vais, plus le monde me paraît surnaturel et je crois de moins en moins dans ce que j'entends et ne vois point, a-t-il dit en pressant le pas.

— D'où venez-vous ? a demandé Orocetí, sur le seuil de l'auberge.

Elle était très alarmée.

— Nous venons de renifler les rues, a répondu Pero.

— Êtes-vous tous deux sains et saufs ? N'a-t-on pas déchiré vos vêtements, vous aurait-on tiré la barbe ? a-t-elle poursuivi.

— Non, Dieu soit loué, nous sommes toujours entiers, a-t-il répliqué ; nos habits n'ont pas souffert le moindre mal ; mon âme est un peu couverte de poussière, voilà tout.

— Eh bien, mon ami, raconte-moi : que rapportes-tu de cette longue promenade ? De l'huile, du poisson, des anneaux, des colliers ? Ou bien des souliers, des ciseaux, des poêles, de beaux verres ? Ou est-ce du drap fin que tu vas m'offrir ?

— Non point, ma vie, rien que des choses pour enflammer ton imagination.

— De toute façon, ami bien-aimé, il faut te reposer, a-t-elle dit.

— Je suis très fatigué, mais ce n'est pas dans mon corps, a-t-il répondu en se montrant de plus en plus silencieux et abattu.

Quand les cloches ont sonné les vêpres, Pero a posé de nombreuses questions à Orocetí sur la ville et ses environs ; sur la nature, les colombes, les cigognes, sur l'église du Saint-Sauveur, le Petit-Marché, les fortifications et d'autres choses qu'elle connaissait bien. Et c'est ainsi que, autour de la table ronde de la pièce principale, à force de pichets de vin arrosant des plats savoureux, nous avons vu se coucher le soleil et s'approcher la nuit sans une seule pause dans la conversation.

A l'heure des matines, un peu ivre de vin ou très ivre d'amour, Orocetí a demandé à Pero s'il voulait l'épouser le lendemain. L'aveugle a répandu par un non laconique, en tournant son visage vers celui de la femme comme s'il voulait clouer son regard intérieur dans ses traits, et il nous impressionnait plus encore par la fixité sans éclat de ses yeux que par sa réponse tellement inattendue. Orocetí a compris ce regard passionné, mais elle était triste.

— Restons ce que nous sommes, des amants libres et joyeux, a dit Pero, après une longue pause pendant laquelle il semblait peser chaque mot qu'il allait prononcer. Nous ne différons pas seulement par l'âge, mais par les buts que nous poursuivons. Bientôt, nous serons peut-être séparés pour toujours.

Elle ne comprenait pas. Il en dit un peu plus :

— Nous devrons sans doute partir d'ici peu. Demain peut-être.

— Mais j'avais annoncé les noces à toute la famille ! Que vais-je leur dire ? a-t-elle répondu en gémissant.

— Quand je ne serai plus là pour t'expliquer les nouvelles fracassantes qui vont se répandre dans cette ville, tu comprendras tout, a dit Pero, d'une voix énigmatique.

— D'accord, a-t-elle répondu sans rien comprendre.

— De cette façon, la perte de mon corps et de mon âme n'appartiendra qu'à moi. Tu seras épargnée.

— En seras-tu plus heureux ?

— J'ignore si cela peut apporter le bonheur, mais cela garantit la paix.

— Pour qui, pour toi ou pour moi ?

— Pour nous deux. Mais n'en parlons plus aujourd'hui, nous aurions trop de peine. Souhaitons la bonne nuit à notre ami Juan et aimons-nous comme l'amant et l'aimée.

— Comme mari et femme, a-t-elle ajouté.

— Si tel est ton souhait, qu'il en soit ainsi dans nos corps et dans nos cœurs, a répondu Pero.

« Ainsi soit-il », ai-je murmuré à part moi, en les laissant seuls pour une de leurs dernières nuits d'amour ici-bas.

En effet, deux jours plus tard, le 16 novembre 1491, les huit accusés du meurtre de l'enfant qui n'exista jamais, couverts du san-benito jaune des hérétiques condamnés, accompagnés des trois effigies des hérétiques défunts portées par des huissiers du Saint-Office, sont sortis en procession solennelle du monastère de Saint-Thomas. (Torquemada venait d'en commencer la construction avec la fortune et les biens des Juifs condamnés par l'Inquisition, et l'édifice allait être achevé deux ans plus tard, avec les pierres du cimetière juif d'Avila, cédé au couvent après l'Expulsion ordonnée par les Rois Catholiques.) Le cortège a traversé les rues de la ville jusqu'au Grand-Marché, où les inquisiteurs en habit noir et blanc et leur suite de juges ecclésiastiques, de familiers, de greffiers et de moines, ont pris place devant l'église Saint-Pierre pour célébrer l'autodafé.

Dans la nuit qui a suivi, Martín Martínez, qui avait assisté au sacrifice humain, nous a raconté que Yucé Franco, attaché au pieu du bûcher dans le lieu dit Brasier des Pâtures, a été condamné à être livré au bras séculier et à la confiscation de tous ses biens, les inquisiteurs demandant au corrégidor Álvaro de Santiestevan « d'avoir pitié dudit Juif Yucé Franco, de ne pas le mettre à mort ni le mutiler ni faire verser le sang, en assurant, comme ils l'avaient déjà fait, que si le contraire devait par malheur survenir, leurs révérends seraient lavés de toute faute ». « Et aussitôt ledit messire corrégidor a déclaré qu'il recevait et a reçu en son pouvoir ledit Yucé Franco, comme une personne maudite et excommuniée et qui subirait le châtiment approprié que lui dictait le devoir de sa charge. » Yucé Franco et son père ont enduré le supplice des tenailles et ont été brûlés à petit feu, en continuant à nier leurs fautes, « sans en appeler à Dieu ni à la Sainte Vierge ». Benito García, qui est mort en bon catholique, ainsi que Johán de Ocaña et Johán Franco, « qui sont morts en connaissant Dieu et en confessant leurs terribles péchés », ont été étranglés par le bourreau avant d'être dévorés par les flammes. Tous les autres, de même que les effigies, ont été réduits en cendres.

Au lendemain de l'autodafé, Torquemada a ordonné que l'histoire de l'enfant crucifié par les Juifs soit lue en chaire de vérité, dans tous les royaumes des Rois Catholiques. Dans une rue d'Avila, un Juif a été lapidé par la foule exacerbée, qui voulait prendre d'assaut la juiverie. De Cordoue, Ferdinand et Isabelle ont dû envoyer une lettre à tous les représentants de la justice du pays, afin de protéger la personne et les propriétés des Juifs. Bientôt, l'enfant imaginaire a été pourvu d'un prénom : Cristóbal ; puis on lui a tissé une légende, semblable à celle de la Passion du Christ ; et il a fait de nombreux miracles, à commencer par l'expulsion de tous les Juifs d'Espagne.

Dans les heures qui ont suivi l'autodafé, il m'a été très difficile de contenir la fureur de Pero qui, enfermé dans sa cécité comme dans une cage sans barreaux, était pétri d'angoisse et de mélancolie. Orocetí faisait l'impossible pour le consoler, mais en vain.

C'était par un matin froid de décembre, je ne l'oublierai jamais, à l'heure de la tierce, quand Pero Meñique, Martín Martínez et moi, Juan Cabezón, nous avons quitté l'auberge pour nous rendre au monastère de Saint-Thomas, dans l'espoir d'accomplir enfin notre mission. Parce qu'il croyait avoir entendu prononcer le nom « Torquemada » par un huissier qui bavardait avec un autre à l'entrée du couvent, Pero, mû par une impulsion irréfléchie, s'est faufilé derrière un dominicain dans la première salle où il entendait des gens parler. Il s'est adressé à la première personne dont il devinait la présence près de lui et il a demandé après Monseigneur le grand Inquisiteur ; l'aveugle audacieux avait déjà trompé la vigilance des nombreux familiers qui surveillaient étroitement toutes les voies d'accès et qui ne lui avaient même pas demandé où il allait. Comme la personne interrogée lui répondait que le grand Inquisiteur était dehors, Pero est sorti aussitôt du couvent. Et c'est alors que, bousculant un greffier du Saint-Office qu'il prenait pour Torquemada, dans sa hâte vengeresse d'accomplir son exploit, il a sorti son poignard d'argent et lui a donné un violent coup dans le bras en criant :

— Meurs donc, fléau !

Et comme un autre greffier survenait à cet instant, Pero l'a attaqué hardiment, fourrageant à coups de poignard dans sa barbe, lui arrachant des poignées de poils, mais le sang coulait aussi sur le menton et sur la poitrine.

Les familiers de l'Inquisition ont accouru sur-le-champ, les épées dégainées, les lances en arrêt, et ils ont frappé rageusement l'aveugle. Et tandis que Pero agonisait sur le sol, le visage de Martín Martínez se décomposait de désespoir devant l'échec de notre mission et le sort qui nous attendait. Moi, les yeux fixés sur le premier greffier, qui gisait dans la poussière en poussant les hauts cris, puis sur le second qui ne cessait de geindre et de pleurer sa barbe dévastée, je me demandais encore si je n'aurais pu intervenir pour prévenir mon ami de sa méprise et le retenir à temps, mais toute réponse était désormais superflue.

— Maintenant ou jamais ! a bredouillé Pero Meñique, comme s'il s'agissait d'un jeu entre les familiers, les greffiers et lui-même.

Mais, incapable de se relever, il a tourné son visage vers ses bourreaux et il allait leur dire quelque chose quand quatre familiers l'ont saisi par les jambes et par les bras, tandis qu'un cinquième, un très jeune hidalgo qui faisait carrière dans les rangs du Saint-Office, presque sans bouger lui a cloué son épée dans la poitrine.

— Fuyez, fuyez ! a encore crié Pero, affreusement pâle, et j'ai eu l'impression que sa voix était sortie en même temps que son âme.

En tentant de se redresser, il a ouvert tout grands les yeux comme si, juste avant de tomber dans les ténèbres éternelles, Dieu, dans son infinie bonté, lui avait permis de voir le monde le temps d'une seconde.

Martín Martínez, défiguré par la terreur, se croyant la cible de tous les regards depuis le dernier cri de Pero, ne savait s'il devait fuir à toute vitesse ou dégainer l'épée et affronter les familiers. Cet instant d'indécision lui a été fatal, car les autres, le voyant épouvanté, lui ont distribué tant d'estocades que, le temps d'un battement de paupières, il ressemblait davantage à un crible sanglant qu'à un corps humain. Et c'est encore le jeune hidalgo qui lui a administré le coup de grâce, imité aussitôt par dix autres familiers qui ont laissé notre ami par terre comme un chien moribond.

Juste avant d'expirer, Martín Martínez est parvenu à lever les yeux et à me regarder entre les bottes de ses assassins avec cet air effrayant d'un homme qui, sur le point de mourir, est encore en train d'attendre le pire.

Toute assistance, toute résistance étaient désormais inutiles : il y avait là plus de deux cent cinquante familiers, gardiens et soldats, les armes à la main, sans compter les nombreux curieux dont je ne saurai jamais d'où ils étaient sortis. En outre, à ma plus grande honte et bien malgré moi, en les voyant sans vie dans la poussière, j'ai été envahi par l'immense joie de me savoir vivant sous la lumière du soleil. Autour de moi, pendant quelques instants décisifs, les familiers et le peuple en armes ont semblé raides comme des statues dans la contemplation de ces deux hommes étranges, moments pendant lesquels l'air et le temps eux-mêmes semblaient aussi se tenir tranquilles, suspendus dans l'imagination de Dieu. Au bout de ce laps de temps comme immatériel, j'ai entendu le cri posthume et silencieux de Martín Martínez qui me disait : « Aux chevaux, vite, aux chevaux ! ». « Pourquoi des chevaux ? ai-je pensé. Il faut filer d'ici en vitesse, avant que ne commencent les poursuites, les arrestations, les interrogatoires. »

Pendant que ces phrases me revenaient en mémoire, un homme me regardait dans la foule : le nain don Rodrigo Rodríguez qui, en parfait hidalgo, faisait carrière et fortune sur les cadavres des convertis et autres victimes du Tribunal Suprême.

En le voyant m'observer avec une implacable fixité, j'en ai eu froid dans le dos : sans doute ses yeux étaient-ils déjà rivés sur moi quand je regardais Pero et Martín gisant à mes pieds. Mais, qui sait, peut-être ne m'avait-il pas reconnu. En tout cas, ébranlé par la mort de son ancien ami Pero Meñique, il n'a rien dit — et son silence m'a sauvé d'une mort certaine. Sans perdre une seconde, alors que les mots de Martín Martínez résonnaient encore à mes oreilles, je me suis éloigné du monastère bordant les murailles d'Avila pour courir à l'endroit où se trouvaient les chevaux.

J'ai choisi celui qui m'a paru le plus rapide. Je ne pouvais détacher ma pensée de Pero et d'Orocetí, qui nous attendait à l'auberge. Bien sûr, elle ignorait tout de notre conspiration, mais je savais combien les inquisiteurs étaient capables de faire avouer des crimes dont on n'aurait même jamais rêvé.

La fin d'après-midi couvrait de ses rayons vermeils la grande muraille d'Avila et la cité semblait un grand collier sanglant. Bientôt, les taches rougeâtres des maisons et des tours sont devenues plus petites, plus sombres dans le lointain, et moi, affamé, la mort dans l'âme, je me suis perdu dans la nuit.

C'était l'aube de l'an 1492 quand Grenade fut reconquise. Le roi don Ferdinand, en grand apparat, s'achemina vers le château et la ville, suivi de tous ses chevaliers en armes, de la reine, de leurs enfants et de tous les grands d'Espagne. Près de l'Alhambra, Muley Boabdil, « le petit roi », s'avançait à cheval à la rencontre du souverain, accompagné de cinquante cavaliers maures. Comme il voulait mettre pied à terre pour baiser la main du roi vainqueur, l'Espagnol n'y consentit point : il lui donna l'accolade. Alors Boabdil lui baisa le bras et, les yeux baissés, le visage accablé, le corps humilié, il lui livra les clefs du château en disant : « Seigneur, voici les clefs de votre Alhambra, de votre cité. Je vous prie de les recevoir. » Le roi Ferdinand les tendit à la reine Isabelle, avec ces mots : « Que votre Seigneurie accepte les clefs de votre ville de Grenade, et lui choisisse un gouverneur. » La reine, tête basse, répondit : « Tout appartient à votre Seigneurie » et elle donna les clefs au prince en disant : « Prenez ces clefs de votre ville et de l'Alhambra et remettez-les au nom de votre père au gouverneur et capitaine qui exercera son autorité sur Grenade. » Et le prince les remit à don Íñigo de Mendoza, comte de Tendilla — qui était descendu de cheval et s'était agenouillé —, en disant : « Comte, le roi, la reine et tous les seigneurs ici présents veulent vous faire la grâce d'assurer la lieutenance de Grenade et de son château. » Et c'est ainsi que le comte de Tendilla, accompagné du duc d'Escalona, marquis de Villena, et d'autres chevaliers, suivis de trois mille cavaliers et de deux mille hommes armés d'espingards, entrèrent dans l'Alhambra et en prirent possession. Puis ce fut le tour du roi, accompagné des prélats de Tolède et de Séville, du grand maître de Saint-Jacques, don Rodrigo Ponce de León, duc de Cadix, le plus grand capitaine de la campagne de Grenade, ainsi que de frère Hernando de Talavera et d'autres dignitaires et ecclésiastiques. A la tour principale et à celle de l'Hommage, on suspendit l'étendard royal et celui de Saint-Jacques. Le roi s'agenouilla devant la croix pour rendre grâce à Dieu de lui avoir accordé la victoire, les archevêques et le clergé entonnèrent le *Te Deum laudamus*, on leva toutes les bannières de l'apôtre Jacques et du roi Ferdinand en criant : « Castille, Castille ! ». La prière achevée, tous les grands du royaume accoururent pour présenter leurs félicitations aux nouveaux souverains de la terre de Grenade ; agenouillés, un par un, ils baisèrent la main du roi, de la reine et du prince. Après le banquet, on reprit, dans le plus grand ordre, le chemin des quartiers généraux, à côté de la porte la plus proche de la ville. Boabdil, le jeune roi déchu, reçut la souveraineté sur la vallée de Purchena, et cinq cents chrétiens captifs furent remis en liberté.

Je suis arrivé à Trujillo par un matin glacé de brouillard épais, après de longs détours à travers les monts et les ponts de pierre, après avoir marché des jours et des jours, des lieues et des lieues, sans autre compagnie que celle des rouvres et des chênes-lièges entre les pierres grises.

Je suis entré dans la ville à pied : mon cheval avait succombé près des falaises du Tage prodigue, sous le vol des aigles qui se reflétaient dans le courant comme s'ils nageaient dans les branches liquides des chênes. J'ai marché jour et nuit, sans relâche, en cherchant mon chemin dans la lenteur des arbres, où le silence semblait avoir plongé des racines, où le vert foncé tissait des feuilles dans l'air.

« Quel que soit ton chemin pour entrer dans cette ville, tu devras parcourir une lieue de granit », dit le proverbe, et il dit vrai : avant d'arriver à Trujillo, on voit d'énormes blocs de granit incrustés dans la terre, comme des tortues géantes, immobiles dans l'herbe rare, des rocs cendrés grimpant les uns sur les autres comme des masses de voilures grises qui se seraient effondrées, se muant en animaux pétrifiés, aux crânes brisés.

Dans un manteau de brouillard, j'ai pénétré dans la ville couleur de terre et de pierre, avec ses murailles, son château et ses tours d'où l'on dominait tous les points de l'horizon : les montagnes bleu pâle, les chemins boueux, les vagues ruisseaux, les lointains poussiéreux.

La lune, livide et déchirée, ne s'était pas encore cachée quand j'ai suivi des rues étroites et tortueuses jusqu'à la place où se dressait l'auberge de doña Luz Pizarro, une grosse femme flegmatique, fille de cultivateurs.

— A tout pèlerin, paix sur le chemin, a-t-elle dit sur le pas de la porte.

— Ne seriez-vous point de ces aubergistes qui sortent à la rencontre des voyageurs pour les inviter à les héberger et qui, une fois la clef tournée, leur font payer jusqu'à la fumée des chandelles ? ai-je dit en plaisantant.

— Notre Seigneur a dit dans son Évangile : « Celui qui vous accueillera, c'est moi qu'il accueillera », a-t-elle répondu.

— Ne seriez-vous pas doña Luz Pizarro ? ai-je demandé.

— Je réponds à ce nom depuis que je suis née et je n'en ai jamais changé, a-t-elle dit.

— Je viens de la part de votre ami don Martín Martínez.

— Comment se porte cet homme que j'aime tant, avec qui j'ai failli me marier il y a de cela bien des années ?

— Il vit dans la plus complète sérénité de son âme, ai-je répondu sans broncher.

— C'est un curé apostat qui avait entravé les noces, mais je vous raconterai tout cela quand vous aurez pris le temps de vous reposer et de vous restaurer, a-t-elle ajouté. Entrez donc, vous êtes arrivé dans une cité admirable qui n'a pas son égale dans le monde entier.

— Je ne suis pas très riche, ai-je précisé tout de go, Martín Martínez m'avait assuré que vous me trouveriez une chambre à bon prix, pour quelques semaines.

— Entrez d'abord, on verra ça plus tard. Ici, tous les pauvres reçoivent leur pitance, comment pourrais-je lésiner avec un ami de don Martín Martínez ? a-t-elle répondu en me conduisant vers la chambre la mieux protégée du vent et en me donnant aussitôt un plat de viande si grasse que mon estomac affaibli ne l'avait pas encore digérée le lendemain.

Je me suis couché après vêpres et ne me suis levé qu'à l'heure de la tierce. L'auberge n'abritait qu'un autre pensionnaire, un négociant dont on ne pouvait dire s'il était jeune ou vieux, agile ou maladroit ; son visage n'était ni laid ni beau ; bref, un type d'homme que l'on rencontre des milliers de fois dans sa vie et que l'on oublie aussitôt. Et pourtant, au-delà de sa vague identité, quand il parlait, il allait droit au fait, disant toujours ce qu'il voulait dire et rien de plus ; de sorte qu'on avait l'impression d'être en face de deux personnes en même temps : l'une qui vous regardait avec franchise et l'autre qui cachait toujours quelque chose, l'une dont l'expression était pâle et malsaine, comme si l'individu venait de sortir d'une longue maladie, et l'autre active, entreprenante, crue, rapace. Il allait et venait dans l'auberge jour et nuit, d'un pas pressé, en faisant des préparatifs pour acheter, vendre, troquer ou partir ; mais en réalité, il n'était pas pressé, n'achetait rien, ne vendait pas plus qu'il n'échangeait — et il ne sortait jamais. Depuis le seuil, il observait la tour du palais des Chávez, le clocher de l'église Saint-Jacques, les murailles, le château, l'horizon. Invariablement, doña Luz Pizarro se troublait quand elle tombait sur lui; elle pensait toujours qu'il souhaitait quelque chose qu'il ne désirait pas, qu'il allait dire quelque chose qu'il ne disait pas, et qu'il allait s'en aller, mais il ne partait pas. Il se précipitait vers elle, la bousculait, n'avait pas de temps à perdre, mais il était toujours oisif, calme devant elle, comme si sa seule occupation était de la regarder au fond des yeux. Ce qui la fascinait chez cet homme, disait doña Luz, c'était sa manière très claire d'articuler chaque mot, l'ordre mesuré et quasi parfait de ses propos, sa discrétion et son incapacité totale à rire ; car, depuis le jour de son arrivée, des mois auparavant, cet homme aux deux visages n'avait pas ri une seule fois.

— J'ai visité toutes les foires de ces royaumes, m'a-t-il dit un soir où, à ma grande surprise, il est venu s'asseoir à la table ronde pour me tenir compagnie ; celle de Badájoz, celle de Talavera de la Reina, celle de Séville, celle de Cadix et celle d'Avila, mais je n'en connais pas d'aussi fréquentée que celle de Medina del Campo : c'est là qu'on voit affluer les marchands de Flandres, de Gênes, de Florence, de Milan, d'Alexandrie, de Burgos, de Séville, de Grenade, de Tolède, de Ségovie, de Valence, d'Angleterre, de France, d'Irlande et du Portugal, avec leurs trésors de soies, de brocards, de tissus rehaussés d'or et d'argent, de draps, de perles, de cheptels, de poissons, de viandes, de vins, d'huiles, de miels, d'épices, de bois, de semences, de fruits verts et secs, de portes, de fenêtres, de cuirs, de cires, de pots de terre cuite et de verres. J'y ai participé en toute sécurité, parmi des chrétiens, des Juifs et des Maures, en payant l'octroi, la dîme et la patente chaque fois qu'il le fallait.

Intarrissable dans sa description des foires, il se montrait fin connaisseur en matière de poids et de mesures qui avaient cours de tous côtés, et il m'a entretenu jusqu'à minuit des *cántaras* et de leur équivalent de huit *azumbres* (seize litres) pour mesurer la quantité de vin, des fanègues de douze boisseaux pour le pain et des vares castillanes pour le drap. Durant ses longues pérégrinations, il avait acheté et vendu du cuir de cheval et d'âne pour fabriquer des boucliers, des chapeaux de Ségovie, du savon blanc et brun de Séville, du safran de Saragosse, de la faïence de Malaga et des verres d'Alhama ; avec ses charrettes, ses mules et ses muletiers, il avait cheminé par monts et par vaux, quitte à y perdre corps et biens, jusqu'au jour où la Sainte-Hermandad avait truffé les campagnes de ses bandits de grand chemin.

Il a parlé d'un nombre incalculable de choses et, finalement, il s'est replié en lui-même, comme si, tout à coup, quelqu'un d'autre en lui craignait d'en avoir trop dit devant un étranger, en l'informant non seulement sur les foires, mais sur sa fortune et ses affaires. Il a pris congé avec l'air d'un homme qui, après s'être montré loquace devant un inconnu, regrette ses façons familières et court bien vite se cacher. Le lendemain, il avait quitté l'auberge, sans laisser la moindre trace, sans même avoir confié d'où il venait ni comment il s'appelait.

Une fois le marchand parti, je suis resté seul à l'auberge, sans autre souci que celui de me laisser soigner par ma charmante hôtelière, sans autre occupation que mes promenades au château, avec sa muraille comme un serpent terreux cloué au sol. Je flânais également du côté de Sainte-Marie-Majeure, de la rue des Colombiers, de la maison des Escobar et de la porte de Saint-André. C'était là, m'a-t-on dit, sur la grand-place, que vivait encore dernièrement doña Vellida, une riche Juive, veuve et mère de trois enfants, et qui avait été condamnée à la pendaison, en 1491, par Diego Arias de Anaya, corrégidor de Trujillo. Quelques années plus tôt, la juiverie de la ville l'avait dénoncée auprès des souverains, l'accusant d'entretenir un commerce charnel avec le gouverneur et corrégidor Sancho de Águila, qu'on avait trouvé plusieurs fois endormi avec elle dans les draps de l'adultère. Ferdinand et Isabelle avaient aussitôt mandé Alonso Contreras, depuis Valladolid, afin de les appréhender et de séquestrer leurs biens. Deux mois plus tard, la juiverie accusait à nouveau doña Vellida d'amours illicites avec l'alguazil Gonzalo de Herrera. Une fois de plus, les souverains ordonnèrent à Alonso Contreras d'arrêter les coupables et de saisir leurs biens. Six ans après, le susdit Diego Arias de Anaya, corrégidor de Trujillo, fit arrêter la Juive pour avoir commis le délit d'adultère avec le chrétien Juan Ruiz ; cette fois, il la fit torturer et chevaucher un âne à travers la cité, confisqua la moitié de sa fortune et la condamna à l'exil perpétuel loin de sa ville. Mais doña Vellida fit appel : elle adressa une requête aux monarques, leur expliquant que Juan Ruiz avait tenté maintes fois de la séduire, jusqu'au jour où il l'avait prise de force, un crime contre lequel elle n'avait pas osé porter plainte, par crainte du déshonneur. Et comme elle ne pouvait chasser Juan Ruiz de sa demeure, le corrégidor les avait appréhendés tous les deux, mais il avait réservé ses tortures à elle seule. Alors, les rois ordonnèrent à Diego Arias de Anaya de restituer ses biens à la victime et de lui accorder un délai de quinze jours pour préparer son exil. Mais le corrégidor, fou de rage, la fit pendre sur-le-champ, en confisquant sa fortune et tous ses biens.

Sur la grand-place, j'ai souvent rencontré Abrahem Barchillón, le crieur de la juiverie, le *semas* chargé d'allumer les lampes dans la synagogue. On le disait fou, ivrogne et truand ; bref, un homme louche, vil et déchu, coupable de tous les péchés du monde, qui errait voûté dans les rues pour distribuer ses railleries et lâcher ses obscénités, mendier sans vergogne et vendre son âme pour un verre de vin. On le voyait courir d'un bout à l'autre de la place avec un demi-bouclier, un cabasset et une lance à la main, sous les yeux de la majeure partie des habitants, qui lui donnaient des coups de ceinture, riaient de lui et avec lui, tandis qu'il accablait de toutes les malédictions de la Loi mosaïque un certain Gonzalo Pérez Jarada, un condamné qui avait été échevin de Trujillo et qui, un jour, l'avait enfermé dans la synagogue avec d'autres Juifs, ce qui avait forcé notre lascar à s'évader par le toit.

Le dimanche, parfois, des convertis et des chrétiens venaient déjeuner à l'auberge. Les convertis s'asseyaient au bout de la table ; ils pratiquaient leurs rites et leurs cérémonies, avaient leur propre nourriture et ne mélangeaient jamais les plats, alors qu'ils venaient d'entendre la messe à l'église Saint-Martin comme de bons catholiques. Quant aux chrétiens, ils mangeaient du lapin, des perdrix, de l'agneau, des poules, des poissons, des congres, du porc et du lard, toutes choses qui pendaient à profusion dans la cuisine de doña Luz.

L'après-midi, on voyait défiler sur la place la noblesse chrétienne de Trujillo : les Chávez, les Hinojosa, les Pizarro, les Vargas, et d'autres personnes moins haut placées, comme le peintre Alonso González, l'écuyer Alfonso Rodríguez et le maître maçon Alí de Orellana. On voyait aussi les Juifs Delgado, Cohen, Follequinos, le médecin Cetia, Samuel Barzilay, le majordome de la synagogue, ainsi que le fils d'Ysaque Saboca qui avait été ruiné et incarcéré par l'échevin Gonzalo Pérez Jarada. Isaac del Castillo, sa femme Jumila et leur fille Azibuena, tous trois informateurs de l'Inquisition, ainsi que Álvaro et Francisco de Loaisa, « avec leurs hommes homicides et de basse extraction », faisaient aussi leur petit tour. Peut-être étaient-ils encore surveillés par un spectre doué d'ubiquité, le converti García Vásquez Miscal, qui, un jour, avait tenté de poignarder ledit Gonzalo Pérez Jarada en le poursuivant dans les quatre rues de la ville, et qui fut brûlé vif par le Saint-Office.

Le dimanche de la saint-Quasimodo, 29 avril 1492, ne fut pas un jour parmi tant d'autres. Entre midi et une heure, les crieurs publics, entourés de trois trompettes, du héraut, de deux gouverneurs et de deux alguazils, devant une grande multitude d'hommes et de femmes rassemblés sur le champ de foire de Santa Fe, ont promulgué le mandement de Leurs Majestés les Rois Catholiques, émis dans la cité de Grenade le 31 mars de l'année en cours et ordonnant « à tous les Juifs et Juives, quel que soit leur âge, qui habitent, vivent et demeurent dans nos dits royaumes et seigneuries, qu'ils y soient nés ou non, quelle que soit la raison de leur séjour, de quitter, avant la fin du mois de juillet prochain, nos dits royaumes et seigneuries, avec leurs fils et leurs filles, leurs serviteurs, leurs servantes et tous leurs domestiques, quel que soit leur âge, étant bien entendu qu'ils ne sont plus autorisés à revenir ni à séjourner sur toutes lesdites terres, ni pour y habiter ni quel que soit le motif, sous peine d'encourir la peine de mort et de confiscation de tous leurs biens ou bénéfice de notre Chambre du Fisc ; lesdites peines seraient appliquées en fait et en droit, sans autre forme de procès, de verdict ni de déclaration. Et nous défendons formellement à toutes les personnes de nos dits royaumes, quel que soit leur état, leur condition ou leur dignité, de recevoir, d'accueillir, de défendre ou d'héberger publiquement ou en secret, aucun Juif ni Juive, une fois passé ledit délai de la fin du mois de juillet et à jamais, ni sur leurs terres ni dans leurs demeures ni où que ce soit dans nos dits royaumes et seigneuries, sous peine de perdre tous leurs biens, vassaux, forteresses et domaines, et toutes les autres libéralités qu'ils tiendraient de nous et qui retourneraient à la Chambre du Fisc.

» Et puisque lesdits Juifs et Juives peuvent demeurer sur nos terres jusqu'à la fin du délai prescrit, étant libres de disposer d'eux-mêmes, de leur personne et de leurs biens, par la présente nous les prenons et recevons sous notre protection, notre secours et notre défense royale ; aussi peuvent-ils, jusqu'à la fin dudit mois de juillet, circuler en toute liberté et sécurité, entrer où ils le souhaitent, vendre, troquer et céder tous leurs biens meubles et immeubles, et disposer de tous ces biens librement et à leur gré, étant bien entendu que, pendant ledit délai, il ne peut leur être causé le moindre mal ni dommage ni désagrément, ni à leurs personnes ni à leurs biens, sous peine, pour tous ceux qui enfreindraient cet ordre, de tomber sous le coup de notre loi. De la même façon, nous donnons licence et faculté auxdits Juifs et Juives de faire sortir de nos dits royaumes et seigneuries, tous leurs biens et tout leur avoir, par mer ou par terre, à condition toutefois qu'ils n'emportent ni or, ni argent, ni monnaie en usage dans nos royaumes, ni aucune autre chose interdite par nos lois. »

Une fois l'édit général d'Expulsion promulgué dans tous les lieux publics et de passage, en présence des juges civils et du magistrat de la Sainte-Hermandad, les coursiers publics de chaque agglomération des royaumes et seigneuries de Ferdinand et Isabelle, apposèrent le sceau des armes royales sur les portes de toutes les juiveries, ainsi que sur l'entrée de la demeure principale de tous les Juifs, demeures qui, désormais, « seraient aux mains de la cour de son Altesse ». Ensuite de quoi, ils commencèrent à inventorier, à mettre sous séquestre et à placer sous dépôt tous leurs biens meubles comme leurs bien-fonds, en ordonnant au commissaire et au notaire du roi, sous peine d'indigner son Altesse et d'être excommuniés par les inquisiteurs, d'envoyer des messagers de confiance pour surveiller les Juifs et les juiveries, de telle sorte que les expulsés ne puissent vendre, ni transporter, ni confier, ni aliéner, ni dissimuler leurs biens, jusqu'à la fin de l'inventaire et de mise sous séquestre concomitante. Un par un, les habitants des juiveries ont dû prêter serment devant le commissaire de l'Inquisition, en présence des juges civils et du magistrat de la Sainte-Hermandad, afin de déclarer « tous les biens, tributs, redevances, titres, droits et actions qui vous appartiendraient ou vous seraient dus de quelque façon, de toute espèce, nature et condition, car s'il se trouvait et s'avérait que des biens ont été transférés, cachés, prêtés ou mis de côté... et que vous ne l'auriez pas déclaré, notifié et certifié audit commissaire, selon les décisions édictées, désormais vous seriez livrés au Saint-Office et condamnés comme relaps... et défenseur des hérétiques ».

Au royaume d'Aragon, frère Pedro de Valladolid et le grand maître Martín García ont admonesté et exhorté les chétiens, sous peine d'excommunication et d'être livrés aux inquisiteurs, afin que « ni par eux-mêmes ni par personne interposée, de façon directe ou détournée, et quelle que soit la raison, ils n'acceptent ni ne prennent par voie d'emprunt ou de location ou sous quelque forme que ce soit, des biens qui auraient appartenu ou appartiendraient auxdits Juifs et Juives ». Dans son active participation à l'expatriation des Juifs et à la confiscation de leurs biens, frère Tomás de Torquemada a ordonné aux chrétiens, dès le neuvième jour du mois d'août suivant, « de ne plus conserver ni communiquer en public ou en privé avec les Juifs, de ne plus les recevoir dans leurs foyers, de ne leur rendre aucun service, de ne pas veiller à leur subsistance, de ne pas leur donner de quoi se sustenter et de ne rien négocier avec eux, sous forme d'achat ou d'échange ». Car, ajoutait-il, puisque les biens des juiveries et de certains gentilshommes juifs d'Aragon, de Valence et de Catalogne « étaient donnés en garantie au roi, aux monastères, aux églises et à divers villages, on a mandé de mettre sous séquestre général toutes les possessions des Juifs, afin de donner satisfaction et dédommagement aux parties qui prétendent que lesdits Juifs avaient contracté des dettes envers elles ».

Sur le chemin de l'auberge, en marchant lentement dans les rues de la ville, moi aussi je me sentais expulsé. Je regardais avec indifférence les contreforts, les pierres, les blocs de granit et le vol des hirondelles babillardes au-dessus des toits. Au haut de la montagne, le château ne m'avait jamais paru aussi inaccessible, aussi lointain, aussi distant, comme s'il était l'emblème du pouvoir souverain qui exilait les Juifs d'Espagne et qui, de quelque façon, m'arrachait à moi-même, en chassant Isabel et mon fils.

Une lune pâle était clouée au centre du ciel limpide, sur la pointe d'un clocher des cigognes claquetaient et le soleil se couchait sur des monts lointains. Les deux portes de la juiverie de Trujillo avaient été condamnées pour toujours. A partir de la fin juillet, il ne serait même plus nécessaire que les Juifs s'enferment dans leur quartier dès que la ronde aurait sonné les neuf heures du soir, ni que l'alcade fasse annoncer par le crieur que tout Juif, toute Juive qui serait surpris hors de son quartier après le coucher du soleil verrait son habit confisqué et payerait une amende de deux cents maravédis, tout cela pour les inciter à quitter la ville. Bientôt, mesures, décrets et ordonnances seraient superflus : l'édit général avait mis le point final.

La porte de l'auberge était fermée, mais on n'avait pas tiré la bâcle ; j'ai donc pu entrer et chercher doña Luz pour m'entretenir avec elle des terribles nouvelles du jour. Comme elle était absente, je me suis dirigé vers ma chambre. L'hostellerie n'avait que trois chambres à louer et une grande pièce avec la table ronde où l'on prenait les repas, bavardait et traitait des affaires. Depuis que le commerçant était parti, le silence était presque total ; seul l'aboiement d'un chien ou le sifflement du vent l'interrompait de temps à autre. Les poutres du plafond de la salle de séjour étaient noircies par la fumée, le temps et l'incurie, et le châssis de la fenêtre qui donnait sur les rochers semblait avoir été arraché par Diego García de Paredes, le Samson de Trujillo, l'Hercule de l'Estrémadure, en laissant à sa place un triste vide. Les chambres du haut, car il y en avait d'autres, étaient fermées pour des raisons mystérieuses ; les mauvaises langues disaient qu'elles abritaient le repos éternel des maris de l'aubergiste qui avaient disparu de sa vie sans laisser la moindre trace. Une rumeur que je ne mettais pas en doute, car cette femme avait parfaitement l'air d'une mangeuse d'hommes. On prétendait qu'elle avait mis au monde des enfants d'un Juif, d'un Maure et d'un chrétien, si bien qu'on la surnommait *l'Espagne des trois religions*. Sa chambre était située dans un coin du rez-de-chaussée, près d'un escalier rongé des vers ; elle était si petite et si sombre qu'on pouvait la traverser sans rien y voir, comme si les murs avaient voulu cacher tout ce désordre par une occultation délibérée.

A deux pas de la chambre s'ouvrait la cuisine, dont l'âtre n'était jamais allumé, car on ne rôtissait rien dans les poêles, on ne pétrissait pas le pain dans les bassins, on ne faisait pas bouillir l'eau dans les chaudrons ; on rangeait simplement dans une caisse en pin les nappes, les serviettes et les pichets de vin.

Dans la cour, on n'entendait ni poules, ni chèvres, ni vaches ; la nuit s'approchait en silence du chêne-liège, et les aubes s'éloignaient sans souffler mot de ses feuilles vert foncé.

— Avez-vous entendu le crieur à midi, annonçant que les Rois Catholiques ont ordonné aux Juifs de quitter ces royaumes avec tous leurs biens, à compter de ce jour jusqu'à la fin du mois de juillet, sous peine de mort et de confiscation de tout leur avoir ? m'a-t-elle demandé à travers mon sommeil (je venais tout juste de commencer à dormir), et en m'entrevoyant dans la pénombre du lit et de la nuit tombante.

— J'ai entendu, ai-je répondu, les yeux mi-clos, sans bien savoir dans quelle partie de la chambre elle se trouvait ; mais je crois que ce sont des gens de grande science et conscience, et que le roi a commis une lourde erreur en chassant des personnes si utiles et entreprenantes.

— On dit que lorsque le projet d'Expulsion a été présenté à la cour, don Abraham Senior et don Isaac Abrabanel ont offert une grosse somme récoltée dans les juiveries pour tenter la convoitise du roi Ferdinand, mais la reine s'y est opposée et Torquemada est entré en tendant un crucifix et en disant : « Voici le Crucifié que Judas a vendu pour trente pièces d'argent ; voulez-vous donc le vendre pour une plus forte somme ? », a dit doña Luz, qui se précisait maintenant sur le seuil, une chandelle à la main.

— Comme souvent, j'ai entendu tout ça et des choses bien pires, ai-je dit en me dressant sur mon séant.

— Ne seriez-vous pas en train de défendre la perversion hérétique ? m'a-t-elle tancé durement.

— Je ne défends pas les Juifs, mais mon cœur ne se réjouit pas de leurs tourments, ai-je répondu.

Et les jours passaient, aussi vite que se répandent les mauvaises nouvelles, plus rapides que le vent. Sur la place même où l'on avait publié l'édit général d'Expulsion, le crieur donna lecture d'une missive des Rois Catholiques qui, dans la ville de

Santa Fe, le 14 mai, ordonnaient d'annoncer sur toutes les places publiques et tous les marchés de leurs royaumes et seigneuries, qu'ils donnaient licence aux Juifs de vendre leurs biens meubles et immeubles, et de donner, de troquer, d'échanger, de céder ou de récupérer des sommes qui leur étaient encore dues. Le même jour, à Santa Fe, le roi avait chargé Martín de Gurrea, originaire d'Argavieso, d'accompagner en son nom les Juifs hors d'Espagne, adultes et enfants, avec les biens autorisés, en respectant le délai de l'édit royal, et de les conduire par n'importe quel chemin, par mer ou par terre, vers les parties du monde où ils souhaiteraient se diriger, en les protégeant et en interdisant qu'il leur soit causé dommage ou préjudice, sous peine, pour les contrevenants, d'encourir la colère et l'indignation du souverain, et de payer une amende de dix mille florins d'or.

Un autre édit fut signé à Cordoue et lu devant notaire sur toutes les places et tous les marchés des villes et agglomérations de Ferdinand et Isabelle ; les souverains faisaient savoir que les chrétiens et les Maures qui avaient contracté des dettes envers les Juifs, ainsi que les Juifs qui étaient encore débiteurs de chrétiens ou de Maures, devaient comparaître devant les juges civils de leur cité ou de leur village pour vérifier et liquider le contentieux, par la procédure la plus simple et la plus adéquate, sans arguties, en établissant simplement la vérité, de sorte que toutes ces affaires soient vérifiées et liquidées au milieu du mois de juillet, en poussant et en contraignant, en châtiant s'il le fallait, les chrétiens et les Maures créanciers, afin qu'ils reçoivent en contrepartie de ce qui leur était dû le montant d'autres dettes liquidées avec les sommes que les chrétiens et les Maures devaient aux Juifs, ou qu'ils règlent le contentieux en achetant ou en vendant des biens meubles estimés à leur juste prix et valeur par lesdits juges civils, assistés de deux experts. Quand aux dettes que les chrétiens et les Maures n'auraient pas honorées et remboursées intégralement aux Juifs au terme du délai prescrit, on procéderait comme suit : les Juifs laisseraient des procureurs chrétiens ou maures pour les toucher à leur place et en leur nom et qui feraient parvenir les sommes à destination suivant les souhaits des créanciers.

Entre-temps, dans la juiverie de Trujillo, un autre bruit circulait : on disait que le vieux rabbin Isaac Aboab, en compagnie de trente de ses pairs, avait été commissionné pour traiter avec le roi Jean II de Portugal qui recevrait dans son royaume les Juifs expulsés d'Espagne ; le roi demandait l'équivalent d'un *cruzado* par Juif et pour une période de six mois ; au terme de ce délai, pour chacune des six cents maisons mises à leur disposition, les Juifs devraient payer cent *cruzados* pour chaque personne qui aurait occupé lesdites maisons. Les Juifs de Trujillo ont commencé aussitôt à fuir vers le Portugal, laissant derrière eux quelques biens, des maisons, des vignobles et d'autres propriétés. Au terme du délai fixé par l'édit, le roi livrerait la synagogue aux religieuses du couvent de Sainte-Isabelle, et les pierres et les briques du cimetière juif seraient destinées au monastère de Sainte-Marie-de-l'Incarnation, de l'ordre de Saint-Dominique.

A l'auberge, un mois plus tard, doña Luz est entrée une nuit dans ma chambre, à minuit très exactement, dévêtue et déchaussée, avec des chandelles et le visage enflammé. En portant ma main à son ventre pour voir s'il n'était pas froid, elle m'a demandé :

— Que fais-tu là dans l'ombre ?

— J'ai les yeux collés à la fenêtre où je vois une étoile très claire, ai-je répondu.

— Aime-moi, nul n'en saura jamais rien, a-t-elle déclaré sans ambages.

— J'aime une absente que je cherche depuis des années de ville en ville, ai-je répliqué.

— Je te guérirai de ta mélancolie, a-t-elle poursuivi.

— Ce qui soigne la chair ne soigne pas le cœur, ai-je murmuré.

Elle a enlevé sa chemise.

— Donne-moi de ta médecine, car je souffre à l'aiguillon de ces petits animaux si mal nommés tétons, de ces fesses qui me font mal par l'ardeur de la luxure ; tous les jours, je cherche un ami avec qui je pourrais pécher.

— Étant donné ton format, nous ne tiendrions pas tous les

deux dans la même tombe et un seul lit ne pourrait suffire à ton grand feu.

— Demain nous mourrons, il faut nous hâter de nous aimer, a-t-elle dit.

— Nous ne cessons jamais de mourir, ai-je rétorqué.

— La mort emplira de laideur tout notre corps.

— La mort est une forme vide.

— Je préfère le roi Crésus qui était muet.

— Aime-le donc.

— Je veux t'aimer avec grande passion.

— Tu me serres trop, ai-je dit en me dégageant, car elle m'avait pris par le bras.

— Je ne te plais pas ?

— Si tu me plaisais beaucoup, tu serais ma femme.

— Je te prie de me montrer comment je dois t'aimer, a-t-elle gémi.

— Je te l'ai déjà dit, j'aime une absente.

— Viens avec moi, je te préparerai la table.

— Je n'ai nul appétit devant la viande crue ni devant l'amour de la femme non aimée, ai-je dit, et je ne veux pas être cause de ta condamnation.

— Je me damne moi-même en me consumant toute seule, a-t-elle répondu. Toi et ton image dans le miroir, vous ressemblez beaucoup à Proveto et Jacinto, qui étaient castrés.

— Maintenant, je suis deux, mais tous deux nous aimons une absente, châtrés ou membrés comme baudet, chrétiens fidèles ou hérétiques.

— Moi aussi j'aime un absent, a-t-elle repris ; un moine apostat, aujourd'hui défunt. Il était putassier avec les femmes, vicieux avec les filles, trop avide de boire et de manger.

— Parle-moi de lui.

— Il se promenait sur les grands chemins avec le bâton de pèlerin et la coquille à la main, en se querellant avec les abeilles parce qu'elles dépossédaient les fleurs et en faisant des miracles dans le ventre des donzelles, car c'était un grand corrupteur de vierges et il leur prophétisait des petits enfants dans leurs entrailles. Il est même parvenu à coucher avec mère et fille à la fois, et avec de grandes dames au temps de leurs menstrues, et qui, pour cette raison, faisaient chambre à part, loin de leurs maris.

— Était-il beau garçon ?

— C'était un chérubin qui puait l'ail ; pour cacher sa calvitie, il se collait des cheveux sur le front et couvrait de fard ses nombreuses rides. A chaque nuit tombante, en revenant de ses fredaines, il secouait ses chaussures dans une chapelle près de chez lui, il déchiquetait ses vêtements, ses épaules étaient criblées d'ecchymoses à cause du fouet qu'il s'administrait, puis il demandait un clou pour s'arracher les yeux parce qu'il s'était vautré dans l'adultère, il passait toute la nuit en prière, à genoux sur la pierre froide, et il marchait pieds nus sur des épines dont il constellait le sol.

— Et tu as donné ton amour à cet homme ?

— Quand j'allais à confesse, il me faisait des propositions malhonnêtes, il s'exclamait qu'il brûlait de forniquer avec moi. Une fois qu'il était venu dans cette auberge, il m'a tellement induite en tentation que je me suis livrée et qu'il m'a mise enceinte... Dans les mois qui ont suivi, jour après jour ma panse s'est remplie de son fruit comme si j'avais avalé une brebis qui bêlait à chaque instant ; à telle enseigne que les gens me demandaient par quel côté et par qui j'avais été engrossée, s'il s'agissait d'un animal ou d'un humain. Pour dissiper mes doutes, j'ai demandé à un astrologue si mon fils serait un enfant ou un agneau. Il m'a répondu que j'accoucherais d'un mulet très orgueilleux, qui ne reconnaîtrait ni son père l'âne ni sa mère la jument... ou que je mettrais au monde une créature semblable à l'hippopotame, une bête féroce qui a les ongles fendus comme le bœuf, le crin et l'échine du cheval, les défenses du sanglier. Et quand cet animal grandit, il veut saillir sa mère, et si le père tente de s'y opposer, il est bien capable de le tuer... Il m'a dit que tout ce dont il était sûr, c'est que le fruit de mes entrailles naîtrait dans un pré du chemin de Saint-Jacques, comme le saint don Ferdinand.

— Et que s'est-il passé ?

— J'ai perdu mon fils en tombant : j'ai roulé sur un gros rocher à l'entrée de Trujillo, et on ne m'a plus jamais demandé de qui j'étais enceinte.

— Et lui, qu'a-t-il fait ?

— Il guettait les filles de la ville pour folâtrer avec elles partout où ils pouvaient. Beaucoup de ces donzelles le soupçonnaient de les tromper et devenaient jalouses, car il les séduisait, les connaissait charnellement, puis les trompait et les oubliait... Un jour, il m'a laissée à l'auberge pour aller se confesser auprès d'une jeune fille qui risquait de perdre la vie parce qu'elle était enceinte de lui. Alors, les parents de la fille et ses quatre oncles — ils étaient tous apparentés à Diego García de Paredes — lui ont tendu une embuscade parmi les gros blocs de granit. Ils l'ont criblé de leurs arbalètes, lui ont arraché les yeux, allongé la langue d'un empan et brisé les deux pieds ; alors, il s'est décidé à crier, à braire, à hurler, mais il était trop tard : il a rendu son âme à Dieu.

Cette longue conversation avait calmé doña Luz ; quand les cloches ont sonné les laudes, elle a regagné sa chambre et m'a laissé dormir.

Un autre jour, pourtant, alors que nous étions à table, elle a repris son manège : elle voulait que je la retrouve dans sa chambre après le souper.

— Ne blâme pas la rose parce qu'elle porte des épines, ni la beauté d'une femme parce qu'elle est fille de paysans, a-t-elle dit.

— Ne me tente plus, c'est inutile ; je suis marié et je sais que le visage d'une belle femme qui croise mon chemin est comme le vent.

— Si tu m'aimes, je t'assure que nul ne t'accusera de stupre.

— La femelle qui freine son appétit charnel économise beaucoup de peine et de poids, ai-je répondu.

— Si tu changes d'avis, viens dans mon lit, je t'apprendrai beaucoup de choses ignorées des hommes qui errent sans femme de par le monde, a-t-elle dit en allant vers sa chambre.

Peu après, je l'ai entendue hurler et je me suis précipité auprès d'elle. Je l'ai trouvée par terre, dans son ferme dessein de m'attirer vers son corps, en murmurant des promesses de plaisir, des menaces, des outrages et des obscénités.

— Que fais-tu dans cette position ? ai-je demandé.

— Je suis couchée en extase, c'est une manière de rêver, a-t-elle dit.

— Je crains fort que ton extase ne se confonde avec la ferveur de la luxure.

— En vérité, quand je me suis couchée, des fourmis sont venues me grignoter la chair et j'ai dû me coucher à terre.

— Qu'est-ce que tu as là ? ai-je demandé en voyant du sang couler entre ses cuisses.

— J'ai été blessée au milieu par des démons qui sont entrés ici après le coucher du soleil. Ne m'en demande pas plus, chaque parole me coûte et je crains de défaillir.

— N'attise plus ton mal, oublie cet amour qui te pétrit de chagrin.

Elle s'est lentement redressée, comme si son corps avait doublé de poids ; puis elle a murmuré des syllabes incompréhensibles, supplique ou malédiction. Elle s'est retirée dans la cuisine et je l'ai entendue briser rageusement des cruches.

C'était après le 20 juillet, un vendredi, passé la neuvième heure. Un bruit courait dans la ville de Trujillo : il y avait, paraît-il, extra-muros, une foule de Juifs sur le chemin de l'exil ; certains partaient pour le Portugal, d'autres prenaient la direction des grands ports. Pensant que j'avais peut-être quelque chance de retrouver Isabel et mon fils, j'ai couru vers la ville basse, en passant par la rue des Colombes, la maison des Escobar et l'église Saint-André, et je suis sorti par la porte de la Victoire. J'ai longtemps marché hors les murs, escorté par le caquetage des poules et par le bêlement orphelin d'un agneau.

Au bas de l'Éperon, les condamnés au ban s'étaient rassemblés ; ils avaient l'air enfermés *hors du monde*, parmi les blocs de granit et les tas de fumier, les fourmis, les guêpes et les bagages. Du haut des tours de l'Éperon, comme au sommet de l'alcazar de Bejarano, les arbalétriers ne les quittaient pas de vue. De surcroît, ils étaient entourés par les gardes et les familiers de l'Inquisition.

Il était trois heures de l'après-midi, sous une chaleur à faire fondre la cervelle ; les ombres s'étaient figées à la droite des corps, comme pour se reposer quelques instants. Les Juifs venaient de tous les coins du royaume de Castille et ils allaient bientôt reprendre leur marche.

J'ai passé en revue les visages d'une foule de femmes épuisées par la faim, la soif, le chagrin, le soleil et la fatigue ; Isabel n'en était pas. Alors, dévisagé à mon tour par tous ces regards qui cherchaient dans le mien le pourquoi de leur destin, j'ai battu en retraite.

Soudain, j'ai aperçu un homme qui posait la main sur l'épaule d'une fille entre douze et quatorze ans, aux grands yeux resplendissants, peut-être sa compagne.

— Gonzalo de la Vega ? lui ai-je demandé en m'approchant.

Il m'a regardé fixement, comme s'il ne m'avait jamais vu de sa vie ; son visage était plus farouche et plus pâle qu'autrefois, ses gestes plus brusques, violents même. Il a finalement acquiescé d'un signe de tête.

A ma grande surprise, en le voyant là, devant moi, j'ai constaté que je n'avais rien oublié de sa physionomie, pas un détail, sans doute à cause des nombreux traits communs avec sa sœur.

— Juan Cabezón ? a-t-il demandé à son tour, avant de m'embrasser et de sourire aux anges, comme si tout le passé lui revenait à l'esprit d'un seul coup.

— Lui-même, juste quelques années plus vieux, ai-je répondu.

Mon visage trahissait la crainte d'apprendre des nouvelles funestes, mais je voulais savoir. Je l'ai pris à l'écart pour lui raconter mon interminable quête ; ses yeux angoissés lisaient les mots sur mes lèvres, plus vite que je ne parlais, comme si, à chaque instant, j'allais lui porter le coup fatal.

Quand j'ai terminé mon récit, il s'est interrogé lui-même à voix haute, tout en me questionnant : il se demandait si sa sœur et lui n'auraient pas mieux fait d'imaginer une façon ou l'autre de se tenir au courant de leurs allées et venues, s'épargnant ainsi l'affreux tourment de ne plus avoir échangé de nouvelles depuis leur départ de Madrid ; car, plus de mille fois, Gonzalo avait imaginé sa sœur hurlant sur un bûcher.

— Si tu la revois un jour, dis-lui que son frère a pris la route du Portugal, mais qu'elle n'aille pas m'y chercher, car j'espère quitter ce pays avant la fin du délai que le roi don Jean II vient d'accorder aux Juifs.

Dans l'excitation des retrouvailles, nous n'avions pas remarqué que beaucoup de gens écoutaient notre conversation ; nous nous sommes donc éloignés davantage, suivis de la fille qui devait être son amie.

— Tu l'as vue ? C'est Judith, elle a douze ans révolus. Je l'ai prise pour femme car, avant le grand départ, tous les pères juifs ont décidé de mettre leurs filles de douze ans et plus « à l'ombre et à l'abri de maris ». Sa sœur aînée a été violée par des Maures dans la montagne où elle errait avec ses parents, qui ont assisté, pieds et poings liés, à cet abominable spectacle. Il était minuit et, noyés dans l'obscurité, les Maures ont surgi derrière des pins noirs, et ils ont ouvert le ventre d'autres Juifs, tous désarmés, en pensant que ceux-ci avaient avalé leur or, a poursuivi Gonzalo, en tentant de dissimuler d'une main la colère qui lui montait au visage et l'éclat violent de ses yeux.

La fille m'a regardé pendant qu'il se frayait un passage, la tête bien droite, parmi les exilés. C'était un homme de grande taille et au visage intrépide, au caractère encore affermi par la souffrance et les années. Il portait ses haillons aussi dignement, aussi naturellement qu'il aurait revêtu une tenue de roi.

— D'où viens-tu ? ai-je demandé.

— De la nuit, a-t-il répliqué.

Je le regardais sans comprendre.

Il a aussitôt précisé :

— Je veux dire que la porte de la ville nous était fermée et que, depuis hier soir, nous n'avons pas quitté ces lieux.

— On ne vous a pas laissés rentrer à Trujillo ?

— Non. Dès à présent, dans toutes les cités de ces royaumes, on nous regarde comme des gens de passage, on considère que nous sommes partis. Dans ces charrettes et sur ces bêtes de somme, nous avons chargé le travail de toute une vie, le souvenir de siècles d'existence sur ces terres ; mais la plus belle part de nos biens est enfouie dans le passé, il nous est impossible de l'emmener.

— J'ai soif, a dit une fillette aux joues grillées, crevassées par le soleil.

— J'ai faim, a gémi un gamin.

— Je n'ai rien, ni faim, ni soif, ni envie de vivre, de rien, a murmuré un vieillard.

— Dans mon village, j'ai offert ma maison contre une bouchée de pain, mais personne n'en a voulu ; alors, je l'ai laissée vide, pour qu'elle appartienne au premier qui l'occupera, a dit un homme aux cheveux noirs, très bouclés.

— Et moi, je l'ai brûlée, avec tous les souvenirs de la ville où je suis né, a répliqué un autre, aux fortes mâchoires.

— Ce n'est pas vrai, les commissaires de l'Expulsion l'ont fait sortir de force, a dit une femme à ses côtés. Il ne voulait pas mettre un pied dehors, il ne voulait pas quitter Avila ; tout ce qu'il a pu faire, c'est noircir un peu les murs.

— Tu me reconnais ? Je suis Abraham Costantín, de Calatayud, le frère de Mossé, le médecin ; ils l'ont obligé à abandonner sa bibliothèque, avec tous ses traités, toutes ses bibles, a déclaré un vieillard à moitié aveugle, en collant son visage au mien pour distinguer mes traits.

— Vieux fou, vous confondez votre histoire avec celle que d'autres vous ont contée, a poursuivi une vieille.

— Dans l'esprit, tout est une seule et même chose ; dans la mémoire, tous les souvenirs ne feront qu'une seule et même histoire, a-t-il rétorqué.

Les cigognes ont crié en menant grand tapage ; plusieurs personnes les regardaient.

— Les Hébreux nomment cet oiseau *chasidad,* la pieuse, a encore dit le vieux, car on dit que, quand leurs parents sont frappés par la décrépitude, les cigognes les emportent sur leurs ailes et leur donnent à manger dans leur nid.

— Ce sont des oiseaux de passage : nous ne savons ni d'où ils viennent ni où ils vont, a commenté l'homme aux cheveux noirs et bouclés.

— A ce qu'on dit, bien que privés de langue, ils font grand bruit avec leur bec, a enchaîné le vieux.

Une fillette a ramassé un papillon foulé aux pieds et l'a montré au vieil homme. Là-bas, tout en haut, on voyait Sainte-Marie-Majeure, ses deux portes ouvertes sur les voûtes de fraîcheur. En bas, on distinguait une silhouette solitaire, vêtue de noir, immobile sur un bloc de granit.

— Écoutez, a dit un homme au visage rougi par le soleil, sur la grand-route qui va de la Bóveda à Zamora, dans la sierra, on dit que des gens entraînaient les Juifs vers une vieille chaumière pour les héberger jusqu'au lendemain, mais ils leur extorquaient douze maravédis par charrette et dix-sept maravédis par personne ; quant aux femmes enceintes, elles devaient en payer vingt-trois. Et ces gens n'étaient même pas propriétaires de la cabane.

— Alors que les Juifs passaient par Fresno de los Ajos, une terre qui appartient à l'ordre de Saint-Jean, on leur a fait payer un impôt illégal de douze maravédis par maison où ils faisaient halte et de dix-sept maravédis par personne, a déclaré un petit homme.

— Dans le León, d'où je viens, a rapporté un autre, à la barbe et aux cheveux gris, le corrégidor, don Iohán de Portugal, contrevenant aux ordonnances royales, a multiplié les injustices à l'égard des Juifs : d'abord, sous prétexte de les défendre et de les protéger, il a exigé trente mille maravédis ; ensuite, pour leur extorquer davantage, alors que l'heure du grand départ approchait, avec la complicité de l'alcade Juan del Corral et de son alguazil, il a confisqué leurs biens sans autre forme de procès. Quant à l'application du décret royal sur le contentieux entre débiteurs et créanciers, qu'ils soient juifs, maures ou chrétiens, voici la façon dont cet homme procédait : il incitait Maures et chrétiens à réclamer aux Juifs le paiement de dettes mensongères, et ceux-ci devaient s'en acquitter sur-le-champ. Et lorsque les Juifs réclamaient des sommes dues, le corrégidor et ses adjoints obligeaient les débiteurs à rembourser, mais ils gardaient l'argent par-devers eux, ne concédant que des miettes aux parties plaignantes.

— J'ai ouï dire que le roi don Ferdinand a ordonné de mettre sous séquestre les biens des Juifs aragonais, en contrepartie du tribut que la juiverie de Saragosse lui versait chaque année, et qu'il a confisqué quatre-vingt mille sols à Jucé Chamorro pour s'indemniser de la rente que constituait la juiverie, a dit l'homme aux fortes mâchoires.

— A Saragosse, le roi s'est adjugé tout le quartier juif, entre le Coso et la rue Saint-Michel, dans l'intention de vendre, de louer ou d'offrir ces maisons, en récompense de bons et loyaux services, a déclaré une femme à ses côtés.

— A Huesca, le souverain s'est approprié un ensemble de bâtisses qu'on appelait la grande synagogue, a enchaîné un vieillard à la barbe non taillée.

— A Daroca, le commissaire de l'Inquisition, Domingo Agustín, a vendu à son profit des immeubles qui servaient naguère de synagogue et d'hôpital, a dit un jeune homme.

— Les autorités d'Ejea et de Magallón ont forcé les Juifs à leur remettre les cinquante mille sols que la juiverie payait au roi en janvier de chaque année, a repris l'homme au visage rougi par le soleil.

— A Saragosse, une fois promulgué l'édit d'Expulsion, les douze personnes chargées de garder les portes du quartier juif, ainsi que les deux artisans embauchés pour peindre, quatre cent soixante fois, les armes royales sur les portes des maisons juives, ont été payés aux frais des Juifs, tout comme les notaires, commissaires, assesseurs, alguazils, collaborateurs et messagers réquisitionnés pour liquider le contentieux, a déclaré la voisine de l'homme aux fortes mâchoires.

— J'étais dans la synagogue d'Exea de los Caballeros quand le juge de l'Inquisition, Iohán de Peramán, portant le bâton du Saint-Office, a fait irruption pour annoncer à l'assistance que, sur ordre des Pères inquisiteurs, les Juifs étaient tenus de remettre au commissaire, du jour au lendemain, tous les textes du Talmud, les commentaires de la Bible et toutes les écritures de la Loi. Ensuite, Iohán de Peramán, accompagné d'un notaire, s'est rendu chez Maître Jucé Almerecí, le médecin, où il a fait main basse sur soixante ouvrages dont l'autorité était reconnue par Maître Jayme, médecin de Taust. De là, l'inquisiteur et son comparse sont allés chez Rabí Yucén, où ils ont trouvé quarante livres, également reconnus par Maître Jayme, qu'ils ont aussi emportés, a dit un homme dont on ne voyait pas le visage qu'il épongeait avec un bout de tissu.

— A Exea, le sieur de Argavieso avait été désigné par décret royal pour accompagner et guider les Juifs d'Aragon en exil ; il avait d'ailleurs reçu deux mille sols pour s'acquitter de cette tâche. Mais Argavieso a nommé à son tour Johán de Fabara, habitant de Saragosse, pour accompagner les Juifs jusqu'à la mer. Arrivant à Exea, ledit Johán de Fabara a constaté que neuf Juifs étaient retenus prisonniers par les commissaires, sous prétexte qu'ils n'avaient pas honoré les dettes de la juiverie. Parmi les prisonniers figurait Mossé Alcolumbre, qui devait s'embarquer au plus vite, car il n'avait plus beaucoup de temps à vivre, si bien que les huit autres ont dû céder tous leurs biens pour qu'il soit relâché, a conté un autre homme.

— A Huesca, quand l'heure de l'exil a sonné, nous avons quitté le quartier où nous avions toujours vécu et, en sortant de la ville, sur le chemin de Puendeluna, après avoir dépassé les chênaies, nous avons débouché dans la plaine de la Sotonera ; nous avons fait étape dans un lieu nommé Ortilla où l'on nous a volé les meilleurs vêtements que nous avions emportés, a dit le vieux à la barbe non taillée.

— Après la publication de l'édit dans les synagogues et les juiveries, sur les places et dans les églises, dans les villes et les villages, beaucoup de clercs et de lettrés chrétiens ont commencé à prêcher les Évangiles aux Juifs, en les entretenant de la doctrine de l'Église, de la venue du Messie et de la fausseté du Talmud, a dit l'homme aux fortes mâchoires, d'une voix de stentor, comme s'il voulait être entendu par tous. Le jour même de la promulgation de l'édit, Rabí Jucé, de la juiverie de Teruel, a été arrêté à son domicile pour que les frères franciscains puissent se livrer sans gêne à leur tâche de prosélytes, parvenant ainsi à baptiser cent hommes, femmes et enfants sur une seule matinée. Beaucoup de rabbins ont également prêché que l'exil était la volonté de Dieu, qu'Il voulait délivrer les Juifs pour les conduire à la Terre Promise ; qu'Il accomplirait pour eux des merveilles et les aiderait à sortir d'Espagne riches et honorés, qu'Il serait leur berger pour traverser les mers, ainsi qu'Il l'avait fait au temps jadis pour leurs aïeux en Égypte.

— Les Juifs nantis ont défrayé les pauvres, tous les Juifs ont fait preuve de beaucoup de charité à l'heure du départ, si bien que peu d'entre eux ont dû se convertir, hormis quelques nécessiteux, a dit une vieille.

— Le 31 mai dernier, le médecin Abraham s'est converti à Cordoue, et le vendredi 15 juin, dans l'après-midi, le vieux Abraham Senior, rabbin de tous les Juifs de Castille, ainsi que son fils, ont été baptisés à Guadalupe, avec pour parrains le roi, la reine et le cardinal d'Espagne ; ils s'appellent maintenant Fernando et Juan Pérez Coronel, a clamé le petit homme. Au même endroit, le gendre d'Abraham Senior, Rabí Mayr, et ses deux enfants, ont reçu les noms de Fernando, Pero et Francisco Núñez Coronel.

— Ils ont converti trois des quatre têtes pensantes du judaïsme espagnol, mais don Isaac ben Yudah Abrabanel ne s'est pas fait chrétien. Par contre, il a fait grâce aux Rois Catholiques de l'argent que son frère et lui leur avaient prêté en acompte de la rente de la juiverie ; ils ont ainsi obtenu le droit d'emporter chacun mille ducats et des bijoux d'or et d'argent, et ils ont quitté le port de Valence au début de juillet, a dit le vieux à la barbe non taillée.

— Ne pouvant monnayer leurs biens dans les délais fixés par l'édit, désespérés, beaucoup de Juifs ont troqué « une maison contre un âne, une vigne contre des hardes » ; d'autres ont essayé d'emporter de l'or et de l'argent, de faire sortir en cachette doublons et ducats, en les avalant, tout spécialement les femmes, a dit l'homme au visage rubicond.

— A Ségovie, bientôt, quand les crieurs auront officié sur la place du Peuplier, près de la porte de Saint-André, comme il était de coutume lorsqu'on vendait des biens appartenant à la communauté juive, quand viendra le terme du délai d'Expulsion, beaucoup de Juifs, en quittant leurs demeures, se rendront à leur cimetière de Cuesta de los Hoyos, près du ruisseau Clamores, pour vivre dans les grottes, parmi les sépultures de leurs morts. Mais le jour viendra où des habitants de la ville, religieux et séculiers, zélateurs à tous crins, les poursuivront jusque-là de leurs prédications, en stigmatisant « leur aveugle incrédulité face à la clarté de tant d'évidences, au long de siècles si nombreux et calamiteux ». Pour ceux qui se laisseront baptiser, ce lieu, désormais, s'appellera le Pré-Saint, les autres devront quitter le royaume, a dit une femme comme si elle lisait l'avenir.

— Souviens-t'en, souviens-t'en, car Medina Tarkuna sur la mer est ville de juiverie, et ses murs sont de marbre, ainsi que l'a clamé Echisi parlant de Tarragone, a dit un vieillard édenté.

— Je crois déjà voir en rêve un homme d'un autre temps : il s'arrête devant la juiverie de Sagunto, où je suis né, et il dit : « Cette porte livrait passage au quartier des Juifs et portait leur nom, mais derrière elle il n'y a plus ma maison ni la moindre trace de mon passage », a dit un autre vieux, à la barbe tremblante.

— Et moi, comme dans une assemblée d'ombres, je vois déjà un inconnu disant, dans les temps futurs, en arpentant le cimetière de la modeste juiverie de Valderas : « Voici les Juifs qui demeuraient ici au temps de la clôture : Belloci, le tondeur, Lázaro Jucé, Buenavida Simuel, doña Sara, Jucé Rojo, doña Vida, Isaque, le tisserand, Avelloci, le cordonnier, Jacó, Leví, le savetier, Salomón, le teinturier, Fadaza, Mosés de San Felices... », mais aucun de nous ne sera là pour l'entendre, et la clôture n'existera plus : rien qu'un terrain vague et des ruines, là où s'élevait la synagogue, a dit une femme.

— Je les ai tous entendus témoigner comme une seule voix de ce qu'ils ont vu, entendu et souffert, mais je n'ai pas encore écouté ton histoire, depuis le matin où tu as quitté Madrid jusqu'à cette heure. J'aimerais connaître tes aventures, enfin, si tu n'as rien de terrible à me cacher, ai-je dit à Gonzalo de la Vega.

— Absolument rien, a-t-il répondu. Ce matin-là, j'ai pris le chemin de Guadalajara, où avait vécu Mossé Arragel, ce grand sage versé dans la Loi mosaïque qui avait transposé la Bible en langue vulgaire, à la requête de don Luis de Guzmán, entre 1422 et 1430. A Guadalajara vivaient encore le cabaliste Selomoh

Alhabés et le rabbin Isaac Aboab ; ainsi, sous le nom de Diego Díaz, j'ai travaillé dans une imprimerie de livres hébreux, j'ai traduit plusieurs ouvrages en langue romane et j'ai recopié sur des parchemins les *Psaumes* de David, quand des clients me le demandaient. J'ai entrepris de périlleux voyages, comme d'emporter sur une mule des chargements de livres pour les cacher à Tolède et dans d'autres cités de Castille. Mais bientôt le Saint-Office a établi son tribunal dans la demeure de don Pedro de Alarcón, chevalier de l'ordre de Calatrava, et beaucoup de convertis ont été brûlés vifs, ou bien ils ont dû fuir la ville. Soupçonné moi-même, je me suis fait passer pour le Juif Moisés Zacuto, afin de ne pas être accusé d'hérésie, et je me suis occupé d'enseigner des choses utiles aux enfants dont les parents avaient péri sur les bûchers ou moisissaient dans les geôles de l'Inquisition. Je ne sortais que la nuit, passant en secret de la grande synagogue à la vieille synagogue des Matute, de celle des Tolédans à la maison de María Álvarez. Je vivais avec Guiomar Fernández, une Juive qui disait s'appeler Clara et me régalait de ses ragoûts et de ses confiseries. J'ai passé quelque temps en compagnie d'un certain Pedro García Torrillo, qui faisait bien rire les paysans de Robledillo ; en effet, atteint d'un défaut de prononciation, quand on lui demandait : « Comment les Juifs apprennent-ils à lire aux enfants ? », il répondait : « Avè cu pachemin, cu papié kè chève et cheveau. » Les gens de la ville m'appelaient tantôt Zecut, ou Zecuth, Zecute, Zacudo, Zacut, Zacuth, Sacut, Zakut, Zacuto et même Zancudo (l'échalas), et certaines personnes averties me demandaient si j'avais quelque lien de parenté avec l'astrologue de Salamanque Abraham bar Samuel bar Abraham Zacut. Et comme j'avais de plus en plus de mal à trouver des moyens d'existence, on me nourrissait à droite et à gauche : tantôt c'était le boulanger Yucé Amarido et Elvira la Grosse, tantôt le mégissier Pedro García. J'étais chaussé par le savetier Juan de Chinchón, vêtu par le tailleur Pedro de Benavente, et, dans une sombre chambre, alors que j'endurais la fièvre quarte, j'ai été soigné par Mencia Rodríguez, native de Medina *la Simple* et qui, « pensant qu'elle servait Jésus-Christ, s'est rendue aux noces d'une Mauresque à l'almaguid... a parcouru pieds nus toutes les églises, fait dire de multiples messes... et a envoyé, un jour, une écuelle d'huile à la synagogue », afin de réconcilier les trois Dieu pour mon rétablissement. Ainsi ai-je vécu à Guadalajara, jusqu'au jour où j'ai eu le malheur de croiser une convertie nommée Juana García : son père l'avait enfermée pour la punir de ses amours coupables avec un écuyer et, depuis lors, elle multipliait les intrigues contre tous les Juifs de la ville. Elle m'a soupçonné sur-le-champ et dénoncé auprès des inquisiteurs.

» Pour fuir, j'ai utilisé tous les moyens : à pied, à dos de mule ou monté sur un âne, utilisant le fumier pour faire du feu, la nuit, et cuire mon éventuelle pitance, dormant peu et d'un œil, portant des vêtements de berger ou ceux d'un macchabée que j'avais trouvé sur ma route, dans la fournaise et dans les vents glacés, sous les éclairs et les averses. J'ai souvent pris le chemin le moins court et le plus compliqué, et je ne me fiais pas toujours aux endroits réputés les plus sûrs, pas plus qu'aux personnes dites de confiance. Chaque fois que je faisais halte quelque part, je m'empressais de déclarer que je me rendais dans la bourgade la plus proche, comme font souvent les fugitifs pour éloigner les soupçons. C'est ainsi que je suis parvenu à Huesca, la ville cerclée de murs, où j'ai partagé l'existence de doña Toda, veuve de Pedro Sellán. Elle s'est farouchement éprise de moi et j'ai eu beaucoup de mal à la quitter au bout de douze mois de concubinage. En effet, chaque fois que j'allais lui faire mes adieux, elle prétendait qu'elle était enceinte et qu'elle allait me donner un fils. Elle qui n'avait jamais été plus loin que Valence, avec son père, quand elle était enfant, qui avait gardé le terrible souvenir de la maison où l'on enfermait les mélancoliques, les fous et les simples d'esprit, et qui était restée interloquée en voyant des Valenciennes se promener la nuit dans les rues, le visage maquillé, les décolletés ouverts jusqu'aux tétons, croyait, j'ignore pourquoi, que je venais du bout du monde. Mais, pour ne pas t'ennuyer davantage avec ce long récit, je te dirai simplement que son stratagème a longtemps retardé mon départ de Huesca ; jusqu'au soir où, sans rien dire, j'ai quitté précipitamment la ville.

» J'ai de nouveau erré sur les chemins, tondu et vêtu d'une bure, me faisant passer pour un pèlerin ou un mendiant. Un jour, j'ai appris par un moine hiéronymite qu'une amie de ma mère, une certaine Beatriz Núñez, de Ciudad Real, qui m'avait soigné dans mon enfance, avait été accusée d'hérésie et appréhendée par les inquisiteurs à Guadalupe, près du monastère de l'ordre de Saint-Jérôme. Sans y réfléchir à deux fois, j'ai pris le chemin de l'Estrémadure, dans l'espoir d'aider cette femme à s'échapper ou de lui être utile de quelque façon. Au terme de nombreuses étapes d'un voyage éprouvant, difficile, frôlant des ravins et des précipices, dans des montagnes âpres et sauvages, je suis arrivé dans ce village, avec son monastère au pied des crêtes. C'est là qu'on adore l'image d'une Vierge noire à l'enfant qui, d'après la légende, avait été promenée en procession à travers Rome, en temps de peste, par le pape Grégoire le Grand, lequel l'avait ensuite offerte à saint Léandre, archevêque de Séville, qui l'avait placée sur un autel de la cathédrale. Mais, suite à l'invasion maure, on l'avait transportée dans une montagne près du fleuve Guadalupe (c'est-à-dire le fleuve des loups, dans un mélange d'arabe et de latin), et on l'avait cachée avec les dépouilles de saint Fulgence et de sainte Florence pendant près de six cents ans. En 1330 environ, un paysan nommé Gil, qui menait son troupeau dans les parages et dont une vache s'était égarée, a entendu une voix qui lui disait : « Si tu vas à tel endroit, tu retrouveras ta bête morte ; mais creuse la terre et tu découvriras une image de moi ; place-la près de l'animal et il ressuscitera. » Aussitôt fait, à la demande de la Vierge, on a bâti une église sur les lieux ; puis, pour célébrer ses miracles, on a édifié un monastère. Et la Vierge apparaissait sous les traits d'une jeune fille pour tendre les pierres aux ouvriers. Depuis lors, au milieu du maître-autel de l'église, qui ne ferme jamais puisque des pèlerins y dorment à même le sol, on adore l'image rapportée par ce paysan, illuminée à toute heure par seize lampes d'argent, certaines rehaussées d'or, offertes par les bergers de la contrée et de la Ligue des éleveurs, ainsi que par des rois et des princes. A l'intérieur du temple, on trouve de multiples ex-voto : les fers que des prisonniers des Maures avaient fait le vœu d'apporter à la Vierge en pèlerinage, s'ils retrouvaient un jour la liberté. Dans la sacristie, les moines conservent le trésor dans plus de douze grands coffres. On dit que la statue possède une garde-robe avec plus de quatre-vingts habits de brocart, de soie et de tissu broché d'or, rehaussés de bijoux, de colliers et de couronnes. Pour la revêtir le jour anniversaire de son apparition, en septembre, on dit encore que le prieur et le sacristain ne la regardent pas en face, mais de biais, posée sur une roue. Au sein du monastère, les Rois Catholiques possèdent leur propre palais, avec de multiples salles et patios, car ils sont très dévoués à la Vierge noire. Dans les deux cloîtres, remplis de fontaines, d'orangers et de cyprès, on voit une multitude de moines, portant la bure blanche sous la cape et le scapulaire bruns. Sur les tables où ils prennent leurs repas, à leur place à l'église et jusque dans leur lit, on trouve partout cette inscription : « Tu dois mourir. » Et pourtant, creusé profondément dans la roche, il y a là-bas un énorme cellier rempli de jarres de vin ; dans les cuisines, les cuves sont si grandes qu'on peut y cuire un bœuf tout entier ; et au pied de la montagne poussent à profusion les cédrats, les orangers, les citronniers, les oliviers. Les moines ont à leur service divers boulangers, cordonniers, tailleurs et ravaudeurs. Toutefois, au réfectoire, la consigne du silence est telle que, si un moine ose dire un seul mot, il est attaché au cep de torture pendant des heures. Non loin du monastère, on trouve aussi un hôpital avec un grand nombre de lits pour recevoir les blessés ou les malades souffrant de fièvre quarte, et une salle où l'on donne du pain aux pauvres. C'est là que j'ai échoué, épuisé, affamé, pour me sustenter et passer la nuit, en me faisant appeler Pedro Selaya. Mais le lendemain, dès la première heure, je me suis réfugié dans le village où j'ai choisi une auberge à l'entrée de laquelle j'avais vu une femme les bras chargés de pain et de vin.

» Installé à Guadalupe sur ordre des Rois Catholiques, le tribunal du Saint-Office était représenté par le vieux moine Núño de Arévalo, prieur du couvent des hiéronymites, par le docteur Francisco de la Fuente, transféré de Ciudad Real pour aider le vieillard à pallier son manque d'expérience, et par le licencié Pedro Sánchez de la Calancha. Tous trois avaient pour mission de purifier le village de l'hérésie judaïque ; ils l'ont accomplie avec tant de zèle que sept autodafés ont été célébrés au cimetière en l'espace d'un an, et que cinquante-deux personnes y ont trouvé la mort, dont un moine, frère Diego de Marchena, que cinquante-deux disciples ont suivi dans son abjuration ; ceux-ci ont été livrés au bras séculier et brûlés vifs comme leur maître. Par la même occasion, les inquisiteurs ont ordonné d'exhumer et d'incinérer les ossements de quarante-six défunts, ils ont brûlé en effigie vingt-cinq fugitifs, condamné seize personnes à la réclusion perpétuelle et un grand nombre d'autres habitants à l'exil ou aux galères. Pour chasser tous les Juifs du village, en l'honneur de Notre-Seigneur, les Pères prêcheurs ont ordonné la confiscation de leurs biens, lesquels ont été confiés à Nuño de Arévalo, afin de bâtir une hostellerie qui hébergerait les souverains pendant leurs séjours à Guadalupe. Le 13 janvier 1485, Beatriz Núñez, mère de plusieurs enfants, a été accusée par le procureur de l'Inquisition, le bachelier Tristán de Medina, de s'être baignée à la façon judaïque pendant ses périodes impures, d'avoir lavé un enfant mort, d'avoir allumé des chandelles le vendredi soir et d'avoir sacrifié à d'autres cérémonies hérétiques. Alors, elle a prié les inquisiteurs de la livrer à la justice séculière, c'est-à-dire de la condamner au bûcher. Mais un procureur nommé Juan de Texeda l'a longuement défendue, affirmant que Beatriz Núñez était et demeurait une bonne chrétienne, qu'elle avait beaucoup souffert de ses égarements et s'en était repentie ; il demandait donc à Jésus-Christ le pardon et la rémission de ses péchés, et aux inquisiteurs de se limiter à une pénitence salutaire. Après avoir fait comparaître des témoins, Juan de Texeda a imploré miséricorde « car les vivants qui veulent servir et louer Notre-Seigneur travaillent davantage à sa gloire que les défunts ». Mais un autre procureur, Diego Fernández de Zamora, a prétendu que cette requête était nulle et non avenue ; en effet, Beatriz Núñez avait fait acte de contrition beaucoup trop tard, sans oublier que les inquisiteurs l'avaient souvent invitée à dire toute la vérité dans la maison du supplice, et qu'elle avait toujours nié les charges retenues contre elle. Et c'est ainsi que, à la fin du mois de juillet dernier, sur leur estrade dressée dans le cimetière du village, devant les portes du monastère, à l'heure de la grand-messe, en présence de presque tous les habitants et de nombreuses personnes des alentours, les inquisiteurs ont ordonné au notaire de lire la sentence du tribunal, qui condamnait Beatriz Núñez à être brûlée vive.

» Le jour même où elle est montée sur le bûcher, son beau-fils, Manuel González, le tenancier de l'Auberge Blanche où je logeais, a été livré aux flammes. L'alguazil Antón de Castillo l'avait arrêté deux jours après sa belle-mère, l'obligeant à témoigner au cours du procès où il avait révélé que la seconde femme de son père, greffier de son métier, « observait le sabbat, préparait les repas la veille et jeûnait les jours prescrits par l'hérésie judaïque ». Le témoin, à son tour, a été accusé de manger de la viande le vendredi et autres jours maigres, de travailler les jours fériés, de recevoir des Juifs dans son foyer, en leur donnant de la nourriture à foison, d'avoir profané le baptême en se faisant circoncire, etc. Quant à ses qualités de bon aubergiste, accueillant aussi généreusement les chrétiens que les Maures ou les Juifs, de même que sa charité envers une jeune orpheline prénommée Teresa et les nombreuses aumônes qu'il distribuait aux pauvres, aux églises, aux ermitages et aux hôpitaux, toutes ces bonnes actions sont devenues, aux yeux des inquisiteurs, autant de preuves d'hérésie et d'apostasie passibles du bûcher.

» Le matin où l'on a célébré l'autodafé de Beatriz Núñez et de son beau-fils, devant les portes du couvent des hiéronymites, j'ai profité de l'absence des villageois pour quitter l'auberge en secret, non sans avoir manifesté toute ma compassion envers la famille de Manuel González qui, peu après, allait être dépouillée de ses biens par le Saint-Office.

» L'édit général d'Expulsion m'a surpris à San Martín de Valdeiglesias, où je vivais depuis quelque temps avec une convertie nommée Aldonza Alvar, dans la grand-rue de la juiverie. Depuis son plus jeune âge, ma compagne observait le sabbat et le jeûne du Kippour, et elle célébrait les Chaumes avec d'autres jeunes filles en construisant des cabanes dans la cour de leurs maisons, avec des branches vertes d'arbres touffus et de saules pleureurs, et en mangeant des fruits et des confiseries. Je l'avais connue à l'auberge de Diego de San Martín, un jour où elle était entrée en tenant à la main un ordo. L'aubergiste l'avait fait asseoir à une table voisine de la mienne et lui avait demandé si ce calendrier était chose biblique et de la loi des Juifs, contraire à notre sainte foi catholique. Elle avait répondu que l'ordo lui avait été offert, plusieurs années auparavant, par un jeune Juif dénommé Yucé Funes, originaire de Pradejones, où son père possédait quelques vignobles. Par la suite, un moine de ses cousins l'avait surprise en train de consulter le calendrier et avait voulu le jeter au feu, mais elle s'y était refusée, arguant qu'il s'agissait d'une prière juive que récitaient les convertis quand ils étaient prisonniers de l'Inquisition, afin que Dieu les délivre et leur épargne le bûcher. Et comme elle demandait à l'aubergiste ce qu'elle devait faire pour le salut de son âme, il lui a répondu qu'elle ne devait pas se mettre en peine, que ses œuvres témoigneraient pour elle devant Dieu à l'heure de sa mort. Satisfaite par cette réponse, elle s'est tournée vers moi pour me demander d'où j'étais et comment je m'appelais ; je lui ai répondu que je venais de Tarazona, que mon nom était Alfonso Nunca (Jamais), que j'étais charpentier et que je cherchais du travail en ville. Très alarmée, elle m'a confié qu'elle faisait chaque soir des prières pour son père, également converti, appréhendé par les inquisiteurs un jour d'octobre de l'an 1487, alors qu'il se trouvait à Cadalso. Le procureur du Saint-Office l'avait accusé d'avoir aménagé une synagogue chez lui, à l'époque où il hébergeait un juge de première instance de la ville d'Escalona. Celui-ci, une nuit où il était très malade, lui avait demandé d'aller quérir, dans sa ville natale, un médecin juif nommé Rabí Jacob, afin de lui prodiguer ses soins. Ledit médecin était arrivé le lendemain, un vendredi, et le juge avait prié le père d'Aldonza de lui procurer de la volaille pour nourrir son ami et de le laisser entrer dans le jardin de sa maison, ainsi que d'autres Juifs de Cadalso, afin qu'ils disent des prières pour son rétablissement. Il n'en fallait pas davantage pour être accusé d'hérésie. Comme le père d'Aldonza niait les charges retenues contre lui, il a été torturé par deux fois : les bourreaux serraient violemment les cordes et lui ont fait boire deux énormes jarres d'eau, mais il n'a rien avoué. Sa sœur María a également été mise à la question, mais tout ce qu'elle a pu révéler, c'est que son père était entré avec le médecin Rabí Jacob et d'autres Juifs dans le jardin de la maison, pour en ressortir peu après. Son innocence dûment établie, elle n'a obtenu l'absolution que trois ans plus tard, à la fin de l'an 1490 ; quant à son père, il a été privé du droit d'exercer son métier pendant douze mois, outre sa condamnation à abjurer *de vehementi* le crime d'hérésie.

» A cause de ces persécutions, a poursuivi Gonzalo de la Vega, il n'était pas rare de voir, dans les rues de San Martín de Valdeiglesias, des femmes, des filles et des vieilles condamnées à la pénitence, couvertes du san-benito et des deux croix, ne pouvant porter ni or, ni argent, ni drap fin, ni soie, ni perles, ni bracelets, ni pierres précieuses ; leur demeure était devenue leur prison, elles ne pouvaient sortir que le dimanche pour assister à la messe. Une connaissance d'Aldonza Alvar, un certain Pedro Rodríguez, tonsuré par la suite, était souvent pris de fureur en voyant à l'église les san-benitos suspendus aux madriers, parmi lesquels figurait celui de sa grand-mère Beatriz González, alias la reine Serrano, que les inquisiteurs avaient brûlée vive. Un jour, il s'est exclamé rageusement : « Pourquoi diable garde-t-on cette atroce chose ici ?! — Ne vous souciez plus de cela ; ce n'est pas la peine d'en parler, car la personne qui l'a portée est en enfer ! a répliqué quelqu'un derrière lui. — En enfer, en enfer ! Dieu veuille que mon âme rejoigne la sienne, où qu'elle se trouve, et non l'âme de celui qui a ordonné de l'y envoyer ! », a répondu Pedro Rodríguez.

» J'étais très épris d'Aldonza Alvar, mais je vivais constamment dans la crainte d'être découvert par les juges du Saint-Office ; j'avais la mort dans l'âme, tant les inquisiteurs multipliaient leurs forfaits et dépouillaient les convertis de leurs biens. Chaque jour, je voyais plus clairement qu'il était impossible de leur échapper, qu'un cercle diabolique se resserrait autour de nous. Quand je me couchais à la tombée de la nuit, je me demandais souvent si l'immobilité du sommeil n'était pas l'antichambre de la tombe et si toutes mes astuces pour différer l'heure de la mort n'étaient pas aussi cruelles qu'inutiles, puisque, de toute façon, le jour où je m'y attendrais le moins, je serais arrêté dans la rue ou dans la maison d'Aldonza.

» Tels étaient mes tourments quand j'ai pris connaissance, le dimanche 29 avril, de l'édit général d'Expulsion, et quand j'ai su que l'ensemble des biens meubles et immeubles de la juiverie locale étaient offerts par Leurs Majestés à don Íñigo López de Mendoza, duc du fief de l'Infant. Mendoza a ordonné incontinent de procéder à l'inventaire des possessions qui lui revenaient : plus de cent maisons, une douzaine de terrains à bâtir, deux cimetières, une synagogue, une boucherie et un hôpital, outre les vignes, les jardins, les jeunes ceps, les prés, les champs de lin, les pâtures, les abreuvoirs, les moulins, les celliers, la vaisselle, les ruchers et le cheptel disséminé dans la campagne de Valdeiglesias et autres lieux. Ainsi, tout le patrimoine des Ocaña, des Calvo, des Castro, des Funes, des Adaroque, des Navarro, des Rosillo, des Robledo, des Caro et des Pardo est passé aux mains de Diego Ruys de Sepúlveda, de Gonzalo Xeras, d'Abrahén Gavisón, de Diego d'Alva et de quelques autres. Diego Ruys de Sepúlveda s'est attribué plus de trente maisons, prétendant que les Juifs lui devaient de l'argent. Il pénétrait sur leurs terres à l'instant même de leur départ ou inventait des promesses de vente qu'on lui aurait signées, alors qu'il n'avait pas déboursé un sequin. C'était tout simplement de la rapine. Acculés au désespoir, beaucoup de Juifs ont troqué un vignoble ou un verger contre une mule pour transporter les enfants, les vieillards ou les malades ; d'autres, comme Abraham Agí ou Ruy Sánchez, ont dû payer jusqu'à mille maravédis pour acheter un âne, quand ils n'échangeaient pas leur maison contre quelques doublons.

» Vaille que vaille, a conclu Gonzalo de la Vega, les Juifs de San Martín de Valdeiglesias sont partis à l'expiration du délai fixé par les souverains : ils ont pris la direction de San Pedro de las Arenas, dans le but de se rendre à Plasencia et, de là, au

Portugal. Nous autres, nous sommes partis via Talavera, Puente del Arzobispo, la vallée d'Ibor, le port de Rebatacapas, Guadalupe et Trujillo. Aldonza Alvar est restée à San Martín, dans l'espoir d'être illuminée par la grâce du Saint-Esprit. Elle avait abandonné les rites et les cérémonies de l'ancienne Loi, et des prélats spéciaux s'étaient chargés de l'endoctriner, lui apprenant tout ce qu'il fallait savoir et croire pour que l'eau du baptême porte ses fruits et que ma compagne échappe ainsi aux vénérables inquisiteurs.

— Les frères prêcheurs continuent d'allumer des bûchers à Valladolid et à Cordoue, a dit un homme qui avait l'air d'un notaire, à quelques pas de Gonzalo.

— Avec ou sans bûchers, je nie ce que croit Torquemada, je ne partage pas les croyances de ses moines fanatiques, a dit un vieillard qui lui faisait vis-à-vis.

— Non content d'être condamné à l'exil, vous venez de vous rendre passible d'un mois de prison en Castille, a dit l'homme aux allures de notaire. De la Cour installée à Valladolid, les souverains viennent d'adresser, à toutes les autorités du royaume, des instructions sévères pour réprimer le blasphème, ordonnant que « nul n'ait l'audace de déclarer : “ Je ne crois pas en Dieu ”, ou : “ Je désespère de Dieu ”, ou : “ Maudit soit-Il ”, ou : “ N'en déplaise à Dieu ”, et que nulle semblable parole ne soit adressée à Notre-Dame la Vierge Marie sa mère... sous peine d'un mois de prison à la première incartade, d'un exil de six mois et d'une amende de mille maravédis en cas de récidive... et, la troisième fois, d'avoir la langue transpercée. »

— Tu fais preuve d'une excellente mémoire sur le chapitre des peines... mais, pour moi, le feu sera amplement suffisant, a rétorqué le vieux.

— Avancez, allons, en avant ! Nous devons être à Cáceres pour la nuit... Avancez, sinon je vous abandonne à votre triste sort, aux mains des commissaires de l'Expulsion et des alguazils du Saint-Office, a crié le guide qui les conduisait en exil.

— Mais tu peux rester, tu es un converti, ai-je glissé à l'oreille de Gonzalo de la Vega, qui se mettait en marche avec les autres.

— Tu voudrais que je livre mon corps au bûcher ? m'a-t-il rudement demandé.

Mes propos l'avaient laissé stupéfait.

— Puis-je faire quelque chose pour toi ?

— Dis à ma sœur, si tu la retrouves en ce monde, que mon corps est vaillant et qu'il endurera la faim et l'exil. Dis-lui aussi que je la reverrai un jour..., a-t-il répondu, tandis que la foule se traînait comme un seul corps accablé de fatigue et de désolation.

Femmes et vieillards, hommes et enfants ont commencé à défiler extra-muros, sous l'Éperon rocheux, encouragés par les rabbins qui leur faisaient chanter : « Et Yahvé dit à Moïse : Entre chez Pharaon et dis-lui : Yahvé, le Dieu des Hébreux, a dit ainsi : Laisse partir mon peuple, afin qu'il me serve et m'honore. » « Car Pharaon dira des enfants d'Israël : Ils sont enfermés sur la terre, le désert les a encerclés. » « Les enfants d'Israël s'élèveront contre Yahvé et diront à Moïse : N'y avait-il pas de sépultures en Égypte, nous as-tu fait sortir pour que nous mourions dans le désert ? » « Et l'ange de Dieu s'en alla, et il marchait à leur suite. »

D'autres voix clamaient : « Chantez les merveilles du Seigneur, annoncez la bonne nouvelle sur toute la terre... » « Notre Dieu ouvrira des chemins dans la mer, Il fera des sentiers pour nos pieds perdus sur la terre. » « Il ouvrira des fleuves dans les montagnes, au milieu des champs Il fera jaillir des sources et confondra la terre altérée sans eau... » « Confiez-vous en Celui dont les mains tissent des merveilles et dont les yeux emplissent la terre de lumière... »

— Que portez-vous là ? a demandé un juge à un vieillard qui tenait à peine sur ses jambes, chargé d'un gros sac sur l'épaule. Tous les autres l'avaient déjà distancé, mais il portait son fardeau comme le plus précieux des biens.

— Comme je n'ai rien à donner aux gardes-frontières, je l'ai rempli de sable. S'ils ne l'ouvrent pas, j'aurai peut-être des chances de passer, a répondu le vieux.

— Adieu, ai-je dit à Gonzalo.

Mais il ne m'a pas entendu, ou bien il n'a pas voulu se

retourner, confondant son ombre aux ombres qui s'en allaient ; juste une ombre de plus dans le troupeau des ombres tête basse. Les Juifs quittaient le royaume de Castille d'un pas lourd, comme s'ils prenaient davantage le chemin de l'autre monde que celui d'une vie nouvelle. Déracinés des lieux qui les avaient vus naître, sans un arbre pour les protéger du soleil qui tombait à plomb et faisait vibrer les lointains ; comme si tout cela n'était qu'une hallucination du regard, un délire du jour fiévreux et non un cauchemar infligé à des hommes par d'autres hommes. Le château qui dominait la montagne, la muraille inaccessible, l'après-midi blanchâtre évoquaient davantage des instruments de supplice que les détails d'un paysage qui, lui, ne bougerait pas. Il était quatre heures ; parmi les blocs de granit grisâtre et les chemins vagues, comme un long serpent de poussière ou une lente blessure tout au long des champs desséchés, les exilés partaient vers l'Occident, vers les terres du Portugal. Puis ils se sont rapetissés à l'horizon, on ne voyait plus que de petites montagnes sombres. A Trujillo, les cigognes ont crié sous le ciel blanc, elles ont plané au-dessus des tours avec leurs ailes blanches et noires, leurs longs cous pointus et, tout à coup, elles sont parties en bandes, couvrant l'air de leur vacarme.

— Chrétien ou juif ? a demandé une âpre voix derrière moi.

— Chrétien, ai-je répondu.

— Que fais-tu hors les murs ? a redemandé la voix, celle d'un soldat à cheval.

— Je suis venu assister au départ des Juifs, ai-je dit.

— Tu as longtemps parlé avec l'un d'entre eux.

— Je tentais de le convertir à notre sainte foi catholique, en lui conseillant d'oublier le Portugal et de ne pas s'entêter dans la perversion hérétique.

— Que fais-tu à Trujillo ?

— Je compte passer la nuit dans une auberge : une de mes sœurs, très dévote, souhaiterait entrer dans un couvent, tout spécialement celui de Sainte-Isabelle, chez les dominicaines. Vous savez, celles qui, au lendemain de la promulgation de l'édit d'Expulsion, sur ordre de leur prieur, se sont installées dans l'ancienne synagogue afin qu'on leur en concède l'usufruit. Mais je n'ai pu m'entretenir avec aucune d'entre elles, ai-je déclaré.

— C'est bon, tu peux partir, mais ne te mêle plus aux Juifs sans une licence des commissaires de l'Expulsion ou des Pères inquisiteurs, a conclu le soldat.

Et il a pris le galop vers le couchant pour rattraper les exilés.

Je suis retourné à l'auberge sans m'arrêter un seul instant. La porte de ma chambre était ouverte, comme si quelqu'un était venu pour l'occuper ou l'inspecter. L'hôtesse était sortie et, du fond de la chambre voisine, également ouverte, une voix connue m'a longuement commenté la canicule qui sévissait. J'ai répondu distraitement. L'homme est sorti de la chambre pour venir vers moi. Tout à coup, je l'ai reconnu : c'était Agustín Delfín, le frère de la Tour de Babel, vêtu en familier du Saint-Office.

— Que fais-tu par ici ? m'a-t-il demandé.

— Je me rends à Séville, ai-je vite répondu.

— J'en viens, j'ai assisté aux réjouissances qui ont succédé à la prise de Grenade. J'ai eu le privilège de participer à la procession en l'honneur du Saint-Sauveur, où l'on a rendu grâce à Dieu pour l'ardeur au combat qui a fait triompher Leurs Altesses. Nous avons défilé avec toutes les croix de toutes les paroisses, ornées de toutes les façons, avec la statue de Notre-Dame-des-Rois prêtée par toutes les confréries, avec tous les cierges, toutes les bannières. Nous sommes passés par la porte du Pardon, par la rue de Gênes et celle du Serpent, le cours des Armes et celui de Saint-Vincent, jusqu'à parvenir à l'église Saint-Jacques, a-t-il déclaré, gonflé de suffisance, comme si je n'étais rien comparé à son auguste personne. Maintenant, je me rends à Cáceres, porteur d'une lettre des Rois Catholiques à l'intention de Sancho de Paredes, afin qu'il veille soigneusement au départ des Juifs de sa région dans les délais prescrits, en s'assurant que les exilés n'emportent ni or ni argent ou autres biens prohibés vers le royaume du Portugal.

— Et moi, je cherche fortune, ai-je dit, je vieillis et je n'ai pas de place au soleil de ce monde. Ces derniers temps ne m'ont guère épargné.

— Es-tu au courant de la grande entreprise que prépare à

Palos don Cristóbal Colón ? Mandaté par la reine Isabelle, il a conçu le dessein de gagner les Indes par la route occidentale et de découvrir le palais fabuleux du Grand Khan ? m'a demandé Agustín Delfín.

— Non, ai-je répondu en me sentant le plus petit, le plus misérable des hommes.

— Si tu vas trouver cet homme de ma part, tu pourras sans doute l'accompagner à bord ; il est en train d'armer trois navires, a-t-il poursuivi.

— Quand doit-il partir ?

— Dans les premiers jours du mois d'août, avec force marins et des provisions pour un an. Il a besoin d'un si grand nombre d'hommes qu'il a introduit un recours en grâce auprès des souverains, afin de libérer quatre criminels condamnés à mort et de les emmener avec lui, a-t-il déclaré. Donc, si tu es homicide ou voleur, si tu fuis la justice et souhaites qu'on suspende les poursuites contre toi — et jusqu'à deux mois après le retour de ce long voyage —, tu as des chances de ton côté : tu devrais chercher cet homme...

— Je ne suis ni meurtrier, ni voleur, ni fugitif, mais si la bonne étoile me conduit à Palos, c'est avec beaucoup d'honneur que j'embarquerai avec don Cristóbal Colón, ai-je répliqué.

— Sais-tu qu'on a donné l'ordre au commissaire des exportations de Badájoz d'enquêter sur toutes les personnes auxquelles les Juifs confient de l'argent et autres biens, afin qu'elles leur fassent parvenir subrepticement, dans diverses villes étrangères, de l'or, de l'argent, du billon, du cheptel, du blé, de l'orge, des animaux, de la poudre, des armes et autres choses strictement interdites par les décrets royaux ? a-t-il dit sans m'écouter.

Il ne s'intéressait qu'à sa personne et à tout ce qui pouvait la concerner.

— On dit qu'à l'expiration du délai accordé aux Juifs avant l'exil, on a trouvé à Plasencia une panetière remplie d'or et d'argent ; il paraît qu'elle appartenait à des Juifs qu'on a exécutés alors qu'ils tentaient de l'emporter loin de ces royaumes, ai-je raconté.

— Dans le port de Santa María, sur les rives du Guadalete, dans la petite île de Conejos, on m'a dit qu'un homme avait vu un Juif enterrer, dans un coffret, des pistoles mauresques, des réaux de Sicile, des piastres et diverses monnaies de Venise, de Pise, de Florence, de Ferrare, de la papauté et d'ailleurs, en croyant naïvement qu'il pourrait revenir un jour sur ces terres, a poursuivi Agustín Delfín.

— Et tu n'as point songé à déterrer ce trésor?... ai-je demandé.

— Les juges des Rois Catholiques fouilleront en temps voulu tous les endroits suspects où demeuraient des Juifs, a-t-il répondu en me tournant le dos pour s'en aller.

— Tu ne m'as pas encore dit si l'homme que tu vas voir à Cáceres est un parent de Samsón de Trujillo, don Diego García de Paredes, ce malabar dont la corpulence et la force sont renommées dans la ville et aux alentours, ai-je déclaré.

— Je n'ai cure du degré de parenté des gens que je ne connais pas, et je n'ai que faire des exploits d'un Hercule de village, a-t-il répondu en franchissant le seuil.

— Pourtant, on raconte à son sujet des choses étonnantes : un soir, paraît-il, alors qu'il était couché dans un champ, près d'un arbre, il a vu surgir un chevalier noir avec lequel il a combattu toute la nuit, jusqu'aux premiers rayons du soleil; soudain, un froid mortel a envahi son corps : il a compris qu'il luttait avec le diable, ai-je enchaîné pour l'impressionner.

— C'est toi que le diable conduira au bûcher, si tu fréquentes encore des hérétiques fugitifs, a-t-il commenté sèchement.

— Mais je n'en fréquente pas, ni absents ni présents..., ai-je rétorqué.

— Et où as-tu passé toutes ces années? a-t-il demandé sans me regarder.

— Je te l'ai dit : j'ai cherché fortune dans les royaumes de Dieu, mais je n'ai guère eu de chance, ai-je répondu.

— A te voir, on dirait même que tu n'en as pas eu du tout, a-t-il dit d'un air railleur.

— La chance me boude, en effet, ai-je poursuivi sans me montrer vexé.

— Ta bonne fortune a tellement fondu que tu sembles bien besogneux, a-t-il ajouté.

— Mais je suis riche d'expériences et de souvenirs, à défaut de biens matériels.

— Si tu ne peux satisfaire tes appétits corporels, il faut nourrir ton âme et tes nuits affamées par de sages conseils, par la pratique de la contemplation et de la mortification qui te permettront, sinon de gagner l'autre monde, du moins de connaître l'étendue de tes misères, a-t-il dit en retenant sa panse qui débordait de rire.

— Ta voix est claire, mais tes propos sont obscurs, ai-je répondu.

— Dis-moi donc ! s'est-il exclamé en se retournant vers moi d'un geste menaçant. N'aurais-tu pas fréquenté la Rinconada, ces lieux où demeuraient les Juifs les plus puissants de Trujillo et où se logeaient les gens de bien qui visitaient la ville ?

— Je ne connais ce quartier que de nom, car mes promenades ne me conduisent qu'à l'église Sainte-Catherine, où je fais mes prières, ai-je répondu.

— Ainsi donc, tu n'es pas au courant ? Et tu n'as pas entendu parler du raffut qui s'est déchaîné dans la synagogue de cette ville, l'an dernier, quand les Juifs ont combattu avec des pierres et des épées, en présence de l'alcade ? a-t-il poursuivi en me regardant de biais.

— Je n'ai pas entendu le moindre bruit..., ai-je répliqué, les yeux fixés sur lui.

— Sans doute ignores-tu aussi qu'avant l'Expulsion, la plus grande partie des commerces étaient aux mains des Juifs et que, pendant l'hiver, quand la viande se faisait rare dans les boucheries chrétiennes, il fallait bien aller en acheter chez eux, a-t-il dit en regardant la rue.

— Je viens à peine d'arriver dans cette ville et j'en partirai bientôt, mais le peu de temps que j'y ai passé a suffi pour que j'apprenne bien des choses, notamment que les chevaliers et les ecclésiastiques fréquentaient aussi la boucherie des Juifs, parce qu'on y trouvait de la viande de meilleure qualité, ai-je répliqué.

— Cette fois, tu en sais trop... Les Juifs ne t'auraient-ils pas appris à rogner les pièces d'or et d'argent qui ont cours dans nos royaumes ? Le cas échéant, j'aurais tôt fait de trouver des témoins, a-t-il dit.

— Prends garde aux faux témoins et aux médisants, ils accusent par ouï-dire et colportent des ragots, mais ils ne présentent jamais la moindre preuve, ai-je déclaré.

— Et toi, prends garde à ce que tu racontes, beaucoup de gens ont pris le chemin du bûcher pour avoir dit trop de vérités, a-t-il marmonné en faisant le geste de partir.

— Bon voyage, monsieur le familier de l'Inquisition.

— Puisses-tu te perdre dans le périple de don Cristóbal Colón, a-t-il conclu sans se retourner.

Quand je l'ai vu disparaître avec le soleil couchant, je suis rentré dans ma chambre pour mettre de l'ordre dans mes pensées, réfléchir à ce qui venait de se passer et à tout ce qui m'attendait encore.

Dans la pénombre de la nuit tombante, tout semblait se préciser et se confondre à la fois. Un tableau de cauchemar, dont je faisais partie, s'est dressé devant moi, mais j'ignorais si les figures qui le composaient étaient d'autres personnes ou des projections de moi-même. Et ce tableau n'a pas bougé jusqu'au moment où un claquement de porte m'a réveillé en sursaut, comme si une décision venait de se prendre en moi. Il fallait que je parte dès l'aube pour Puerto de Santa María, dans un ultime effort pour retrouver Isabel et mon fils parmi tous ceux qui s'en iraient bientôt par voie de mer. Ensuite, peut-être, je me rendrais à Palos.

Doña Luz Pizarro est entrée dans la chambre ; en voyant que j'avais rassemblé mes affaires, prêt à partir, elle a commencé à m'agonir d'injures et à me seriner l'addition détaillée de tout ce que j'avais mangé — et dormi — avant que je ne prenne la tangente.

— Ces serviteurs, ces servantes, ça vous ôterait le pain de la bouche ! a-t-elle dit. Chaque année, je dois payer mille cinq cents maravédis au commis, et mille au gars qui laboure ; la servante à gages, une des meilleures filles de Trujillo, je dois lui donner cinq cents maravédis, outre mes vieilles chausses ; avec ça, elle pourra s'acheter une jupe de drap, deux paires de chaussures en mouton et d'autres effets. Quant à vous, pour les deux poules que vous avez mangées, vous me devez trente maravédis, quatre-vingts maravédis pour les quatre chapons, six maravédis pour la douzaine d'œufs et dix maravédis pour la petite oie. Sans oublier, je vous le rappelle, ce que je vous ai prêté pour payer le forgeron qui a ferré votre mule, soit deux maravédis, ainsi que le cordonnier à qui vous avez acheté des chaussures de cordouan pour trente maravédis, et les cinquante maravédis du pourpointier. A quoi, s'il vous plaît, il conviendrait que vous ajoutiez l'entretien de cette chambre où vous avez dormi, respiré, rêvé et...

— Je vous paierai ce que je dois, jusqu'au dernier maravédis, lui ai-je dit en glissant de l'argent dans sa main, et j'ai fermé la porte derrière elle.

Je n'ai pas fermé l'œil de la nuit. J'ai passé des heures, assis sur le lit, fixant les poutres du plafond, les trous dans le mur, la porte crevassée, tout en faisant et refaisant mes comptes : six cents maravédis pour quatre arrobes de vin blanc, quarante-deux maravédis pour une livre de chandelles de cire blanche, cent réaux d'argent offerts à Antonio de Ludueña, le valet du comte de Cifuentes, en remerciement pour la lettre qu'il avait apportée à Séville et qui relatait les circonstances de la prise de Grenade par les Rois Catholiques. Dans mon demi-sommeil, je craignais de voir Agustín Delfín entrer brusquement dans la chambre, armé de la croix verte du Saint-Office et d'un poignard pour me percer le cœur ; j'avais peur de voir entrer doña Luz Pizarro et sa passion toujours insatisfaite. Puis je me suis vu levant l'ancre sur un cheval de bois bercé par les flots, sous l'immense océan de la nuit qui s'éclaircissait peu à peu, semblable à la courte pause qui précède l'apparition du soleil ou l'éclosion d'un nouveau monde. Dans mon insomnie, j'ai entendu le monde réglé au rythme des clochers, comme si le réveil, les repas, le travail et le sommeil étaient fixés à tout jamais par le temps ecclésiastique. Je me suis endormi à l'heure des laudes, mais dès la prime j'étais réveillé, et j'ai quitté l'auberge, traversé les rues de l'aube et croisé les plus matinaux. A la porte de la ville, j'ai rencontré un homme énorme, richement vêtu ; atteint de podagre, il ne pouvait monter à cheval, et quatre serfs le portaient sur leurs épaules, suivis d'une kyrielle de domestiques roués de fatigue.

Dans les derniers jours de juillet, avant l'aurore, je suis arrivé à Puerto de Santa María. Il planait une promesse de matin limpide, et l'air sentait les fleurs et la mer. En face de moi, la silhouette de Cadix émergeait des eaux ténébreuses, étincelante sur son rocher comme une fulguration dans la nuit étoilée. Fondée par les Phéniciens bien avant Carthage, Cadix, l'antique Gadir, la Gades d'Hercule des Romains, la Kadis mauresque, comme une île cerclée de vagues, bravait peu à peu l'éclat du soleil qui sortait des limbes ; la ville avait l'air d'un songe qu'un fil reliait à peine à la terre ferme. Pour les Anciens, c'était le bout du monde, l'extrémité de la terre, et on se souvenait encore de l'épitaphe d'un certain Héliodore :

« Moi, Héliodore, le fou, natif de Carthage, j'ai ordonné par testament qu'on m'enterre ici, dans ce tombeau du bout du monde, afin de voir s'il se trouverait plus fou que moi pour venir m'y rendre visite. »

C'est en ce lieu *non plus ultra* que commençait le véritable exil des Juifs, lesquels, à la seule vue de la mer, se mirent à se lamenter et à clamer leur douleur, demandant à Dieu miséricorde, espérant encore qu'Il leur ouvrirait des chemins entre les flots et multiplierait les miracles pour les conduire sains et saufs à travers les mille tribulations qui les attendaient. Parmi la multitude qui guettait les bateaux pour embarquer, j'ai cherché désespérément Isabel et mon fils ; mon regard courait d'une femme à l'autre, d'un enfant à l'autre. Et soudain, j'ai remarqué une femme qui dérobait son visage à ma vue ; elle était accompagnée d'un petit garçon qui la tenait par ses vêtements. Je me suis approché, je l'ai prise doucement par la tête et l'ai tournée vers moi. C'était Isabel. Mon cœur battait violemment et je l'ai embrassée si fort qu'elle a failli tomber.

— Comment es-tu arrivé jusqu'ici ? a-t-elle demandé en me jetant un regard terrifié.

— Je t'ai cherchée sans désemparer à travers l'Aragon et la Castille ; chaque jour, je croyais te retrouver dans une rue, dans un village, sur un chemin, dans une cité. A présent que tous les Juifs doivent quitter ces royaumes, je suis venu dans ce port : c'était mon dernier espoir de te revoir en vie.

— Tu ne devrais pas être ici, les inquisiteurs te traiteront d'hérétique pour avoir communiqué avec les Juifs, a-t-elle répondu, la voix brisée, en levant la main dans un geste qui voulait à la fois me protéger et m'éloigner.

— Je partirai avec toi.

— Les gardes t'en empêcheraient et tu mettrais ma vie en danger ; ignores-tu donc que les juges de l'Inquisition continuent à chercher les fugitifs parmi ceux qui s'exilent ? a-t-elle murmuré.

— Alors, reste avec moi.

Elle m'a regardé fixement ; elle hésitait, mais finalement elle a repris sa place parmi les autres femmes en me faisant un signe de la tête. L'enfant la suivait, il avait la jambe droite un peu plus courte que l'autre. Je les ai rattrapés.

— Tu vas causer notre perte à tous, a déclaré Isabel.

— Je vous défendrai de ma vie, personne ne vous fera de mal.

Le visage d'Isabel, autrefois vif et joyeux, était terni, flétri ; ses grands yeux en amande souriaient avec le même éclat, mais avec un reflet de mélancolie.

— Ils m'ont condamnée à mort, mais ils n'ont jamais pu m'arrêter, en dépit de tous leurs efforts. Maintenant, avec tous les Juifs, ils m'expulsent de la terre où je suis née, où sont nés tous mes aïeux, au long des générations. Les responsables de cet édit entreront dans l'histoire des hommes ; ils seront honorés, célébrés dans des Mémoires, des chroniques, des annales et des légendes, mais l'injustice restera toujours l'injustice, le crime sera toujours le crime : c'est ainsi que s'inscriront les paroles de gloire dans l'or et dans le marbre, a-t-elle dit lentement.

Un garde m'a repoussé, me rappelant brutalement que mes pas avaient traversé la ligne invisible qui séparait les vivants des morts, les vieux chrétiens des convertis, les bons catholiques de ceux qui s'obstinaient dans la perversion hérétique, ceux qui restaient de ceux qui devaient partir. Une ligne tout à fait banale pour certains, fatale pour d'autres, clairement dessinée à feu et à sang.

Pour ne plus être importuné par le garde, je lui ai glissé une pièce d'or et, dans un élan de tendresse, j'ai embrassé mon fils ; mon émotion l'a fait rire.

Au même instant, Isabel a jeté ses bras autour de mon cou, elle s'est accrochée à mon corps comme si elle voulait lui transmettre, en quelques secondes, des années d'amour, d'angoisse, de douleur. Je l'embrassais comme un fou, ses joues tachées de poussière, ses lèvres sèches, ses cheveux en désordre ; j'essuyais ses larmes terreuses. Elle a repris des forces, transformé sa peine en courage et en orgueil, et elle s'est éloignée dans un vague sourire.

— Il faut nous embarquer, il y a tellement de gens attendant les navires qui lèveront l'ancre à l'aube… Si nous ne montons pas à temps, nous serons perdus.

— Je ne te laisserai pas partir, ai-je dit comme si je parlais à une figure lointaine dont j'étais séparé par un songe.

— Je dois m'en aller, a-t-elle répété, le regard fixé sur les manœuvres des bateaux et sur les gestes anxieux des exilés pour monter à bord.

— Depuis que tu as fui Madrid, je t'ai cherchée à Saragosse, à Calatayud, à Teruel, à Tolède et dans chaque lieu que mes pieds ont foulé ; pas un instant je n'ai cessé de scruter les heures et les chemins, ai-je dit.

— Moi aussi, je t'ai cherché partout où nos pas nous ont conduits, mais j'avais si peur de te revoir : qu'allait-il advenir de nous ? a-t-elle dit.

— J'ai perdu ta trace à Tolède ; depuis lors, je n'ai plus jamais eu la moindre nouvelle. Raconte-moi ce qui s'est passé.

— J'ai quitté Tolède pour Burgos, je tâchais de m'éloigner le plus possible des inquisiteurs de Ciudad Real. Un ami de mon père vivait à Burgos, le vieux médecin Rabí Simuel. Le Conseil communal lui versait une rente annuelle de trois mille maravédis pour exercer son art avec science et conscience, en s'occupant tout spécialement des plus démunis, secondé par son fils Abraham. Mais, comme partout ailleurs, le fait que la ville avait grand besoin de ses médecins juifs n'a pas empêché l'application des décrets de 1481. Tous les Juifs « devaient porter publiquement la marque distinctive, de la taille d'une pistole, bien visible sur les épaules » et, en 1484, le Conseil a ordonné la fermeture des juiveries à heures fixes et l'instauration de la clôture les samedis et dimanches, tout en limitant drastiquement les activités de leurs occupants, ainsi que leur négoge et leurs communications avec la ville chrétienne.

» A Burgos, je vivais avec mon fils dans une vieille maison de la rue des Ténèbres, une étroite venelle habitée par des marchands. Nous demeurions près de la grande boucherie et, de tout l'hiver, nous n'avons presque jamais quitté notre sombre chambre : le soleil était toujours caché par des nuages. Nous allions parfois au monastère de Saint-Augustin, où l'on adorait, à notre grand étonnement, un Christ trouvé en mer, enfermé dans une grande caisse semblable à un cercueil, et qui avait la taille, la corpulence, les nerfs, les cheveux, la barbe, les ongles et la chair pareils à ceux d'un homme mort. Quand les fidèles lui touchaient la tête, les mains, les pieds et les articulations, les moines chantaient et faisaient sonner les cloches. En effet, on lui attribuait de grands miracles, notamment le pouvoir de ressusciter des enfants et de guérir des malades.

» Bien avant le départ de tous les Juifs de la cité — via le port de Laredo —, au lendemain de la promulgation de l'édit d'Expulsion, nous nous sommes réfugiés à Hita, cité bâtie à flanc de colline et dont les murs s'échelonnent depuis la plaine jusqu'à la forteresse érigée au sommet.

» Là-bas, nous avons vécu sous le toit de la Vieille Mère, une Juive qui possédait une vigne. Ma vie n'y fut jamais inquiétée que par mes propres craintes. Je passais toutes mes journées entre le quartier Saint-Pierre et la porte de Sancha-Martínez, entre la porte du Marché et la tour de Jorge, dans les rues autour de la grand-place ou dans les ruelles de Huda de los Puntos, entre la boulangerie de la convertie Francisca López et la boucherie qui lui faisait vis-à-vis. Les Juifs de Hita ne vivaient pas seulement dans la juiverie, ils habitaient sur la grand-place, dans la rue Royale et aux portes de la ville ; leur communauté comptait neuf rabbins, deux médecins, plusieurs chirurgiens et un boucher ; elle possédait des maisons, des fermes, des terrains, des celliers, des vignobles et de jeunes ceps. Mais la tranquillité de cette ville m'a bientôt semblé monotone et, comme rien ne nous poussait à partir sinon l'envie de nous dégourdir les jambes, comme rien ne tourmentait mes nuits sinon mes rêves, un jour, avec mon fils, je suis partie pour Buitrago, une cité de hauts créneaux, de terres rocheuses et de sombres chênes, ceinte par le fleuve Lozoya.

» Sise sur le chemin de Burgos depuis des temps très anciens, Buitrago, vue de la plaine, semble un rêve matérialisé au pied de la Somosierra. Une fois franchie la porte de la Garde, on découvre l'intérieur aride de cette ville, le clocher de Notre-Dame-du-Château et la cour de la synagogue avec sa boucherie. Nous sommes arrivés le jour de la Saint-Luc, qui marque l'ouverture de la foire annuelle où chrétiens, Juifs et Maures vendent ou échangent leurs marchandises pendant deux semaines. Alors, je me suis souvenue de l'ancien seigneur de Buitrago, don Íñigo López de Mendoza, anobli par le roi don Jean II sous le titre de marquis de Santillana. A la demande du souverain, il a procédé à la compilation des proverbes, adages et dictons que les vieilles femmes répètent au coin du feu. Mais c'était surtout un grand poète, qui aimait les solides montagnardes et qui a célébré ses trois filles. Vaillant chevalier, il avait coutume de dire : « Si nous souhaitons du bien à celui qui nous en fait, nous devons en faire à celui qui nous le souhaite. »

» Nous avons suivi la rue des Escaliers et, à force de nous renseigner, nous sommes enfin arrivés à la demeure des Alfandari. Nous n'y avons pas longtemps séjourné puisque, dès le dimanche 29 avril, l'édit d'Expulsion a été décrété à Buitrago et que tous les Juifs ont dû abandonner leurs maisons, leurs terres, leurs prés, leurs jardins, leur synagogue, leur hôpital et leur cimetière. La vie de plusieurs siècles s'est écroulée en un seul jour, mais mon fils et moi, sans bien-fonds à vendre, et sans attendre l'expiration du délai accordé aux Juifs pour quitter le royaume de Castille, un petit matin, alors que brillaient encore les étoiles, nous sommes sortis de la ville : il fallait atteindre la mer avant la fin du mois de juillet. J'espérais ainsi parvenir un jour en Flandres, même si ce long détour nous éloignait de notre destin.

» Nous avions emmené une panetière de berger avec des victuailles pour quelques jours, un âne pour transporter l'enfant, et je cachais un poignard sous ma jupe serrée. Nous avons marché toute la journée à travers les montagnes et les vallées solitaires, en suivant un petit ruisseau parmi les pinèdes, sans croiser personne sinon quelques paysans liant des fagots de sarments. En fin d'après-midi, nous avons rencontré une bergère au teint de cendre, assise au milieu des broussailles ; elle avait une grosse tête et les cheveux courts, les yeux enfoncés et rouge vif, de longues oreilles et le cou velu : bref, elle ressemblait à cette femme que décrit don Juan Ruiz, l'archiprêtre de Hita. Quand la nuit est tombée, nous avons vu, près d'une cabane, deux hommes avec leurs houlettes et leurs chiens ; un peu plus loin, il y avait un vacher sans manteau, aux vêtements rapiécés, qui cheminait parmi les rochers. Nous avons dormi dans un lieu désert, sans que la peur nous éveille une seule fois. Mais le lendemain, vers midi, un homme à cheval qui s'était embusqué derrière un arbre nous a barré la route.

» — Où allez-vous à cette heure indue ? Prenez un peu de bon temps avec moi... la vie est si courte, a-t-il dit.

» — Chevalier, ne voyez-vous pas que je voyage avec mon fils ? ai-je répondu.

» — Ne passez pas ce fleuve à gué toute seule... les lieux sont infestés de bandits.

» — Bandit vous-même, si vous ne m'aidez pas à traverser saine et sauve avec mon enfant.

» — C'est que je suis friand de fruits précoces, a-t-il déclaré.

» — Je ne suis ni une fille ni une montagnarde, mais une Juive mariée, ai-je dit.

» — Au bout du compte c'est pareil, comme dit le proverbe : Sous un mauvais manteau on cache un grand cœur et sous méchante cape gît un bon buveur, a-t-il poursuivi en me poussant dans les broussailles et en m'arrachant la jupe.

» Alors qu'il cherchait à me posséder, mon fils lui a donné un coup de pierre sur la tête qui l'a laissé inanimé, couché de tout son long dans l'herbe. Nous sommes partis sans nous retourner. Quand nous avons retrouvé notre chemin, nous sommes tombés sur une foule de Juifs qui se dirigeaient vers les grands ports, guidés par des alguazils engagés à leurs frais et qui avaient pleins pouvoirs pour les protéger. En effet, nonobstant les garanties royales, les exilés redoutaient quelque mauvaise rencontre dans des lieux déserts, où il serait aisé de les blesser, de les voler, de les violenter, de les séquestrer ou de les tuer. Voyageant avec tout ce qui restait de leur fortune, ils craignaient aussi qu'on ne leur impose des taxes illégales : péage ou pontonage, dîme et octroi. Et bien entendu, s'ils refusaient de payer, on pourrait leur interdire l'entrée de certains lieux ou leur dénier le droit de passage, refuser de les héberger, de les ravitailler et de leur vendre des charrettes et des bêtes de somme pour transporter leur famille, les condamnant ainsi à la famine et à passer la nuit au bord des chemins, à la merci des voleurs et des assassins.

» Le fait est que nous nous sommes joints aux hommes et aux femmes qui, ayant bradé leurs biens, emmenaient en exil, à pied, à dos de mule ou sur des chariots, le peu qu'ils avaient pu troquer. Pour se consoler et se donner du courage, ils s'efforçaient de croire que Dieu les conduirait vers la terre promise à travers les montagnes, les fleuves, la chaleur et la faim. Car il y avait beaucoup de vieillards et d'enfants qui tombaient malades, des femmes enceintes ou en relevailles, des gens qui succombaient ou restaient en arrière, résolus à retourner sur les lieux de leur naissance et à se convertir, puisque, partout où nous passions, nous étions harcelés par des chrétiens qui nous enjoignaient de nous faire baptiser, en se plaignant amèrement de notre obstination. Mais les rabbins nous encourageaient à poursuivre, ils faisaient chanter les garçons et les filles, jouer du tambour et de la flûte pour adoucir notre lourde fatigue et notre longue peine sur la route de l'exil. Ils reprenaient en chœur : « Nous venons de Dieu, notre secours est le Très-Haut ! » « Si nous devons vivre, vivons, mais s'il nous faut mourir, acceptons-le ; mais ne renions pas notre Alliance, ne laissons pas notre cœur regarder en arrière et marchons au nom du Seigneur, notre Dieu. » « Et Yahvé dit à Moïse : Lève ta main vers le ciel, pour que les ténèbres s'abattent sur la terre d'Égypte, si épaisses que quiconque puisse les toucher. » « Et Moïse dit à son peuple : Souvenez-vous de ce jour, où vous avez quitté l'Égypte, la demeure de l'esclavage. »

» Et nous avons marché des jours et des jours. Un soir, alors que nous allions sortir de la sierra de Gredos, les guides ont tenté de nous séparer en deux groupes : ils voulaient emmener d'un côté ceux qu'ils croyaient les plus riches et les plus belles filles. En effet, ils prétendaient avoir ouï dire que des Maures, qui avaient échappé au rois victorieux à Grenade, rôdaient avec leurs cimeterres et leurs poignards pour faire prisonniers les Juifs qui s'acheminaient vers le Portugal ou vers Cadix et dont on disait que maints d'entre eux cachaient beaucoup d'or sous leurs vêtements — quand ils ne l'avaient pas avalé. Mais quelqu'un, parmi nous, avait appris d'épouvantables choses : les frères López de Illescas, avec d'autres parents et compagnons, s'étaient concertés avec certains Juifs pour les aider à passer sains et saufs, ainsi que leurs familles, de l'autre côté de la mer, dans les royaumes de Fez et de Tlemcen, en échange de quatre cents maravédis pour toute personne de huit ans et plus, et d'un florin pour les enfants en bas âge, ce qui représentait une somme globale de six mille pistoles castillanes. Une fois en possession de l'argent, lesdits Illescas et consort n'avaient pas tenu promesse ; au contraire, ils avaient causé beaucoup de torts et de préjudices à leurs protégés, allant jusqu'à voler le reste de leur fortune aux hommes riches qui leur avaient déjà cédé quantité de maravédis d'or et d'argent. Nous avons donc refusé de nous séparer.

» Sous le dur soleil de juillet, nous avons poursuivi notre marche vers la mer, les uns pour embarquer à Cadix ou à Puerto de Santa María, les autres pour pousser jusqu'à Málaga. Vieillards et nouveau-nés, jeunes mères et jeunes filles, à pied ou à dos de mule, traînant leurs biens dans des charrettes ou les portant sur le dos, nous avons laissé derrière nous Tolède, Orgaz, Consuegra, le fleuve Guadiana, des terres incultes, des sentiers escarpés, des auberges de fortune aux lits plus durs que la terre, Calatrava, Almagro et la sierra Morena, qui sépare la Castille de l'Andalousie ; chaque jour, à chaque heure, la chaleur devenait plus terrible et insupportable. Certains ont obliqué vers Jaén ; nous avons continué vers Cordoue, une cité que nous n'avons vue que de loin, parmi ses palmiers et ses oliviers. Sous le soleil comme un manteau de braises, nous sommes passés par Écija et Carmona la Blanche. Le lendemain, nous étions à Séville, mais nous avons dû rester extra-muros et, poursuivant par Jérez de la Frontera, nous sommes enfin arrivés à bon port : Puerto de Santa María...

— Reste, je t'en prie, ai-je dit ; vous devez être épuisés tous les deux.

— L'expulsion des Juifs est la mienne, leur mort est ma disparition, a-t-elle répliqué. Je dois partir avec eux.

— Mais tu es une convertie, tu peux demeurer sans crainte, ai-je repris.

— Sur mon visage, je porte celui de mes parents, mon corps est rempli de leur ombre, je ne puis me défaire ni de leur chair ni de leurs os ; leur exil est le mien.

— Nous pourrions vivre tous les trois, recommencer une autre vie, dans un village perdu, oublié de ces royaumes.

— A défaut d'appréhender mon corps, les inquisiteurs ont brûlé mon image ; je suis morte à jamais sur ces terres, a-t-elle répondu.

— L'âme d'une créature ne peut être brûlée de cette façon ; tu seras vivante pour toujours, ai-je dit.

— Plutôt que de vivre dans un village, et me nourrir d'outrages, je préfère suivre l'exemple de la belle Juive de Calahorra : quand les Français ont pillé la ville et que cinq d'entre eux se sont installés chez elle, elle s'est cachée avec sa fille de huit ans jusqu'à la nuit tombante ; alors elle a pris un couteau et elle a égorgé les cinq soudards endormis, qui cuvaient le bon vin de sa cave, a-t-elle raconté fièrement.

— Nous reverrons-nous ? ai-je murmuré.

— Nul ne connaît l'avenir, a-t-elle dit.

L'enfant nous a regardés ; il était pâle et harassé ; puis il a levé les yeux vers la mer, à la fois proche et inconnue, tellement présente et pourtant si lointaine, insaisissable. Soudain, j'ai pris conscience du soleil qui nous écrasait, des ombres qui tombaient à la droite des corps, de la poussière pierreuse qui commençait à briller. Au loin, on voyait se préciser la courbe verte de la baie, la silhouette de Cadix ; tout près de nous, se dessinait l'embouchure du Guadalete, ses reflets dorés sur l'eau verte.

— Que sais-tu de mon frère ? Réponds-moi franchement : est-il encore vivant ? a-t-elle demandé en me regardant fixement.

— Il est en vie.

— Libre, arrêté, torturé ?

— Il a pris le chemin du Portugal, je l'ai rencontré voici quelques jours ; il m'a prié de te dire qu'il supportera la faim et l'exil et qu'il te retrouvera un jour.

— Allons, il faut que nous montions à bord, bientôt il n'y aura plus de places, a-t-elle dit à l'enfant, soudain très soucieuse.

— Où iras-tu ?

— En Flandres, a-t-elle répondu, c'est là que tu pourras me chercher.

— Je le ferai, crois-moi, ai-je dit.

Ils ont commencé à marcher lentement, parmi les autres, comme s'ils portaient tous ensemble non pas le poids de quelques pauvres biens, le reste de toute une vie, mais la peine de générations et de générations de Juifs sur le chemin de l'exil.

— Un instant, ai-je dit à mon fils, comment t'appelles-tu ? Quel est ton prénom ?

— Juan, je m'appelle Juan comme mon père, a-t-il répondu.

— C'est moi qui suis ton père, un jour je te chercherai en Flandres, mais je dois d'abord faire fortune ailleurs.

Hommes et femmes montaient sur les bateaux en chantant : « Alors Yahvé dit à Moïse : pourquoi cries-tu vers moi ? Dis aux enfants d'Israël qu'ils s'en aillent. » « Et toi, lève ton bâton, étends ta main sur la mer, et ouvre-la ; et que les enfants d'Israël pénètrent au milieu de la mer et y marchent à pied sec. » « Alors les enfants d'Israël marchèrent au milieu des flots, et les eaux faisaient comme un mur à leur droite et à leur gauche. » « Et Yahvé dit à Moïse : Étends ta main sur la mer, pour que les eaux se referment sur les Égyptiens, sur leurs chars et leur cavalerie. » « Yahvé, Homme de guerre, Yahvé est Son Nom. »

Et les bateaux ont levé l'ancre, sillonnant l'eau verdâtre, en procession inexorable, comme s'ils entamaient le voyage de la mort.

Dans le petit matin, ils sont partis l'un après l'autre, faisant voile vers la gauche de la baie, bercés par la mer ; leurs passagers ne regardaient pas l'horizon marin, mais la plage, la terre qui restait derrière eux.

Soudain, ils ont disparu au loin, sur la ligne verte où se fondaient les vagues et le ciel blanchâtre, tandis que Cadix et l'horizon terrestre devenaient moins sombres et plus proches.

J'ai pris le chemin de Palos. Engagé comme gabier sur la caravelle *Santa María*, j'ai gagné le large avec don Cristóbal Colón. Nous avons quitté le port en suivant le fleuve Saltés, une demi-heure avant le lever du soleil, le vendredi 3 août de l'an de grâce 1492. *Deo gratias.*

Appendice [1]

Procès d'Isabel de la Vega et de Gonzalo de la Vega, frère d'icelle, natifs de Ciudad Real, absents, transcript par les greffiers et notaires publics de la Saincte-Inquisition

En la noble ville de Ciudad Real, ce quatorzième jour du mois de novembre de l'an 1433 de l'ère de Nostre Sauveur Jésus-Christ. Sous la présidence de messires les inquisiteurs Pero Dias de la Costana, licencié en saincte théologie, chanoine en l'esglise de Burgos, et de Francisco Sanches de la Fuente, docteur ès décrets du chapitre en l'esglise de Zamora, dedans les lieulx où ilz séjournent en ladicte ville, en la salle basse où ilz ont coustume de tenir audience à l'heure de la tierce, en présence des notaires et témoins soussignés, a comparu devant lesdicts révérends Pères inquisiteurs l'honorable Ferrand Rodrigues del Barco, clerc, chapelain du Roy nostre treshaut et puissant seigneur, procureur du Sainct-Office, à la requeste desdicts messires. Adonc ledict procureur a déclaré que maints habitants de ladicte ville, qu'ilz soient hommes ou femmes, soupçonnés et déshonorés pour cause d'hérésie, avoient quitté ou fouy ladicte cité par crainte de ladicte Inquisition ; parmy ces fugitifs, figuroient notoirement Isabel de la Vega et Gonzalo de la Vega, frère d'icelle, dont on ne sçavoit où ilz résidoient mais dont luy, procureur dudict Sainct-Office, entendoit prouver qu'ilz avoient commis le crime d'hérésie et qu'ilz avoient judaïsé ; par suite, il demandoit et a demandé auxdicts messires

1. Pour traduire ce procès inspiré de nombreuses minutes du tribunal du Saint-Office, j'ai utilisé diverses œuvres écrites en « moyen français », tout spécialement les *Mémoires* de Philippe de Commynes et *Le Roman de Jehan de Paris,* contemporains de Juan Cabezón. Pourtant, à l'image et à la ressemblance du texte original, je me suis efforcé de ne jamais confondre les canons de la philologie orthodoxe et la souveraine liberté de la fiction. Puissent les médiévistes pardonner ma fidélité aux « belles infidèles ». (*N.d.T.*)

inquisiteurs de prendre acte de son instruction et de mander une nouvelle lettre citatoire par ordonnance contre lesdicts Isabel et Gonzalo de la Vega, édit qui fixeroit un deslai au terme duquel ilz devroient avoir comparu pour respondre des accusations et dénonciations dont ilz faisoient l'objet pour avoir versé dans la perversion hérétique, avoir judaïsé et respecté la loy de Moïse. Après avoir entendu la requeste dudict procureur, les inquisiteurs ont ordonné de faire comparoir les témoins, affin d'ouyr leurs dépositions concernant l'absence desdicts Isabel et Gonzalo de la Vega. Sur ce, le procureur a présenté auxdicts inquisiteurs les témoins Juan Gomes, potier, Juan Peres, chaufournier, Juan de Soria, chiffonnier, et Ferrand Falcón, converti, lesquelz, ensemble et séparément, ont presté serment en bonne et due forme, soit en posant la dextre sur la croix et en jurant de dire toute la vérité. Chascun des témoins a dit Oui, qu'il le jurait, et à la conclusion dudict serment, tous ont respondu : Amen. Et comme lesdicts messires inquisiteurs leur demandoient s'ilz sçavoient de source sûre que lesdicts Isabel et Gonzalo de la Vega estoient absents de la cité, et qu'ilz estoient partis à cause de l'Inquisition et depuis combien de temps ilz avoient quitté la ville, lesdicts témoins ont respondu et affirmé qu'il estoit de notoriété publique que lesdicts Isabel et Gonzalo de la Vega estoient absents de ladicte cité et qu'il pouvoit bien s'estre écoulé quinze jours avant l'arrivée de messires les inquisiteurs dans la ville, depuis qu'ilz avoient fouy et qu'on ne sçavoit où ilz se trouvoient et demouroient. Sur ce, lesdicts messires ont déclaré qu'il estoit estably que lesdicts Isabel et Gonzalo de la Vega s'estoient absenté de la ville et des maisons où ilz avoient demouré et habité, et qu'on ne sçavoit poinct de science exacte où ilz se trouvoient ; partant, ilz ont ordonné de mander et ont mandé une lettre citatoire sous forme d'édit contre les accusés et chascun d'entre eulx, accordant un deslai de trente jours en trois termes fixés, le dernier estant péremptoire, par quoy ilz leur ordonnoient de comparoir pour respondre aux accusations dudict procureur sur ledict crime d'hérésie. Ensuite de quoy, ilz ont ordonné que ladicte lettre fust notifiée à leur domicile dans ladicte ville, et promulguée sur la place et notifiée en l'esglise de Sainct-Pierre dont ilz estoient paroissiens, le jour de feste, quand tout le peuple est réuni à la Messe et aux Divins Offices ; ilz ont également mandé que l'édit fust affiché sur une des portes de ladicte esglise et qu'il y demourast tout au long des trente jours du deslai consenti. Témoins : Juan de Coca, Juan Zarco, Juan Lopes et Ferrand Falcón, ainsy que les notaires Juan Sanches et Juan de Segovia.

Ensuite de quoy, le dimanche seize dudict mois de novembre, en l'an susdict, ladicte lettre a esté lue et publiée en l'esglise Sainct-Pierre par Juan de Segovia, notaire de ladicte audience et du Sainct-Office, en présence d'une grande partie du peuple de ladicte ville, à l'heure de la Grand-Messe, le jour où les pénitents faisoient acte de contrition, en présence des vertueux chevaliers Juan Peres, corrégidor de la ville, de messire Lope de la Tudia, commandeur de Malagón, et de maints chevaliers et échevins de ladicte cité. Témoins : le licencié Juan Bastante et Teresa la Calera, parmy tant d'aultres.

Ensuite de quoy, le lundi suivant, dix-septième jour du mois de novembre, en l'an susdict, sur la place publique de ladicte ville, ladicte lettre a esté promulguée, à haulte et intelligible voix, par ledict notaire et par le crieur Juan de Lorca, mandaté pour de telles tâches. Témoins : Juan de la Gallina, greffier, Christobal, tailleur, Pero Peres de las Peras, bègue, et Gonzalo Grillo.

Ensuite de quoy, le jour dict, devant la porte des demoures desdicts Isabel et Gonzalo de la Vega, sises dans ladicte ville à l'angle de Sainct-Pierre et de Villeneuve, dans la rue dicte de la Tour, ladicte lettre a esté notifiée et signifiée en personne par l'honorable chevalier Juan Peres, corrégidor. Témoins : Pero Zebrón et Christino de León, habitants de ladicte ville.

Ensuite de quoy, ce mesme jour de l'an susdict, ladicte lettre a esté affichée par ledict procureur sur une des portes de ladicte esglise Sainct-Pierre, puis clouée par ledict notaire. Témoins : Pedro Gomes, Ferrand Alonso, Pedro Fernandes, tous trois clercs en ladicte esglise Sainct-Pierre.

Ensuite de quoy, le vingt-cinquième jour du mois de novembre susdict de l'année en cours, lesdicts messires inquisiteurs siégeant dans ladicte demoure, en la salle basse où ilz tiennent publiquement audience à l'heure de la tierce, a comparu par devers eulx le procureur du Sainct-Office. Cestuy a déclaré que le dixième jour du premier terme fixé du deslai de trente jours venoit de s'écouler, deslai accordé auxdicts Isabel de la Vega et Gonzalo de la Vega, frère d'icelle, pour comparoir et se présenter devant les révérends Pères, ce qu'ilz n'avoient poinct faict. Ce pourquoy il a dict qu'il les accusoit et les a accusés de première contumace. Et lesdicts messires inquisiteurs ont respondu que la plaincte estoit receue. Témoins : Miguel Morales, Antón Gomes, savetier, et Gonzalo Martines.

Ensuite de quoy, le quatrième jour du mois de décembre, en l'an susdict, lesdicts messires inquisiteurs tenant audience en ladicte salle, en présence des notaires et des témoins soussignés, ledict procureur a comparu derechef et, attendu l'expiration du deuxième terme fixé dans le deslai de trente jours accordé par la lettre citatoire, veu que lesdicts Isabel et Gonzalo de la Vega ne s'estoient pas présentés, il a proclamé qu'il les accusoit et les a accusés de seconde contumace. Messires les inquisiteurs ont respondu qu'ilz prenoient acte. Témoins : Pero Peres de las Peras, bègue, et Juan Sanches, chapelain dudict messire licencié de Costana, membre du Sainct-Office.

Ensuite de quoy, le quinzième jour du mois de décembre de l'année en cours, alors que lesdicts messires inquisiteurs, comme à l'acoustumée, tenoient audience en la salle basse à l'heure de la tierce, ledict procureur a comparu par devers eulx et déclaré que le terme péremptoire de la lettre citatoire venoit d'expirer, sans que lesdicts Isabel et Gonzalo de la Vega eussent comparu devant Leurs Excellences. Ce pourquoy il accusoit les frère et seur de la Vega d'une troisième et ultime contumace et demandoit par voie de conséquence aux révérends Pères de les déclarer rebelles. Et lesdicts messires inquisiteurs ont respondu que la plaincte du procureur estoit receue et qu'ilz estoient prests à faire ce que leur dictoit leur devoir. Témoins : Mencio Mendes, carrier, Urraca Núñez et Pedro de Yepes.

Ensuite de quoy, le cinquième jour du mois de janvier de l'an de grâce de l'ère de Nostre Sauveur Jésus-Christ mille quatre cent quatre-vingt-quatre, alors que messire l'inquisiteur, docteur Francisco Sanches de la Fuente, tenoit audience en ladicte salle, ledict procureur a comparu et déclaré qu'il présentoit et a présenté le libelle de dénonciation contre lesdicts Isabel et Gonzalo de la Vega, dont vecy la teneur :

Révérendissimes, vertueux messires inquisiteurs de la perversion hérétique : Moy, Fernando Rodrigues del Barco, procureur de la Saincte-Inquisition, je comparois devant Vos Excellences, affin de dénoncer et de porter plaincte contre Isabel de la Vega et Gonzalo de la Vega, frère d'icelle, natifs de ceste ville de Ciudad Real, absents à ceste heure, comme contumaces et rebelles aux commandements apostoliques et à vos appels réitérés à comparoir par devers ce tribunal. J'affirme que lesdicts Isabel et Gonzalo de la Vega, vivant sous des noms chrétiens, ont offensé Nostre-Seigneur et nostre Saincte Foy Catholique, sans crainte des peines et préjudices auxquels ilz devoient s'attendre ; en effet, ilz ont observé la loy de Moïse et pratiqué des rites de la perversion judaïque des diverses manières suivantes : d'abord, en allumant et faisant allumer des chandelles neuves le vendredi soir pour honorer la cérémonie du sabbat, selon la forme judaïque. Item, qu'ilz ont cuit et fait cuire de la viande le vendredi pour la consommer chez eulx le samedi, et qu'ilz ont revestu, ce mesme jour, des habits propres et de feste, bien plus ce jour-là que tous les aultres de la semaine, des vestements de drap fin et de lin, et qu'ilz ont esté désœuvrés ces mesmes jours. Item, que lesdicts Isabel et Gonzalo de la Vega ont jeûné tous les jours où les Juifs ont coustume de le faire, ne mangeant pas jusques à la nuict tombante et l'apparition des estoiles, mangeant alors de la viande de façon cérémonielle, en la bénissant comme font les Juifs, un verre de vin à la main. Item, que lesdicts Isabel et Gonzalo de la Vega ont ordonné de pétrir et ont mangé du pain azyme à l'occasion de la Pâque que les Juifs appellent de l'Agneau. Item, que lesdicts Isabel et Gonzalo de la Vega, pendant toute la durée de ladicte Pâque, n'ont mangé que dedans des escuelles, des plats, des marmites, des jarres et aultres vaixelles neuves, selon l'usage et la coustume des Juifs. Item, en suivant et respectant ladicte loy de Moïse, ilz ne mangeoient poinct de viande si l'animal n'avoit esté tué et égorgé selon la cérémonie judaïque ou de la main d'un Juif ; et s'ilz n'en pouvoient trouver, ils n'en mangeoient poinct d'aultre, pas plus que les poissons interdicts par ladicte loy de Moïse, rien que des fruicts ou des œufs ou choses semblables, le tout selon la forme judaïque. Item, que lesdicts Isabel et Gonzalo de la Vega ont mangé de la viande pendant le Caresme et aultres jours prohibés par nostre Saincte Mère l'Esglise. Item, en violation de nostre Saincte Foy Catholique et dans l'intention délibérée de l'offenser, ilz ont lavé leurs morts à la façon judaïque, ont organisé des repas funèbres à la mort de leurs parents, ont mangé à mesme le sol durant sept ou neuf jours, rien que du poisson et des œufs et choses semblables, enterrant également leurs parents ainsy qu'enterrent les Juifs, avecq les mesmes cérémonies. Item, que lesdicts frère et seur de la Vega ont consenti à pratiquer le rite des *sorts* à la naissance d'un filz dudict Gonzalo, le septième jour, persévérant ainsi dans l'offense et dans le mépris de nostre Saincte Foy Catholique, puisque ledict Gonzalo s'estoit faict circoncire alors qu'il estoit aagé de quinze ans environ. Item, que lesdicts Isabel et Gonzalo de la Vega ont nié l'avènement de Nostre Vray Rédempteur et Sauveur Jésus-Christ, Nostre Messie, et se sont rassemblés avecq d'aultres convertis et converties quand une estoile sembloit jeter des gerbes de lumière, et sont montés sur une tour et crioient : Il est né Celuy qui doit nous sauver ! Il est né Nostre Messie ! Item, que lesdicts Isabel et Gonzalo de la Vega ont ouy et ont esté ouyr des prières et oraisons judaïques dedans la maison d'Alvaro le linger, qui lit tel un rabbin, la teste couverte d'un capuchon ; là-bas, le samedi et à l'occasion de la Pâque des Juifs, ilz ont mis toute leur foy en ces croyances, s'escartant cy faict de nostre Saincte Foy Catholique et péchant contre Nostre Rédempteur et Sauveur Jésus-Christ. Item, que lesdicts Isabel et Gonzalo de la Vega ont judaïsé et se sont rendus coulpables d'hérésie dans d'aultres cas et circonstances, d'aultres façons et en d'aultres temps, que, s'il estoit nécessaire, je pourrois détailler dans l'interest de ceste affaire. Ce pourquoy, vertueux messires, attendu que lesdicts frère et seur de la Vega ont succombé à l'hérésie et à l'apostasie notoirement et publiquement dans les circonstances susdictes, de mesme qu'en refusant de comparoir devant Leurs Excellences, affin d'estre ramenés dedans le droict chemin de Nostre Saincte Mère l'Esglise qu'ilz ont tant offensée, avant de fouyr et de s'absenter de ceste ville par crainte de l'Inquisition, lesdicts Isabel et Gonzalo de la Vega doivent estre considérés comme hérétiques et apostats de notoriété publique, et encourir cy faict la censure ecclésiastique et les aultres peines civiles et criminelles en vertu du droit canon. Ce pourquoy, révérends Pères, je vous demande et requiers que vous les déclariez et prononciez hérétiques et apostats, implorant ainsy le sainct et noble office de Leurs Excellences, affin que justice soit rendue. Et, sur les ordres que j'ai receus, je jure que, si lesdicts Isabel et Gonzalo de la Vega avoient comparu par devers vous, j'eusse maintenu mon accusation. Ce pourquoy, messires, je vous demande et requiers de procéder à leur esgard comme s'ilz estoient présents, ainsy que le droit le permet en de telles circonstances, et jusques à la sentence définitive ; et je reste prest à justifier ma plaincte et mon accusation autant de fois qu'il seroit nécessaire.

L'acte d'accusation d'Isabel et de Gonzalo de la Vega dûment présenté, l'inquisiteur a répondu qu'il le recevoit et a mandé aux deux accusés de respondre, dans les trois jours, audict libelle. Sur ce, on a ordonné audict notaire de les citer en audience, lequel, incontinant, en vertu de ladicte commission et du mandement, les a cités à haulte voix en lesdicts lieulx. Témoins : Juan de Hoces et Juan Ruys de Córdova, maistre en saincte théologie, parmy tant d'aultres.

Ensuite de quoy, ledict notaire s'est rendu incontinant au domicile desdicts Isabel et Gonzalo de la Vega, demandant devant leur porte qu'ils comparussent pour respondre auxdictes dénonciations et accusations. Témoins : Pero Peres de las Peras, Martín el Ciego et Juan de las Higueras, habitants de ladicte ville.

Ensuite de quoy, le septième jour du mois de janvier de l'an susdict, alors que messire l'inquisiteur tenoit audience, le procureur a comparu et déclaré que, en despit de sa pétition et du mandement de Son Excellence, qui avoit cité lesdicts Isabel et Gonzalo de la Vega à comparoir personnellement en ladicte audience, affin de respondre à une dénonciation et à une accusation portées contre eulx, ilz n'avoient poinct comparu à l'expiration du deslai, ce pourquoy il a déclaré qu'il les accusoit et les a accusés de contumace. Messire l'Inquisiteur a receu l'accusation. Témoins : Martín de Cepeda et Christóbal de Burgos, familiers du Sainct-Office.

Ensuite de quoy, le septième jour du mois de janvier de ladicte année, sous la présidence desdicts messires inquisiteurs Pero Dias de la Costana et Francisco Sanches de la Fuente, a comparu le procureur Ferrand Rodrigues del Barco pour présenter ses témoins : Juan de las Mozas, Marina Lopes, Juana Ruys, Álvaro de las Parras, Antonio Mexía, Diego de los Olivos, Antón de Murcia, Rodrigo Núñez, charpentier, Juana Torres, Ferrand Falcón, Juan Barva de Santo, María Bastante, Elvira de Jaén, Pero Peres de las Peras et Gonzalo Grillo, tous habitants de ladicte ville de Ciudad Real. Sur ce, il leur a demandé de poser leur dextre sur une croix et un livre des Saincts Évangiles ouvert sur les mots *in principium erat berbum.* Puis il leur a demandé s'ilz juroient sur ceste croix et ce livre des Sainctes Escritures, qu'ils tenoient chascun corporellement sous la dextre, de dire toute la vérité sur ceste cause pour laquelle ilz estoient cités comme témoins, et de la dire quel que fust leur amour, leur estime, leur interest, leur parenté ou tout aultre lien avecq les accusés. Et chascun desdicts témoins a respondu, et tous ont respondu et déclaré : Oui, je le jure. Et ledict procureur leur a déclaré que s'ilz disoient la vérité, Dieu leur vînt en aide, aultrement qu'ils fussent frappés de stupeur dedans ce monde et dans l'aultre comme les mauvais chrétiens qui parjurent le Sainct Nom. Et chascun desdicts témoins a respondu Amen. En présence de Martín de Cepeda et de Pedro de Villacis, familiers de l'Inquisition.

Et ce que lesdicts témoins ont déclaré, interrogés et questionnés tour à tour par lesdicts maistres Juan Ruys de Córdova et Juan de Hoces, en vecy la teneur :

Premièrement, Juan de las Mozas, ayant dûment presté serment, interrogé par lesdicts commissaires, déclara que, en tant que témoin à charge, ce qu'il sçavoit du faict estoit que, environ cinq ans plus tost, il avoit faict la connoissance de Gonzalo de la Vega et, un jour qu'il cheminoit avecq luy, ledict Gonzalo, en luy parlant, luy avoit dict des choses contraires à Nostre Foy, affin de le convertir à la loy de Moïse.

Et le témoin déclara que, quelquefoiz, s'estant rendu chez ledict Gonzalo de la Vega pour luy demander certaines choses concernant ses terres, cestuy l'avoit faict asseoir jusques à la fin de ses prières et oraisons, tourné vers le mur à la façon des Juifs, et le témoin ne pouvoit comprendre ce qu'il disoit. Et il déclara également que, s'estant rendu à Jaén avecq Gonzalo de la Vega, alors qu'ilz arrivoient à Linares un vendredi soir, ledict Gonzalo avoit refusé de repartir le lendemain car il observoit le sabbat. Et le témoin déclara encore qu'il sçavoit qu'Isabel de la Vega, seur d'iceluy, observoit aussi le sabbat et mangeoit de la viande pendant le Caresme, que tous deux célébroient la Pâque des Juifs, qu'ils les avoit veu jeûner moultes fois, un jour par semaine, jusques à la nuict tombante et qu'ensuite ilz mangeoient de la viande. Ilz n'alloient oncques à messe, oncques ne les avoit veu se signer, ilz ne mangeoient pas de la viande débitée à la boucherie des chrétiens, et quand ilz n'avoient poinct de la viande égorgée à leur manière, ilz mangeoient en échange du raisin et des œufs. Ilz pétrissoient du pain azyme, le cuisoient chez eulx et le mangeoient en son temps. Voilà ce que le premier témoin déclara sur sa foy.

Marina Lopes, épouse de Pero la Pelegrina, meunier, habitant la paroisse de Saincte-Marie, à la porte de ladicte esglise, interrogée après avoir dûment presté serment, déclara que, passant un dimanche devant la porte d'Isabel de la Vega et de Gonzalo, frère d'icelle, elle avoit veu qu'ilz jetoient des eaux savonneuses et elle avoit pensé qu'on lavoit du linge le jour du Seigneur dans la demoure desdicts frère et sœur de la Vega pour ne pas honorer le dimanche. Elle a également remarqué qu'ilz observoient le sabbat et revestoient des habits propres et de feste et se reposoient ce jour-là ou rendoient visite à des parents ou les recevoient chez eulx. Pour ce qui estoit de la nourriture et de sa préparation, elle a déclaré n'avoir plus claire souvenance qu'Isabel de la Vega mangeoit de la viande en temps de Caresme, et que cela valoit aussy pour son frère Gonzalo. Voilà ce que le deuxième témoin déclara sur sa foy.

Juana Ruys, servante, témoin susdict, déclara que, cinq ou six ans auparavant, demourant avecq Isabel de la Vega, elle avoit pour voisine dedans sa rue une cousine de ladicte Isabel nommée María, laquelle estoit enceinte, et elle, Juana Ruys, avoit assisté à l'accouchement. Après le baptême, elle avoit veu Isabel de la Vega retirer du foyer un chaudron d'eaue, puis demander qu'on lui baille l'enfant, puis elle lui avoit retiré ses langes et avoit baigné tout son corps avecq de l'eaue chaude. Voilà ce que le troisième témoin déclara sur sa foy.

Álvaro de las Parras, témoin susdict, interrogé et questionné par lesdicts commissaires, déclara que, tenant la boucherie de ladicte ville depuis une dizaine d'années, il devoit y avoir plus de trois ans qu'Isabel de la Vega n'estoit pas venue luy acheter de la viande, car il estoit de notoriété publique que lesdicts frère et seur de la Vega vivoient davantage comme les Juifs qu'à la manière chrétienne. Il déclara de mesme qu'il vendoit des moutons sur pied aux convertis de la cité et qu'il avoit ouy dire que le bétail estoit égorgé par Juan Panpán et un aultre qui se faisoit appeler García Barvas, et que cestuy distribuoit la viande aux convertis. Voilà ce que le quatrième témoin déclara sur sa foy.

Antonia Mexía, ayant dûment presté serment par devers les deux commissaires, déclara que deux ans auparavant, plus ou moins, elle estoit venue vivre à Ciudad Real et s'estoit installée chez Juana de la Torre, épouse de Diego, le greffier ; là, elle avoit veu entrer Isabel de la Vega et, une fois la porte fermée, elle avoit ouy comment ces deux femmes prioient. Et elle déclara qu'ensuite elle les avoit apparceu lisant dans un grand livre ouvert sur la table, et elles luy avoient dict que c'estoit la Bible, et elle les avoit veu manger du pain azyme. Voilà ce que le cinquième témoin déclara sur sa foy.

Ayant dûment presté serment, interrogé et questionné par lesdicts commissaires, Diego de los Olivos déclara qu'il vendoit des perdrix depuis dix ou onze ans et que, maintes fois, Gonzalo de la Vega luy avoit demandé des perdrix vivantes. Et le chaudronnier Ramiro avoit dict audict témoin : « Garde-toy bien de luy en bailler, car il veult les égorger à la façon juive. » Voilà ce que le sixième témoin déclara sur sa foy.

Après avoir dûment presté serment, interrogé et questionné par lesdicts commissaires, Antonio de Murcia, cultivateur, déclara que, quatre ou cinq ans plus tost, sur les terres de son père, il avoit veu Gonzalo de la Vega monté sur une charrette et il l'avoit ouy priant et chantant, et comme il ne comprenoit pas le sens de ces prières et de ces chants, celà luy avoit paru très mal de prier aincsi tout seul comme si ledict Gonzalo avoit Dieu par devers luy. Voilà ce que le septième témoin déclara sur sa foy.

Ayant dûment presté serment, interrogé et questionné par lesdicts commissaires, Rodrigo Núñez, charpentier, déclara qu'un jour où il œuvroit dedans la maison d'Isabel et de Gonzalo de la Vega, il avoit trouvé de petits ouvrages de cérémonies judaïques ; il en avoit lu quelques pages et estoit moult esbay de ne trouver ni le nom de Jésus ni le signe de la croix, mais bien Adonaï et le Compatissant. Il les avoit emportés et, peu après, ledict Gonzalo luy avoit déclaré que s'il luy restituoit les livres, il recevroit en échange du drap pour confectionner une casaque, ainsy que du bon vin. Un aultre jour, alors que le témoin bavardoit avec ledict Gonzalo de la Vega, cestuy luy avoit dict que nostre monde sera perdurable à tout jamais, avecq le cycle de l'aube et du crépuscule, le lever du Soleil et celuy de la Lune ; à quoy ledict témoin avoit respondu que ces propos contredisoient David, qui dit dans les Psaumes que les cieux sont l'œuvre de la main de Dieu, et qu'Il les changeroit et qu'ilz se transformeroient comme un vestement, mais que Luy et Ses années oncques ne défailliroient. Mais ledict Gonzalo n'estoit pas de cet avis. Voilà ce que le huitième témoin déclara sur sa foy.

Comparoissant devant lesdicts commissaires, Juana Torres déclara qu'environ six ans plus tost, alors qu'elle demouroit chez Catalyna, veuve de Rodrigo de la Vega, mère desdicts Isabel et Gonzalo avecq lesquelz elle vivoit, elle, Juana Torres, avoit remarqué qu'ilz observoient le sabbat, portoient des habits de feste et se paroient ce jour-là. Dès le vendredi à midi, ilz s'enfermoient dans une pièce et lisoient dans un livre, la teste couverte, selon le rituel judaïque, et ledict témoin ne comprenoit rien sinon la parolle Adonaï. Elle a également remarqué qu'ilz préparoient les repas la veille du sabbat, qu'ilz allumoient de nouvelles chandelles, qu'ilz respectoient la Pâque, qu'ilz mangeoient des oiseaux tués par Pero Gonzales, le cirier, qu'ilz pétrissoient et mangeoient du pain azyme. Elle déclara enfin que ladicte Catalyna de la Vega oncques n'avoit appris à ses enfants ni le Pater Noster, ni le Credo, ni le Salve Regina, qu'elle n'emmenoit poinct ses enfants à l'esglise et qu'un dimanche, le témoin l'avoit surprise en train de filer de la laine, comme si c'estoit un jour quelconque de la semaine. Voilà ce que le neuvième témoin déclara sur sa foy.

Ferrand Falcón, du quartier de Sainct-Pierre, près Sainct-François, époux de Briolángel, converti, ayant dûment presté serment, interrogé par lesdicts commissaires, déclara qu'il estoit entré, un samedi, chez la veuve Catalyna de la Vega, mère desdicts Isabel et Gonzalo. Le témoin avoit d'abord frappé à la porte, mais on ne l'avoit poinct ouy. Alors, il avoit perçu comme un murmure dans une chambre. Il estoit monté par un escalier et avoit trouvé la vieille Catalyna et ses deux enfants en train de prier dedans un livre judaïque qu'on appelle *cidur*, et ledict Gonzalo estoit assis sur une petite chaise et regardoit comment ilz prioient. Et le témoin avoit compris car son père estoit juif et luy avoit enseigné les cérémonies judaïques. Et il ajouta qu'une fois la famille de la Vega lui avoit baillé à manger quelque chose qu'on avoit cuit avecq moultes épices et dont ilz disoient que c'estoit du pot-au-feu avecq du pain azyme. Voilà ce que le dixième témoin déclara sur sa foy.

Juan Barba de Santo, habitant du quartier de Saincte-Marie, dedans l'impasse dicte de la Tour de la Mercy, ayant dûment presté serment, déclara qu'une quinzaine d'années auparavant, il avoit esté engagé comme manœuvre par Catalyna, épouse de Rodrigo de la Vega, mère d'Isabel et de Gonzalo, affin de couvrir leur maison de nouvelles tuiles. Pour bailler des tuiles au maistre-couvreur, il avoit dû passer par la cuisine, un vendredi, et il avoit veu une marmite sur le feu. Ayant soulevé le couvercle, il avoit constaté qu'on cuisoit de la viande. Catalyna de la Vega surveilloit la cuisine, mais comme elle estoit sortie quelques instants pour parler avecq des converties, le témoin en avoit proufité pour veoir ce qu'elle préparoit. Voilà ce que le onzième témoin déclara sur sa foy.

María Bastante, épouse de Juan Merlo, savetier, ayant dûment presté serment, déclara qu'environ quatorze ans plus tost, sa maison estoit mitoyenne de la demoure de la Vega, dans la rue dicte de la Tour. Elle affirma qu'à l'époque où mourut ledict Rodrigo de la Vega, médecin de Ciudad Real, la mère et les enfants baignèrent son corps, le rasèrent entièrement, l'enveloppèrent d'un linceul, le pleurèrent à la façon juive et l'inhumèrent dans la fosse juive de Sainct-François. Elle ajouta que la famille avoit organisé le repas funèbre, qu'ilz avoient mangé à mesme le sol neuf jours durant, uniquement du poisson et des œufs, qu'ilz n'avoient oncques tiré de l'eaue du puits, disposant près d'eulx une escuelle remplie d'eaue, éclairée par une chandelle, pour y baigner l'âme du défunt. Un aultre jour, regardant par une fente entre les planches qui séparoient son potagier de la demoure desdicts Catalyna, Isabel et Gonzalo de la Vega, elle les avoit veu lisant une Bible en langue vulgaire que feu le père de la Vega possédoit et dissimuloit dedans le creux d'un mur. Elle a encore veu comment ilz respectoient les jeûnes observés par les Juifs, qu'ilz ne mangeoient poinct jusques à la nuict tombante et l'apparition de l'estoile, et qu'ensuite ilz dînoient de viande et faisoient des prières qu'elle n'entendoit poinct car elles estoient en langue hébraïque. Et elle a encore observé qu'ilz ne mangeoient pas d'aultre viande que celle égorgée par des Juifs et qu'ilz avoient une marmite à part pour faire rostir la viande et qu'ilz emportoient un petit chaudron contenant ce qu'ilz buvoient quand ilz se rendoient à leurs ruchers, un breuvage dict

Gibada, que préparoit Juan Gonzales Panpán, hérétique, habitant de Ciudad Real, condamné par contumace et bruslé en effigie. Voilà ce que le onzième témoin déclara sur sa foy.

Elvira de Jaén, convertie, déclara qu'elle avoit ouy prier Gonzalo de la Vega dedans un livre judaïque, un jour qu'elle rapportoit des jarres que luy avoit prestées ladicte Isabel, seur d'iceluy. Et comme le témoin entroit dans une chambre, il avoit ouy Isabel disant qu'elle ne pensoit poinct que le Messie Nostre Sauveur et Rédempteur Jésus-Christ estoit venu, qu'elle n'avoit poinct foy en la virginité de Nostre-Dame la Vierge Saincte-Marie, qu'elle ne connoissoit pas les prières chrétiennes, mais récitoit celle-ci :

> Adonaï, Tu as faict ta demoure parmy nous
> de génération en génération.
> Avant que ne naissent les montagnes, avant que
> Tu ne crées la terre et le monde,
> Tu estois Dieu depuis toujours et à jamais.
> Car mille ans dans Tes yeux sont comme le jour
> d'hier qui a fouy et Tu veilles dans la nuict.

Voilà ce que le treizième témoin déclara sur sa foy.

Pero Peres de las Peras, bègue, et Gonzalo Grillo, frère d'iceluy, filz de Martín el Ciego, témoins susdicts, ayant dûment presté serment, déclarèrent qu'un jour, alors qu'ilz œuvroient dedans la maison desdicts Isabel et Gonzalo de la Vega, ledict Pero Peres de las Peras avoit veu ledict Gonzalo allumer des chandelles un vendredi soir, et Gonzalo Grillo avoit veu ladicte Isabel cuire et faire cuire de la nourriture le vendredi pour le samedi, affin de prendre un repas froid pour célébrer ledict jour ; Pero Peres de las Peras avoit veu ledict Gonzalo de la Vega observer le sabbat, cessant toute activité, refusant mesme de recevoir de l'argent et se récréant comme les jours de feste ; Gonzalo Grillo avoit veu que ladicte Isabel de la Vega et son frère Gonzalo s'acoustroient pour lesdicts samedis et à l'occasion de la Pâque avecq des vestements propres de drap fin ou de lin ; Pero Peres de las Peras avoit veu lesdicts frère et seur de la Vega manger pour ladicte Pâque du pain azyme et de la viande découpée selon la cérémonie juive ; Gonzalo Grillo avoit veu et ouy dire par lesdicts frère et seur de la Vega que nostre Messie n'estoit poinct venu, au mépris de Nostre Rédempteur et de Nostre Saincte Foy Catholique ; Pero Peres de las Peras avoit ouy lesdicts Isabel et Gonzalo de la Vega déclarer, un vendredi soir, qu'ilz alloient allumer des chandelles et préparer le repas froid du samedi affin d'honorer le sabbat. Voilà ce que les deux derniers témoins déclarèrent sur leur foy.

Ensuite de quoy, le troisième jour du mois de janvier de l'an susdict, ledict procureur a comparu par devers ledict messire inquisiteur, à l'heure où cestuy tenoit audience dedans la salle basse, comme à l'acoustumée. Ledict procureur a déclaré qu'il ne voyoit poinct la nécessité de citer d'aultres personnes que les témoins qu'il avoit faict comparoir, ce pourquoy il demandoit la publication desdicts témoignages. Et messire l'inquisiteur a receu sa requeste et mandé de faire publier les témoignages le lendemain, à l'occasion de l'audience. Témoins : Juan el Cojo (le Boiteux), Pedro el Mudo (le Muet) et Ramón el Ciego (l'Aveugle). Et ce mesme jour, ledict notaire a cité derechef Isabel et Gonzalo de la Vega devant la porte de leur demoure, affin qu'ilz comparussent le lendemain. Témoins : Yñigo Ruys et Juan de Ciudad.

Ensuite de quoy, le quatorzième jour dudict mois de janvier de l'an 1484, ledict procureur a comparu par devers ledict messire inquisiteur, à l'heure de la tierce, alors que cestuy tenoit audience. Le procureur a déclaré que lesdicts Isabel et Gonzalo de la Vega avoient esté dûment cités, affin de comparoir devant Son Excellence, d'ouyr les témoignages et de respondre aux accusations portées contre eulx, mais qu'ilz ne s'estoient poinct présentés ; partant, ledict procureur a déclaré qu'il les accusoit et les a accusés de contumace. Adonc il a demandé audict messire d'ordonner de procéder à la publication des témoignages, comme il en estoit convenu avecq ledict notaire. Et ledict messire inquisiteur a mandé de faire transcrire une copie desdicts témoignages et de les transmettre auxdicts Isabel et Gonzalo de la Vega, en celant leurs noms mais en citant les faicts, et de les inviter à comparoir dedans les trois jours pour respondre aux accusations portées contre eulx. Témoins : Santiago el Tullido, Ferrand Falcón et Diego Dias, charpentier.

Ensuite de quoy, le seizième jour du mois de janvier de l'an susdict, à l'heure de la tierce, par devers ledict inquisiteur qui tenoit audience, a comparu ledict procureur. Il a déclaré qu'il accusoit et a accusé de contumace lesdicts Isabel et Gonzalo de la Vega, pour avoir refusé de se présenter dans le deslai prescrit et de plaider leur défense suite aux déclarations desdicts témoins. Et ledict messire inquisiteur a respondu qu'il recevoit la requeste dudict procureur ; puis il a mandé de citer derechef les accusés dans un deslai de trois jours, à titre de sommation. S'ilz refusoient toujours de comparoir, il déclareroit la cause entendue. Témoins : Pero Peres de las Peras et Ferrand Falcón.

Ensuite de quoy, sur ordre de messire l'inquisiteur, on a cité de nouveau Isabel et Gonzalo de la Vega à la porte de leur demoure, leur accordant un dernier deslai de trois jours pour comparoir par devers Leurs Excellences et intenter une action reconventionnelle dans le procès qui les opposoit audict procureur. Et, le dix-neuvième jour du mois de janvier, alors que ledict inquisiteur tenoit audience à l'heure de la tierce, le procureur a comparu et déclaré que lesdicts Isabel et Gonzalo de la Vega avoient esté cités pour le jour d'aujourd'hui, affin de respondre aux accusations portées contre eulx, mais qu'ilz n'avoient toujours poinct comparu. En conséquence, il a déclaré qu'il les accusoit et les a accusés de contumace, puis il a demandé audict inquisiteur de tenir la cause pour entendue et de prononcer la sentence. Témoins : Toribio de Torres et Briolángel de Padilla.

Ensuite de quoy, dans l'après-midi du mesme jour, ledict messire inquisiteur a mandé de convoquer pour examiner ladicte affaire le curé de Sainct-François, le prieur de Sainct-Dominique, de l'ordre des frères prescheurs, le licencié Juan del Campo, le licencié Jufre de Loaysa, le bachelier Gonzalo Muñoz et le bachelier de Camargo. Après avoir tenu conseil et délibéré, chascun d'entre eulx a opiné : ilz ont tous déclaré, en plein accord et à l'unanimité, que lesdicts Isabel et Gonzalo de la Vega devoient estre déclarés hérétiques et remis au bras séculier.

Ensuite, incontinant, à l'occasion de ladicte audience, en présence de toutes les personnes susdictes, le notaire Juan Sanches a cité et appelé lesdicts Isabel et Gonzalo de la Vega, à haulte et intelligible voix, affin qu'ils comparussent trois jours plus tard pour ouyr la sentence du procès d'accusation d'hérésie dont ils faisoient l'objet. Témoins : Miguel Hidalgo, gantier, et Ysabel de Monteagudo.

Ensuite de quoy, le mesme jour, à l'heure des vespres, ledict notaire, sur ordre de messires les inquisiteurs, a cité et appelé lesdicts Isabel et Gonzalo de la Vega, devant la porte de la maison où ilz demouroient à l'acoustumée, affin de comparoir et d'entendre la sentence qui seroit prononcée trois jours plus tard, à l'heure de la tierce, dans le procès d'accusation que le procureur avoit intenté contre eulx pour cause d'hérésie. Témoins : Antón, chaulier, Juan, maçon, et Luys Tenbleque, charpentier.

Ensuite de quoy, le vendredi trentième jour dudict mois de janvier de l'année en cours, lesdicts messires inquisiteurs tenant audience dedans la salle basse, à l'heure de la tierce, selon leur coustume et habitude, ledict procureur a comparu et déclaré que, sur leur ordre, lesdicts Isabel et Gonzalo de la Vega avoient esté dûment cités et appelés à se présenter au jour d'aujourd'hui, à l'heure dicte, affin d'entendre la sentence dans le procès d'hérésie dont ilz estoient accusés, et qu'ilz avoient refusé de comparoir. Adonc, il a déclaré qu'il les accusoit et les a accusés de contumace et, par voie de conséquence, il a demandé que la sentence ou les sentences fussent prononcées. Sur ce, lesdiscts messires inquisiteurs ont demandé au notaire Juan Sanches s'il avoit dûment cité et appelé lesdicts Isabel et Gonzalo de la Vega pour comparoir en ceste audience, ainsy qu'ilz luy en avoient donné l'ordre. Et ledict notaire en a faict foy et déclaré qu'il les avoit cités publiquement en cours d'audience tout comme devant la porte de leur demoure. Sur ce, lesdicts inquisiteurs ont déclaré qu'il estoit dûment estably que l'appel et la citation à comparoir avoient esté effectués, qu'ilz recevoient donc l'accusation de contumace portée contre lesdicts Isabel et Gonzalo de la Vega, et qu'ilz les tenoient pour rebelles. Aussy, en présence dudict procureur, ilz se déclaroient prests à rendre la sentence. Témoins : Beatris Gomes et Pero Peres de las Peras, ainsy que les notaires Juan de Segovia et Juan Sanches.

Ensuite, incontinant, messires les inquisiteurs ont rendu et prounoncé la sentence, laquelle a esté lue sur leur ordre et en leur présence par le notaire Juan de Segovia. Vecy ce que tous et chascun d'entre eulx déclaroient à la fin de ladicte sentence : Ainsy nous prounonçons-nous et déclarons-nous ; la teneur de ladicte sentence, *de verbo ad verbum,* est la suivante : Attendu que nous, Pero Dias de la Costana, licencié en saincte théologie, Francisco Sanches de la Fuente, docteur ès décrets, tous deux juges inquisiteurs par autorité apostolique, ainsy que moy, ledict licencié Pero Dias de la Costana, en tant que vicaire et magistrat général par la grâce de Son Excellence Monseigneur don Pero González de Mendoza, cardinal d'Espaigne, archevêque de la Saincte-Esglise et archevêque de Tolède, attendu donc qu'il est de notoriété publique que dans la noble cité de Ciudad Real nombreux estoient ceux qui, sous le couvert de noms chrétiens, se rendoient coulpables d'hérésie et observoient la loy de Moïse, nous avons ouvert une enqueste, laquelle a estably que la rumeur publique disoit vray et que maints natifs et habitants de ladicte ville suivoient, respectoient et exaltoient la loy de Moïse, procédant à des cérémonies selon leurs anciens rites judaïques. Aussy, voulant user à l'esgard de chascun d'eulx de toute nostre clémence et de nostre mercy, nous avons promulgué une lettre et un édit de grâce affin que toutes les personnes de ladicte cité et des environs qui auroient versé dans ladicte hérésie en suivant la loy de Moïse, dans un premier deslai de trente jours, se présentent par devers nous, confessant leurs erreurs et abjurant et renonçant et rejetant ladicte hérésie, pour rentrer dans le sein de Nostre Saincte Mère l'Esglise, unis et réconciliés avecq les chrétiens fidèles, à que Dieu face mercy. Et non seulement au terme dudict deslai de trente jours, mais en consentant un nouveau deslai d'égale durée, nous les avons attendus, et nous avons receu tous ceux qui ont souhaité se confesser et avouer leurs fautes concernant ladicte hérésie. Une fois expiré ce deslai de soixante jours, et après avoir encor attendu, contre ceux qui ne sont pas venus et ne se sont pas présentés, en particulier ceux qui ont fouy par crainte de nostre dicte Inquisition et à propos desquelz nous estions informés et disposions de témoins, à la requeste de nostre procureur, l'honorable clerc Fernando Rodrigues del Barco, chapelain du Roy nostre treshaut et puissant seigneur, nous avons mandé nostre lettre citatoire et nostre édit pour poursuivre les personnes soupçonnées et déshonorées et qui, pour ce motif, se sont absentées. Et pource que parmy elles, il s'est avéré que figuroient Isabel et Gonzalo de la Vega, hérétiques de notoriété publique, pour avoir observé et observer publiquement la loy de Moïse, nous avons mandé d'envoyer nostre dicte lettre citatoire et nostre édit à la fois contre eulx et chascun d'entre eulx ; pour ce faire, nous leur avons accordé trois termes fixés de dix jours chascun et un dernier deslai péremptoire, affin de comparoir en personne par devers nous et de respondre à l'accusation d'hérésie. Et attendu que nostre dicte lettre a esté publiée devant les portes de la demoure desdicts Isabel et Gonzalo de la Vega, ainsy que dans l'esglise de leur paroisse ; attendu que ladicte lettre a esté promulguée sur la place publique de ladicte cité et ensuite affichée sur une des portes de ladicte esglise ; et attendu que ledict procureur, au terme du deslai consenti, les a accusés devant nous de contumace et d'hérésie, pource que lesdicts Isabel et Gonzalo de la Vega, sous le couvert de noms chrétiens, se sont rendus coulpables d'hérésie et ont judaïsé, en suivant la loy de Moïse, en la respectant et l'exaltant, ainsy qu'en observant le sabbat, en allumant des chandelles le vendredi soir, en revestant des habits propres lesdicts samedis, en mangeant ces jours-là de la nourriture préparée la veille, en célébrant la Pâque des Juifs, en jeûnant selon leurs coustumes, en mangeant du pain azyme les mesmes jours et aux mesmes heurs, en récitant les prières et oraisons des Juifs selon leur usage et coustume, en recevant sous leur toict maints aultres convertis et converties lesdicts samedis et jours de feste pour prier, lire et ouyr des livres judaïques ; adonc le procureur a déclaré qu'il accusoit et a accusé lesdicts Isabel et Gonzalo de la Vega de s'estre publiquement escartés de Nostre Saincte Foy Catholique, et d'avoir suivi la loy de Moïse de la manière susdicte ; en conséquence de quoy, il a déclaré qu'ilz devoient estre jugés comme hérétiques de notoriété publique et encourir toutes peines et excommunications prévues par le droit, et comme telz estre condamnés par la sentence *ad hoc,* affin que justice fust faicte. Et attendu que ladicte accusation dudict procureur a esté confirmée par un grand nombre de témoins, dont les déclarations ont estably et prouvé que lesdicts Isabel et Gonzalo de la Vega avoient commis de leur plein gré les excès et délicts d'hérésie et d'apostasie retenus dans ladicte accusation ; attendu qu'ilz ont suivi et exalté et honoré et sacrifié à la loy de Moïse ; attendu qu'il est prouvé qu'ilz ont quitté ladicte ville par crainte de l'Inquisition, ayant fouy par la porte de Tolède, abandonnant leur demoure et leurs biens, et qu'ilz ont trouvé refuge dans des lieux et seigneuries où ilz ne pouvoient aisément estre avertis ni par nous ni sur nostre ordre ; attendu la notoriété du délict et sa gravité, après avoir tenu conseil et délibéré avecq des dignitaires ecclésiastiques et des lettrés séculiers, en plein accord avecq chascun d'entre eulx, à la face de Dieu que nous prenons à témoin, nous estimons que nous devons déclarer et déclarons condamner et condamnons lesdicts Isabel et Gonzalo de la Vega, ensemble et chascun d'eulx, pour hérésie et apostasie, pour s'estre éloignés comme ilz l'ont faict de Nostre Saincte Foy Catholique, et avoir suivi comme ilz l'ont faict la loy de Moïse, encourant ainsy la sentence d'excommunication majeure et toutes les aultres peines spirituelles et temporelles, ainsy que la requeste et la confiscation de leurs biens, dûment establies en droit contre de telz hérétiques et apostats, et, par voie de conséquence, nous déclarons devoir les remettre et les remettons au vertueux chevalier Juan Peres Barradas, corrégidor de ladicte cité de Ciudad Real et de ses alentours, par la grâce du Roy et de la Royne nos seigneurs, ainsy qu'à leurs alcades et alguazils et magistrats de toute cité, ville ou aultre lieu de ces royaulmes et des aultres, affin qu'ilz soient bruslés vifs pour hérésie. Et veu que lesdicts Isabel et Gonzalo de la Vega sont absents et ne peuvent estre pugnis en personne, nous ordonnons de remettre et remettons leurs statues icy présentes affin que lesdictes peines soient exécutées à leur endroit et que les condamnés soient bruslés en effigie. Ainsy le prounonçons-nous et le mandons-nous dans ces escripts et par eulx. Ladicte sentence a esté rendue et prounoncée par messires les inquisiteurs en ladicte cité de Ciudad Real, dedans les lieux où ilz tiennent audience à l'heure de la tierce, estant lesdicts messires assis par devant nous : Juan de Segovia, chapelain de la Royne nostre dame, et Juan Sanches Tablada, tous deux greffiers et notaires publics de ladicte Saincte-Inquisition, le trentième jour du mois de janvier de l'an de grâce de l'ère de Nostre Sauveur Jésus-Christ mille quatre cent quatre-vingt-quatre.

IMPRIMERIE BUSSIÈRE À SAINT-AMAND
DÉPÔT LÉGAL JANVIER 1992. N° 13691 (3476)

OUVRAGES
DE LANGUES ESPAGNOLE ET PORTUGAISE

REINALDO ARENAS

Le Monde hallucinant, 1969
coll. « Points Roman », n° 356
Le Puits, 1973
Le Palais des très blanches mouffettes, 1975
La Plantation, 1983
Arturo, l'étoile la plus brillante, 1985
Encore une fois la mer, 1987

HOMERO ARIDJIS

1492. Les Aventures de Juan Cabezon de Castille, 1990
coll. « Points Roman », n° 498
1492. Mémoires du Nouveau Monde, 1992

MIGUEL ANGEL ASTURIAS

prix Nobel
Soluna, 1969
Vendredi des douleurs
coll. « Points Roman », n° 457

FELIX DE AZUA

Histoire d'un idiot racontée par lui-même
coll. « Points Roman », n° 439

ADOLFO BIOY CASARES

Le Héros des femmes
coll. « Points Roman », n° 497

ALFREDO BRYCE ECHENIQUE

La Vie exagérée de Martin Romaña
coll. « Points Roman », n° 467

JORGE LUIS BORGES

Evaristo Carriego, 1970
coll. « Points Roman », n° 167

GUILLERMO CABRERA INFANTE
La Havane pour un Infante défunt, 1985

ANTONIO CALLADO
Mon pays en croix, 1971

JOSUE DE CASTRO
Des hommes et des crabes, 1966

GERMAN CASTRO CAYCEDO
Je lègue mon âme au diable, 1986
coll. « Points Roman », n° 490
Mille Fusils à la mer
coll. « Fiction & Cie », 1991

CAMILO JOSE CELA
prix Nobel
La Famille de Pascal Duarte, 1948
coll. « Points Roman », n° 386

FERNANDO DEL PASO
Palinure de Mexico
coll. « Points Roman », n° 426

JOSE DONOSO
L'Obscène Oiseau de la nuit, 1972
coll. « Points Roman », n° 394

AUTRAN DOURADO
L'Opéra des morts, 1986

CRISTINA FERNANDEZ CUBAS
L'Année de grâce, 1987

JESUS FERRERO
Belver Yin, 1990

GRISELDA GAMBARO
Rien à voir avec une autre histoire...
coll. « Point-Virgule », n° 52

GABRIEL GARCIA MARQUEZ

prix Nobel

Cent Ans de solitude, 1968

Prix du meilleur livre étranger

coll. « Points Roman », n° 18

JUAN GOYTISOLO

Juan sans terre, 1977

Makbara, 1982

JOAO GUIMARAES ROSA

Buriti, 1961

Les Nuits du Sertão, 1962

Hautes Plaines, 1969

JOSE LEZAMA LIMA

Paradiso, 1971

coll. « Points Roman », n° 145

Le Jeu des décapitations, 1984

coll. « Points Roman », n° 431

Oppiano Licario, 1991

EDUARDO MENDOZA

Le Mystère de la crypte ensorcelée, 1982

coll. « Points Roman », n° 324

Le Labyrinthe aux olives, 1985

coll. « Points Roman », n° 380

La Ville des prodiges, 1988

coll. « Points Roman », n° 401

L'Ile enchantée, 1991

La Vérité sur l'affaire Savolta

coll. « Points Roman », n° 477

VICENTE MUÑOZ PUELLES

Ombres siamoises, 1991

HEBERTO PADILLA

Hors-jeu, 1969

PILAR PEDRAZA

Le Vitrail écarlate, 1991

VIRGILIO PIÑERA

Nouveaux Contes froids, 1988

SERGIO PITOL

Parade d'amour, 1989

Les Apparitions intermittentes d'une fausse tortue, 1990

MANUEL PUIG

Les Mystères de Buenos Aires, 1973
coll. « Points Roman », n° 336

Le Baiser de la femme-araignée, 1979
coll. « Points Roman », n° 250

ERNESTO SABATO

Alejandra, 1969
coll. « Points Roman », n° 89

L'Ange des ténèbres, 1976
prix du meilleur livre étranger
coll. « Points Roman », n° 123

Le Tunnel, 1978
coll. « Points Roman », n° 66

L'Écrivain et la Catastrophe, 1986

JOSE SARAMAGO

L'Année de la mort de Ricardo Reis, 1988

Le Radeau de pierre, 1990

SEVERO SARDUY

Gestes, 1963

Écrit en dansant, 1967

Cobra, 1972
prix Médicis étranger
coll. « Points Roman », n° 226

Barroco, 1975

Maïtreya, 1980

Colibri, 1986

ANTONIO SKARMETA

T'es pas mort
coll. « Point-Virgule », n° 9

Le Cycliste de San Cristobal
coll. « Point-Virgule », n° 27
Une ardente patience, 1987
coll. « Point-Virgule », n° 65

RAMON DEL VALLE-INCLAN
Tirano Banderas
coll. « Point Roman » n° 486

MARIA-ESTHER VAZQUEZ
Borges : Images, Dialogues et Souvenirs, 1985

MANUEL VAZQUEZ MONTALBAN
Meurtre au comité central,
coll. « Points Roman », n° 285
Les Oiseaux de Bangkok, 1987
Le Pianiste, 1988
coll. « Points Roman », n° 415
La Joyeuse Bande d'Atzavara, 1989
coll. « Points Roman », n° 452
Ménage à quatre, 1990
Le Tueur des abattoirs, 1991

Collection Points

SÉRIE ROMAN

DERNIERS TITRES PARUS

R110. L'Hôtel New Hampshire, *par John Irving*
R111. Les Immémoriaux, *par Victor Segalen*
R112. Cœur de lièvre, *par John Updike*
R113. Le Temps d'un royaume, *par Rose Vincent*
R114. Poisson-chat, *par Jerome Charyn*
R115. Abraham de Brooklyn, *par Didier Decoin*
R116. Trois Femmes, *suivi de* Noces, *par Robert Musil*
R117. Les Enfants du sabbat, *par Anne Hébert*
R118. La Palmeraie, *par François-Régis Bastide*
R119. Maria Republica, *par Agustin Gomez-Arcos*
R120. La Joie, *par Georges Bernanos*
R121. Incognito, *par Petru Dumitriu*
R122. Les Forteresses noires, *par Patrick Grainville*
R123. L'Ange des ténèbres, *par Ernesto Sabato*
R124. La Fiera, *par Marie Susini*
R125. La Marche de Radetzky, *par Joseph Roth*
R126. Le vent souffle où il veut, *par Paul-André Lesort*
R127. Si j'étais vous..., *par Julien Green*
R128. Le Mendiant de Jérusalem, *par Elie Wiesel*
R129. Mortelle, *par Christopher Frank*
R130. La France m'épuise, *par Jean-Louis Curtis*
R131. Le Chevalier inexistant, *par Italo Calvino*
R132. Le Dialogue des Carmélites, *par Georges Bernanos*
R133. L'Étrusque, *par Mika Waltari*
R134. La Rencontre des hommes, *par Benigno Cacérès*
R135. Le Petit Monde de Don Camillo *par Giovanni Guareschi*
R136. Le Masque de Dimitrios, *par Eric Ambler*
R137. L'Ami de Vincent, *par Jean-Marc Roberts*
R138. Un homme au singulier, *par Christopher Isherwood*
R139. La Maison du désir, *par France Huser*
R140. Moi et ma cheminée, *par Herman Melville*
R141. Les Fous de Bassan, *par Anne Hébert*
R142. Les Stigmates, *par Luc Estang*
R143. Le Chat et la Souris, *par Günter Grass*
R144. Loïca, *par Dorothée Letessier*

R145. Paradiso, *par José Lezama Lima*
R146. Passage de Milan, *par Michel Butor*
R147. Anonymus, *par Michèle Manceaux*
R148. La Femme du dimanche
par Carlo Fruttero et Franco Lucentini
R149. L'Amour monstre, *par Louis Pauwels*
R150. L'Arbre à soleils, *par Henri Gougaud*
R151. Traité du zen et de l'entretien des motocyclettes
par Robert M. Pirsig
R152. L'Enfant du cinquième Nord, *par Pierre Billon*
R153. N'envoyez plus de roses, *par Eric Ambler*
R154. Les Trois Vies de Babe Ozouf, *par Didier Decoin*
R155. Le Vert Paradis, *par André Brincourt*
R156. Varouna, *par Julien Green*
R157. L'Incendie de Los Angeles, *par Nathanaël West*
R158. Les Belles de Tunis, *par Nine Moati*
R159. Vertes Demeures, *par Henry Hudson*
R160. Les Grandes Vacances, *par Francis Ambrière*
R161. Ceux de 14, *par Maurice Genevoix*
R162. Les Villes invisibles, *par Italo Calvino*
R163. L'Agent secret, *par Graham Greene*
R164. La Lézarde, *par Edouard Glissant*
R165. Le Grand Escroc, *par Herman Melville*
R166. Lettre à un ami perdu, *par Patrick Besson*
R167. Evaristo Carriego, *par Jorge Luis Borges*
R168. La Guitare, *par Michel del Castillo*
R169. Épitaphe pour un espion, *par Eric Ambler*
R170. Fin de saison au Palazzo Pedrotti, *par Frédéric Vitoux*
R171. Jeunes Années. Autobiographie 1, *par Julien Green*
R172. Jeunes Années. Autobiographie 2, *par Julien Green*
R173. Les Égarés, *par Frédérick Tristan*
R174. Une affaire de famille, *par Christian Giudicelli*
R175. Le Testament amoureux, *par Rezvani*
R176. C'était cela notre amour, *par Marie Susini*
R177. Souvenirs du triangle d'or, *par Alain Robbe-Grillet*
R178. Les Lauriers du lac de Constance, *par Marie Chaix*
R179. Plan B, *par Chester Himes*
R180. Le Sommeil agité, *par Jean-Marc Roberts*
R181. Roman Roi, *par Renaud Camus*
R182. Vingt Ans et des poussières
par Didier van Cauwelaert
R183. Le Château des destins croisés, *par Italo Calvino*
R184. Le Vent de la nuit, *par Michel del Castillo*

R185. Une curieuse solitude, *par Philippe Sollers*
R186. Les Trafiquants d'armes, *par Eric Ambler*
R187. Un printemps froid, *par Danièle Sallenave*
R188. Mickey l'Ange, *par Geneviève Dormann*
R189. Histoire de la mer, *par Jean Cayrol*
R190. Senso, *par Camillo Boito*
R191. Sous le soleil de Satan, *par Georges Bernanos*
R192. Niembsch ou l'immobilité, *par Peter Härtling*
R193. Prends garde à la douceur des choses *par Raphaële Billetdoux*
R194. L'Agneau carnivore, *par Agustin Gomez-Arcos*
R195. L'Imposture, *par Georges Bernanos*
R196. Ararat, *par D. M. Thomas*
R197. La Croisière de l'angoisse, *par Eric Ambler*
R198. Léviathan, *par Julien Green*
R199. Sarnia, *par Gerald Basil Edwards*
R200. Le Colleur d'affiches, *par Michel del Castillo*
R201. Un mariage poids moyen, *par John Irving*
R202. John l'Enfer, *par Didier Decoin*
R203. Les Chambres de bois, *par Anne Hébert*
R204. Mémoires d'un jeune homme rangé *par Tristan Bernard*
R205. Le Sourire du Chat, *par François Maspero*
R206. L'Inquisiteur, *par Henri Gougaud*
R207. La Nuit américaine, *par Christopher Frank*
R208. Jeunesse dans une ville normande *par Jacques-Pierre Amette*
R209. Fantôme d'une puce, *par Michel Braudeau*
R210. L'Avenir radieux, *par Alexandre Zinoviev*
R211. Constance D., *par Christian Combaz*
R212. Épaves, *par Julien Green*
R213. La Leçon du maître, *par Henry James*
R214. Récit des temps perdus, *par Aris Fakinos*
R215. La Fosse aux chiens, *par John Cowper Powys*
R216. Les Portes de la forêt, *par Elie Wiesel*
R217. L'Affaire Deltchev, *par Eric Ambler*
R218. Les amandiers sont morts de leurs blessures *par Tahar Ben Jelloun*
R219. L'Admiroir, *par Anny Duperey*
R220. Les Grands Cimetières sous la lune *par Georges Bernanos*
R221. La Créature, *par Étienne Barilier*
R222. Un Anglais sous les tropiques, *par William Boyd*

R223. La Gloire de Dina, *par Michel del Castillo*
R224. Poisson d'amour, *par Didier van Cauwelaert*
R225. Les Yeux fermés, *par Marie Susini*
R226. Cobra, *par Severo Sarduy*
R227. Cavalerie rouge, *par Isaac Babel*
R228. Tous les soleils, *par Bertrand Visage*
R229. Pétersbourg, *par Andréi Biély*
R230. Récits d'un jeune médecin, *par Mikhaïl Boulgakov*
R231. La Maison des prophètes, *par Nicolas Saudray*
R232. Trois Heures du matin à New York
par Herbert Lieberman
R233. La Mère du printemps, *par Driss Chraïbi*
R234. Adrienne Mesurat, *par Julien Green*
R235. Jusqu'à la mort, *par Amos Oz*
R236. Les Envoûtés, *par Witold Gombrowicz*
R237. Frontière des ténèbres, *par Eric Ambler*
R238. Les Deux Sacrements, *par Heinrich Böll*
R239. Cherchant qui dévorer, *par Luc Estang*
R240. Le Tournant, *par Klaus Mann*
R241. Aurélia, *par France Huser*
R242. Le Sixième Hiver
par Douglas Orgill et John Gribbin
R243. Naissance d'un spectre, *par Frédérick Tristan*
R244. Lorelei, *par Maurice Genevoix*
R245. Le Bois de la nuit, *par Djuna Barnes*
R246. La Caverne céleste, *par Patrick Grainville*
R247. L'Alliance, tome 1, *par James A. Michener*
R248. L'Alliance, tome 2, *par James A. Michener*
R249. Juliette, chemin dès Cerisiers, *par Marie Chaix*
R250. Le Baiser de la femme-araignée, *par Manuel Puig*
R251. Le Vésuve, *par Emmanuel Roblès*
R252. Comme neige au soleil, *par William Boyd*
R253. Palomar, *par Italo Calvino*
R254. Le Visionnaire, *par Julien Green*
R255. La Revanche, *par Henry James*
R256. Les Années-lumière, *par Rezvani*
R257. La Crypte des capucins, *par Joseph Roth*
R258. La Femme publique, *par Dominique Garnier*
R259. Maggie Cassidy, *par Jack Kerouac*
R260. Mélancolie Nord, *par Michel Rio*
R261. Énergie du désespoir, *par Eric Ambler*
R262. L'Aube, *par Elie Wiesel*
R263. Le Paradis des orages, *par Patrick Grainville*

R264. L'Ouverture des bras de l'homme, *par Raphaële Billetdoux*
R265. Méchant, *par Jean-Marc Roberts*
R266. Un policeman, *par Didier Decoin*
R267. Les Corps étrangers, *par Jean Cayrol*
R268. Naissance d'une passion, *par Michel Braudeau*
R269. Dara, *par Patrick Besson*
R270. Parias, *par Pascal Bruckner*
R271. Le Soleil et la Roue, *par Rose Vincent*
R272. Le Malfaiteur, *par Julien Green*
R273. Scarlett si possible, *par Katherine Pancol*
R274. Journal d'une fille de Harlem, *par Julius Horwitz*
R275. Le Nez de Mazarin, *par Anny Duperey*
R276. La Chasse à la licorne, *par Emmanuel Roblès*
R277. Red Fox, *par Anthony Hyde*
R278. Minuit, *par Julien Green*
R279. L'Enfer, *par René Belletto*
R280. Et si on parlait d'amour, *par Claire Gallois*
R281. Pologne, *par James A. Michener*
R282. Notre homme, *par Louis Gardel*
R283. La Nuit du solstice, *par Herbert Lieberman*
R284. Place de Sienne, côté ombre
par Carlo Fruttero et Franco Lucentini
R285. Meurtre au comité central
par Manuel Vázquez Montalbán
R286. L'Isolé soleil, *par Daniel Maximin*
R287. Samedi soir, dimanche matin, *par Alan Sillitoe*
R288. Petit Louis, dit XIV, *par Claude Duneton*
R289. Le Perchoir du perroquet, *par Michel Rio*
R290. L'Enfant pain, *par Agustin Gomez-Arcos*
R291. Les Années Lula, *par Rezvani*
R292. Michael K, sa vie, son temps, *par J. M. Coetzee*
R293. La Connaissance de la douleur
par Carlo Emilio Gadda
R294. Complot à Genève, *par Eric Ambler*
R295. Serena, *par Giovanni Arpino*
R296. L'Enfant de sable, *par Tahar Ben Jelloun*
R297. Le Premier Regard, *par Marie Susini*
R298. Regardez-moi, *par Anita Brookner*
R299. La Vie fantôme, *par Danièle Sallenave*
R300. L'Enchanteur, *par Vladimir Nabokov*
R301. L'Ile atlantique, *par Tony Duvert*
R302. Le Grand Cahier, *par Agota Kristof*
R303. Le Manège espagnol, *par Michel del Castillo*

R304. Le Berceau du chat, *par Kurt Vonnegut*
R305. Une histoire américaine, *par Jacques Godbout*
R306. Les Fontaines du grand abîme, *par Luc Estang*
R307. Le Mauvais Lieu, *par Julien Green*
R308. Aventures dans le commerce des peaux en Alaska *par John Hawkes*
R309. La Vie et demie, *par Sony Labou Tansi*
R310. Jeune Fille en silence, *par Raphaële Billetdoux*
R311. La Maison près du marais, *par Herbert Lieberman*
R312. Godelureaux, *par Eric Ollivier*
R313. La Chambre ouverte, *par France Huser*
R314. L'Œuvre de Dieu, la part du Diable, *par John Irving*
R315. Les Silences ou la vie d'une femme, *par Marie Chaix*
R316. Les Vacances du fantôme, *par Didier van Cauwelaert*
R317. Le Levantin, *par Eric Ambler*
R318. Beno s'en va-t-en guerre, *par Jean-Luc Benoziglio*
R319. Miss Lonelyhearts, *par Nathanaël West*
R320. Cosmicomics, *par Italo Calvino*
R321. Un été à Jérusalem, *par Chochana Boukhobza*
R322. Liaisons étrangères, *par Alison Lurie*
R323. L'Amazone, *par Michel Braudeau*
R324. Le Mystère de la crypte ensorcelée *par Eduardo Mendoza*
R325. Le Cri, *par Chochana Boukhobza*
R326. Femmes devant un paysage fluvial, *par Heinrich Böll*
R327. La Grotte, *par Georges Buis*
R328. Bar des flots noirs, *par Olivier Rolin*
R329. Le Stade de Wimbledon, *par Daniele Del Giudice*
R330. Le Bruit du temps, *par Ossip E. Mandelstam*
R331. La Diane rousse, *par Patrick Grainville*
R332. Les Éblouissements, *par Pierre Mertens*
R333. Talgo, *par Vassilis Alexakis*
R334. La Vie trop brève d'Edwin Mullhouse *par Steven Millhauser*
R335. Les Enfants pillards, *par Jean Cayrol*
R336. Les Mystères de Buenos Aires, *par Manuel Puig*
R337. Le Démon de l'oubli, *par Michel del Castillo*
R338. Christophe Colomb, *par Stephen Marlowe*
R339. Le Chevalier et la Reine, *par Christopher Frank*
R340. Autobiographie de tout le monde, *par Gertrude Stein*
R341. Archipel, *par Michel Rio*
R342. Texas, tome 1, *par James A. Michener*
R343. Texas, tome 2, *par James A. Michener*

R344. Loyola's blues, *par Erik Orsenna*
R345. L'Arbre aux trésors, légendes, *par Henri Gougaud*
R346. Les Enfants des morts, *par Henrich Böll*
R347. Les Cent Premières Années de Niño Cochise
par A. Kinney Griffith et Niño Cochise
R348. Vente à la criée du lot 49, par *Thomas Pynchon*
R349. Confessions d'un enfant gâté
par Jacques-Pierre Amette
R350. Boulevard des trahisons, *par Thomas Sanchez*
R351. L'Incendie, *par Mohammed Dib*
R352. Le Centaure, *par John Updike*
R353. Une fille cousue de fil blanc, *par Claire Gallois*
R354. L'Adieu aux champs, *par Rose Vincent*
R355. La Ratte, *par Günter Grass*
R356. Le Monde hallucinant, *par Reinaldo Arenas*
R357. L'Anniversaire, *par Mouloud Feraoun*
R358. Le Premier Jardin, *par Anne Hébert*
R359. L'Amant sans domicile fixe
par Carlo Fruttero et Franco Lucentini
R360. L'Atelier du peintre, *par Patrick Grainville*
R361. Le Train vert, *par Herbert Lieberman*
R362. Autopsie d'une étoile, *par Didier Decoin*
R363. Un joli coup de lune, *par Chester Himes*
R364. La Nuit sacrée, *par Tahar Ben Jelloun*
R365. Le Chasseur, *par Carlo Cassola*
R366. Mon père américain, *par Jean-Marc Roberts*
R367. Remise de peine, *par Patrick Modiano*
R368. Le Rêve du singe fou, *par Christopher Frank*
R369. Angelica, *par Bertrand Visage*
R370. Le Grand Homme, *par Claude Delarue*
R371. La Vie comme à Lausanne, *par Erik Orsenna*
R372. Une amie d'Angleterre, *par Anita Brookner*
R373. Norma ou l'exil infini, *par Emmanuel Roblès*
R374. Les Jungles pensives, *par Michel Rio*
R375. Les Plumes du pigeon, *par John Updike*
R376. L'Héritage Schirmer, *par Eric Ambler*
R377. Les Flamboyants, *par Patrick Grainville*
R378. L'Objet perdu de l'amour, *par Michel Braudeau*
R379. Le Boucher, *par Alina Reyes*
R380. Le Labyrinthe aux olives, *par Eduardo Mendoza*
R381. Les Pays lointains, *par Julien Green*
R382. L'Épopée du buveur d'eau, *par John Irving*
R383. L'Écrivain public, *par Tahar Ben Jelloun*

R384. Les Nouvelles Confessions, *par William Boyd*
R385. Les Lèvres nues, *par France Huser*
R386. La Famille de Pascal Duarte, *par Camilo José Cela*
R387. Une enfance à l'eau bénite, *par Denise Bombardier*
R388. La Preuve, *par Agota Kristof*
R389. Tarabas, *par Joseph Roth*
R390. Replay, *par Ken Grimwood*
R391. Rabbit Boss, *par Thomas Sanchez*
R392. Aden Arabie, *par Paul Nizan*
R393. La Ferme, *par John Updike*
R394. L'Obscène Oiseau de la nuit, *par José Donoso*
R395. Un printemps d'Italie, *par Emmanuel Roblès*
R396. L'Année des méduses, *par Christopher Frank*
R397. Miss Missouri, *par Michel Boujut*
R398. Le Figuier, *par François Maspero*
R399. La Solitude du coureur de fond, *par Alan Sillitoe*
R400. L'Exposition coloniale, *par Erik Orsenna*
R401. La Ville des prodiges, *par Eduardo Mendoza*
R402. La Croyance des voleurs, *par Michel Chaillou*
R403. Rock Springs, *par Richard Ford*
R404. L'Orange amère, *par Didier van Cauwelaert*
R405. Tara, *par Michel del Castillo*
R406. L'Homme à la vie inexplicable, *par Henri Gougaud*
R407. Le Beau Rôle, *par Louis Gardel*
R408. Le Messie de Stockholm, *par Cynthia Ozick*
R409. Les Exagérés, *par Jean- François Vilar*
R410. L'Objet du scandale, *par Robertson Davies*
R411. Berlin mercredi, *par François Weyergans*
R412. L'Inondation, *par Evguéni Zamiatine*
R413. Rentrez chez vous Bogner !, *par Heinrich Böll*
R414. Les Herbes amères, *par Chochana Boukhobza*
R415. Le Pianiste, *par Manuel Vázquez Montalbán*
R416. Une mort secrète, *par Richard Ford*
R417. La Journée d'un scrutateur, *par Italo Calvino*
R418. Collection de sable, *par Italo Calvino*
R419. Les Soleils des indépendances, *par Ahmadou Kourouma*
R420. Lacenaire (un film de Francis Girod), *par Georges Conchon*
R421. Œuvres pré-posthumes, *par Robert Musil*
R422. Merlin, *par Michel Rio*
R423. Charité, *par Éric Jourdan*
R424. Le Visiteur, *par György Konrad*
R425. Monsieur Adrien, *par Franz-Olivier Giesbert*
R426. Palinure de Mexico, *par Fernando Del Paso*

R427. L'Amour du prochain, *par Hugo Claus*
R428. L'Oublié, *par Elie Wiesel*
R429. Temps zéro, *par Italo Calvino*
R430. Les Comptoirs du Sud, *par Philippe Doumenc*
R431. Le Jeu des décapitations, *par Jose Lezama Lima*
R432. Tableaux d'une ex, *par Jean-Luc Benoziglio*
R433. Les Effrois de la glace et des ténèbres, *par Christoph Ransmayr*
R434. Paris-Athènes, *par Vassilis Alexakis*
R435. La Porte de Brandebourg, *par Anita Brookner*
R436. Le Jardin à la dérive, *par Ida Fink*
R437. Malina, *par Ingeborg Bachmann*
R438. Moi, laminaire, *par Aimé Césaire*
R439. Histoire d'un idiot racontée par lui-même
par Félix de Azúa
R440. La Résurrection des morts, *par Scott Spencer*
R441. La Caverne, *par Eugène Zamiatine*
R442. Le Manticore, *par Robertson Davies*
R443. Perdre, *par Pierre Mertens*
R444. La Rébellion, *par Joseph Roth*
R445. D'amour P. Q., *par Jacques Godbout*
R446. Un oiseau brûlé vif, *par Agustin Gomez-Arcos*
R447. Le Blues de Buddy Bolden, *par Michael Ondaatje*
R448. Étrange séduction (Un bonheur de rencontre)
par Ian McEwan
R449. La Diable, *par Fay Weldon*
R450. L'Envie, *par Iouri Olecha*
R451. La Maison du Mesnil, *par Maurice Genevoix*
R452. La Joyeuse Bande d'Atzavara
par Manuel Vázquez Montalbán
R453. Le Photographe et ses Modèles, *par John Hawkes*
R454. Rendez-vous sur la terre, *par Bertrand Visage*
R455. Les Aventures singulières du soldat Ivan Tchonkine
par Vladimir Voïnovitch
R456. Départements et Territoires d'outre-mort
par Henri Gougaud
R457. Vendredi des douleurs, *par Miguel Angel Asturias*
R458. L'Avortement, *par Richard Brautigan*
R459. Histoire du ciel, *par Jean Cayrol*
R460. Une prière pour Owen, *par John Irving*
R461. L'Orgie, la Neige, *par Patrick Grainville*
R462. Le Tueur et son ombre, *par Herbert Lieberman*
R463. Les Grosses Rêveuses, *par Paul Fournel*
R464. Un week-end dans le Michigan, *par Richard Ford*

R465. Les Marches du palais, *par David Shahar*
R466. Les hommes cruels ne courent pas les rues
par Katherine Pancol
R467. La Vie exagérée de Martin Romana
par Alfredo Bryce-Echenique
R468. Les Étoiles du Sud, *par Julien Green*
R469. Aventures, *par Italo Calvino*
R470. Jour de silence à Tanger, *par Tahar Ben Jelloun*
R471. Sous le soleil jaguar, *par Italo Calvino*
R472. Les cyprès meurent en Italie, *par Michel del Castillo*
R473. Kilomètre zéro, *par Thomas Sanchez*
R474. Singulières Jeunes Filles, *par Henry James*
R475. Franny et Zooey, *par J. D. Salinger*
R476. Vaulascar, *par Michel Braudeau*
R477. La Vérité sur l'affaire Savolta
par Eduardo Mendoza
R478. Les Visiteurs du crépuscule, *par Eric Ambler*
R479. L'Ancienne comédie, *par Jean-Claude Guillebaud*
R480. La Chasse au lézard, *par William Boyd*
R481. Les Yaquils, *suivi de* Ile déserte
par Emmanuel Roblès
R482. Proses éparses, *par Robert Musil*
R483. Le Loum, *par René-Victor Pilhes*
R484. La Fascination de l'étang, *par Virginia Woolf*
R485. Journaux de jeunesse, *par Rainer Maria Rilke*
R486. Tirano Banderas, *par Ramon del Valle-Inclan*
R487. Une trop bruyante solitude, *par Bohumil Hrabal*
R488. En attendant les barbares, *par J. M. Coetzee*
R489. Les Hauts-Quartiers, *par Paul Gadenne*
R490. Je lègue mon âme au diable
par Germán Castro Caycedo
R491. Le Monde des Merveilles, *par Robertson Davies*
R492. Louve basse, *par Denis Roche*
R493. La Couleur du destin
par Carlo Fruttero et Franco Lucentini
R494. Poupée blonde
par Patrick Modiano, dessins de Pierre Le-Tan
R495. La Mort de Lohengrin, *par Heinrich Böll*
R496. L'Aïeul, *par Aris Fakinos*
R497. Le Héros des femmes, *par Adolfo Bioy Casares*
R498. 1492. Les Aventures de Juan Cabezón de Castille
par Homero Aridjis